황금나침반

마법의 검

황금나침반

2

마법의 검

김영사

황금나침반 2 —마법의 검

1판 1쇄 발행 2000. 5. 8.
2판 1쇄 발행 2007. 11. 27.
2판 17쇄 발행 2023. 12. 1.

지은이 필립 풀먼
옮긴이 이창식

발행인 고세규
발행처 김영사
등록 1979년 5월 17일(제406-2003-036호)
주소 경기도 파주시 문발로 197(문발동) 우편번호 10881
전화 마케팅부 031)955-3100, 편집부 031)955-3200 | 팩스 031)955-3111

이 책의 한국어판 저작권은 A.P. Watts Limited사와의 독점계약으로 김영사에 있습니다.
저작권법에 의하여 한국 내에서 보호를 받는 저작물이므로 무단전재와 복제를 금합니다.

값은 뒤표지에 있습니다.
ISBN 978-89-349-2717-4 04840
       978-89-349-2719-8 (세트)

홈페이지 www.gimmyoung.com   블로그 blog.naver.com/gybook
인스타그램 instagram.com/gimmyoung   이메일 bestbook@gimmyoung.com

좋은 독자가 좋은 책을 만듭니다.
김영사는 독자 여러분의 의견에 항상 귀 기울이고 있습니다.

작은 칼아!
대자연의 땅에서 철을 떼어 내어
불을 지피고 광석을 끓여
그것의 눈물과 피를 넘치게 했네.
얼음처럼 차가운 물속에서
칼날이 은빛이 될 때까지
물이 자비를 구하여 비명을 지를 때까지
그리고 다시 끓는 안개가 생길 때까지
망치질과 담금질을 계속했네.
네가 작은 조각을 3만 개로 잘랐을 때
그들은 네가 준비되었음을 알았네.
그들은 너를 만단검이라고 불렀지.
하지만 작은 칼이여, 넌 무엇을 했는가?
피의 문을 활짝 열고 그대로 두었지.
작은 칼이여, 너의 어머니가 부르고 있다.
지구의 품에서
가장 깊은 탄광과 동굴에서
비밀스런 철의 자궁 속에서
들을지어다!

차례

**리라 벨라커
(실버텅)** | 놀라우리만치 용감하고 순수한 영혼을 가진 아이. 진실 측
정기인 황금나침반의 운명의 주인. 수세기 동안 마녀들의
세계에 전해진 전설의 아이로, 곰, 집시, 심지어 자연의 사물들조차 그녀
를 보호하는 수호자 역할을 한다.

윌 패리 | 실종된 탐험가인 아버지를 찾아 떠나는 소년. 아버지가 보
낸 편지를 찾는 낯선 남자들로부터 어머니를 피신시키고
도망치다가 치타가체에서 리라를 만나게 된다. 어른들의 영혼을 빨아먹
는 흡혈귀인 스펙터들이 득실거리는 도시 치타가체에서 만단검을 손에
넣고 리라와 함께 아버지를 찾아 나선다.

존 패리 | 윌 패리의 아버지. 다른 세계에서는 그루만, 조파리 등의
이름을 가진 정체가 모호한 신비의 인물.

리 스코즈비 | 텍사스 출신의 기구 조종사로 볼반가르에서 만난 리라를
도와 '성체위원회'의 음모로부터 아이들을 구출하는 작전
에 참여한다. 리라를 친딸처럼 아끼며 끝까지 리라를 위해 일한다.

**찰스
래트롬 경** | 황금나침반과 만단검을 손에 넣고자 음모를 꾸미지만 그
자신이 콜터 부인의 계략에 넘어가게 된다.

말론 박사 | 윌이 살고 있는 세계에서 섀도, 즉 더스트를 연구하는 과학자. 반역의 천사들의 부름을 받은 그녀는 운명적으로 정해진 자신의 역할을 수행하기 위해 리라와 윌을 찾아서 다른 세계로 향한다.

아스리엘 경 | 리라의 아버지. 세계와 세계 사이의 경계에 균열을 일으킨 장본인. 교권의 이름으로 자행된 모든 잔학한 행위에 대항해 거대한 세계간의 전쟁을 준비한다. 다양한 세계에서 협력자들을 끌어모아 전쟁을 준비하지만 정작 가장 중요한 무기를 손에 넣지 못한다.

콜터 부인 | 리라의 어머니. 숨이 멎을 만큼 아름다운 자태를 지녔지만 기분 나쁜 분위기를 풍기는 그녀의 황금 원숭이 데몬만큼 사악하고 교활하다. 교권의 강력한 대리인인 '성체위원회'를 결성하여 '더스트'의 근원을 파헤쳐서 없애 버리려는 음모를 꾸미는 타고난 계략가다. 찰스 경의 도움으로 다른 세계를 넘나들게 되고 스펙터들을 강력히 통제하면서 리라의 뒤를 쫓는다.

세라피나 페칼라 | 검은 실크 옷을 입고 금발에 밝은 녹색 눈을 한 마녀들의 여왕. 리라를 보호하기 위해 치타가체로 온다.

고양이와 자작나무

월은 엄마의 손을 끌어당기며 재촉했다.

"어서 가요! 어서……."

그러나 겁에 질린 월의 엄마는 망설이고 있었다. 월은 저녁 햇살이 비치는 좁은 도로를 두리번거렸다. 저녁노을에 더욱 선명해진 작은 베란다, 아담한 정원과 반듯하게 정돈된 울타리들, 그리고 빛을 받아 눈부시도록 반짝이고 있는 유리창과 집 뒤로 늘어선 그림자들이 보였다. 지금쯤 사람들은 저녁식사를 할 것이다. 조금만 지체하면 아이들이 밖으로 나와 그들을 이상하게 보며 저마다 한마디씩 해 댈 것이다. 그러니 더 이상 꾸물거릴 수 없었다. 하지만 월은 평소에 하던 대로 차근차근 엄마를 설득할 수밖에 없었다.

"엄마, 어서 안으로 들어가서 쿠퍼 부인을 만나요. 자, 보세요. 다 왔어요."

“쿠퍼 부인?”

엄마는 멈칫거리며 물었다.

그러나 윌의 손은 어느새 초인종을 향하고 있었다. 윌은 한 손으로 엄마의 손을 꼭 잡고 있었다. 따라서 초인종을 누르려면 가방을 한쪽에 내려놓아야만 했다. 열두 살이나 먹은 소년이 엄마의 손을 잡고 다닌다는 건 부끄러운 일이었다. 그러나 윌은 이렇게라도 하지 않으면 어떤 일이 일어날지 안 봐도 훤히 알 수 있었다.

현관문이 열리며 쿠퍼 부인이 모습을 드러냈다. 나이가 들어 구부정한 그녀는 윌이 기억하고 있던 대로 라벤더 향을 풍겼다.

“누구냐? 오, 윌리엄이니? 널 본 지가 1년도 넘은 것 같구나. 그래 얘야, 무슨 일이지?”

“저, 안으로 들어가게 해 주세요. 저희 엄마도 같이 왔어요.”

윌이 야무지게 말했다.

쿠퍼 부인은 헝클어진 머리를 하고 정신 나간 표정으로 미소 짓고 있는 윌의 엄마를 쳐다보았다. 그러곤 윌을 돌아보았다. 소년은 불안한 눈빛으로 입을 꼭 다문 채 턱을 앞으로 내밀고 있었다. 부인은 다시 한쪽 눈만 요란하게 화장한 윌의 엄마에게 시선을 보냈다. 이런 꼴을 하고 외출을 하다니 무슨 문제가 생긴 것이 분명했다.

“무슨 일인지……”

쿠퍼 부인은 말끝을 흐리며 그들이 안으로 들어올 수 있도록 좁은 통로 한쪽으로 비켜섰다.

현관문을 닫기 전에 윌은 거리 쪽을 살펴보았다. 쿠퍼 부인은 패리 부인이 아들의 손을 얼마나 꼭 잡고 있는지, 그리고 그런 그녀를 윌이 얼마나 다정하게 피아노가 있는 방으로 안내하는지를 지켜보았다. 윌이 이 집에서 알고 있는 방은 그곳뿐이었다. 패리 부인의 옷에서는 퀴

퀴한 냄새가 났다. 젖은 빨래를 세탁기에 오래 넣어 두었던 것 같았다. 저녁 햇살이 소파에 나란히 앉은 어머니와 아들을 비추자 너무도 닮은 두 얼굴이 드러났다. 튀어나온 광대뼈에 동그란 눈동자, 숱이 많은 검은 눈썹까지 마치 찍어 낸 듯 닮은 얼굴이었다.

"그래 무슨 일이니, 윌리엄?"

쿠퍼 부인이 물었다.

"엄마가 며칠간 머물 곳이 필요해요. 지금은 집에서 돌봐 드릴 수가 없어요. 아프신 것은 아네요. 그냥 좀 혼란스러워하고 겁을 내고 계세요. 그리고 걱정이 좀 많으세요. 하지만 엄마 때문에 힘들지는 않으실 거예요. 그저 부드럽게 대해 주시기만 하면 돼요. 선생님이시라면 그런 일쯤 쉽게 하실 수 있을 거예요."

패리 부인은 두 사람의 대화를 귀담아듣지 않고 아들 얼굴만 멍하니 바라보고 있었다. 쿠퍼 부인은 패리 부인의 뺨에 들어 있는 퍼런 멍 자국을 놓치지 않았다. 윌은 절망적인 표정으로 쿠퍼 부인에게 말했다.

"생활비가 많이 들지도 않으실 거예요. 지낼 동안 잡수실 음식도 갖고 왔어요. 아마 선생님도 드실 만큼은 될 거예요. 엄마도 같이 드시는 걸 좋아하실 거예요."

"그렇지만 얘야. 내가 그 일을 잘 해낼지…… 아무래도 의사가 필요하지 않겠니?"

"아뇨! 엄만 아픈 게 아니라니까요."

"그렇지만 그런 일은 아무래도…… 이웃이나 가족이 해야 되지 않겠니?"

"저흰 친척이 없어요. 엄마와 저뿐이에요. 또 이웃들은 모두 바쁘거든요."

"사회복지 시설을 이용하지 그러니? 내가 귀찮아서 이런 말을 하는 게 아니란다. 다만……."

"그건 안 돼요. 조금만 도와주시면 될 거예요. 잠깐이면 돼요. 오래 걸리지 않아요. 전…… 할 일이 있어서 그래요. 하지만 되도록 빨리 돌아와서 엄마를 모시고 갈게요. 그러니 선생님이 조금만 수고해 주세요."

패리 부인은 아들의 말을 철석같이 믿는다는 표정으로 윌을 보았다. 그러자 윌도 엄마에게 고개를 돌리며 한껏 사랑이 담긴 눈길을 보냈다. 그런 소년의 표정에는 쿠퍼 부인이 거절할 수 없을 거라는 확신이 담겨 있었다. 쿠퍼 부인은 패리 부인을 보며 말했다.

"저, 하루 이틀쯤이라면 별 문제가 아닌 것 같군요. 부인은 제 딸의 방을 쓰세요. 딸애는 지금 호주에 가 있어서 방이 비어 있답니다."

"고맙습니다, 선생님."

윌은 소파에서 벌떡 일어나 인사를 했다. 금세라도 달려 나갈 것 같은 태세였다.

"애야, 너는 어디에 있을 거니?"

쿠퍼 부인이 물었다.

"전 친구와 함께 있을 거예요. 선생님 전화번호를 알고 있으니까 되도록 자주 전화 드릴게요. 별일은 없을 거예요."

아들을 바라보는 패리 부인의 눈길은 쓸쓸하기 그지없었다. 윌은 허리를 숙여 엄마의 볼에 어색한 키스를 했다.

"걱정 마세요. 쿠퍼 선생님은 저보다 더 엄마를 잘 돌봐 주실 거예요. 내일 전화할게요."

모자는 포옹을 했다. 연거푸 엄마의 뺨에 키스한 윌은 일어나서 현관문으로 향했다. 쿠퍼 부인은 눈물이 그렁그렁한 윌의 눈에서 슬픔을 읽을 수 있었다. 그러나 곧 윌은 정신을 가다듬고 예의를 갖춰 쿠퍼 부인에게 손을 내밀었다.

"안녕히 계세요. 정말 고맙습니다."

"윌리엄, 무슨 일이 있었는지 말해 주면 좋으련만……."

"말씀 드리기 곤란해요. 하지만 엄마가 선생님 속을 태우는 일은 없을 거예요."

그 대답은 부인이 원하는 것이 아니었다. 윌도 자신이 엉뚱한 대답을 하고 있다는 것을 알았지만 달리 방법이 없었다. 쿠퍼 부인은 이렇게 야무지게 마음을 무장한 소년은 처음 보았다.

윌은 텅 비어 있을 집으로 발걸음을 옮겼다.

윌과 엄마가 살고 있는 집은 현대식 건물이 늘어선 골목에 있었다. 똑같이 생긴 열두어 채의 집들 중 가장 낡은 집이었다. 집 앞 화단에는 잡초만 무성했다. 연초에 윌의 엄마는 이 화단에 두해살이 화초들을 정성 들여 심었다. 그러나 때를 맞춰 물을 주지 않아 시들시들 말라 죽어 버렸다. 윌이 길모퉁이를 돌자 아직도 살아 있는 수국 아래 있던 고양이 막시가 윌에게 인사하기 위해 기지개를 폈다.

윌은 막시를 가슴에 품고 말했다.

"그들이 또 왔니, 막시? 그들을 봤어?"

집 안은 고요했다. 석양이 산을 넘어 어둠이 내려앉은 길 건너에서 어떤 남자가 차를 닦고 있었다. 그러나 남자는 윌에게 시선을 보내지 않았고, 윌 역시 그를 돌아보지 않았다. 사람들과 눈길을 덜 마주치는 게 윌에게는 좋은 일이었다.

윌은 막시를 가슴에 안은 채 문을 열고 조용히 안으로 들어갔다. 그리고 고양이를 내려놓기 전에 사방으로 귀를 기울였다. 고요했다. 집 안에는 아무도 없는 것이 분명했다.

윌은 막시를 주방으로 데려가서 통조림을 하나 따 주었다. 그 남자는 언제쯤 올까? 알 수는 없지만 서두르는 편이 좋을 것 같았다. 월은 주위를 살피며 살며시 계단으로 올라갔다.

그는 낡은 녹색 가죽가방을 찾기 시작했다. 이렇게 평범한 현대식 주택에 가방을 숨길 만한 장소가 헤아릴 수 없을 정도로 많다는 것이 놀라웠다. 굳이 물건을 숨기려고 많은 돈을 들여 비밀 천장이나 지하실을 만들 이유가 없을 것 같았다. 월은 우선 엄마의 침실부터 뒤지기 시작했다. 엄마의 속옷이 든 서랍장을 뒤지며 얼굴이 빨개지기도 했다. 그는 차근차근 위층에 있는 방부터 자신의 방까지 확인했다. 막시는 가까운 곳에서 월의 행동을 지켜보며 자신의 몸을 혀로 핥고 있었다.

녹색 가죽가방은 쉽게 눈에 띄지 않았다.

날이 저물자 배가 고팠다. 월은 토스트와 구운 콩을 만들어 먹으며 이번에는 아래층 방을 뒤질 생각을 하고 있었다.

월이 식사를 마쳤을 때 전화벨이 울렸다.

그는 긴장하며 꼼짝도 하지 않고 앉아 있었다. 심장이 요란하게 뛰기 시작했다. 그는 벨 소리를 세기 시작했다. 벨은 스물여섯 번이나 울리다가 멈추었다. 월은 접시를 싱크대 안에 놓고 다시 가방을 찾기 시작했다.

네 시간이 훌쩍 지났지만 월은 아직도 녹색 가죽가방을 찾지 못했다. 새벽 1시 30분이었고 몸도 지칠 대로 지쳐 있었다. 그는 옷을 입은 채로 침대에 누워 곧바로 잠에 빠져 들었다. 이런저런 꿈으로 머릿속이 복잡했다. 겁을 먹은 엄마의 슬픈 얼굴이 머릿속에서 떠나지 않고 있었다.

겨우 서너 시간쯤 잠을 잤을까 싶을 때 불현듯 두 가지 생각이 머리를 스쳤다. 우선 가방 있는 곳이 생각났고, 다음으로 두 남자가 지금 아래층 주방문을 열고 있다는 생각이 들었다.

월은 막시를 들어 올려 잠을 깨웠다. 그러곤 신경을 곤두세우고 아래층에 귀를 기울이며 신발을 신었다. 의자를 옮기는지 무언가가 바닥에 끌리는 소리가 나면서 잠깐씩 사람의 말소리가 들려왔다.

월은 그들에게 들키지 않기 위해 까치발을 하고 침실에서 나와 층계참에 있는 골방으로 걸어갔다. 새벽녘의 희미한 빛에 낡은 재봉틀의 모습이 드러났다. 여러 시간 동안 온 집을 뒤지면서도 실뭉치 따위의 잡동사니들이 들어 있는 재봉틀 상자는 미처 생각하지 못했던 것이다.

월은 그런 생각을 하면서도 계속 아래층에 귀를 기울였다. 남자들의 움직임이 느껴졌다. 회중전등 불빛이 문가에 희미하게 어른거리고 있었다.

월이 상자의 걸쇠를 찾아 뚜껑을 열자 그렇게 찾아 헤맸던 가죽가방이 보였다.

이젠 어떻게 해야 하나?

생각을 정리하느라고 잠시 망설였던 월은 몸을 움츠리고 어둠 속으로 나아갔다. 심장은 멈출 줄 모르고 쿵쾅거렸지만 온 신경은 아래층에 집중되어 있었다.

거실에는 두 명의 남자가 있었다. 그중 한 남자가 나지막이 말했다.

"서둘러, 우유 배달부 소리가 들려."

"이쪽까지 오려면 아직 멀었어."

다른 남자가 대꾸했다.

"위층도 뒤져야지."

"그러니까 빨리 해. 꾸물거리지 말고."

층계참이 삐걱거리자 월은 숨을 죽였다. 아래층 남자는 아무런 소리도 내지 않았지만, 계단이 삐걱거릴 줄은 미처 예상하지 못했던 것 같았다. 잠시 정적이 감돌았다. 희미한 회중전등 빛이 거실 바닥을 훑고 지나갔다. 월은 틈새로 비치는 그 불빛을 볼 수 있었다.

문이 열리고 있었다. 남자가 문 사이로 모습을 드러내기를 기다리던 월은 어둠 속을 치달아 그 남자의 배를 힘껏 들이받았다.

그들은 고양이를 보지 못했다.

남자가 계단을 다 올라왔을 때, 고양이 막시는 살그머니 침실에서 나와 남자의 뒤에 섰다. 그러고는 꼬리를 치켜세우고 몸으로 그의 두 다리를 휘감을 태세를 갖추었다. 훈련으로 단련된 남자는 이런 상황에서도 능숙하게 월을 처치할 수 있었다. 그러나 고양이가 다리를 감는 바람에 헉 소리를 내며 계단 아래로 굴러 떨어져 거실 탁자에 머리를 부딪히고 말았다.

월은 공포에 질린 비명 소리를 들었다. 그러나 그 때문에 동작을 멈출 수는 없었다. 그는 계단을 빠르게 달려 내려가 층계 밑에서 온몸을 쭉 뻗은 채 경련을 일으키고 있는 남자의 몸을 뛰어넘었다. 그러고는 순식간에 탁자 위에 있는 낡은 쇼핑백을 들고 현관으로 달려 나갔다. 또 한 명의 남자가 거실에서 나와 뒤쫓아 올지도 모를 일이었다.

월은 겁에 질려 정신없이 달렸다. 그러나 다른 한 남자는 소리를 지르지도, 자신을 쫓아오지도 않았다. 그러자 이상한 생각이 들었다. 그들은 자동차가 있어서 얼마든지 쫓아올 수 있을 것이다. 월이 할 수 있는 일은 오직 앞으로 달리는 것뿐이었다.

월은 우유 배달부가 길모퉁이로 돌아가는 것을 보았다. 배달차에서 쏟아지는 불빛이 어슴푸레하게 동이 터 오는 새벽길을 희미하게 비추었다. 월은 옆집 정원 울타리를 뛰어넘어 골목길을 지나 다음 집 정원 울타리를 뛰어넘었다. 새벽 이슬을 머금은 풀밭을 지나 앞마당과 도로 사이에 자리 잡은 정원수를 이리저리 돌아 도로로 향했다. 그리고 키 작은 관목 사이에 몸을 낮추고 숨을 헐떡이며 몸을 부르르 떨었다. 도로로 나가기에는 너무 이른 시간이었다. 조금만 기다리면 출근 시간이 시작될 것이다.

월은 탁자에 머리를 부딪힌 남자 생각을 지울 수가 없었다. 목이 돌아가고 온몸이 무서울 정도로 뒤틀려 있었던 것이다. 그 남자는 죽었다. 그리고 그는 자기가 죽인 것이다.

월은 자꾸만 떠오르는 불길한 생각을 떨쳐 내려고 애썼다. 그것 말고도 생각할 것이 너무나 많았다. 엄마! 엄마는 과연 그곳에 무사히 계실 수 있을까? 쿠퍼 선생님은 비밀을 지켜 주실까? 갑자기 내가 자취를 감춰 버려도 그분은 비밀을 지켜 주실 수 있을까? 사람을 죽인 내가 어떻게 모습을 드러낼 수 있단 말인가.

그러면 막시는 어떻게 되는 거지? 누가 막시를 키워 주지? 두 남자가 있는 그 집에서 막시는 내 걱정을 하고 있을까? 아니면 그들을 쫓아가려고 할까?

날이 점점 밝아 오고 있었다. 쇼핑백 속에 든 물건들을 살펴볼 수 있을 정도로 시야가 밝아졌다. 엄마의 지갑, 최근에 도착한 변호사의 편지, 영국의 남부 지도, 초콜릿, 치약, 여분의 옷, 그리고 가장 소중한 녹색 가죽가방이 들어 있었다.

모든 것이 생각했던 대로 된 셈이었다. 다만 한 가지, 그 남자를 죽일 생각만큼은 결코 계획에 들어 있지 않았다.

월은 일곱 살 때 엄마가 다른 사람과는 다르다는 것을 처음 알았고, 자신이 엄마를 돌봐야 한다고 생각했다. 두 사람은 슈퍼마켓에서 장난을 치고 있었다. 남들이 보지 않는 틈을 타서 얼른 물건을 바구니에 집어넣는 일이었다. 망을 보는 건 월의 몫이었다. 그는 나지막한 소리로 다급하게 엄마에게 말했다.

"지금이에요!"

윌의 소리를 들은 엄마는 진열대에서 통조림이나 과자봉지를 얼른 집어 들고 살며시 바구니 속에 넣었다. 물건이 바구니 안에 무사히 들어 있는 걸 보고 그들은 안도의 숨을 내쉬곤 했다. 다른 사람의 눈에 띄지 않았기 때문이다.

그 장난은 참 재미있었다. 두 사람은 한동안 그런 장난을 좋아했다. 일요일 아침의 슈퍼마켓 안은 사람들로 복작거렸고, 둘은 이런 장난에 점점 능숙해져서 손발이 척척 맞았다. 엄마와 아들은 마음이 통했다. 윌은 엄마를 사랑했고 엄마에게 수시로 그런 마음을 표현했다. 엄마도 윌에게 아낌없이 사랑을 쏟았다.

계산대에 도착할 때 윌은 이제 거의 성공했다는 생각으로 흥분했다. 그리고 엄마가 지갑을 찾지 못하고 있을 때도, 심지어 아무래도 적들이 지갑을 훔쳐 간 것 같다고 말했을 때도 장난이 계속되고 있다고 생각했다. 그러나 이번 장난은 지겨웠고 배도 고파 왔다. 엄마는 더 이상 즐거운 표정이 아니었다. 겁먹은 얼굴이었다. 결국 그들은 물건들을 제자리에 돌려놓느라고 진열대를 뱅글뱅글 돌아야만 했다. 하지만 이번에는 특별히 신경을 써야 했다. 적들이 신용카드 번호를 이용해서 그들을 추적할 수 있기 때문이었다. 엄마의 지갑을 그들이 갖게 되면 카드 번호를 알게 될 테니까…….

윌은 점점 더 겁이 나기 시작했다. 그는 엄마가 아들이 놀라지 않도록 이런 진짜 위험을 얼마나 현명하게 장난으로 넘겨 왔는지 알고 있었다. 그러나 진실을 알고 난 지금은 엄마를 안심시키기 위해서라도 겁먹은 모습을 보일 수 없었다.

그래서 윌은 계속 장난하는 것처럼 행동했다. 그래야만 엄마가 아들이 겁을 먹었다고 걱정하지 않을 터였다. 결국 그들은 아무것도 사지 못한 채 집으로 돌아와야 했다. 하지만 집에 도착했을 때는 적어도 적으로부터 안전하다는 사실은 알 수 있었다. 거실 탁자에서 엄마의 지갑을 발견했던 것이다. 월요일 아침에 그들은 은행에 가서 먼저 개설한 통장을 없애고 다른 은행에 새 통장을 개설했다. 모든 걸 확실하게 해 두기 위해서였다. 이렇게 해서 그들은 위험을 일단락 지을 수 있었다.

그러나 월은 다음 몇 달 동안 서서히 진실을 알아 가기 시작했다. 엄마의 적은 바깥세상에 있는 것이 아니라 그녀의 마음속에 있었던 것이다. 이것은 월이 엄마를 더욱 조심스럽게 돌봐야 한다는 걸 의미했다. 슈퍼마켓에서 엄마를 걱정시키지 않기 위해 행동한 그 순간부터 월의 마음은 언제나 엄마가 걱정하는 것에 신경을 쓰고 있었다. 엄마를 보호하는 일이라면 목숨이라도 바칠 수 있을 만큼 진정으로 엄마를 사랑했기 때문이다.

월의 아버지는 그가 얼굴을 기억하기도 전에 어디론가 사라졌다. 월은 정말 아버지에 대해 알고 싶었다. 그는 엄마에게 아버지에 대해 얘기해 달라고 졸라 댔다. 그러나 엄마가 속시원하게 대답할 수 있는 건 하나도 없었다.

"우리 아빠 부자였어?"

"우리 아빠 어디 간 거야?"

"왜 간 거야?"

"아빠 죽었어?"

"언제 집에 와?"

"아빠 어떤 사람이었어?"

엄마는 마지막 질문에만 대답할 수 있었다. 월의 아버지 존 패리는 잘생기고 용감하고 현명한 영국 해병대 장교였다. 그는 탐험을 하기 위해 군대에서 나와 세계의 외딴 지역으로 대원들을 이끌고 길을 떠났다.

아버지의 얘기를 들은 윌은 흥분했다. 세상에 탐험가인 아버지보다 더 멋진 사람이 있으면 나와 봐라! 그 얘기를 들은 뒤부터 윌은 끝없는 공상의 날개를 폈다. 윌과 아버지는 신나게 정글을 활보하기도 했고, 커다란 범선의 갑판에 서서 두 눈을 찌푸리고 몰아치는 폭풍우를 근심스럽게 바라보기도 했다. 또 어떤 때는 박쥐 동굴에서 횃불을 밝혀 가며 벽에 그려진 문자를 해독하기도 했고, 더할 나위 없이 좋은 친구가 되어 서로가 서로의 목숨을 구해 주기도 했다. 별이 쏟아지는 밤이 되면 모닥불 가에 둘러앉아 그날의 일들을 얘기하며 온 세상에 울려 퍼지도록 소리 내어 깔깔거리기도 했다.

그러나 나이가 들어 갈수록 윌은 점점 의심을 하게 되었다. 세상의 어느 곳인지는 모르지만 왜 그곳에서 찍은 아버지의 사진은 없는 것일까? 썰매를 탄 북극 사람들과 찍은 사진이라든지, 이름 모를 식물들로 뒤덮인 정글에서 찍은 사진들이 있어야 하는 게 아닐까? 목적한 바를 찾아내지 못했다고 하더라도 집으로 돌아와야 하는 게 아닐까? 혹시 어떤 책에 아빠에 대한 기록이 있지는 않을까?

엄마는 모른다고만 했다. 그러나 엄마가 말한 것 중에 윌의 뇌리에서 떠나지 않는 것이 한 가지 있었다. 엄마는 이렇게 말했었다.

"언젠가는 너도 아빠의 뒤를 따라가게 될 거야. 너도 아빠처럼 훌륭한 사람이 될 거야. 아빠의 망토를 이어받아서……."

윌은 엄마의 말을 정확히 알아듣지는 못했지만 왠지 가슴이 뿌듯해지며 막연한 결심이 서기 시작했다. 머릿속으로 상상하는 이 모든 일이 언젠가는 이루어지리라! 아버지는 세상 오지 어디에선가 길을 잃고 계시다. 나는 아버지를 구출하고 그 망토를 이어받아야만 한다. 그런 위대한 목표를 품고 산다는 것이 쉽지는 않겠지만 분명 가치 있는 일일 것이었다.

그래서 월은 엄마의 병을 비밀에 부쳤다. 엄마는 가끔 차분해지고 정신도 더 맑아졌다. 그럴 때면 월은 엄마에게서 쇼핑과 요리 그리고 청소법 등을 배웠고, 엄마의 병이 도지면 그런 모든 일을 혼자 해냈다. 엄마가 두려움과 광기에 사로잡혀 입을 꼭 다물 때마다 월은 그런 사실을 밖으로 드러내지 않으려고 조심했다. 학교에서는 아무도 눈치 채지 못하게 행동했으며, 이웃의 관심을 끌지 않으려고 노력했다.

무엇보다 두려운 일은 당국에서 엄마의 병을 눈치 채고 어디론가 데려간 뒤 그를 낯선 사람들만 있는 보호원에다 맡겨 버리는 것이었다. 그런 일은 견딜 수 없을 것만 같았다. 엄마는 제정신으로 돌아오면 다시 행복해했고, 월이 자신을 잘 돌봐 준 사실을 참으로 고마워했다. 엄마는 너무도 다정했고 월을 많이 사랑해 주었기 때문에 세상에서 부러울 것이 없을 정도였다. 엄마와 함께라면 이 세상 어디서라도 행복하게 살 수 있을 것 같았다.

그때 그들이 나타났다.

월이 생각하기에 그들은 경찰도 정부 기관 사람도 아니었고, 범죄자도 아닌 듯했다. 그들은 자신들이 원하는 것이 무엇인지 말하려 하지 않았다. 그들은 월의 엄마에게만 무슨 말을 했고, 그 말을 들은 패리 부인은 갑자기 허물어질 것처럼 기운을 잃었다.

월은 문밖에서 방 안의 이야기에 귀를 바짝 기울이고 있었다. 아버지에 관한 얘기가 들리는 순간 월의 심장은 쿵쿵 뛰기 시작했다.

그 사내들은 존 패리가 어디로 갔는지, 그리고 언제 돌아오는지 엄마에게 묻고 있었다. 또 아버지가 어느 나라 대사관과 접촉했는지도 추궁했다. 그들의 끈질긴 추궁에 엄마가 괴로워하는 것을 보자 월은 문을 박차고 들어가 그들에게 나가 달라고 했다.

비록 어린아이지만 워낙 강력하게 항의했기에 두 사내는 웃을 수도 없었다. 마음만 먹으면 한주먹에 날려 보낼 수도 있었지만 그들은 그렇게 하지 못했다. 월은 조금도 위축되지 않고 머리끝까지 화를 내며 그들에게 대들었다.

사내들은 집에서 나갔다. 이런 일이 있고 나서 월은 더욱 확신을 갖게 되었다. 아버지는 어딘가에서 고생을 하고 있으며 자신만이 아버지를 구해 낼 수 있다는 생각이었다. 더 이상 어린아이 노릇만 하고 있을 수는 없었다. 이젠 결심을 행동에 옮겨야 할 때이며, 그것은 가치 있는 일임에 분명했다.

그러나 오래지 않아 사내들은 다시 찾아왔다. 그리고 패리 부인에게 꼭 듣고 싶은 말이 있다고 했다. 한 명이 아래층에서 얘기를 하는 동안 다른 사내는 위층에 올라가서 무언가를 찾기 시작했다. 패리 부인은 그들이 무엇을 하고 있는지 알지 못했다. 학교에서 일찍 집으로 돌아온 월은 그 사내들을 발견하자 불같이 화를 내며 그들을 집 밖으로 몰아냈다.

사내들은 월이 엄마를 병원에 보내지 않기 위해 경찰에 신고하지 못한다는 것을 알고 있었고, 그래서 점점 더 끈질기게 굴었다. 그들은 마침내 월이 엄마를 공원으로 데리고 나간 틈을 이용해 집 안으로 침입하기까지 했다. 패리 부인의 병세는 더욱 나빠져서 이젠 연못가에 놓인 벤치들의 나무 판들을 하나하나 손으로 만져 봐야만 한다고 믿게 되었다. 그 일을 빨리 끝내기 위해서 월도 엄마를 도와 나무 판들을 같이 만지곤 했다. 엄마와 함께 집으로 돌아온 후 월은 사내들이 타고 온 자동차가 마당을 빠져나가는 모습을 보았다. 집 안으로 달려 들어간 월은 그들이 서랍이며 찬장 따위를 몽땅 뒤집어 놓은 것을 알았다.

월은 그들이 무엇을 찾고 있는지 알고 있었다. 엄마는 녹색 가죽가방을 소중한 보물 다루듯 했다. 월은 그 가방 속을 뒤져 볼 생각은 꿈에도 하지 않았다. 엄마가 가방을 어디에 숨겨 놓았는지조차 모르고 있었다.

다만 그 속에 편지들이 들어 있고, 가끔 엄마가 그 편지들을 읽으며 눈물을 흘린다는 사실만 알고 있었을 뿐이다. 엄마가 아버지 얘기를 꺼내기 시작한 것은 그때부터였다. 그래서 월은 사내들이 찾고 있는 것이 바로 그 녹색 가죽가방이라고 짐작했고, 그에 대한 무슨 조치를 취해야만 한다고 생각하게 되었다.

가장 먼저 해결해야 할 것은 엄마를 무사히 모실 곳을 찾는 일이었다. 그러나 마땅하게 부탁해 볼 만한 친구가 없었을 뿐 아니라 이웃들도 그들 모자에게 의혹의 눈초리를 보내고 있었다. 그나마 믿을 수 있는 단 한 사람은 쿠퍼 선생님이었다. 월은 일단 엄마를 선생님 집으로 모셔다 놓고 녹색 가죽가방을 찾아 편지를 읽어 본 뒤 옥스퍼드로 떠날 예정이었다. 그곳에 가면 궁금증이 풀릴 것도 같았다. 그런데 사내들이 생각보다 빨리 집으로 쳐들어왔던 것이다.

이제 월은 사내들 중 한 명을 죽이고 말았다. 그 때문에 경찰도 그를 추적하고 있을 것이었다.

월은 남의 눈을 피하는 일에 꽤 익숙한 편이었다. 그러나 여태까지와는 비교도 안 될 만큼 남의 눈을 조심해야만 했다. 그가 아버지를 찾거나 추적자들이 그를 찾을 때까지 이 일은 계속될 것이다. 월은 만일 추적자들의 손에 먼저 잡히게 될 경우 그들을 몇 명이나 더 죽이게 될지 따위는 생각하고 싶지도 않았다.

그날 어두워질 때쯤 월은 옥스퍼드 시를 64킬로미터 앞둔 지점을 걷고 있었다. 온몸이 지칠 대로 지쳐 있었다. 버스를 두 번이나 탔고, 지나가는 자동차를 얻어 타기도 했으며, 지칠 만큼 걷기도 했다. 옥스퍼드 시에 도착했을 때는 저녁 6시였다. 하고 싶은 일을 시작하기에는 너무 늦은 시간이었다. 그는 버거킹으로 들어가 햄버거를 먹은 후 사람들의 눈을 피하기 위해 영화관에 들어갔다. 그러고는 다시 교외로 나와 끝없이 펼쳐진 길을 따라 북쪽으로 걸어갔다.

아직까지는 월을 주의 깊게 바라보는 사람이 없었다. 그는 잠잘 데를 찾아봐야겠다고 생각했다. 시간이 지날수록 사람들이 자신을 이상한 눈으로 바라볼 것이 뻔했다. 길을 따라 늘어선 안락한 집들의 정원에서는 숨을 곳을 찾기 어려웠다. 도시의 주택들은 시골처럼 문을 열어 놓지 않았다.

그는 동서로 돌아가는 옥스퍼드 순환로를 가로질러 북쪽으로 향하는 커다란 로터리에 이르렀다. 밤중이어서 지나다니는 자동차가 드물었고 거리는 조용했다. 도로를 따라 널따란 잔디밭 뒤로 평화롭게 자리 잡은 집들이 서 있었고 도로와 잔디밭이 만나는 곳에는 자작나무가 두 줄로 나란히 늘어서 있었다. 왕관 모양의 나뭇잎들이 완벽한 균형을 이루고 있어서 마치 아이들이 그려 놓은 그림 같았다. 나무들은 가로등이 내뿜는 빛을 받아 연극 무대의 배경처럼 보였다.

지칠 대로 지친 월은 적당한 나무를 찾아 그 아래 잔디밭에 드러누워 잠을 청해야겠다고 생각했다. 그는 생각을 좀 정리하고 싶어서 걸음을 멈추었다. 그때 고양이 한 마리가 눈에 띄었다.

막시와 비슷한 얼룩무늬 고양이였다. 고양이는 옥스퍼드 길가의 잔디밭에서 슬금슬금 걸어 나왔다. 월은 쇼핑백을 옆에 내려놓고 몸을 숙여 막시에게 했던 것처럼 손으로 고양이의 머리를 쓰다듬었다. 고양이들은 이렇게 쓰다듬어 주는 것을 무척 좋아한다. 그러나 고양이를 보자 갑자기 집으로 돌아가고 싶다는 생각이 간절해져 눈물이 나왔다.

고양이는 곧 왔던 길을 되돌아갔다. 지금은 밤이니까 부지런히 돌아다니며 생쥐를 잡아야 할 것이다. 앞으로 걸어가던 그 얼룩 고양이는 자작나무 아래 잡목 사이에서 걸음을 멈추었다.

월은 고양이의 행동이 어딘가 이상하다는 생각이 들었다.

고양이는 앞발을 들어 허공의 어딘가를 두드리는 듯했지만 월의 눈에는 아무것도 보이지 않았다. 그러자 고양이는 뒤로 한 걸음 물러나 등을 구부리고 털을 곤두세우며 꼬리를 빳빳하게 쳐들었다. 월은 고양이의 행동에 대해 비교적 잘 알고 있었다. 그는 고양이가 다시 접근하고 있는 지점을 자세히 살펴보았다. 그곳은 자작나무와 정원 울타리를 이루고 있는 잡목 사이의 허공이었다. 고양이는 앞발을 들고 다시 그 허공을 두드리곤 뒤로 물러섰다. 전보다는 한결 작은 동작이었고 조심성도 덜했다. 고양이는 코를 킁킁거리며 수염을 실룩거리더니 더 이상 호기심을 억제하지 못했다.

고양이는 앞으로 걸어가더니 곧 모습을 감추었다.

월은 눈을 깜빡이며 한동안 그 자리에 서 있었다. 트럭 한 대가 로터리를 돌아 달려오며 그에게 불빛을 쏘았다. 트럭이 지나가고 나자 월은 고양이가 가리켰던 곳을 바라보며 도로를 가로질렀다. 월이 가까이 다가가 자세히 보니, 그것이 보였다.

그는 다른 각도에서 볼 수 있었다. 마치 누가 공중에 네모난 헝겊을 덧대 놓은 듯했다. 길가에서 2미터쯤 떨어진 곳에 있는 구멍은 1미터가 채 안 되는 크기였다. 구멍과 같은 높이에서는 잘 보이지 않고, 뒤에서는 완전히 안 보였다. 길에서 가장 가까운 쪽에서만 볼 수 있는데, 그나마도 쉽게 보이지 않았다. 그 구멍을 통해서 보이는 것이라곤 가로등 불빛을 받은 잔디밭뿐으로 주위의 풍경과 전혀 구분이 되지 않았기 때문이다.

그러나 월은 그 구멍 너머로 보이는 잔디밭이 이곳과는 완전히 다른 세계의 잔디밭이라는 사실을 조금도 의심하지 않았다.

그 이유를 설명할 수는 없었다. 단지 그것을 보는 순간 불은 뜨겁고 친절은 좋은 것임을 아는 듯 금방 알 수 있었다. 월은 매우 진기한 것을 보고 있다는 그 이유만으로도 호기심에 이끌려 그곳을 계속 기웃거렸다. 머릿속이 윙윙거리고 심장이 팔딱팔딱 뛰었지만 망설이지 않았다. 윌은 곧 이 세상에서 다른 세상으로 통하는 구멍 속으로 쇼핑백을 집어넣고 자신도 기어 들어갔다.

윌은 일렬로 늘어선 나무들 아래 서 있었다. 그러나 이번에는 자작나무가 아닌 키 큰 야자수들이었다. 그 야자수들도 옥스퍼드에 있는 나무들처럼 잔디밭을 따라 한 줄로 늘어서서 자라고 있었다. 야자수들이 늘어선 큰 길 한쪽으로는 환하게 불을 밝힌 카페와 작은 상점들이 문을 열어 놓고 있었다. 그러나 사방은 고요하고 사람들의 모습은 하나도 보이지 않았다. 다만 별들이 총총한 밤하늘 아래 후텁지근한 밤거리에는 이름 모를 꽃들의 향기와 바다에서 불어오는 짠내만 진동할 뿐이었다.

윌은 조심스럽게 사방을 살폈다. 하늘에 떠 있는 보름달이 멀리 푸른 산기슭을 환하게 밝히고 있었다. 그곳에는 멋지게 가꾸어진 정원이 딸린 집들과 작은 나무들이 끝없이 펼쳐진 너른 들판, 고풍스런 교회 건물도 있었다.

윌의 바로 옆에는 방금 그가 빠져나온 구멍이 공중에 떠 있었다. 저쪽 세상에서보다는 보기가 더 힘들었지만 구멍은 분명 허공에 그대로 있었다. 그는 구멍 속으로 머리를 들이밀고 자신이 속해 있던 옥스퍼드 거리를 내다보았다. 그러고는 몸을 떨며 한 걸음 뒤로 물러섰다. 이 새로운 세계가 어떤 곳인지는 몰라도 그가 방금 떠나온 세상보다는 나아야 할 것이었다. 마치 꿈을 꾸다가 깨어난 것처럼 정신이 맑아져 왔다. 윌은 자신을 이곳으로 안내한 고양이를 찾아 주위를 두리번거렸다.

고양이는 눈에 띄지 않았다. 아마도 현란한 불빛이 빛나고 있는 카페의 정원과 좁은 거리들을 탐색하고 있을 것 같았다. 윌은 낡은 쇼핑백을 집어 들고 거리를 가로질러 천천히 걷기 시작했다. 어쩌면 이 별천

지가 갑자기 사라져 버릴지도 모른다고 생각하며 조심스럽게 걸음을 옮겼다.

기후는 지중해나 카리브 연안 같았다. 영국을 벗어나 본 적이 없어서 자기가 알고 있는 곳과는 비교할 수 없지만, 월이 생각하기에 이곳은 사람들이 밤이면 바닷가로 나가서 먹고 마시며 음악에 맞춰 춤을 추는 그런 장소 같았다. 그런데 사람들은 하나도 보이지 않았고 세상이 온통 고요하기만 했다.

첫 번째 모퉁이를 돌자 카페가 나왔다. 보도 위에는 작은 녹색 테이블들이 놓여 있고 아연을 입힌 바 위에는 에스프레소 기계가 있었다. 어떤 테이블 위에는 마시다 만 음료수잔과 누군가 피우다 만 담배도 있었다. 딱딱한 롤빵이 들어 있는 바구니 곁에는 리조토가 담긴 접시도 있었다.

월은 바 뒤에 있는 냉장고에서 시원한 레모네이드 한 병을 꺼내고는 1파운드짜리 동전을 현금통에 넣으려다 말고 잠시 생각했다. 돈을 보면 이곳이 어디라는 걸 알 수 있을 것이다. 현금통을 찾아본 월은 코로나라고 불리는 화폐를 찾아냈지만 그 이상은 알 수 없었다.

월은 돈을 도로 집어넣고 카운터에 매달린 병따개로 레모네이드 뚜껑을 딴 뒤 카페를 나왔다. 그리고 야자수가 늘어선 길을 천천히 걸었다. 작은 식료품점과 빵집들이 보석상과 꽃집 사이에 있었고, 구슬발을 드리운 집들도 보였다. 한껏 멋을 낸 쇠창살 발코니마다 빽빽이 들어찬 꽃들이 좁은 도로 위로 늘어져 더욱 조용하고 폐쇄된 듯한 느낌을 주었다.

야자수 거리는 급경사를 이루며 넓은 도로로 이어지고 있었다. 거기에도 야자수들이 하늘 높이 쭉쭉 뻗어 있었으며, 야자수 잎은 가로등 불빛에 반사되어 반짝거렸다.

도로 한쪽은 바다와 닿아 있었다.

왼쪽에는 돌로 된 방파제가 항구를 에워싸고 있었고, 오른쪽 벼랑에는 탄탄한 돌기둥 위에 지은 거대한 건물이 서 있었다. 널찍한 계단과 발코니 주위로 꽃나무들과 덤불이 우거져 있었다. 항구에는 닻을 내린 보트 한두 척이 파도에 일렁거리고 있었고, 방파제 너머 끝없이 펼쳐진 바다 위로 별빛이 쏟아져 내리고 있었다.

월은 피로가 씻은 듯 가셨다. 놀라운 마음에 정신이 번쩍 들었다. 그는 좁은 거리를 걸어가며 이따금 손을 내밀어 벽이나 대문이나 창가에 놓인 꽃들을 만져 보았다. 그러나 아무리 만져 봐도 틀림없는 벽이고 대문이고 꽃이었다. 그는 눈앞에 보이는 모든 것을 만져 보고 싶었다. 그러다 갑자기 두려워져 걸음을 멈추고 긴 한숨을 내쉬었다.

카페에서 가지고 온 레모네이드 병은 여전히 그의 손에 들려 있었다. 차가운 레모네이드를 한 모금 마시자 뜨거운 이곳 밤 공기에 타는 듯하던 갈증이 시원하게 씻겨 내려가는 기분이었다.

그는 무작정 오른쪽으로 걸어갔다. 차양이 드리워지고 밝은 전등이 입구를 환하게 밝히고 있는 호텔 정원에는 부겐빌레아 꽃들이 만발했다. 그는 계속 걸어갔다. 정면을 네온사인으로 화려하게 장식한 숲 속의 건물들은 아무래도 카지노나 오페라 공연장 같았다. 거기까지는 좁은 오솔길로 연결되어 있고 커다란 전등이 매달려 있었다. 그러나 그 어떤 곳에서도 생명이 꿈틀거리는 소리는 들리지 않았다. 나이팅게일이 노래하는 소리도 곤충들이 우는 소리도 들리지 않았다.

월의 귀에 들려오는 소리라고는 야자수 너머 해변으로 몰려오는 규칙적인 파도 소리뿐이었다. 월은 그쪽으로 발길을 돌렸다. 파도가 철썩이며 와 닿는 하얀 모래 위에 수상자전거들이 한 줄로 늘어서 있었다. 잔잔한 파도가 몇 초 간격으로 밀려왔다간 조용히 미끄러지듯 밀려가곤 했다. 물가에서 50미터쯤 되는 지점에 다이빙대가 설치되어 있었다.

월은 수상자전거의 한쪽 페달에 발을 올리고 싸구려 운동화를 벗었다. 답답하게 발을 감싸고 있던 양말도 벗어서 신발 위에 올려놓고 맨발로 모래 위를 걷기 시작했다. 잠시 후 그는 옷을 모두 벗어 던지고 바닷물 속으로 첨벙거리며 들어갔다.

바닷물은 기분이 좋을 만큼 시원했다. 그는 다이빙대까지 헤엄쳐 가서 받침대 위에 기어 올라가 도시를 돌아보았다.

항구의 오른쪽을 에워싸고 있는 방파제 너머 2km쯤 뒤로 붉은색과 하얀색 불빛이 깜빡이는 등대가 보였다. 그 등대 너머로 절벽이 희미하게 모습을 드러냈고, 그 주위로는 월이 지나오면서 본 나지막한 산들이 넓게 퍼져 있었다.

전등불을 매단 카지노 정원의 나무들과 도시의 거리들, 호텔과 카페와 불을 밝힌 가게들이 손에 닿을 듯 가깝게 보였다. 하지만 그 어디에도 사람의 그림자는 보이지 않았고, 모두가 텅 비고 고요하기만 했다.

그리고 모든 것이 안전하게 느껴졌다. 이곳에서는 아무도 월을 쫓아올 수 없었고, 그의 집을 뒤지던 사내들이나 그를 추적하는 경찰들도 없었다. 그는 완벽하게 몸을 숨길 수 있는 도시를 찾은 것이다. 월은 그날 아침 집을 나온 후 처음으로 안전하다는 느낌을 받았다.

그는 갈증을 느꼈고 배도 고팠다. 그래서 다시 바다로 뛰어들어 천천히 해변으로 돌아왔다. 월은 팬티만 입고 나머지 옷과 낡은 쇼핑백은 손에 든 채 빈 음료수병을 쓰레기통에 던져 넣은 뒤 항구 쪽으로 난 도로를 따라 맨발로 걷기 시작했다.

월은 몸의 물기가 어느 정도 마르자 청바지를 입고 음식이 있을 만한 장소를 찾기 시작했다. 호텔들은 아주 으리으리했다. 그는 첫 번째 호텔 안을 기웃거렸지만 엄청나게 커서 어쩐지 불안한 기분이 들었다. 그래서 해변으로 계속 걸어가 자그마한 카페를 하나 찾아냈다. 1층 베란다에 화분들이 있고 도로 쪽에 테이블과 의자들이 놓여 있는 것이 다른 카페들과 다를 바 없었지만, 월은 이상하게도 그 카페가 마음에 들었다.

카페의 계산대 뒤로는 권투선수의 사진이 든 액자가 걸렸고, 활짝 웃는 악사가 아코디언을 연주하는 포스터가 붙어 있었다. 주방 옆의 열린 문 사이로는 꽃무늬 카펫이 깔린 좁은 계단이 보였다.

월은 발소리를 죽이며 좁은 계단을 올라갔다. 눈앞에 보이는 문을 열자 방이 나왔다. 방 안 공기가 후텁지근하고 탁해서 창문을 열고 환기를 시켰다. 그 방은 작은 공간에 비해 낡고 큰 가구들이 들어차서 더욱 비좁아 보였지만 깔끔하고 안락하게 정돈되어 있었다. 이 집에 사는 사람들은 마음이 좋을 것 같았다. 방 안에는 책이 꽂힌 작은 책장과 잡지가 놓인 탁자, 그리고 사진 두 점이 있었다.

월은 그 방을 나와 다른 방들을 돌아보았다. 작은 목욕탕과 더블 침대가 놓인 침실이 더 있었다. 그러나 마지막 방의 문을 열려는 순간 월의 몸에 갑자기 소름이 돋았다. 그리고 심장이 미친 듯이 뛰기 시작했다. 어쩐지 방 안에 무언가 있을 거라는 예감이 든 것이다.

월이 문 앞에서 서성거리고 있을 때 갑자기 문이 벌컥 열리며 야생 동물 같은 무언가가 돌진해 나왔다. 월은 마음의 준비를 하고 있었기 때문에 문 앞에 바짝 서 있지는 않았지만 반사적으로 자신에게 달려드는 그것과 죽을힘을 다해서 싸웠다. 남자인지 여자인지 짐승인지 모르는 상대를 향해 미친 듯이 주먹과 무릎과 머리를 휘둘러 댔다.

상대는 월의 또래로 보이는 여자 아이였다. 팔다리가 드러난 더러운 넝마 같은 옷을 걸친 그 여자 아이는 짐승처럼 으르렁거리며 사납게 달려들었다.

월의 모습을 알아본 여자 아이는 순간 고양이처럼 어두운 모퉁이로 몸을 피했다. 그 애의 옆에는 놀랍도록 큰 야생 고양이가 있었다. 월의 무릎에 닿을 정도로 커다란 그 고양이도 털을 곤두세우고 이빨을 드러내며 꼬리를 바짝 치켜세웠다.

여자 아이는 월의 움직임을 주시하며 손으로 고양이의 등을 어루만졌다.

월은 천천히 몸을 일으키며 여자 아이에게 물었다.

"넌 누구니?"

"리라 실버텅."

"여기서 살아?"

"아니."

리라는 쌀쌀맞게 대답했다.

"여긴 어떤 곳이지? 이 도시 말이야."

"나도 몰라."

"넌 어디서 왔어?"

"이곳과 붙어 있는 다른 세상에서. 그런데 네 데몬은 어딨지?"

월은 눈을 동그랗게 떴다. 그때 그는 고양이에게 이상한 일이 벌어지는 것을 보았다. 리라의 품 안으로 뛰어든 고양이는 이내 다른 모습으로 바뀌었다. 지금은 목 주위와 엉덩이에 흰색을 띤 적갈색 족제비로 모습을 바꾸고 월을 노려보며 그르렁거리고 있었다. 월은 족제비나 여자 아이가 마치 자기를 유령이라도 되는 듯이 두려워한다는 것을 알게 되었다.

"난 데몬이 없어. 그게 뭔지도 몰라."

월은 족제비를 손으로 가리키며 되물었다.

"아, 그러면 이게 네 데몬이니?"

리라는 천천히 몸을 일으켰다. 그녀의 목을 감고 있는 족제비는 월의 얼굴에서 그 까만 눈을 잠시도 떼지 않았다.

"그런데도 넌 멀쩡히 살아 있구나."

리라는 미심쩍은 표정으로 말했다.

"이럴 수가…… 이럴 순 없어."

"내 이름은 윌 패리야. 난 데몬이 뭔지 몰라. 내가 사는 세상에선 데몬이란…… 악마를 뜻하는 말이거든."

"네가 사는 세상이라고? 그러면 이곳은 네가 사는 세상이 아니야?"

"응, 나도 방금 전에 이곳으로 왔어. 네가 살았다는 세상처럼 그곳도 여기와 붙어 있어."

리라는 조금 안심하는 표정이었지만 여전히 경계심을 늦추진 않았다. 윌은 낯선 고양이를 친구로 만들 때처럼 리라를 차분하게 대했다.

"너 혹시 이곳에서 다른 사람을 본 적이 있니?"

"아니."

"이곳에 온 지는 얼마나 됐어?"

"몰라, 며칠 된 것 같아."

"왜 이곳에 왔어?"

"더스트를 찾으려고."

"먼지를 찾는다고? 황금으로 만들어지기라도 한 거야? 도대체 어떤 거야?"

리라는 눈살을 찌푸리며 대꾸하지 않았다. 윌은 아래층에 내려가며 말했다.

"배가 고파. 부엌에 음식 있는 거 봤니?"

"몰라."

리라는 일정한 거리를 두고 윌의 뒤를 따랐다.

부엌에서 윌은 닭고기와 양파와 고추 등을 찾아냈지만 썩는 냄새가 났기 때문에 그냥 쓰레기통에 버려야 했다.

"넌 뭘 먹고 지냈니?"

윌이 냉장고를 열며 물었다.

리라가 냉장고 안을 보며 대답했다.

"난 이런 게 있는 줄도 몰랐어. 어머, 이렇게 시원하다니……."

리라의 데몬은 밝은 빛깔의 나비로 변하여 잽싸게 냉장고 안으로 날아갔다가 그녀의 어깨 위에 와서 앉았다. 그러고는 날개를 천천히 들었다 놓았다 했다. 윌은 이곳에서 벌어지고 있는 일들이 하도 이상해서 머리가 돌 지경이었지만 나비를 쳐다보지 않으려고 애썼다.

"냉장고를 처음 봤니?"

윌은 냉장고에서 콜라를 꺼내 리라에게 건네주고 계란을 꺼냈다. 리라는 콜라 캔을 두 손바닥으로 누르며 좋아했다.

"마셔."

리라는 이마를 찌푸렸다. 캔을 딸 줄 몰랐기 때문이다. 윌이 캔 뚜껑을 따 주자 거품이 솟아올랐다. 리라는 의심스러운 표정을 짓고 혀끝을 살짝 대보더니 눈을 동그랗게 떴다.

"이거 맛있는 거니?"

호기심과 두려움이 섞인 목소리였다.

"응, 이 세계에도 분명 콜라가 있나 봐. 자, 내가 먼저 마셔 볼게."

윌은 리라가 보는 앞에서 단숨에 콜라를 들이켰다. 리라도 윌처럼 콜라를 마셨다. 그녀도 갈증이 났던 모양이다. 리라는 콜라를 마신 뒤 코에서 가스가 뿜어져 나오자 얼굴을 찌푸렸다.

"난 오믈렛을 만들 거야. 넌 뭘 먹을래?"

"오믈렛이 뭔데?"

"보면 알아. 구운 콩을 좋아하면 그걸 먹든지."

"구운 콩은 또 뭐야?"

월은 리라에게 통조림을 보여 주었다. 리라는 콜라 캔처럼 고리가 있는 줄 알고 찾기 시작했다.

"그건 깡통따개로 여는 거야. 네가 살던 세계에는 따개가 없었니?"

"그곳에선 하인들이 요리를 해."

그녀는 우쭐대는 말투로 말했다.

"저쪽에 있는 서랍을 열어 봐."

월이 계란 여섯 개를 깨뜨려 거품을 내고 있는 동안 리라는 서랍을 뒤졌다.

"바로 그거야."

월이 소리쳤다.

"빨간 손잡이가 달린 것. 그걸 이리 가져와."

그는 리라에게 깡통따개로 통조림을 따는 시범을 보였다.

"냄비 안에다 이걸 쏟아."

깡통에 코를 들이대고 킁킁거리던 리라는 기쁜 표정을 지으면서도 여전히 의심을 풀지 않았다. 그녀는 입맛을 다시며 월이 소금과 후추를 계란에 뿌리고 냉장고에서 버터를 꺼내 프라이팬에 두르는 것을 지켜보았다. 성냥을 가지고 오던 월은 리라가 군침을 흘리며 더러운 손을 풀어 놓은 계란 속에 집어넣는 것을 보았다. 리라의 데몬 고양이도 앞발을 계란 안에 집어넣고 있었다.

"아직 다 되지 않았어! 도대체 언제 마지막으로 식사를 한 거야?"

"스발바르의 아버지 집에 있을 때야. 너무 오래되어서 기억도 나지 않아. 그리고 이곳에서 빵과 고기를 찾아 먹었어."

월은 스토브에 불을 붙여 버터를 녹이고 프라이팬에 계란을 부어 골고루 퍼지게 했다. 리라는 허기를 참으며 월이 프라이팬을 기울여 계란 모양을 바로잡는 것을 지켜보았다. 그녀는 요리를 하고 있는 월의 손과 맨살이 드러난 어깨, 그리고 발을 찬찬히 보았다.

월은 완성된 오믈렛을 반으로 나누며 말했다.

"접시 두 개만 가져와."

리라는 순순히 그의 말을 들었다.

월은 리라에게 정원에 있는 테이블을 말끔히 닦으라고 말했다. 그러고는 서랍에서 칼과 포크를 꺼내 음식과 함께 테이블로 날랐다. 두 사람이 테이블에 마주 앉자 어색한 분위기가 감돌았다.

눈 깜짝할 사이에 자기 몫을 먹어 치운 리라는 월이 오믈렛을 다 먹을 동안 의자에서 몸을 끄덕이기도 하고 의자의 플라스틱 조각을 두드리기도 했다. 그녀의 데몬은 또다시 모습을 바꾸었다. 황금 방울새로 변한 데몬은 테이블 위에 놓인 음식 부스러기를 쪼아 먹고 있었다.

월은 천천히 식사를 했다. 그는 리라에게 더 많은 콩을 주었지만 식사 시간은 리라보다 훨씬 더 오래 걸렸다. 그들 앞에 펼쳐진 항구에 한적한 가로수 거리를 따라 불빛이 반짝이고 있었다. 도시 전체가 무거운 침묵에 잠겨 있었다.

식사를 하는 동안 월은 리라에 대한 생각을 떨칠 수가 없었다. 그녀는 작고 말랐지만 표범처럼 강인해 보였다. 그리고 월이 리라의 뺨에 난 시퍼런 멍을 손으로 어루만져도 전혀 관심을 보이지 않았다. 그녀의 표정은 어린아이 같으면서도 어른 같았다. 콜라를 맛볼 때의 표정과 슬픈 표정을 지을 때의 모습이 사뭇 달랐다. 그녀의 눈은 연한 파란색이었고 짙은 황금색 머리카락은 이제껏 한 번도 감지 않은 것처럼 보였다. 그녀의 온몸에는 때가 끼어 있었고 여러 날 동안 샤워하지 않은 사람에게서 나는 고약한 냄새가 났다.

"로라? 라라?"

월이 물었다.

"리라야."

"리라 실버텅?"

"응."

"너의 세계는 어디지? 여긴 어떻게 왔어?"

그녀는 어깨를 으쓱하며 말했다.

"걸어서 왔어. 온통 안개로 뒤덮인 길을 걸었지. 나는 어디로 가는지도 몰랐어. 그러나 내가 살고 있던 세상을 벗어나고 있다는 건 알았지. 안개가 걷히고 나서야 앞이 보였어. 바로 이곳이었지."

"더스트가 뭐야?"

"더스트는…… 음, 그걸 찾아야 해. 하지만 이 도시는 텅 비어 있어서 아무에게도 물어볼 수가 없어. 사나흘 동안 사람 그림자도 못 봤거든."

"왜 그렇게 더스트를 찾으려고 하지?"

"그건 특별한 거야. 보통 먼지하고는 달라."

리라의 데몬은 다시 형태를 바꾸었다. 그것은 황금 방울새에서 새까만 생쥐로 변해 빨간 눈을 이리저리 굴리고 있었다. 윌이 경계의 눈초리로 생쥐를 바라보자 리라의 눈도 그의 시선을 쫓아갔다.

"너도 몸 안에 데몬을 갖고 있어."

그는 리라의 말뜻을 이해할 수 없었다.

"갖고 있다니까. 그렇지 않다면 인간이 아니지. 반쯤 죽은 인간이라면 몰라도. 우린 데몬이 없는 아이를 본 적이 있었어. 그런데 너와는 달랐어. 네가 몰라서 그렇지, 너도 분명 데몬을 가지고 있어. 우린 널 처음 본 순간 정말 놀랐어. 마치 밤 유령 같기도 하고 아닌 거 같기도 했거든. 그렇지만 곧 밤 유령이 아니란 걸 알았어."

"우리라구?"

"나와 판탈라이몬 말이야. 네 데몬도 분명 있을 거야. 네 반쪽이니까.

네가 사는 세계에는 우리 같은 사람이 없니? 모두들 너처럼 데몬을 숨기고 다니는 거야?"

월은 그들을 보았다. 말라깽이 파란 눈의 소녀는 이제 검은 생쥐를 품에 안고 앉아 있었다. 그러자 월은 갑자기 심한 외로움을 느꼈다.

"난 피곤해서 잘래. 넌 계속 여기 있을 거니?"

"몰라. 난 더스트를 찾아야 해. 아무래도 학자들이 있는 곳일 것 같아. 그곳에 가면 틀림없이 더스트에 관해 아는 사람이 있을 거야."

"그러면 이곳은 아니겠구나. 나는 옥스퍼드라는 곳에서 왔어. 그곳에도 학자들이 많이 있는데 혹시 너 거기로 가려는 건 아니니?"

"옥스퍼드? 나도 거기서 왔어."

"네가 사는 세계에도 옥스퍼드가 있었어? 넌 내가 사는 곳에서 오지 않았는데."

"그럼, 분명히 다른 세상이지. 내가 살던 곳에도 옥스퍼드라는 곳이 있어. 그러니까 두 곳의 이름이 똑같다는 얘기구나. 넌 어떻게 여길 왔어? 다리를 건넜니?"

"아니, 허공에 난 창문 같은 곳을 넘어왔어."

"내게도 보여 줘."

리라는 부탁이 아니라 거의 명령조로 말했다. 월은 고개를 저었다.

"지금은 싫어. 잠을 자야 하니까. 그리고 지금은 한밤중이야."

"그럼 내일 아침에 꼭 보여 줘."

"알았어. 그렇지만 난 할 일이 많으니까 너 혼자서 학자들을 만나야 할 거야."

"그건 어렵지 않아. 난 학자들에 대해 잘 알고 있거든."

월이 접시를 놓고 테이블에서 일어나며 말했다.

"내가 요리를 했으니까 넌 설거지를 해."

리라는 믿을 수 없다는 표정을 지으며 월에게 대들었다.

"깨끗한 접시들이 저렇게 많은데, 설거지를 하라고? 말도 안 돼. 내가 하인인 줄 알아?"

"그러면 내일 아침에 길을 안 가르쳐 줄 거야."

"혼자서도 할 수 있어."

"나 말고는 아무도 거기를 찾지 못해. 너 혼자선 힘들걸. 그리고 우리가 이곳에 얼마나 머무를지도 모르고 말이야. 그렇게 하려면 먹고 살아야 할 거고 이곳을 지금처럼 계속 깨끗이 해 놓아야 할 거야. 그건 우리가 이곳에 묵었다는 것에 대한 감사의 표시이기도 해. 그러니 청소를 해야 돼. 네가 설거지를 하면 이곳이 깨끗해질 거야. 난 이제 저 방에 가서 잘게."

그는 낡은 가방에서 세면도구를 꺼내 이를 닦고 난 뒤 더블 침대에 누웠다.

리라는 월이 잠들 때까지 기다렸다가 접시를 들고 부엌으로 갔다. 그리고 수도꼭지를 틀어 그 아래에 접시를 놓고 깨끗해질 때까지 헝겊으로 닦았다. 다음에는 칼과 포크를 닦고, 오믈렛을 만들었던 프라이팬은 노란 식기용 세제로 기름때가 없어질 때까지 빡빡 문질렀다. 그런 다음에는 마른 헝겊으로 식기의 물기를 닦아 건조대 위에 나란히 올려놓았다.

그녀는 여전히 목이 말라 냉장고에서 콜라를 꺼내 2층으로 올라갔다. 그러고는 월의 방문에 귀를 대고 안에서 아무 소리도 나지 않는 것을 확인했다. 그녀는 발끝으로 걸어 소리를 내지 않고 자신의 방으로 들어가 베개 밑에 넣어 둔 알레시오미터를 꺼냈다.

월에 대해 알아보기 위해 꼭 그의 곁으로 갈 필요는 없지만 리라는 어쨌든 그가 보고 싶었다. 그래서 월이 자고 있는 방문을 살며시 열고 안으로 들어갔다.

바다 쪽 불빛이 창문을 통해 들어와 천장에 반사되었다. 리라는 잠자고 있는 소년을 내려다보았다. 땀이 축축이 배어나 잔뜩 찌푸린 얼굴이 반들거렸다. 소년의 탄탄한 골격이 제법 건장해 보였다. 나이는 자신보다 더 먹은 것 같지 않지만 힘은 꽤 센 것 같았다. 만일 그의 데몬만 볼 수 있다면 쉽게 알 수 있을 텐데! 리라는 그의 데몬이 어떻게 생겼는지, 아직 모양이 형성되지 않은 것인지 몹시 궁금했다. 어떤 모습인지는 모르지만 거칠면서도 예의 바르고 우울할 것 같았다.

그녀는 까치발을 하고 창가로 걸어갔다. 그러고는 창문으로 스며드는 가로등 불빛 아래서 조심스럽게 알레시오미터를 꺼냈다. 리라는 알레시오미터에게 질문을 하기 위해 마음의 긴장을 풀었다. 바늘은 리라의 시선이 따라잡기 힘들 정도로 중앙에 고정된 다이얼 주변을 뱅글뱅글 돌기 시작했다.

리라는 질문을 시작했다.

"얘가 누구지? 친구일까, 적일까?"

알레시오미터가 대답했다.

'이 아이는 살인자야.'

대답을 듣는 순간 리라는 안심이 되었다. 그는 요리를 할 수 있고 옥스퍼드로 가는 길을 가르쳐 줄 수 있으며 힘도 제법 셌다. 그러나 어쩌면 믿을 수 없을지도 모르고 겁쟁이일 수도 있었다. 일단 살인자라니 친구가 될 가치는 있었다. 리라는 이 소년이 갑옷 입은 이오레크 뷔르니손처럼 안전하게 느껴졌다.

리라는 열린 창문 위로 셔터를 내려 아침 햇살이 소년의 얼굴에 내리쬐지 않도록 해 놓고 발끝으로 살금살금 걸어 방을 나왔다.

마녀들과 함께

볼반가르 실험기지에서 리라와 다른 아이들을 구출하여 스발바르 섬으로 날아간 마녀 세라피나 페칼라는 곤경에 빠졌다.

그녀와 동료 마녀들은 스발바르 유배지에서 탈출한 아스리엘 경을 쫓아가던 중 악천후를 만나 섬에서 멀리 떨어진 얼음 바다 위를 수 마일이나 날아가게 된 것이다. 그들 중에는 텍사스인 기구 조종사 리 스코즈비의 망가진 기구에 겨우 매달렸던 마녀도 있었다. 그러나 세라피나 페칼라는 공중으로 높이 날려가 아스리엘 경이 하늘에 만든 짙은 안개 속에서 굴러 떨어졌다.

세라피나가 자신이 다시 날 수 있다는 것을 알게 되었을 때 가장 먼저 생각한 것은 리라였다. 그녀는 가짜 곰왕과 진짜 곰왕 이오레크 뷔르니손이 결투를 벌였던 것도 몰랐고, 그 후로 리라에게 무슨 일이 벌어졌는지도 모르고 있었다.

  그래서 그녀는 구름소나무 가지를 타고 하얀 거위 데몬 카이사와 함께 금빛 햇살이 비치는 구름 속을 날며 리라를 찾기 시작했다. 그들은 스발바르 남쪽으로 돌아가서 이상한 빛과 그림자가 소용돌이치는 하늘 아래를 여러 시간 동안 선회했다. 세라피나는 살갗에 따갑게 내리쬐는 빛이 다른 세상에서 온 것임을 알 수 있었다.

  한참 후 카이사가 큰 소리로 말했다.

  "저기 좀 봐! 마녀의 데몬이야. 길을 잃었나 봐."

  세라피나는 안개 사이로 비치는 희미한 빛을 통해 제비갈매기 한 마리가 바쁘게 날갯짓을 하며 울부짖는 것을 보았다. 그들은 크게 원을 그리며 제비갈매기를 향해 날아가기 시작했다. 제비갈매기는 그들이 다가오는 것을 보고는 놀라 달아나려고 했지만, 세라피나가 우호의 신호를 보내자 다시 내려앉았다.

  세라피나가 말했다.

  "너는 어느 종족 출신이지?"

  "타이미르야. 나의 마녀가 잡혔어. 우리 친구들도 모두 멀리 쫓겨났고 나도 이렇게 길을 잃고 말았어."

  "누가 잡아갔다는 거야?"

  "원숭이 데몬을 가진 여자였어. 볼반가르에서 왔다던가…… 나를 도와줘, 제발."

  "너희 종족은 데몬 분리자들과 한편이었니?"

  "응, 그들이 그런 짓을 하고 있는 줄은 몰랐으니까. 볼반가르에서 전투가 벌어진 후 그들이 우리를 쫓아냈어. 그런데 나의 마녀를 포로로 잡아 배에 싣고 갔어. 그러니 난 어쩌면 좋아? 그녀는 나를 부르고 있는데 난 그녀를 찾을 수가 없어! 아, 제발 우리를 도와줘."

  "조용히 해."

카이사가 말했다.

"저 아래서 무슨 소리가 나는지 들어 봐야 하니까."

그들이 귀를 바짝 기울이며 아래로 날아 내려갔다. 세라피나는 곧 안개 속에서 둔탁하게 들려오는 가스 엔진 소리를 잡아냈다.

"이렇게 짙은 안개 속으로는 배가 항해할 수 없어. 그런데 뭐 하고 있는 걸까?"

카이사가 물었다.

"이건 배의 엔진보다 더 작은 소리야."

세라피나가 말했다. 그러자 아까와는 다른 방향에서 새로운 소리가 들려왔다. 마치 깊은 바다 속에서 거대한 생물이 울부짖는 것처럼 나지막하면서도 우렁찬 소리였다. 그 소리는 수 초 동안 반복되다가 갑자기 뚝 그쳤다.

"뱃고동 소리야."

세라피나가 설명했다.

그들은 바다 수면 위까지 내려가서 엔진 소리가 나는 쪽을 살펴보았다. 그때 약간 짙은 안개가 깔린 것처럼 보이는 곳에서 그 물체를 발견하게 되었다. 마녀는 축축한 공기를 가르고 통통거리며 돌진해 오는 기선 위로 아슬아슬하게 날아올랐다. 기름을 머금은 파도는 마치 위로 솟아오르기를 거부하는 것처럼 천천히 일렁였다.

그들은 기선 위를 선회했다. 제비갈매기 데몬은 엄마 곁에 바짝 달라붙어 있는 아기처럼 세라피나 곁을 떠나지 않았다. 배의 조타수가 항로를 약간 조정한 뒤 또다시 뱃고동 소리를 울렸다. 햇살이 이물 위로 쏟아져 내렸지만 곧 짙은 안개에 가려지고 말았다.

"아직도 저들을 돕는 마녀들이 있니?"

"그런 것 같아. 볼고르스크 출신의 배교자 마녀들이지. 아니었으면 그들도 쫓겨났을 거야. 이제 어떡할 거지? 내 마녀를 찾아 줄 거야?”

“그럼. 하지만 지금은 카이사와 이곳에 남아 있어.”

세라피나는 데몬들을 보이지 않는 곳에 남겨 두고 기선을 향해 날아가서 조타수 뒤쪽에 있는 카운터 위로 살며시 내려앉았다. 조타수의 데몬인 갈매기가 끼룩끼룩 울어 대자 그가 뒤를 돌아보며 소리쳤다.

“이젠 네 차례다, 이거지? 그러면 앞으로 날아가서 배를 항구 쪽으로 안내해야지.”

세라피나는 다시 날아올랐다. 역시 생각했던 대로였다. 그들은 여전히 마녀들의 도움을 받고 있었고, 그래서 조타수는 세라피나를 그들 중의 하나로 생각했던 것이다. 항구는 왼쪽에 있고 빨간 불빛을 반짝이고 있다는 것을 그녀는 기억했다. 안개 속을 헤매던 그녀는 100미터쯤 떨어진 지점에서 희미하게 빛나는 빨간 불빛을 발견했다. 그녀는 배로 돌아가서 공중을 선회하며 조타수에게 방향을 알려 주었다. 그러자 조타수는 배의 속도를 서서히 줄이며 수면 위로 드리워진 선창 사다리가 있는 쪽으로 몰아넣었다. 그가 뭐라고 소리치자 한 선원이 위에서 밧줄을 던졌고 또 다른 선원이 급히 사다리를 타고 내려와서 선창에 배를 단단히 고정시켰다.

세라피나는 기선 난간 위에 내려앉아 구명보트 옆 그늘로 숨었다. 다른 마녀들은 보이지 않았다. 어쩌면 그들이 하늘을 순찰하고 있을지도 모르지만, 카이사가 알아서 잘 처신할 것이었다.

승객 하나가 선창에서 사다리로 올라가고 있었다. 화려한 털옷에 모자를 쓰고 있었다. 그 사람이 갑판에 올라서자 황금 원숭이 데몬이 난간 위로 올라가 검은 눈을 반짝이며 으르렁거렸다. 세라피나는 숨을 죽였다. 바로 콜터 부인이었던 것이다.

검은 옷을 입은 남자가 갑판으로 급히 뛰어나가 그녀를 맞았다. 그는 다른 누구를 찾기라도 하듯 주위를 두리번거렸다.

"보리얼 경은……."

콜터 부인은 그의 말을 중간에서 가로챘다.

"다른 곳으로 갔어요. 고문은 시작했나요?"

"네. 콜터 부인. 그러나……."

"기다리라고 했잖아요."

여자가 사납게 말했다.

"그들은 내 말에 복종하지 않기로 했나요? 이 배는 기강을 좀 더 세워야겠군요."

그녀는 모자를 벗었다. 세라피나는 콜터 부인의 얼굴을 자세히 보았다. 젊고 도도하고 열정적인 모습이었다.

"나머지 마녀들은 어디에 있죠?"

그녀가 물었다.

"모두 갔습니다, 부인. 자신들의 고향으로 도망갔습니다."

"그렇지만 한 마녀가 배를 안내했잖아요. 그녀는 어디로 간 거죠?"

세라피나는 뒤로 움츠렸다. 선원은 당황한 표정으로 주위를 둘러보았다. 콜터 부인은 참을성이 없었다. 그녀는 갑판을 죽 훑어본 뒤 머리를 젓고는 노란 후광을 공중에 남긴 채 데몬과 함께 열린 문으로 급히 걸어갔다. 선원도 부인의 뒤를 따랐다.

세라피나는 주위를 둘러보았다. 그러고는 배의 난간과 선루 사이에 있는 환기창 뒤로 몸을 숨겼다. 함교와 채광통 아래쪽에 선실이 있었고, 그곳 창문을 통해 삼면을 바라볼 수 있었다. 그들은 선실 안으로 들어갔다. 창문을 통해 갑판으로 불빛이 새어 나와 앞쪽 돛대와 캔버스 천으로 감싼 해치를 희미하게 드러냈다. 물기에 젖어 있던 것들이 삽시간에 빳빳하게 얼기 시작했다. 세라피나가 있는 곳을 볼 수 있는 사람은 아무도 없었다. 하지만 그들의 동태를 자세히 살피기 위해서는 지금 숨어 있는 장소를 떠나야만 했다.

그녀는 구름소나무 가지를 타고 도망갈 수도 있었고, 몸에 지닌 칼과 활로 싸울 수도 있었지만 유감스럽게도 갑판에 내리면 그럴 수 없었다. 그녀는 소나무 가지를 환기통 뒤에 숨기고 갑판으로 살금살금 걸어가서 첫 번째 창문까지 다가갔다. 짙은 안개 때문에 선실 안이 잘 보이지 않았고 그들의 목소리도 잘 들리지 않았다. 그녀는 창문에서 물러나와 다시 그늘 속으로 몸을 숨겼다.

그녀가 할 수 있는 일은 한 가지밖에 없었다. 하지만 그 방법은 너무 위험할 뿐만 아니라 그녀의 기운을 완전히 소진시킬 수 있는 것이었다. 그녀는 망설였지만 달리 방법이 없는 듯했다. 자신의 모습을 남들에게 보이지 않게 하려면 마술을 부려야만 했다. 물론 완전히 모습을 감추는 것은 불가능하지만, 정신력을 집중해서 주문을 외우면 사람들로 하여금 그녀를 의식하지 못하도록 할 수는 있었다.

세라피나는 마음을 가다듬고 기를 한군데로 모으기 위해 모든 잡념을 떨쳐 냈다. 자신감을 갖기까지는 시간이 좀 걸렸다. 우선 시험을 해 보기 위해 숨어 있던 장소에서 갑판으로 걸어 나왔다. 맞은편에서 걸어오던 도구 가방을 든 선원 하나가 그녀를 돌아보지도 않고 옆으로 피해 지나갔다.

그렇다면 준비는 된 셈이었다. 그녀는 환하게 밝은 선실 하나를 찾아 문을 열었다. 방 안은 비어 있었다. 도망쳐야 할 경우를 대비해 방문은 조금 열어 놓았다. 방 안쪽에 배 밑바닥으로 통하는 문이 있었다. 계단을 내려가자 앤버릭 전등 불빛 아래 하얀 페인트를 칠한 파이프들이 나타났다. 그 공간 양쪽에는 선체로 통하는 문들이 있었다.

귀를 기울이고 조용히 걸어가던 세라피나는 사람들의 목소리가 들리자 걸음을 멈추었다. 회의를 하고 있는 듯했다.

그녀는 문을 열고 안으로 들어갔다.

열두어 명의 사람이 큰 테이블을 가운데 두고 둥그렇게 앉아 있었다. 그들 중 한두 사람이 잠시 세라피나를 돌아보았으나 이내 그녀의 존재를 잊어버린 듯했다. 그녀는 조용히 문 옆에 서서 그들을 지켜보았다. 그들은 주로 신부나 성직자들 같았고 추기경 복장을 한 노인이 회장인 듯했다. 유일한 여성인 콜터 부인은 그들에게서 조금 떨어져 앉아 있었다. 화려한 모피를 의자 등받이에 걸쳐놓은 콜터 부인은 내부의 훈훈한 공기 탓에 볼이 발갛게 달아올라 있었다.

세라피나가 주의 깊게 돌아보니 한 사람이 더 있었다. 여윈 얼굴의 그 남자는 개구리 데몬과 함께 가죽 장정으로 된 장서들과 노란 서류 파일이 널브러져 있는 테이블 옆에 앉아 있었다. 세라피나는 처음에는 그가 직원 혹은 비서일 거라고 생각했다. 그 남자는 커다란 시계 같기도 하고 나침반 같기도 한 황금색 기구를 강렬한 눈으로 쏘아보며 연신 무언가를 기록하고 있었다. 그는 여러 책 중에서 한 권을 펴 놓고 색인을 진지하게 찾은 뒤 내용을 참고하고 기록하기도 하고 다시 황금색 기구를 관찰하기도 했다.

세라피나는 마녀라는 말을 듣자 테이블 쪽으로 다시 시선을 던졌다.

"그 마녀는 소녀에 대해 뭔가를 알고 있습니다."

신부 중의 하나가 말했다.

"그녀가 그렇게 자백했습니다. 마녀들은 모두 소녀에 관한 무언가를 알고 있다구요."

"콜터 부인이 무엇을 알고 있는지 궁금하군. 부인께서 먼저 우리에게 얘기해야 할 것이 있는 것 아닙니까?"

추기경이 콜터 부인에게 물었다.

"좀 더 솔직히 말씀하시죠."

콜터 부인이 냉정하게 말했다.

"제가 여자란 걸 잊으신 것 같군요, 추기경님. 그리고 교회의 왕자님처럼 미묘한 존재도 아니지요. 그 소녀에 관해 제가 뭘 알아야만 한다는 것입니까?"

추기경은 입을 다물었지만 그 표정만으로도 뜻을 짐작할 수 있었다. 잠시 침묵이 흐른 뒤 이번에는 다른 신부가 공손하게 말을 꺼냈다.

"그런 예언이 있었던 듯합니다. 그 소녀에 관해서 말입니다. 콜터 부인. 모든 조짐이 맞아떨어지고 있어요. 그 아이의 탄생 배경부터 말이죠. 집시들도 그 소녀에 대해 알고 있습니다. 그들이 말하더군요. 마녀의 기름이나 늪의 불, 초자연이라는 단어들조차도 그 소녀에 대해서 말한다구요. 그렇기 때문에 집시들을 볼반가르로 안내할 수 있었다는 거죠. 곰들의 왕 이오푸르 락니손을 퇴위시킨 것도 그 아이의 놀라운 용맹 때문이었다고 하더군요. 그 소녀는 예사로운 아이가 아닙니다. 프라 파벨이 더 자세히 설명해 줄 겁니다."

그는 알레시오미터를 읽고 있는 마른 얼굴의 남자를 바라보았다. 그러자 프라 파벨은 어떻게 해야 좋을지 모르겠다는 표정으로 콜터 부인을 돌아보았다.

"아시겠지만 그 소녀가 갖고 있는 것을 뺀다면 저희가 갖고 있는 이 알레시오미터가 세상에서 유일한 것입니다. 이것을 소유했던 다른 사람들은 교회의 요구에 따라 모두 파괴했습니다. 이 기구에 따르면 소녀는 알레시오미터를 조던 대학 총장에게서 받았습니다. 그런데 그 소녀는 배우지 않고도 알레시오미터 읽는 법을 스스로 터득했습니다. 책을 보지도 않고 그냥 사용하는 겁니다. 알레시오미터를 믿지 않는 것이 가능하다면 차라리 그편이 쉬울 겁니다. 책 없이 그걸 읽는다는 건 상상도 할 수 없기 때문이죠. 전 읽는 법을 배우는 데만도 수십 년을 보냈습니다. 그런데 그 소녀는 알레시오미터를 손에 넣은 지 몇 주일도 안 되어 읽기 시작했습니다. 이제는 거의 완벽에 가까울 정도로 척척 읽어 내고 있습니다. 제가 알고 있는 사람들 중에는 그 아이만 한 학자가 없다고 봅니다.”

“프라 파벨, 그 아인 지금 어디에 있나?”

추기경이 물었다.

“다른 세상에 있습니다. 이미 늦었지요.”

“그 마녀가 알고 있습니다!”

다른 남자가 소리쳤다. 그의 데몬인 사향쥐는 쉴 새 없이 연필을 깎아 대고 있었다.

“그 마녀의 진술만 받아 내면 다 해결됩니다. 그녀를 다시 고문해야 합니다!”

“아까 그 예언 얘기는 뭐죠?”

화가 날 대로 난 콜터 부인이 말꼬리를 잡고 늘어졌다.

“왜 나한테는 그 얘기를 감추고 있었죠?”

그들에게 미치는 그녀의 영향력이 눈에 보이는 듯했다. 눈을 부릅뜨고 테이블 위를 위협적으로 맴돌고 있는 황금 원숭이를 똑바로 쳐다보는 데몬은 아무도 없었다.

단지 추기경의 데몬만 뒤로 꽁지를 빼지 않았다. 추기경의 앵무새 데몬은 발톱을 세워 원숭이의 머리를 할퀴었다.

“그 마녀는 매우 특별한 힌트를 주었소.”

추기경이 대답했다.

“난 그 힌트가 의미하는 것 따위는 믿지 않소. 만일 그게 사실이라면 우리들은 지금까지 겪지 못했던 끔찍한 책임을 져야 할 거요. 그러나 콜터 부인, 다시 한 번 묻겠소. 그 소녀와 소녀의 아버지에 대해서 당신이 알고 있는 것이 뭐요?"

콜터 부인의 얼굴이 분노로 하얗게 질렸다.

"저를 이런 식으로 심문하셔도 되는 건가요? 그리고 마녀에게 들은 말을 어떻게 나한테 감출 수가 있죠? 내가 마치 비밀이라도 감추고 있는 것처럼 말씀하시는군요? 내가 그 아이나 그 아이의 아버지 편이라도 되는 것 같아요? 혹시 날 그 마녀처럼 고문하고 싶어 그러시는 거예요, 추기경님! 우린 하나같이 추기경님의 명령에 복종하고 있어요. 추기경님께서 손가락 하나만 까딱하시면 절 갈가리 찢어 놓을 수도 있죠. 그러나 갈가리 찢어진 내 몸 어느 조각을 들춰 보시더라도 당신이 원하는 대답은 찾을 수 없을 거예요. 왠지 아세요? 전 그 예언이라는 것이 뭔지도 모르니까요. 추기경님, 그 예언이라는 게 뭔지 제게 말씀 좀 해 주시죠. 그 아이는 말예요. 죄와 부끄러움 속에서 태어난 제 아이일 뿐이에요. 그런데 추기경님께선 제가 알아야 할 모든 권리를 빼앗고 계시는군요."

그녀의 항변에 또 다른 신부가 부드럽게 말했다.

"진정하세요, 부인. 그 마녀는 아직 아무 말도 하지 않았습니다. 좀 더 심문해 봐야 알 수 있어요. 스터록 추기경께선 그녀가 단지 운만 떼었다고 말씀하신 겁니다."

그러자 콜터 부인이 대꾸했다.

"만일 그 마녀가 털어놓지 않으면요? 그땐 추측으로 맞히겠죠? 겁을 잔뜩 집어먹고 몸을 벌벌 떨면서 말이에요."

프라 파벨이 끼어들었다.

"아니, 그렇진 않습니다. 제가 지금 알레시오미터에게 그 질문을 할 겁니다. 마녀가 대답하건 책이 대답하건 이제 곧 알게 될 겁니다."

"얼마나 걸리는데요?"

그는 피곤한 듯 눈썹을 치켜뜨며 말했다.

"시간이 꽤 걸릴 겁니다. 굉장히 복잡한 문제니까요."

"하지만 마녀는 당장 대답할 수 있을 거예요."

콜터 부인은 자리에서 벌떡 일어나며 말했다. 그러자 마치 그녀를 경외하듯 다른 남자들도 일제히 일어섰다. 단지 추기경과 프라 파벨만 그대로 앉아 있었을 뿐이다. 세라피나는 자신의 모습이 눈에 띄지 않도록 뒤로 물러섰다. 황금 원숭이가 이빨을 빠드득 갈며 온몸의 털을 바짝 곤두세웠다.

콜터 부인은 황금 원숭이를 어깨에 올리며 말했다.

"마녀에게 가서 물어봅시다."

그녀가 앞장서서 통로를 빠른 걸음으로 걸어가자 남자들도 서둘러 그 뒤를 따라갔다. 그들이 앞으로 지나가자 세라피나는 몸을 움츠리며 가슴을 졸였다. 일행의 맨 마지막은 추기경이었다.

세라피나는 잠시 마음을 진정시켰다. 너무 긴장한 탓에 자신의 모습이 드러나려고 했기 때문이다. 그녀는 일행을 따라 황급히 통로를 지나 마녀가 갇혀 있는 방으로 갔다. 사방이 온통 하얗고 후텁지근한 방에는 그들 일행이 둘러서 있고 그 가운데 잔뜩 겁에 질린 마녀가 있었다. 온몸이 사슬에 친친 감긴 마녀의 잿빛 얼굴은 눈물범벅이었고 고문을 당한 다리는 뒤틀리고 부러져 있었다.

콜터 부인이 그녀 앞에 버티고 섰다. 세라피나는 문 옆에 서 있었다. 그러나 사람들에게 보이지 않는 이 방법을 오래 쓸 수는 없을 것 같았다. 지금 벌어지고 있는 상황은 그녀로서는 견디기 어려운 것이었다.

"마녀야, 그 아이에 대해서 말해 보렴."

콜터 부인이 말했다.

“안 돼!”

“고문을 할 거야.”

“이미 실컷 당했어.”

“오, 매운맛을 더 봐야겠군. 우리 교회는 천 년의 비법을 간직하고 있다. 너를 영원히 고통스럽게 만들 수도 있어. 그 아이에 대해 빨리 말해.”

콜터 부인이 마녀의 손가락을 비틀자 맥없이 뚝 부러졌다.

마녀가 비명을 지르는 순간 세라피나의 몸이 모든 사람에게 드러났다. 두어 명의 신부가 그녀를 돌아보고는 어리둥절해하며 겁먹은 표정을 지었다. 그러나 세라피나가 이내 마음을 가다듬자 신부들은 다시 고문받는 마녀에게로 눈길을 돌렸다.

“만일 대답하지 않으면 다른 손가락들도 차례로 부러뜨리겠다. 자, 네가 알고 있는 것을 다 털어놓아, 어서!”

콜터 부인이 표독스럽게 말했다.

“알았어! 제발, 제발 그만 해!”

“그럼 어서 말해.”

다시 손가락이 부러지는 소리가 나자 마녀는 고통에 못 이겨 울음을 토해 냈다. 세라피나는 차마 듣고 있을 수 없었다. 그때 마녀가 소리쳤다.

“그만, 그만! 말할게. 이제 제발 그만 해! 그 아이는 이 세상에 오기로 예언되어 있었어. 마녀들은 다 알고 있지. 우린 이름도 알아냈어.”

“그 아이 이름은 우리도 알고 있어. 무슨 이름을 말하는 거야?”

“그 아이의 진짜 이름! 그 아이의 운명적인 이름 말이야!”

“그게 뭐지? 어서 말해!”

콜터 부인이 재촉했다.

“안 돼…… 그건 안 돼…….”

"그렇다면 그 사실을 어떻게 알았지? 응?"

"시험이 있었어. 그 아이는 많은 구름소나무 가지들 가운데서 하나를 가려낼 수 있었어. 예언된 아이라는 증거였지……. 트롤선드에 있는 우리 영사관에서 있었던 일이야. 그 아인 집시들을 이끌고 거기에 왔었어. 그 곰과 함께……."

마녀의 목소리가 마침내 잦아들었다.

콜터 부인은 분에 못 이겨 또다시 마녀의 뺨을 때리며 소리쳤다.

"그러면 그 아이에 대한 예언이 뭔지 말해 봐."

계속 다그치는 부인의 목소리는 점점 격앙되어 공기마저 찢어 놓을 듯했다.

"그 아이의 운명적인 이름이란 게 뭐지?"

세라피나는 마녀를 에워싸고 있는 신부들 가까이로 다가갔다. 하지만 그들은 바로 곁에 서 있는 세라피나의 존재를 알아채지 못했다. 세라피나는 이제 마녀의 고통을 끝내 주어야만 했다. 그러나 자신의 몸을 드러내지 않기 위해 에너지를 너무 많이 소모한 뒤였다. 그녀는 허리춤에서 칼을 뽑아 들며 몸을 떨었다.

마녀가 흐느끼며 말했다.

"그 아이가 이전에 왔을 때 당신들은 그 애를 미워하고 두려워했어. 이제 그 아인 다시 왔지만 당신들은 알아보지 못했어. 그 아이는 스발바르에서 아스리엘 경과 함께 있었어. 그렇지만 당신들은 그 애를 놓치고 말았던 거야. 그리고 그 아이는……."

마녀가 말을 끝맺기도 전에 갑자기 열린 출입문을 통해 겁에 질린 제비갈매기 한 마리가 미친 듯이 날아들었다. 그것은 바닥에 떨어진 채 날개를 퍼덕거리며 마녀의 품에 안기려고 애썼다. 마녀는 울음을 터뜨리며 괴로운 목소리로 말했다.

"얌베아카! 저를 데려가세요. 저를!"

세라피나만이 그 사태를 이해할 수 있었다. 얌베아카는 죽어 가는 마녀를 데려가기 위해 온 여신이었다.

세라피나는 준비가 되었다. 그녀는 즉시 모습을 드러내고 행복한 미소를 지으며 마녀의 앞으로 나아갔다. 얌베아카는 행복하고 유쾌한 여신이므로 그녀의 방문은 귀한 선물이나 다름없었다. 마녀는 눈물로 얼룩진 얼굴을 들었다. 세라피나는 그녀의 볼에 살짝 키스하며 심장에 칼을 꽂았다. 마녀의 품에 안긴 제비갈매기 데몬도 초점을 잃은 눈으로 세라피나를 바라보더니 이내 사라져 버렸다.

이제 세라피나는 그곳을 빠져나가기 위해 싸워야만 했다.

신부들은 놀란 나머지 넋을 잃은 표정들이었다. 그러나 콜터 부인만은 금방 정신을 차리고 소리쳤다.

"저 마녀를 잡아라!"

그러나 세라피나는 이미 출입문에 서서 활시위를 당기고 있었다. 그녀의 화살을 맞은 추기경이 바닥에 쓰러지며 숨을 거두었다.

계단으로 연결된 통로를 지나 밖으로 달려 나오며 세라피나는 또 한 발의 화살을 날렸다. 신부 하나가 털썩 쓰러졌다. 배 안에서 비상종 소리가 요란하게 울렸다.

계단 끝은 갑판으로 통했다. 두 명의 선원이 세라피나의 앞을 가로막자 그녀가 말했다.

"저 아래야! 마녀가 도망갔어. 빨리 잡아!"

혼란스러운 상황에서 선원들은 어쩔 줄 몰라 갈팡질팡했다. 그러는 사이에 세라피나는 통로를 빠져나가 환기통 뒤에 숨겨 놓은 구름소나무 가지를 꺼냈다.

"저 마녀를 쏴!"

콜터 부인이 외치는 소리에 이어 서너 발의 총성이 울렸다. 구름소나무 가지에 올라탄 세라피나는 화살만큼 빠르게 공중으로 날아올랐다. 잠시 후 두터운 안개 속으로 안전하게 피신한 그녀에게 하얀 거위 데몬이 날아오며 물었다.

"어디로 가려는 거야?"

"카이사. 멀리. 멀리 가자! 저 인간들의 악취가 없는 곳으로."

세라피나는 어디로 가야 할지, 또 무엇을 해야 할지 알 수 없었다. 그러나 한 가지 사실만은 확실하게 알고 있었다. 그것은 자신의 화살통 안에 콜터 부인의 목을 꿰뚫을 화살이 하나 꽂혀 있었다는 것이다.

그들은 안개 속에서 빛나는 그 소란한 세상을 떠나 남쪽으로 날아갔다. 세라피나의 마음속에 한 가지 의문이 선명하게 떠올랐다. 아스리엘 경은 도대체 무엇을 하고 있을까? 세상을 발칵 뒤집어 놓은 이 모든 사건은 그의 불가사의한 행동에서 비롯된 것이다. 세라피나가 알고 있는 지식의 원천은 모두 자연과 관련된 것들이었다. 그녀는 어떤 동물이라도 추적할 수 있고, 어떠한 물고기라도 잡을 수 있으며, 아무리 진귀한 열매라도 찾아낼 수 있었다. 뿐만 아니라 담비가 무슨 생각을 하고 있는지도 읽을 수 있었다. 나뭇가지의 크기를 보고 지혜를 얻어 낼 수 있고 크로커스 꽃가루가 경고하는 내용도 해독할 수 있었다. 그러나 이것은 모두 자연의 자녀들이었고, 그들은 세라피나에게 자연의 진실을 말해 주고 있었다.

아스리엘 경에 대해 알기 위해서는 미지의 세계로 날아가야만 했다. 트롤선드 항구에 사는 란셀리우스 영사는 사람들의 세상과 관계를 맺고 있었다. 세라피나는 영사의 말을 듣기 위해서 안개 속을 헤치며 속력을 높여 날아갔다. 그의 집에 다다르기 전에 그녀는 항구 주위를 한 바퀴 돌았다.

차가운 물위에는 안개가 무리를 지어 유령처럼 떠다녔고 아프리카 선적의 커다란 배를 조종하는 조타수가 안내를 받아 조심스럽게 부두에 배를 대는 모습이 보였다. 항구 바깥쪽에는 정박 중인 다른 배들도 여러 척 있었다. 세라피나는 그렇게 많은 배를 처음 보았다.

짧은 낮이 기울 무렵 세라피나는 영사의 집 뒤뜰로 내려앉았다. 창문을 두드리자 란셀리우스 박사가 창문을 열고 손을 입술에 갖다 대며 말했다.

"세라피나, 반갑군요. 어서 들어와요. 그렇지만 오래 머무르지 않는 게 좋을 것 같군요."

그는 난로 곁의 의자를 세라피나에게 권하며 창문의 커튼 사이로 거리를 내다보았다.

"포도주 좀 들겠소?"

세라피나는 황금색 포도주를 홀짝이며 배에서 목격한 일과 그녀가 들은 얘기를 영사에게 말했다.

"마녀가 그 소녀에 대해서 얘기한 내용을 그들이 알아들었을까요?"

란셀리우스가 물었다.

"완전히는 아닌 것 같아요. 그렇지만 그 아이가 중요한 존재란 건 이제 알겠죠. 그런데 콜터 부인 말이에요. 난 그 여자가 무서워요. 아무래도 그녀를 죽여야 할 것 같은데. 정말 두려운 생각이 드는군요."

"맞아요, 나도 그녀가 두렵소."

란셀리우스 박사가 도시에 떠도는 소문을 얘기하자 세라피나는 열심히 귀를 기울였다. 소문들 중 몇 가지는 분명하게 드러나기 시작했다.

"교회가 엄청난 군대를 조직하고 있다고 합니다, 세라피나. 일부 군인들에 대한 끔찍한 소문도 들려오고 있소. 그들이 볼반가르에서 아이들의 데몬을 분리하고 있다는 소문이오. 그런 사악한 일은 들어 본 적도 없소. 그런 일을 당한 전사들이 일개 연대쯤은 되는 것 같아. 좀비라는 말 들어 봤소? 좀비는 정신이 없기 때문에 두려움도 없다는 거요. 지금 이 도시에도 좀비들이 있다더군. 교회 당국에서는 숨기고 있지만 소문이 새어 나와서 시민들이 겁을 먹고 있소."

"다른 마녀 부족들에 대한 소식은 없나요?"

세라피나가 물었다.

"대부분은 자신들의 고향으로 돌아갔소. 다음에 무슨 일들이 일어날까 가슴을 졸이며 기다리고들 있을 거요."

"교회 당국은 어떻게 하고 있나요?"

"완전히 혼돈에 빠진 상태요. 그들은 아스리엘 경이 무엇을 하려는지 모르고 있거든."

"모르는 건 나도 마찬가지예요. 그가 무슨 짓을 하려는 건지 난 상상도 할 수 없어요. 박사님은 알고 있나요?"

란셀리우스 박사는 데몬인 뱀의 머리를 쓰다듬으며 대답했다.

"그는 학자요. 그러나 그의 열정은 학문에 있지 않았지. 정치도 그렇고. 내가 한 번 만나 본 적이 있는데, 그는 열정적이고 강한 성격의 소유자이긴 하지만 횡포한 사람은 아니었소. 자세히는 모르지만 그가 세상을 지배하고 싶어 한다고는 생각지 않소. 그의 하인인 소롤드는 알고 있겠지. 그도 아스리엘 경과 함께 스발바르에 감금되어 있었소. 그의 얘기를 들어 보고 싶다면 그곳을 한 번쯤 방문할 필요도 있겠군. 하지만 그자도 주인을 따라 다른 세상으로 갔을지 모르오."

"고마워요. 좋은 생각 같군요. 당장에 그곳으로 가 봐야겠어요."

세라피나는 란셀리우스 영사에게 작별을 고한 뒤 카이사와 함께 어둠 속에 떠 있는 구름 속으로 날아올랐다.

북쪽으로 향한 세라피나의 여정은 주위 환경의 혼란으로 보통 때보다 훨씬 힘이 들었다. 북극 사람들과 동물들은 모두 공포에 사로잡혀 있었다. 안개와 자기장의 떨림, 시도 때도 없이 붕괴되는 빙산과 동토의 흔들림으로 혼란과 공포에 빠져 있었다. 마치 지구 그 자체처럼 동토 전체가 오랜 동면으로부터 서서히 깨어나는 것만 같았다.

이런 혼란 속에서 돌연히 찬란한 빛줄기가 안개 사이로 내려꽂히는 순간 겁에 질린 사향소 떼가 남쪽으로 질주하다가 급히 서쪽과 북쪽으로 방향을 바꾸어 달려가는 모습이 눈에 들어왔다. 무리 지은 거위 떼들도 방향을 잃고 울부짖으며 사방으로 뿔뿔이 흩어지고 있었다. 세라피나는 구름소나무 가지를 잡고 폐허로 변한 스발바르를 향해 방향을 돌렸다.

그녀는 아스리엘 경의 하인 소롤드가 클리프 개스트 무리와 싸우고 있는 것을 발견했다. 클리프 개스트들은 가죽 날개를 마구 휘저으며 눈 덮인 하얀 세상을 향해 끔찍한 소리로 꽥꽥 울부짖고 있었다. 온몸을 털로 휘감은 소롤드는 그들을 향해 총을 쏘아 대고 있었고, 그의 데몬인 개는 그 더러운 날짐승이 가까이 내려올 때마다 발로 차고 입으로 물어뜯으며 으르렁댔다.

세라피나는 싸우고 있는 그 남자를 잘 모르지만 클리프 개스트는 언제나 그녀의 적이었다. 그녀는 공중으로 다시 날아올라 클리프 개스트들을 향해 화살을 쏘아 댔다. 그러자 오합지졸이나 다름없는 클리프 개스트들은 비명을 지르며 혼비백산 달아나 버렸다. 잠시 후 하늘은 잠잠해졌고, 클리프 개스트들이 산 너머로 사라지며 질러 대는 소리는 차츰차츰 멀어지다가 아주 사라졌다.

세라피나는 어지러운 발자국과 붉은 피가 흩어져 있는 하얀 눈밭 위로 내려갔다. 남자는 후드를 뒤로 젖히며 적일지도 모르는 마녀를 향해 신중하게 총을 겨누고 있었다. 그녀는 긴 턱과 반백의 머리에 침착한 눈초리를 하고 있는 노인을 보았다.

"난 리라의 친구예요. 당신과 얘기를 나누고 싶군요. 자, 이렇게 활을 내려놓으면 안심하겠어요?"

"리라는 어딨소?"

그가 물었다.

"다른 세상에 있어요. 그 아이는 안전하게 잘 있어요. 난 아스리엘 경이 무얼 하고 있는지 알고 싶어요."

소롤드는 총을 내리며 말했다.

"안으로 들어갑시다."

두 사람은 형식적인 인사를 나눈 뒤 집 안으로 들어갔다. 카이사는 하늘을 선회하며 망을 보았다. 소롤드는 커피를 끓이며 세라피나가 리라에 관해 하는 얘기를 들었다.

"리라는 의지가 강한 아이였지요."

나프타 등불을 밝힌 참나무 탁자에 앉으며 소롤드가 말했다.

"난 아스리엘 경이 조던 대학을 방문할 때마다 그 아일 보았습니다. 그 아이를 좋아했죠. 누구든 좋아하지 않을 수 없을 거예요. 잘은 모르지만 리라는 비밀에 싸인 신비한 아입니다."

"아스리엘 경은 무얼 계획하고 있었나요?"

"주인님이 나한테 그런 얘길 했겠습니까? 난 그분의 하인이오. 그저 옷이나 빨고 요리를 하고 집이나 정리하는 사람입니다. 그분이 영주로 계실 때는 한두 가지 주워들은 얘기가 있지만 그것도 우연한 기회에 들었을 뿐이지요. 그분은 날 하찮은 존재로 생각합니다."

"우연히 주워들은 얘기라도 해 주세요."

세라피나는 졸라 댔다.

소롤드는 나이가 꽤 들었으나 신체가 건강하고 활력이 넘쳤으므로 이 젊고 아름다운 마녀의 유혹에 여느 남자처럼 마음이 흔들리지 않을 수 없었다. 하지만 생각을 다시 가다듬은 그는 이 유혹이 자신을 향한 진정한 마음이 아니라는 것을 알았다. 더구나 정직한 성품을 지닌 그는 쓸데없는 말은 입 밖으로 내뱉지도 않았다.

"난 주인님이 무엇을 하고 있는지 정확하게 얘기할 수 없습니다. 철학적인 내용은 내 수준을 넘어서니까요. 그렇지만 그분을 사로잡은 것은 알 수 있었죠. 물론 주인님은 내가 안다는 건 꿈에도 생각지 못하시겠지만요. 하지만 수백 개의 작은 행동으로 나는 알 수 있었죠. 이런 내가 이상하다면 말해 보시오. 마녀들은 우리와는 다른 신들을 모시니까. 안 그렇소?"

"맞아요."

"하지만 당신은 우리의 신에 대해서 알고 있지 않습니까? 교회의 신. 그들이 교권이라고 부르는 것 말입니다."

"예, 알아요."

"그러니까 아스리엘 경은 교회의 교리에서 결코 안식을 얻을 수 없었던 겁니다. 성체와 속죄 그리고 구원이라는 말이 나올 때마다 그분의 얼굴이 일그러지는 것을 보았지요. 세라피나. 우리 인간들은 교회에 반기를 들면 죽을 수밖에 없지요. 그러나 아스리엘 경이 마음속에 반역을 품고 있는 걸 나는 보아 왔습니다. 내가 알고 있는 것은 이게 전부예요."

"교회에 대한 반역이라고요?"

"어느 정도는 그렇죠. 한때는 그것을 힘의 논리로 생각한 적도 있었지만, 그분은 생각을 바꾸었죠."

"왜요? 교회의 힘이 너무 막강해서였나요?"

"아니오. 그런 것으로 우리 주인님을 막을 순 없지요. 이상하게 들리겠지만 난 그분을 누구보다도 잘 알고 있습니다. 그분을 낳은 어머니나 부인보다도 말입니다. 난 40년 가까이 아스리엘 경 밑에서 일해 왔습니다. 내가 그분의 숭고한 사고를 따라가기란 공중을 나는 것보다 더 어렵죠. 그렇지만 그분이 무슨 생각을 하고 있는지는 알 수 있습니다. 아스리엘 경이 교회에 대한 반역을 포기한 것은 교회의 힘이 강해서가 아니라 그럴 가치가 없었기 때문이라는 걸 난 알 수 있습니다."

"그래서 그분은 지금 무얼 하고 있나요?"

"더 숭고한 일을 추진하고 있는 것 같습니다. 가장 강력한 힘에 대한 반역 말입니다. 그분은 신권(神權)이 있는 곳을 찾아 신을 파괴하러 갔습니다. 이건 내 생각일 뿐이지요. 그래서 몹시 혼란스러워요. 나로선 감히 생각도 할 수 없는 일이지요. 그렇지만 다른 얘기로는 아스리엘 경이 하고 있는 일을 설명할 길이 없습니다."

세라피나는 한동안 조용히 앉아 소롤드의 말을 곰곰이 곱씹어 보았다.

곧이어 그녀가 무언가 말을 하려고 했지만 소롤드가 먼저 말을 시작했다.

"물론 그런 일을 저지르는 사람은 누구든 교회의 화를 사게 될 겁니다. 교회는 아스리엘 경을 종교재판에 회부하여 사형을 언도했지요. 난 이런 얘기를 누구에게도 한 적이 없고 앞으로도 하지 않을 겁니다. 만일 당신이 교회 밖에 있는 마녀가 아니었다면 이런 얘길 꺼내지도 않았을 거예요. 그러나 내가 이해할 수 있는 것은 이것뿐이고 다른 것은 없습니다. 아스리엘 경은 신권을 찾아서 신을 죽이기 위해 갔습니다."

"그 일이 가능하기나 한가요?"

세라피나가 말했다.

"아스리엘 경의 삶은 온통 불가능으로 가득 차 있습니다. 겉으로 보면 그분은 완전히 미친 사람일 뿐이지요. 만약 천사들조차 할 수 없던 일이라면 인간이 어떻게 감히 그런 생각을 할 수 있겠습니까?"

"천사들? 천사들이 뭐죠?"

"순수한 영혼들이라고 교회에서는 말하지요. 세상이 창조되기 전에 천사들이 반역을 꾀했다고 교회는 가르치고 있거든요. 그래서 천국에서 쫓겨나 지옥으로 떨어졌다는 거지요. 그러나 알다시피 그들은 실패했습니다. 천사들은 그 일을 해낼 수가 없었지요. 그렇지만 그들은 힘을 갖고 있어요. 아스리엘 경은 인간이기 때문에 인간의 힘을 가지고 있을 뿐이지만 그의 야망은 끝이 없어요. 평범한 남녀들은 상상도 하지 못할 일을 감히 해내고 있으니 말입니다. 그가 해낸 일을 보세요. 하늘을 열어 놓았지요. 그리고 다른 세계로 가는 길을 열어 놓았고. 세상에 그런 일을 할 수 있는 사람이 어디에 있겠습니까? 그래서 그분은 나와 헤어졌던 것이고, 나는 그분이 실성했거나 사악하거나 미쳤다고 말하는 겁니다. 그러나 달리 생각해 보면 그분은 어디까지나 다른 사람들과 다를 바 없는 아스리엘 경일 뿐입니다. 혹시라도 그런 일이 가능하다면…… 그 일은 아스리엘 경이 이룰 거예요."

"소롤드, 이제 무얼 하실 건가요?"

"여기서 그분을 기다릴 겁니다. 그분이 돌아오셔서 내게 무언가를 얘기하실 때까지 이 집을 지켜야 해요. 죽을 때까지라도 말이에요. 당신은 어떻게 할 건가요?"

"난 리라가 안전한지 확인해야겠어요. 아마 이곳을 다시 지나가게 될 거예요. 소롤드, 당신이 이곳에 있을 거라고 생각하니 기쁘군요."

"난 여기서 꼼짝도 하지 않을 겁니다."

세라피나는 소롤드가 권하는 음식을 사양하고 그와 작별했다.

잠시 후 그녀는 자신의 거위 데몬과 다시 만났다. 세라피나는 뭐라 설명할 수 없이 마음이 산란했다. 고향의 이끼와 얼음 웅덩이와 작은 물고기까지도 그녀의 신경을 자극하며 돌아오라고 손짓하고 있었다. 그러나 이제 그들을 생각하니 두려움이 앞섰다. 그녀는 변하고 있는 자신이 두려웠다. 그녀가 지금 궁금해하고 있는 것은 인간들의 문제였다. 아스리엘 경의 신은 그녀의 신이 아니었다. 그렇다면 나는 점점 인간이 되어 가고 있는 것일까? 마녀의 특성이 차츰 사라져 가고 있단 말인가?

만약 그렇다면 그녀 혼자만 그렇게 변할 순 없었다.

"집으로 가자, 카이사. 우리 자매들과 의논을 해야겠어. 이 일은 너무 엄청나서 나 혼자 결정하긴 정말 곤란하거든."

그들은 고향인 에나라 호수를 향해 안개 속을 전속력으로 날아갔다.

그들은 호수 근처의 숲 속 동굴에서 같은 종족의 마녀들과 리 스코즈비를 만났다. 조종사 스코즈비는 스발바르에서 파손된 기구를 수리하느라고 애를 먹고 있었다. 마녀들은 자신들의 고향으로 그를 데리고 와서 손상된 바스켓과 가스주머니를 손질하는 것을 도와주었다.

"만나서 반갑소, 세라피나. 리라에 관한 소식이라도?"

"없어요, 리 스코즈비 씨. 오늘 밤 저희들의 회의에 참석하여 앞으로 어떻게 할 것인지 의논해 봅시다."

조종사는 놀라 눈을 껌뻑였다. 마녀들의 회의에 남자가 참석한 예는 아직 없었던 것이다.

"그렇다면 정말 영광입니다. 나도 한두 가지 의견을 제시하겠소."

그날 하루 종일 마녀들은 폭풍의 날개 위에 내리는 검은 눈송이처럼 그들의 비단 옷자락이 펄럭이는 소리와 구름소나무 가지 사이로 지나가는 바람 소리를 내며 하늘을 온통 뒤덮을 듯이 날아왔다. 눈 내리는 숲 속에서 사냥을 하거나 얼음 구멍에서 낚시를 하는 사람들은 하늘을 덮은 안개 사이로 속삭임을 들을 수 있었다. 만약 하늘이 맑았다면 은

밀한 호수 위로 끝없이 내리는 검은 눈송이 같은 마녀들의 모습을 볼 수 있었을 것이다.

그날 저녁 100여 개의 횃불이 호수 주변의 소나무 숲을 밝혔고 가장 큰 횃불이 회의가 열리는 동굴 앞에 밝혀졌다. 저녁식사를 마친 마녀들이 모두 한자리에 모였다. 주황색 꽃 왕관을 머리에 두른 세라피나 페칼라가 한가운데에 앉았고, 그녀의 왼쪽에는 리 스코즈비가, 오른쪽에는 라트비아 마녀족의 여왕인 루타 스카디가 자리를 잡고 있었다.

루타 스카디는 겨우 한 시간 전에야 이곳에 도착했다. 콜터 부인을 봤을 때 세라피나는 잠깐 동안이지만 그녀가 참으로 아름답다고 생각했다. 그러나 루타 스카디 또한 콜터 부인에게 뒤지지 않는 미모였다. 그녀에게는 야릇하면서도 신비로운 매력이 있었다. 영혼에 내재된 듯한 그 신비로움은 크고 검은 눈을 통해 싱싱한 정열을 내뿜고 있었다. 한때는 아스리엘 경이 그녀의 연인이었다는 말도 있었다.

그녀는 치렁치렁한 황금 귀고리를 드리우고 백설 표범의 송곳니를 두른 왕관을 칠흑 같은 곱슬머리에 쓰고 있었다. 세라피나의 데몬 카이사는 루타 스카디의 데몬에게서 타타르를 벌주기 위해 그녀가 손수 타타르인들이 숭배하는 호랑이를 죽였다는 얘기를 들었다. 루타 스카디가 타타르 영역을 방문했을 때 최고의 경의를 표하지 않았다는 것이 그 이유였다.

호랑이 신들이 없어지자 타타르족은 두려움과 외로움에 떨게 되었고, 호랑이 대신 스카디를 숭배하게 해 달라고 그녀에게 애걸했다. 그러나 그녀는 한마디로 잘라 거절했다. 그들이 그녀를 숭배한다고 한들 아무런 이익도 얻을 수 없었기 때문이다. 결국 호랑이만 억울하게 희생된 것이었다. 그런 마녀가 바로 루타 스카디였다. 그녀는 아름답고 오만하고 매정했다.

세라피나는 그녀가 이곳에 온 이유를 알 수 없었지만 그녀를 반갑게 맞이했다. 그러곤 예의를 갖추어 세라피나의 오른쪽에 그녀의 좌석을 마련했다. 마녀들이 모두 모이자 세라피나가 말을 꺼냈다.

"자매 여러분! 우리들이 이곳에 모인 이유는 다들 아실 겁니다. 우리는 최근 일어난 사건에 대해 어떻게 대처해야 할지 결정해야만 합니다. 세상이 넓게 열리고 있습니다. 아스리엘 경이 지금 우리가 살고 있는 세상에서 다른 세상으로 가는 길을 열어 놓았습니다. 과연 그 일에 우리들이 관여해야만 할까요? 아니면 지금처럼 살면서 우리 일이나 해야 할까요?

또 다른 안건은 리라 벨라커에 관해서입니다. 이오레크 뷔르니손은 그 아이를 리라 실버텅이라고 부르기도 하죠. 리라는 란셀리우스 박사의 집에서 구름소나무 가지를 정확하게 찾아냈습니다. 그 아인 우리가 항상 기다려 왔던 아이였습니다. 그런데 그 리라가 지금은 자취를 감추었습니다. 우린 여기에 두 명의 손님을 모시고 있습니다. 우선 그분들의 의견을 들어 보도록 합시다. 먼저 루타 스카디 여왕께서 한 말씀 해 주시지요."

루타 스카디가 자리에서 일어섰다. 그녀의 하얀 팔은 불빛 속에서 눈이 부실 지경이었다. 눈망울 또한 영롱하기 그지없어서 가장 멀리 앉아 있는 마녀들도 그녀의 생생한 표정을 볼 수 있었다.

"자매님들! 지금 일어나고 있는 일들을 말씀 드리겠습니다. 또한 우리가 누구와 싸워야만 하는가도 말씀 드리죠. 전쟁이 다가오고 있기 때문입니다. 누가 우리와 한편인 줄은 모르지만 누구와 싸워야 할지는 알고 있습니다. 그건 바로 교회, 즉 교권입니다. 교회의 역사는 자연적인 모든 충동을 억압하고 통제하고 있습니다. 만일 그런 충동들을 통제할 수 없게 되면, 교회는 그 싹을 즉시 잘라 버립니다.

여러분은 교회가 볼반가르에서 저질렀던 일을 보았습니다. 정말 끔찍했죠. 그런 일은 북쪽에서만 일어나고 있는 게 아닙니다. 자매님들은 단지 북쪽에서 일어난 일들만 알고 있습니다. 나는 남쪽 나라로 여행을 해보았습니다. 그곳에서도 교회가 아이들의 데몬을 잘라 내고 있었습니다. 볼반가르에서와 같은 일을 저지르고 있었어요. 물론 똑같은 방법은 아니지만 정말 끔찍했습니다. 그들은 칼로 아이들의 성기를 잘라 내어 아무 느낌도 없게 만듭니다. 모든 교회가 같은 짓을 저지르고 있습니다. 아이들의 감정을 통제하고 파괴하고 없애는 일입니다. 전쟁이 일어난다면 교회와 우리는 적이 될 것입니다. 우리의 동맹국이 누가 되건 그것은 문제가 아닙니다. 나는 우리 마녀들이 함께 뭉칠 것을 주장합니다. 그러고 나서 우리가 할 일을 찾아야죠.

만일 리라가 우리가 사는 곳에서 발견되지 않는다면 그 아이는 아스리엘 경의 뒤를 쫓아갔을 겁니다. 아스리엘 경이 이 문제의 핵심이라는 걸 아셔야 합니다. 제 말을 믿어 주세요. 한때 그는 나의 연인이었습니다. 나는 기꺼이 그와 뜻을 함께하겠습니다. 그가 교회를 증오하기 때문에 일어난 일이기 때문입니다. 이상이 제가 하고 싶었던 말입니다."

루타 스카디의 열정적인 웅변이 끝나자 세라피나는 그녀의 막강한 능력과 아름다움에 넋을 잃었다. 세라피나는 루타 스카디가 좌석에 앉자 리 스코즈비를 바라보며 말했다.

"스코즈비 씨는 리라의 친구입니다. 그러니 우리들의 친구이기도 합니다. 스코즈비 씨, 우리들에게 당신의 생각을 말씀해 주시겠습니까?"

리 스코즈비는 머리가 탁자에 닿도록 정중하게 인사했다. 그의 산토끼 데몬 헤스터는 옆에 다소곳이 앉아 귀를 뒤로 늘어뜨린 채 황금색 눈을 반쯤 감고 있었다.

"여러분이 제게 베풀어 준 친절에 먼저 깊은 감사를 드립니다. 북쪽

지방에서 바람에 파손당한 제 기구를 수리하는 데도 많은 도움을 주셨습니다. 저도 간단히 말씀 드리겠습니다. 제가 집시들과 함께 볼반가르를 여행하던 중이었습니다. 그때 리라는 자기가 살았던 대학에서 일어난 일에 대해 제게 말해 주었습니다. 아스리엘 경이 다른 학자들에게 그루만이라는 남자의 절단된 머리를 보여 주며 북극으로 가서 사건의 경위를 조사할 수 있도록 자금을 지원해 줄 것을 설득하더랍니다.

리라는 자신이 본 것을 확신하고 있어서 전 더 이상 물어볼 엄두도 나지 않았죠. 그 아이가 했던 말이 아직도 제 기억에 남아 있습니다. 정확하진 않지만요. 저는 그루만 박사에 대해 약간 알고 있었습니다. 스발바르에서 이곳으로 날아오던 중에 그것을 기억해 냈죠. 퉁구스의 한 늙은 사냥꾼이 얘기해 준 것이었습니다. 그루만 박사는 소지하고 있는 사람을 보호해 주는 어떤 물건이 있는 곳을 알았던 것 같아요. 저는 당신들과 같은 마녀들이 부리는 마술을 과소평가해서 이런 말을 하는 것은 아닙니다. 하지만 그 물건은 제가 알고 있는 그 어떤 것보다도 더 뛰어난 힘을 지니고 있습니다. 그래서 저는 텍사스로 돌아가는 일을 미뤄야겠다고 생각했습니다. 리라가 걱정되기도 하고 그루만 박사도 찾아야 했기 때문이죠.

전 그분이 죽었다고 생각지 않습니다. 아스리엘 경이 그 학자들을 속였다고 생각하고 있죠. 그래서 저는 그가 마지막으로 살아 있었던 노바젬블라로 가서 그분을 찾아볼 생각입니다. 전 미래를 내다볼 수 없지만 현재는 분명하게 알 수 있습니다. 그래서 여러분과 함께 이 전쟁에 참가하겠습니다. 그래야 제 총알도 가치를 지니게 되니까요. 또 그것이 제 임무이기도 합니다."

그는 세라피나에게 고개를 돌리며 마지막으로 결론을 내렸다.

"전 그루만 박사를 찾아 그 물건이 있는 곳을 알아낼 겁니다. 그리고 물건을 찾으면 리라에게 가져갈 생각입니다."

세라피나가 말했다.

"당신은 결혼하셨나요, 스코즈비 씨? 자녀분이 있냐구요."

"아뇨, 없습니다. 하지만 그렇게 물으시는 이유는 알겠습니다. 그래요, 리라는 그 부모로 인해 불행했습니다. 어쩌면 제가 그걸 보상해 줄 수 있을지도 모르죠. 전 기꺼이 그렇게 할 겁니다."

"고맙습니다. 스코즈비 씨!"

인사를 마친 세라피나는 왕관을 벗고 주황색 꽃을 하나 뽑았다. 그녀가 다시 왕관을 머리에 쓰는 순간 방금 꺾은 꽃이라도 되는 것처럼 향긋한 향기가 은은히 퍼져 나왔다.

"이걸 가지세요. 그리고 제 도움이 필요할 때마다 이 꽃을 머리에 얹고 절 부르세요. 그러면 언제든 당신의 소리를 들을 수 있을 거예요."

"오, 참으로 감사합니다."

그는 놀랍고 기뻐서 어쩔 줄을 몰라 했다. 그러고는 작은 꽃 한 송이를 소중하게 주머니 속에 간직했다.

"우리는 노바 젬블라로 가는 당신을 돕기 위해 바람을 부를 겁니다."

세라피나는 좌중을 돌아보며 다시 말했다.

"자, 자매 여러분! 허심탄회하게 의견을 말해 보세요."

회의가 제대로 진행되기 시작했다. 마녀들은 철저히 민주적이었다. 가장 연장자에서 어린 마녀에 이르기까지 모두 자신의 의견을 말할 권리가 있고 최종 결정만 여왕이 내렸다. 그들은 밤늦도록 열띤 토론을 벌였다. 어떤 마녀는 전쟁에 참가하자고 목청을 높였고, 어떤 마녀는 신중을 기해야 한다고 주장했다. 개중에는 다른 마녀족에게 이런 긴급 상황을 전달해서 모두 힘을 합치자고 제안하는 현명한 마녀도 있었다.

루타 스카디도 그 의견에 동의했고 세라피나는 즉시 전령을 보냈다.

그들이 우선 해야 할 일은 가장 훌륭한 전사 스무 명을 뽑고, 그들과 함께 북쪽으로 날아갈 준비를 하는 것이었다. 아스리엘 경이 열어 놓은 새 세상으로 들어가서 리라를 찾아야 했기 때문이다.

"루타 스카디 여왕, 당신은 어떻게 하실 건가요?"

세라피나가 마지막으로 물었다.

"난 아스리엘 경을 찾을 거예요. 그리고 그분의 입을 통해 자신이 무엇을 하고 있는지 들어 봐야겠어요. 아무래도 그분은 북쪽으로 갔을 것 같군요. 자매님, 당분간 당신과 같이 가도 괜찮겠습니까?"

"물론 괜찮고말고요."

세라피나는 스카디의 말을 반갑게 받아들였다. 그러자 마녀들도 모두 동의했다.

토론회가 끝나자 가장 연장자인 마녀가 세라피나에게 다가와서 말했다.

"여왕 폐하, 유타 카마이넨의 말을 귀담아들으셔야 하옵니다. 그녀는 고집불통이지만 아주 중요한 의견을 말할지도 모르니까요."

유타 카마이넨이라는 젊은 마녀는 심술궂고 고집이 세었다. 젊다는 것은 마녀들의 기준이어서 실제 나이는 백 살이 넘었다. 그녀의 올새 데몬은 어깨에 앉기 전에 공중을 빙빙 돌며 정신을 빼놓고 있었다. 유타 카마이넨의 발그레한 뺨은 그녀의 싱싱하고 정열적인 성격을 드러내 주었다. 세라피나는 그녀를 잘 알지 못했다.

"여왕 폐하."

젊은 마녀는 세라피나의 눈길을 받고 조용히 앉아 있을 수만은 없어 말을 꺼냈다.

"저는 그루만이라는 남자를 알고 있사옵니다. 한때 그를 사랑했지만 지금 그를 보면 사랑했던 만큼이나 지독하게 미워할 것 같사옵니다. 어쩌면 그를 죽일지도 모릅니다. 저는 아무 말도 하고 싶지 않사오나 자매님이 그러시니 어쩔 수가 없군요."

그녀는 증오 섞인 눈길로 늙은 마녀를 노려보았다. 늙은 마녀는 동정심이 가득한 눈빛으로 카마이넨을 바라보았다. 사랑이 무엇인지 알고 있었기 때문이다.

"그래."

세라피나가 말했다.

"그 남자가 아직 살아 있다면 제발 스코즈비 씨가 발견할 때까지 무사하면 좋겠군. 너도 우리와 함께 새 세상으로 가는 게 좋겠다. 그래야 네가 먼저 그를 죽일 위험이 없을 테니까. 그 남자를 잊어버려, 카마이넨. 사랑은 우리를 고통스럽게 만드니까. 그러나 이 일은 복수보다 더 중대한 거야. 그것을 잊지 마."

"예, 여왕 폐하."

젊은 마녀는 겸손하게 대답했다.

세라피나와 스물한 명의 동료 그리고 라트비아의 여왕 루타 스카디는 지금까지 마녀들이 가 본 적이 없는 새로운 세계를 향해 날아갈 준비를 했다.

아이들의 세상

리라는 악몽에 시달리다 일찌감치 잠에서 깨어났다. 꿈속에서 그녀
는 아버지가 조던 대학의 총장과 교수들에게 보여 주었던 진공 유리관
을 가지고 있었다.

실제로 아스리엘 경이 그들에게 그것을 보여 주었을 때 리라는 옷장
속에 숨어 있었다. 그리고 아스리엘 경은 유리관을 열어 사람들에게 실
종된 탐험가 그루만의 잘린 머리를 보여 주었던 것이다. 그런데 꿈속에
서는 리라 자신이 유리관을 열어야만 했고, 도무지 그러고 싶지 않았
다. 무서웠다. 하지만 그녀가 원하든 원치 않든 유리관을 열어야만 했
고, 뚜껑을 잡는 순간 죽을 것 같은 공포로 손이 달달 떨렸다. 뚜껑을
들추자 냉동된 진공 유리관 속으로 공기가 밀려드는 소리가 '쉬익' 하
고 났다. 리라는 숨 막힐 듯한 두려움 속에서 뚜껑을 열어젖혔다. 그러
나 유리관 속에는 아무것도 없었다. 사람의 머리는 어디론가 사라졌고,

그녀가 두려워해야 할 것은 아무것도 없었다.

그 순간 리라는 비명을 지르며 꿈에서 깨어났다. 온몸이 땀으로 흥건하게 젖어 있었다. 항구가 바라보이는 후텁지근한 침실 창문으로 달빛이 스며들고 있었다. 리라는 다른 사람의 침대에서 다른 누군가의 베개를 베고 누워 있었고, 옆에는 흰담비로 변한 판탈라이몬이 그녀를 위로하는 소리를 내며 코를 비벼대고 있었다. 끔찍한 악몽이었다. 하지만 이상한 일이었다. 현실에서 리라는 그루만의 머리가 보고 싶어 그처럼 안달하지 않았던가. 그래서 아스리엘 경이 그 유리관 속에 든 것을 보여 주길 간절히 바랐었는데, 꿈속에서는 그와 정반대였던 것이다.

날이 밝아 오자 리라는 알레시오미터에게 꿈에 관하여 물어보았다. 대답은 아주 간단했다. '머리에 관한 꿈이야.'

리라는 어젯밤에 만난 그 이상한 소년을 깨워야겠다고 생각했다. 그러나 소년이 아주 곤하게 자고 있어서 깨울 수가 없었다. 그래서 부엌으로 들어가 오믈렛을 만들기 시작했다. 20분 후 리라는 정원에 있는 식탁에 앉아 새까맣게 타서 보기 흉한 오믈렛을 의기양양하게 먹고 있었다. 참새가 된 판탈라이몬도 접시에 담긴 음식을 부리로 콕콕 쪼아 먹었다.

뒤에서 무슨 소리가 들렸다. 윌이 잠에서 깨어 눈을 비비고 있었다.

"나도 오믈렛을 만들 수 있어. 너도 먹고 싶으면 하나 만들어 줄까?"

윌은 리라의 접시를 보며 대답했다.

"아니, 난 시리얼을 먹을 거야. 냉장고에 아직 상하지 않은 우유가 있어. 이곳엔 얼마 전까지만 해도 사람들이 살았던 것 같아."

리라는 윌이 콘플레이크를 그릇에 담고 그 위에 우유를 붓는 것을 보았다. 그녀로서는 생전 처음 보는 것이었다.

윌이 시리얼이 담긴 그릇을 밖으로 가지고 나오며 말했다.

"넌 어떤 세상에서 온 거야? 어떻게 이곳으로 오게 되었냐구?"

"다리를 건넜어. 우리 아버지가 만든 다리야. 아버지를 따라 그 다리를 건넜지. 그러나 아버진 어딘가로 가 버렸어. 그곳이 어딘지는 나도 몰라. 알고 싶지도 않고. 나는 짙은 안개 속에서 길을 잃고 여러 날 동안 산딸기만 먹으며 헤매고 다녔어. 그런데 어느 날 안개가 싹 걷히면서 날씨가 맑아지더라. 나는 저 뒤에 있는 절벽 위에 서 있었지."

리라가 뒤쪽을 손으로 가리켰다. 윌은 바다가 펼쳐지는 등대 너머로 해안선을 따라 희미하게 이어진 절벽들을 바라보았다.

"그리고 이곳에서 도시를 발견한 거야. 처음 이곳에 왔을 땐 아무도 없더라구. 먹고 자는 데 필요한 최소한의 것들만 있고 말이야. 앞으로 어떻게 해야 할지는 나도 모르겠어."

"이곳이 네가 살던 세상의 일부가 아니란 건 확실하니?"

"물론이지. 이곳은 우리가 살던 세상이 아니야. 그것만은 확실해."

윌도 창문 밖의 잔디밭을 바라보며 이곳은 자신이 살던 곳이 아니라는 걸 확신했다.

"그러니까 최소한 세 개의 세상이 존재한다는 얘기구나."

"세 개가 뭐니? 수백만 개도 더 된댔어. 어떤 마녀의 데몬이 얘기해 줬는데, 얼마나 많은 세상이 있는지 아무도 모른대. 모두가 한 우주 안에 있지만 우리 아빠가 다리를 만들기 전까지는 아무도 다른 세상으로 넘나들 수가 없었던 거야. 네가 발견한 창문은 어떤 거야?"

"그건 나도 몰라. 모든 세상이 서로 넘나들기 시작한 걸까? 그런데 더스트는 왜 찾는 거니?"

리라는 윌을 냉정하게 바라보며 대답했다.

"언젠가 말할 날이 있을 거야."

"알았어. 그렇지만 무슨 수로 그걸 찾겠다는 거야?"

“그것을 알고 있는 학자들을 찾아야지.”

“아무 학자나?”

“아니, 실험 신학자라야 해. 내가 살던 세상의 옥스퍼드에는 더스트에 대해 아는 분들이 있었어. 그러니까 네가 살던 세상의 옥스퍼드에도 그런 분들이 있을 거야. 난 우선 조던 대학으로 갈 거야. 그곳이 가장 훌륭한 대학이니까.”

“실험 신학자라는 말은 들어 본 적이 없어.”

“모든 소립자와 근원적인 힘에 대해서 알고 있는 사람들이지. 앤버릭 자기나 원자력 같은 물질 말이야.”

“무슨 자기?”

“앤버릭 자기. 저기 보이는 앤버릭 전등과 같은 거야.”

리라는 현란하게 빛나고 있는 가로등을 가리키며 말했다.

“우린 저걸 전기라고 불러.”

“전기라고? 저건 호박금 같은 거야. 보석과 같은 돌인데 나무의 진에서 만들어진 거지. 그 안에는 벌레가 들어 있을 때도 있어.”

“호박을 말하는구나.”

두 사람은 서로 마주 보았다. 윌은 먼 훗날 이때를 기억할 것이다.

“그러니까 네가 실험 신학이라고 부르는 것을 우리는 물리학이라고 하거든. 네가 만나고 싶어 하는 학자들은 과학자들이지 신학자들이 아니야.”

“그래, 그 사람들을 찾아야 해.”

리라는 귀찮은 듯이 대꾸했다.

그들은 아침 햇살이 항구를 환하게 내리쬐는 것을 바라보며 앉아 있었다. 그리고 번갈아 가며 서로 질문을 했다. 그때 누군가가 항구 앞 어딘가에서 카지노 정원 쪽으로 무슨 말인가 외치는 소리가 들렸다.

월과 리라는 깜짝 놀라 소리 나는 곳을 바라보았다. 분명 어린아이의 목소리였는데 모습이 보이지 않았다.

월이 리라에게 나직한 소리로 말했다.

"넌 여기에 얼마나 있었다고 했지?"

"사나흘쯤 됐는데 잘 모르겠어. 아무도 만난 적이 없어. 이 도시를 샅샅이 뒤져 보았는데 사람들이 없었어."

그러나 그곳에는 사람이 있었다. 리라 또래의 여자 아이와 그보다 어린 남자 아이였다. 두 아이는 거리에서 항구 쪽으로 내려오는 중이었다. 그들은 똑같이 바구니를 들었으며 머리카락이 모두 빨간색이었다. 월과 리라가 그들을 발견한 것은 그들이 카페 탁자에서 100미터쯤 떨어진 지점에 이르렀을 때였다.

판탈라이몬이 황금 방울새에서 생쥐로 변하여 리라의 셔츠 주머니 안으로 기어 들어갔다. 그는 새로 나타난 아이들이 월과 같은 부류임을 알았던 것이다. 그들은 모두 데몬을 갖고 있지 않았다.

두 아이는 머뭇거리다가 가까운 탁자에 앉았다.

"너는 치가체에서 살고 있니?"

여자 아이가 월에게 물었다. 월은 고개를 저었다.

"그럼 산텔리아에서 왔니?"

리라가 대신 대답했다.

"아니, 우린 각각 다른 곳에서 왔어."

여자 아이는 고개를 끄덕였다. 이해가 간다는 표시였다.

"어떻게 된 거야? 어른들은 다 어디에 있지?"

여자 아이는 실눈을 뜨고 바라보았다.

"너희 도시에는 스펙터들이 오지 않았니?"

"우린 여기 온 지 얼마 되지 않아 스펙터가 뭔지도 몰라. 그런데 이 도시 이름이 뭐야?”

“치가체.”

여자 아이가 미심쩍은 표정으로 대답했다.

“그래. 치타가체를 그렇게 불러.”

리라가 그 아이의 말을 반복하며 말했다.

“치타가체라고? 치가체. 흠, 그런데 어른들은 왜 이곳을 떠난 거야?”

“그야 스펙터들 때문이지.”

여자 아이는 별 시시한 질문도 다 한다는 듯이 대답했다.

“그런데 네 이름은 뭐야?”

“리라. 그리고 얘는 윌. 너희들은 이름이 뭐야?”

“난 안젤리카고 얜 내동생 파올로야.”

“어디서 오는 길이니?”

“저 언덕 위에서. 짙은 안개와 폭풍우가 몰아치자 모두 겁이 나서 언덕으로 피난을 갔지. 그런데 안개가 걷힌 뒤 어른들이 망원경으로 살펴보니까 도시 전체가 스펙터들로 득시글거렸어. 그래서 어른들은 집으로 돌아올 수 없게 되었어. 그렇지만 아이들은 스펙터들을 무서워하지 않아. 조금 있으면 더 많은 아이가 내려올 거야. 우리가 제일 먼저 왔으니까.”

“툴리오와 함께.”

파올로가 우쭐대며 말했다.

“툴리오가 누군데?”

안젤리카가 가로막았다. 파올로는 입에 올려서는 안 될 이름을 말했던 것이다.

“실은 우리 오빠야.”

안젤리카는 마지못해 말했다.

"우리와 함께 내려오지 않았어. 아직 숨어 있어야 하거든. 그럴 일이 좀 있어."

"형은 곧 내려올 거야."

안젤리카가 힘껏 쥐어박자, 파올로는 자꾸만 달싹거려지는 입술을 꼭 다물었다.

"도시에 스펙터들이 득시글거린다는 게 무슨 말이야?"

윌이 여자 아이에게 물었다.

"응, 치타가체나 산텔리아 등 모든 도시가 다 그래. 스펙터들은 사람이 있는 곳은 어디든 찾아가거든. 넌 어디서 왔니?"

"윈체스터."

윌이 대답했다.

"그런 도시는 들어 본 적이 없는데. 거긴 스펙터가 없니?"

"그럼. 난 이곳에서도 스펙터를 본 적이 없어."

"당연하지. 넌 어른이 아니니까. 어른들만 스펙터를 볼 수 있어."

"난 그딴 스펙터 놈들 무섭지 않아."

파올로가 소리쳤다.

"그런 놈들은 죽어 버려야 해."

리라가 물었다.

"어른들은 돌아올 수 없는 거야?"

"당분간은 그럴 것 같아. 스펙터들이 다른 곳으로 갈 때까진. 하지만 우린 스펙터가 오는 게 좋아. 시내에서 마음껏 뛰어놀 수 있거든."

"스펙터가 어른들에게 어떤 짓을 하는데?"

윌이 물었다.

"스펙터가 어른들을 잡으면 끔찍해서 볼 수가 없어. 잡는 즉시 어른들의 생기를 먹어 버린다니까. 그래서 난 어른이 되고 싶지 않아. 어른

들은 처음에 멋모르고 그냥 있다가 나중엔 겁이 나서 마구 울부짖으며
도망가려고 하지. 그런 일을 당하지 않은 체해도 소용이 없어. 이미 늦
은 거야. 그러면 아무도 그들 곁으로 가지 않으려고 해. 그들은 차츰 얼
굴이 창백해지다가 마침내는 움직이지 않게 돼. 그들은 여전히 살아 있
지만 속은 다 먹혀 버린 거야. 그들의 쾡한 눈을 들여다보면 아무 표정
도 발견할 수가 없어."

여자 아이는 소매로 동생의 코를 닦아 주었다.

"파올로와 난 아이스크림을 찾으려고 해. 같이 가지 않을래?"

윌은 고개를 저었다.

"아니, 우린 할 일이 있어."

"그럼 안녕."

파올로가 다시 소리쳤다.

"스펙터들은 죽어 버려!"

"애들아, 안녕."

리라가 손을 흔들었다.

안젤리카와 파올로가 멀어지자 리라의 주머니에서 판탈라이몬이 헝
클어진 생쥐 머리를 내밀고 윌에게 말했다.

"쟤들은 네가 발견한 창문을 모르고 있어."

판탈라이몬이 말하는 것을 본 윌은 너무 놀라 기절할 것 같았다. 리
라는 웃음을 터뜨렸다.

"데몬들은 다 저렇게 말을 하니?"

"그럼, 넌 데몬을 애완동물로만 생각했니?"

윌은 눈을 깜빡이며 머리를 저었다.

"네 말이 맞아. 걔들은 창문에 대해서 모르는 것 같아."

"그러니까 우리가 창문을 통과할 때 조심해야겠어."

판탈라이몬이 말했다.

월은 생쥐와 이렇게 말을 주고받는 것이 어색했다. 그러나 시간이 지나자 전화기에 대고 말하는 것보다 더 자연스러워졌다. 판탈라이몬에게 말하는 것은 리라에게 말하는 것과 같았다. 비록 리라와 분리되어 있었지만 월은 그에게서 리라의 표정을 읽을 수 있었다. 이곳에서는 너무 많은 일이 갑작스럽게 일어나고 있었다.

"리라, 옥스퍼드에 가려면 먼저 다른 옷을 찾아 입어."

"왜?"

리라가 고집스럽게 대꾸했다.

"꼭 그래야만 되니?"

"내가 살던 세상의 사람들은 그런 차림을 보면 말도 걸지 않으려고 할 거야. 아마 네 근처에도 오지 않을걸. 그러니까 그곳 사람처럼 보여야 해. 내 말대로 해. 만일 네가 어디서 왔는지, 그 창문과 다른 모든 것을 알게 된다면……. 이곳은 우리가 숨기에 알맞은 곳이야. 나도 어떤 남자들을 피해 이곳으로 숨어들었거든. 이곳은 내가 꿈꾸어 오던 곳이야. 그곳 사람들에게 이곳을 들키고 싶지 않다고. 나도 옥스퍼드에서 할 일이 있어. 만일 네가 이곳을 폭로하면 널 죽여 버릴 거야."

리라는 마른침을 꿀꺽 삼켰다. 알레시오미터는 결코 거짓말을 하지 않았다. 이 소년은 살인자라고 했고, 그가 살인을 한 적이 있다면 그녀도 죽일 수 있을 것이다. 리라는 진지하게 머리를 끄덕이며 대답했다.

"알았어."

판탈라이몬은 원숭이로 모습을 바꾸고 불안한 표정으로 월을 바라보았다. 월이 뒤를 바라보는 사이에 그는 다시 생쥐로 변하여 리라의 주머니 속으로 기어 들어갔다.

월이 다시 말했다.

"좋아. 여기에 있는 동안은 아까 그 아이들처럼 행동하는 거야. 어른들이 없다니 다행이야. 우리가 이렇게 왔다 가도 아무도 모를 테니까. 하지만 내가 사는 세상에선 내가 시키는 대로 해야 해. 우선 목욕부터 하는 게 좋겠다. 씻지 않으면 사람들 눈에 금세 띄게 돼. 우린 어딜 가든 자연스러워야만 해. 그곳 사람이나 다를 바가 없어야만 우릴 눈여겨보지 않거든. 그러니까 우선 머리부터 감아. 목욕탕에 샴푸가 있어. 그런 다음에 옷을 찾아보는 거야."

"난 할 줄 몰라. 머리를 감아 본 적이 없거든. 조던 대학에선 가정부가 해 주었고, 그곳을 떠난 뒤엔 머릴 감아 보지 않았어."

"그래도 머리를 감아야 해. 너 혼자서 목욕을 해야 한다니까. 내가 살던 세상의 사람들은 아주 청결하거든."

"어떡하지……."

리라는 걱정하며 2층으로 올라갔다. 판탈라이몬이 리라의 어깨에서 사나운 표정으로 월을 노려보았다. 그러나 월은 눈 하나 깜짝하지 않았다.

월은 아침 햇살이 내리쬐는 도시를 이리저리 돌아다니고 싶었다. 그는 엄마가 걱정이 되면서 다른 한편으로는 자신의 실수로 죽은 남자에 대한 충격으로 머리가 멍했다. 그러나 지금부터 해야 할 일들 때문에 그런 생각들은 일단 접어 둘 수밖에 없었다. 할 일이 있어서 바쁜 것이 오히려 좋았다. 월은 리라가 목욕을 하는 동안 부엌 청소를 했다. 바닥을 닦고 쓰레기를 모아 집 밖에 있는 쓰레기통에 내다 버렸다.

그러고 나서 쇼핑백에서 녹색 가방을 꺼내 찬찬히 살피기 시작했다. 리라를 옥스퍼드로 통하는 창문으로 안내한 뒤에는 이곳에 돌아와서 지갑 안의 것을 볼 생각이었다. 그러나 그동안에는 침대 매트리스 아래에 지갑을 넣어 두는 편이 나을 것 같았다.

리라는 깨끗이 목욕을 하고 젖은 머리로 나왔다. 그들은 리라가 입을 만한 옷을 찾기 시작했다. 마침내 찾아낸 백화점은 다른 곳과 마찬가지로 형편없이 낡아 있었다. 윌은 그곳에 있는 옷들이 시대에 조금 뒤떨어졌다는 것을 알았지만 리라를 위해 체크 무늬 스커트와 주머니가 달린 녹색 소매 블라우스를 찾아 주었다. 리라는 청바지를 사양했다. 대부분의 소녀가 청바지를 입는다는 윌의 말을 믿기는 했지만 그녀는 단호히 거절했다.

"그건 바지야. 난 여자란 말이야. 그렇게 투박한 건 싫어."

윌은 어깨를 으쓱했다. 체크 무늬 스커트는 눈에 띄지 않는 것이라 다행이었다. 그들이 길을 떠나기 전에 윌은 계산대 위에 있는 통에 동전을 몇 개 떨어뜨렸다. 그러자 리라가 물었다.

"뭐 하는 거야?"

"값을 지불하는 거야. 물건을 샀으니까. 너희 세상에서는 돈을 지불하지 않니?"

"우리는 이렇게 돈을 내지 않아. 물건을 샀다고 아이들이 돈을 내야 할 필요는 없어."

"나는 안 그래."

"그렇게 어른처럼 굴면 스펙터들이 널 잡아갈 거야."

리라는 그렇게 놀리면서도 월을 계속 경계해야 할지 어떨지 알 수 없었다.

대낮이 되자 윌은 중심가를 둘러보았다. 건물들은 몹시도 낡아 거의 폐허라고 할 수 있을 정도였다. 도로는 모두 보수를 해야 할 지경이고 창문은 온전한 게 없을 정도였으며, 벽마다 회칠이 떨어져 나가 있었다. 그러나 이 도시도 한때는 아름답고 웅장했음을 짐작케 하는 단서들이 있었다. 조각이 새겨진 아치문을 지나는 웅장한 정원에는 온갖 종류의 화초와 정원수가 가득 차 있었다. 궁정이었던 듯한 건물의 계단들은 성한 것이 없이 깨져 있었으며 문짝들은 벽에서 떨어져 나뒹굴고 있었다. 치타가체라고 불리는 이 도시는 보수를 하는 것보다 건물을 모조리 허물고 새로 짓는 편이 나을 것 같았다.

한 곳에 이르자 작은 광장에 망루가 있었다. 이 도시에서 가장 오래돼 보이는 건물로 총안(銃眼)이 있는 4층짜리 망루였다. 밝은 햇살이 내리쬐는 적막 가운데서 망루는 홀로 모습을 뽐내고 있었다. 월과 리라는 맨 꼭대기 계단에 이르자 자연스레 반쯤 열려 있는 문으로 들어갔다. 두 사람은 입을 꼭 다문 채 한 발씩 조심스럽게 안으로 들어갔다.

야자수가 늘어선 넓은 길로 나오자 월은 녹색 페인트칠이 된 철제 탁자가 있는 정원을 찾아가자고 말했다. 말이 떨어지기 무섭게 리라는 그 장소를 찾아냈다. 밝은 대낮에 보니 생각보다 작고 낡았지만 그곳이 틀림없었다. 아연으로 입힌 바와 에스프레소 기계, 후텁지근한 공기 속에 역겨운 냄새를 풍기는 먹다 만 리조토가 있었다.

"여기에 있니?"

리라가 물었다.

"아니, 도로 중간쯤에 있어. 주위에 아이들이 없는지 살펴봐."

그들 외에는 아무도 없었다. 월은 도로 한가운데에 있는 야자수 아래로 리라를 데리고 가서 재빨리 주변을 둘러보았다.

"이쯤이었던 것 같아. 내가 이곳으로 나왔을 땐 저 너머 하얀 집 뒤로 큰 언덕이 보였어. 또 저쪽으로는 카페가 있었고……."

"어떻게 생겼어? 아무것도 안 보이는데."

"그렇게 서두르지 마. 그 창문은 네가 지금까지 본 것들과는 달라."

월은 아래위를 살펴보았다. 사라진 건가? 아니면 닫혀 버린 건가? 아무리 살펴봐도 그 창문이 보이지 않았다.

그때 갑자기 월의 눈에 창문이 보였다. 그는 그 가장자리를 지켜보며 앞뒤로 조금씩 움직였다. 그날 밤 옥스퍼드에서 발견했을 때처럼, 오직 한 방향에서만 보였고, 뒤쪽으로 돌아가면 전혀 보이지 않았다. 더군다나 창문 뒤로 보이는 햇살이 내리쬐는 풀밭은 이쪽 세상의 풀밭과 구분하기 어려울 만큼 비슷해 보였다.

"바로, 여기야!"

확신이 서자 윌이 소리쳤다.

"아, 나도 보여!"

리라가 놀라 소리쳤다. 마치 판탈라이몬이 말하는 것을 보고 윌이 놀랐을 때의 표정 같았다. 판탈라이몬도 더 이상 리라의 주머니 안에만 있을 수 없었다. 그는 밖으로 폴짝 뛰어나와 그 창문으로 들락거리며 찍찍 소리를 냈다. 리라는 머리카락을 얼마나 문질러 댔던지 아직도 덜 마른 머리에서 정전기가 일어날 지경이었다.

"한쪽으로 비켜서! 만일 네 다리가 저쪽 사람들 눈에 띄면 이상하게 생각할 거야. 난 저쪽 사람들이 이곳을 알아내는 게 싫어."

"저 소음은 뭐지?"

"자동차 소리야. 옥스퍼드의 도로에서 나는 소리지. 그곳은 대단히 번잡해. 자, 이곳에서 약간 비켜서자. 지금은 좋은 때가 아니야. 사람들이 많이 다니는 시간이거든. 그렇지만 한밤중에 통과하면 사람들 눈에 띄지 않을 거야. 일단 통과하고 나면 숨는 것은 어렵지 않아. 네가 먼저 통과해. 몸을 쑥 디민 다음에는 창문에서 잽싸게 떨어지는 거야."

리라는 파란 배낭을 등에서 벗어 가슴에 안고 쪼그리고 앉아 창문을 내다보며 말했다.

"어머, 저곳이 바로 네가 살던 세상이니? 아무리 봐도 옥스퍼드 같지 않아. 그러니까 저곳이 옥스퍼드가 맞단 말이지?"

"그럼, 그곳에 내려가면 도로가 보일 거야. 그 도로에서 왼쪽으로 걸어가. 한참 가다가 오른쪽으로 내려가면 시내 중심부야. 꼭 기억해야 할 건 이 창문이 있는 장소야. 그래야 돌아올 수가 있지.”

“알았어. 잊지 않을 거야.”

리라는 배낭을 가슴에 안고 공중의 창문을 통해 모습을 감추었다. 그녀가 가는 것을 살펴보기 위해 윌은 쪼그리고 앉아 창문 아래를 내다보았다.

리라는 어깨에 찰싹 달라붙은 판탈라이몬과 함께 옥스퍼드의 풀밭에서 있었다. 리라가 허공의 창문을 통과하는 것을 본 사람은 없는 듯했다. 리라가 서 있는 곳과 몇 발짝 떨어지지 않은 곳에서 자동차며 트럭이 달리는 것이 보였다. 이런 바쁜 지역에서 공중에 떠 있는 이상한 문을 눈여겨볼 운전자는 아무도 없었다. 설혹 운전자들이 창문이 보이는 지점을 통과한다고 하더라도 그저 먼 곳에서 사람이 지나가는 정도로 어른거리는 것을 볼 수 있었을 뿐이다.

그 순간 브레이크를 밟는 날카로운 파열음과 함께 고함 소리와 꽝 하는 충돌음이 들렸다. 윌은 무의식적으로 창문 밖으로 몸을 날려 살펴보았다.

리라가 풀밭에 누워 있었다. 승용차가 급제동을 거는 바람에 뒤따르던 소형 화물차가 앞차를 들이받았던 것이다. 리라는 누운 채 꼼짝도 하지 않았다.

윌이 쏜살같이 리라에게 달려갔다. 사람들은 모두 범퍼가 찌그러든 자동차에 정신을 파느라고 윌이 달려오는 것에는 신경조차 쓰지 않았다. 화물차 운전사가 차에서 내려 리라에게 달려왔다. 승용차 운전자인 중년 부인은 넋 나간 표정으로 말했다.

“어쩔 도리가 없었어요. 아이가 갑자기 앞으로 달려 나오는 바람에…… 그리고 당신이 너무 가까이 따라오고 있었구요.”

“놀랐겠군요. 그런데 아이는 어떻지?”

화물차 운전사는 리라 옆에 쪼그리고 앉아 있는 윌에게 물었다. 윌은 리라를 살펴보았지만 특별히 이상한 곳은 없었다. 풀밭에 누워 있던 리라가 눈을 깜빡이며 머리를 움직였다. 놀란 판탈라이몬은 멍한 표정으로 풀밭에서 기어 나오고 있었다.

“리라, 괜찮아? 팔다리를 움직여 봐.”

윌이 말했다.

“바보같이!”

승용차 주인인 여자가 소리쳤다.

“그렇게 불쑥 달려들면 어떻게 해. 차가 오는 것도 보이지 않았니? 나더러 어쩌라는 거야?”

“괜찮니 꼬마야?”

화물차 운전사가 물었다.

“네.”

리라가 대답했다.

“다친 덴 없어?”

“팔다리를 움직여 봐.”

윌이 리라에게 말했다.

리라는 팔다리를 움직여 보였다. 다친 곳은 없는 듯했다.

“괜찮은 것 같아요. 제가 돌볼게요.”

윌이 그들에게 말했다.

“너희들 서로 아는 사이니?”

화물차 운전사가 물었다.

“제 동생이에요. 저 귀퉁이 너머에 살아요. 제가 집으로 데려갈 테니 염려 마세요.”

리라가 천천히 몸을 일으키자 여자 운전자는 자신의 차로 돌아갔다. 이제 사고의 쟁점은 충돌한 두 대의 자동차로 옮겨 갔다. 여자는 사고 처리를 보험회사에 위임해야 한다면서 주소를 주고받았다. 리라를 도와주고 있는 윌을 보며 여자 운전자가 말했다.

"얘들아, 잠깐만! 너희들이 증인이 되어 주어야겠다. 이름과 주소 좀 말해 주겠니?"

"전 마크 랜섬이고 얘는 리사예요. 본 클로스 26번지에 살아요."

"우편번호는?"

"기억이 안 나요. 저어, 애를 집에 데리고 가야겠어요."

"내 차에 타렴. 데려다 줄게."

"괜찮아요. 우린 걷는 게 더 빨라요."

리라는 다리를 약간 절었다. 둘은 자작나무 아래 풀밭으로 들어갔다. 그리고 왔던 길로 다시 돌아갔다.

윌과 리라는 정원 울타리 위에 앉았다.

"많이 다쳤니?"

윌이 물었다.

"다리를 부딪쳤어. 머리도 빙빙 도는 것 같고."

그러나 리라는 자신의 배낭에 더 신경이 쓰였다. 그녀는 배낭 안에서 검은 벨벳 천으로 싼 작고 무거운 물건을 꺼내 들었다. 알레시오미터를 본 윌의 눈이 동그래졌다. 그는 표면에 그려진 작은 그림들, 황금 바늘, 질문 바늘, 호화로운 케이스 등을 보고는 숨을 죽였다.

"이게 뭐니?"

"알레시오미터야. 진실측정기라고도 하지. 깨지면 안 되는데……"

그러나 다행히도 알레시오미터는 온전했다. 부들거리며 떨고 있는 리라의 손에서조차 그 기계의 바늘은 규칙적으로 움직이고 있었다. 리라는 배낭에 알레시오미터를 다시 집어넣으며 말했다.

"난 이렇게 많은 차는 생전 처음 봐. 그리고…… 그렇게 빨리 달릴 줄 몰랐어."

"네가 살던 옥스퍼드에는 자동차나 화물차가 없어?"

"저렇게 많진 않아. 여기완 달라. 그래서 내가 적응을 못 했지만 이제부터는 아니야."

"정말 조심해야 해. 만일 버스가 오는데도 그냥 걷거나 지나가면 사람들은 네가 이곳 아이가 아닌 걸 알아차릴 거야. 그러니까 길을 건널 때는 신중하게……."

윌은 몹시 화가 나 있었다.

"좋아. 네가 내 여동생으로 행세하면 내겐 위장이 되겠어. 나를 찾고 있는 사람들은 내게 여동생이 없다는 걸 알거든. 너도 나와 함께 다니면 차에 치이지 않고 도로를 건너는 법을 배울 수 있을 테고 말이야."

"그럼 같이 있지, 뭐."

리라는 흔쾌히 동의했다.

"그리고 돈이 있어야 하는데, 네게 있을 턱이 없지. 무슨 돈으로 먹고 마시고 돌아다닐 거야?"

"돈은 있어."

리라는 지갑에서 금화를 몇 개 흔들어 보였다. 윌은 미심쩍은 눈으로 그녀를 바라보았다.

"금이야? 정말 금이구나. 사람들이 그걸 보면 틀림없이 의심을 할 거야. 그렇게 되면 넌 안전할 수 없어. 내가 돈을 좀 줄게. 그 금은 눈에 안 띄는 곳에 빨리 집어넣어. 그리고 잊지 마. 넌 내 동생이고 이름은 리사 랜섬이야."

"리지라고 해. 전에도 리지로 행세한 적이 있거든. 아직도 잊지 않고 있어.”

“좋아. 그럼 리지로 하자. 난 마크야. 절대로 까먹지 마.”

“알았어.”

리라는 고분고분하게 대답했다.

그녀는 다리에 통증을 느꼈다. 차에 부딪힌 부위가 벌겋게 부어오르고 시퍼런 멍이 잡히기 시작했다. 지난밤에 윌에게 얻어맞은 뺨도 흉해 보였다. 학대받은 아이처럼 보이는 리라의 모습이 경찰의 눈길을 끌지도 모른다는 생각에 윌은 걱정이 되었다.

윌은 불안한 마음을 쫓아 버렸다. 둘은 교통신호에 따라 길을 건넌 뒤 창문이 있던 자작나무 아래를 흘낏 돌아보았다. 그러나 창문은 보이지 않고 자동차들만 지나갈 뿐이었다.

서머타운에서 10분쯤 걸어가자 밴버리 거리가 나왔다. 윌은 은행 앞에서 걸음을 멈췄다.

“뭐 하려는 거야?”

리라가 물었다.

“돈을 좀 찾으려고. 너무 자주 찾는 건 좋지 않겠지만, 하루 업무가 끝날 때까지는 계좌에 기록되지 않을 테니까.”

윌은 엄마가 거래하던 은행의 현금지급기에 카드를 밀어 넣고 비밀번호를 눌렀다. 기계는 금방 현금 100파운드를 토해 낸 뒤 작동을 멈추었다. 리라는 입을 다물지 못하고 멍하니 바라보았다. 윌이 그녀에게 20파운드를 건네며 말했다.

“이걸 써. 물건을 사고 이걸 내면 거스름돈을 줄 거야. 이제 시내로 가는 버스를 찾자.”

리라는 윌을 따라 버스에 탄 후 가만히 앉아 있었다. 그녀는 자신이 살던 세상과는 전혀 다른 도시의 집과 정원들을 보았다. 마치 꿈을 꾸고 있는 것 같았다. 그들은 낡은 석조건물 교회당이 있는 시내 중심부에 이르자 버스에서 내렸다. 리라의 세상과는 사뭇 다른 대형 백화점 건물들이 보였다.

"모든 게 다르구나. 저곳은 콘마켓이 아니네. 이곳은 브로드고, 저긴 베일리얼이지. 저 아래 보들리 도서관이 있네. 그런데 조던은 어디야?"

리라의 몸은 점점 떨려 오고 있었다. 아무래도 자동차 사고로 걷는 게 무리이거나 혹은 자신이 알고 있던 조던 대학 주변의 건물이 생각과 전혀 다른 데서 오는 충격일 수도 있었다.

"이건 아니야. 내가 알고 있는 옥스퍼드와는 너무나 달라."

리라는 조용히 말했다. 윌이 걸음을 멈추고 대꾸했다.

"그건 이미 아는 사실이잖아."

윌은 놀라 어쩔 줄 모르는 리라에게 무슨 말을 해야 좋을지 몰랐다. 그는 리라가 이 거리와 비슷한 곳에서 얼마나 많은 시간을 보냈는지, 또 조던 대학에 대한 자부심이 얼마나 대단한지 알 턱이 없었다. 뿐만 아니라 어떤 학자가 유명한지, 어느 연구소가 가장 부유한지, 어느 학자의 업적이 가장 빛나는지 아는 바가 전혀 없었다. 그 모든 것이 깨끗이 사라진 것이었다. 리라는 이제 더 이상 조던 대학의 소녀가 아니라 단지 길을 잃고 낯선 거리를 방황하고 있는 소녀일 뿐이었다.

"만약 그곳이 아니라면……."

리라는 떨리는 목소리로 힘없이 말했다. 어쩐지 생각보다 이곳에 훨씬 오래 머물러야 할 것 같은 예감이 들었다.

천공

리라가 떠나고 나자 윌은 공중전화 박스로 들어가서 손에 든 편지에 찍혀 있는 변호사 사무실의 전화번호를 눌렀다.

"여보세요? 퍼킨스 씨 좀 바꿔 주세요."

"누구라고 말씀 드릴까요?"

"존 패리 씨에 관해 말씀 드릴 게 있어서요. 전 그분의 아들입니다."

"잠시만 기다리세요……."

조금 후에 한 남자의 목소리가 들렸다.

"알란 퍼킨스요. 누구시죠?"

"윌리엄 패리예요. 이렇게 불쑥 전화를 드려 죄송해요. 제 아버지 존 패리에 관해 여쭤 보려고요. 선생님께서는 석 달마다 제 아버지로부터 온 돈을 어머니의 통장에 넣고 계시잖아요."

"그런데……."

"전, 아버지가 어디 계시는지 알고 싶어요. 살아 계신지 돌아가셨는
지도 알고 싶구요."

"몇 살이지, 월?"

"열두 살이에요."

"그런데, 엄마도 네가 이렇게 전화하는 걸 알고 계시니?"

월은 곰곰이 생각을 했다.

"아뇨. 엄마는 건강이 나쁘세요. 그래서 제게 자세히 얘기해 주시지
못해요. 전 알고 싶은데요."

"응. 알았다. 지금 어디에 있지? 집이니?"

"아뇨, 옥스퍼드예요."

"혼자?"

"예."

"엄마가 아프시다고 했니?"

"예."

"어디에 계시지? 병원?"

"그와 비슷한 데 계세요. 저, 말씀해 주실 수 있어요?"

"물론, 하지만 지금은 안 된다. 그리고 전화로는 곤란해. 5분 후에 손
님이 오시기로 되어 있거든. 2시 반쯤 내 사무실로 올 수 있겠니?"

"아뇨."

그건 너무 위험한 일이었다. 그때쯤이면 변호사는 경찰이 그를 추적
하고 있다는 걸 알게 될 것이다. 월은 재빨리 머리를 굴리며 말했다.

"그 시간이면 노팅엄으로 가는 버스를 놓치게 돼요. 전화로도 말씀해
주실 수 있을 것 같은데요. 제가 알고 싶은 건 아빠가 살아 계신지, 살
아 계시다면 어디로 가야 만날 수 있는가 하는 것뿐이에요."

"그렇게 간단한 얘기가 아니란다. 나는 고객이 원하지 않는 한 그 사

람의 정보를 함부로 유출시킬 수가 없고, 또 네가 누군지 확실히 알아야만 하거든."

"예, 이해해요. 하지만 아빠가 살아 계신지도 말씀해 주실 수 없으세요?"

"글쎄, 하긴 그 정도야 비밀이 아닐 수도 있지. 하지만 유감스럽게도 말해 줄 수가 없구나. 사실은 나도 모르거든."

"뭐라구요?"

"그 돈은 가족 신탁금에서 나오는 거야. 네 아버님이 내게 지불을 중지하라고 명령할 때까지 나가게 되어 있어. 그런데 아직까진 그런 언급이 없었거든. 문제는 네 아빠가…… 사라지신 거야. 그래서 네 질문에 대답할 수가 없구나."

"사라지셨다구요? 실종되셨다는…….”

"그건 공식적인 기록일 뿐이야. 월, 그러지 말고 내 사무실로 오렴."

"안 돼요. 노팅엄에 가야 하거든요."

"그러면 너나 엄마 중 한 사람이 편지를 써 보내렴. 그러면 내가 아는 한 자세히 말해 주겠다. 그렇지만 전화로는 말할 수가 없단다."

"예, 알아요. 그렇지만 아빠가 어디에서 실종되었는지만 말씀해 주세요."

"조금 전에 말했듯이 이건 공식적인 기록일 뿐이야. 그 당시의 신문들은 여러 가지로 얘기하고 있어. 아빠가 탐험가였다는 건 너도 알고 있지?"

"엄마가 조금은 말해 주셨어요."

"아빠는 탐험대를 이끄시다가 갑자기 실종되셨어. 10년쯤 전의 일이란다."

"어디에서요?"

"북극 알래스카였어. 도서관에 가면 그곳이 어딘지 알 수 있을 거야. 그러니 애야……."

그 순간 전화기에 넣은 동전이 다 떨어졌다. 월은 전화를 끊고 주위를 둘러보았다. 갑자기 엄마의 목소리가 미치도록 듣고 싶었다. 월은 쿠퍼 선생님의 전화번호를 누르고 싶은 마음을 억눌러야만 했다. 엄마의 목소리를 들으면 당장 달려가지 않곤 견딜 수 없을 것 같았고, 그것은 두 사람 모두를 위험에 빠뜨리는 일이었다. 그렇지만 엽서를 띄울 수는 있을 것이다.

월은 도시의 정경을 담은 엽서를 골라 편지를 쓰기 시작했다.

"사랑하는 엄마, 난 편안히 잘 있어요. 조금만 있으면 엄마를 다시 볼 수 있게 될 것 같아요. 모든 일이 다 잘될 거예요. 엄마를 사랑해요. 월 올림."

월은 주소를 적어 넣고 우표를 붙인 후 우체통에 넣기 전에 엽서를 잠시 들여다보았다.

해가 중천에 떠오를 무렵 월은 상가들이 늘어선 중앙로를 걷고 있었다. 복잡한 행인들 사이로 버스들이 달렸다. 월은 자신이 남들 눈에 이상해 보일 것이라는 데 생각이 미쳤다. 평일이고 그 시간에 또래의 다른 아이들은 모두 학교에 있을 것이기 때문이었다. 이제 어디로 가야 하나?

월이 모습을 감추는 데는 오랜 시간이 걸리지 않았다. 숨는 일에는 이골이 난 터였다. 월은 자신의 이런 특기가 자랑스러웠다. 마녀 세라피나가 배 안에서 자신의 모습을 감추었듯, 월도 자신을 주위 배경의 한 부분으로 만들 수 있었다.

월은 문구점에서 볼펜과 종이, 클립보드를 샀다. 학교에서는 가끔 아이들에게 그룹별로 조사를 시키는 경우가 있었다. 사람들 눈에 수상하게 보이지 않으려면 자료 조사를 하는 것처럼 보여야겠다고 생각한 것이다.

윌은 기록을 하는 것처럼 가장하며 공공도서관을 찾아다니기 시작했다.

리라는 조용한 장소를 찾아 알레시오미터에게 자문을 구했다. 그녀가 살던 옥스퍼드라면 5분 정도만 걸어도 여남은 군데를 찾을 수 있었을 테지만 이곳 옥스퍼드는 너무 생소해서 혼란스러웠다. 도로 위에는 왜 저렇게 노란 선을 그어 놓은 걸까? 그리고 도로마다 달라붙어 있는 저 하얀 덩어리들은 뭘까? (리라가 사는 세상에서는 껌이란 있지도 않았다) 모퉁이에 있는 빨갛고 파란 불빛은 무얼 의미하는 걸까? 그것은 알레시오미터를 읽는 것보다 더 어려웠다.

리라는 마침내 세인트 존스 대학 정문에 도착했다. 그 정문은 그녀와 로저가 화단에 불꽃놀이 화약을 심기 위해 밤을 틈타 넘어갔던 그 문과 같았다. 그리고 사이먼 파슬로가 자신의 이니셜 SP를 새겨 놓은 캐티 거리 모퉁이의 그 오래된 돌도 여전히 그 자리에 있었다! 리라는 파슬로가 그것을 새기는 걸 보았었다. 같은 이니셜을 가진 이 세상의 누군가가 그와 똑같은 짓을 한 것이 분명했다.

어쩌면 이 세상에도 사이먼 파슬로라는 사람이 있을지 모른다.

또 리라라는 아이도 있을지 몰랐다.

갑자기 등골이 서늘해졌다. 생쥐 모습의 판탈라이몬도 주머니 속에서 몸을 떨었다. 리라는 머리를 저었다. 그런 상상을 하지 않더라도 이곳은 의문투성이였다.

그녀가 살던 옥스퍼드와는 다른 이 옥스퍼드 거리에는 헤아릴 수 없이 많은 사람이 활보하고 다녔다. 그런데 여자들도 모두 남자들처럼 옷을 입고 있었다. 아프리카인들도 마치 상관을 따라다니는 타타르 군인들처럼 단정하게 옷을 입고 검은 가방을 들고 있었다. 리라는 그들을 보는 순간 덜컥 겁이 났다. 모두들 하나같이 데몬이 없었기 때문이다. 리라의 세상에서는 그런 사람들을 유령으로 생각하고 있었다.

그러나 이상한 것은 그들 모두 활기차 보인다는 점이었다. 그들은 모두 인간처럼 즐겁고 유쾌해 보였고, 그래서 리라는 그들의 데몬이 윌처럼 자신들의 내부에 존재하고 있을 것이라고 생각했다.

거의 한 시간 동안이나 이 우스꽝스러운 옥스퍼드 거리를 거닐고 나자 리라는 배가 고팠다. 그녀는 20파운드짜리 지폐로 초콜릿 바를 한 개 샀다. 가게 주인은 이상하다는 듯이 리라를 쳐다보았다. 그러나 주인은 인디언족 출신이어서 리라가 분명한 발음으로 말했다고 하더라도 알아듣지 못했을 것이다.

리라는 잔돈으로 노점에서 사과를 하나 샀다. 그 가게는 리라가 살던 옥스퍼드에 있던 가게와 흡사했다. 그녀는 길을 따라 공원으로 올라갔다. 그러자 진짜 옥스퍼드에 있을 법한 웅장한 건물이 나타났다. 그 건물은 나름대로 그 자리에 잘 어울렸지만 리라가 살던 옥스퍼드에는 존재하지 않았던 것이다. 그녀는 식사를 하기 위해 풀밭에 앉아 만족스런 표정으로 건물을 올려다보았다.

그곳은 박물관이었다. 열린 문으로 들어가자 박제된 동물들과 두개골 화석들, 광물 표본들이 전시되어 있었다. 언젠가 콜터 부인과 함께 갔던 런던의 국립지질박물관과 흡사했다. 리라는 쇠와 유리로 된 웅장한 방들을 둘러보았다. 그러는 동안에도 그녀의 머릿속에는 알레시오미터에 대한 생각이 잠시도 떠나지 않았다.

두 번째 방의 물건들은 리라의 눈에도 익은 것들이었다. 리라가 입었던 북극 지방의 모피옷 같은 것들이 쇼케이스에 가득 진열되어 있었고,

눈썰매와 바다코끼리 상아를 조각한 물건들과 물개 사냥에 쓰이는 작살 등도 있었다. 북극 지방뿐만 아니라 세계 도처에서 사용되고 있는 1,000여 가지의 전리품과 유품들, 마술 도구들과 전쟁 무기들이 모두 이곳에 뒤섞여 있었다.

정말 이상한 일이었다. 전시된 북미산 순록 모피는 리라의 것과 똑같았다. 그런데 그 모피옷을 걸쳐 놓은 썰매는 전혀 다른 것이었다. 포토 그램은 리라를 붙잡아 볼반가르에 팔아넘긴 사모예드인 사냥꾼들의 모습을 보여 주고 있었다. 얼굴까지 똑같았다! 심지어 밧줄을 풀었다가 다시 맨 자리까지도 같았다. 그 밧줄로 썰매에 묶여 여러 시간 괴로움을 당한 리라의 눈에는 매우 익은 것이었다. 도대체 어떻게 된 노릇일까? 결국 하나의 세상에서 다른 세상들을 꿈꾸고 있었다는 얘길까?

리라는 박물관 안을 거닐다가 다시 알레시오미터를 떠올리게 하는 어떤 것과 마주쳤다. 검게 칠한 나무 테두리를 두른 유리상자 안에 인간의 두개골이 수없이 진열되어 있었다. 그 두개골들은 앞쪽이나 옆쪽 혹은 위쪽에 구멍이 나 있었다. 또 정면에 두 개의 구멍이 뚫린 두개골도 있었다. 카드에는 이것을 천공(穿孔)이라고 부른다는 설명이 씌어 있었다. 또한 두개골의 소유자가 살아 있을 때 뚫은 구멍이라고 했다. 뚫린 자리가 치유되면서 구멍의 가장자리가 매끄럽게 아문 것이 그 증거라고 했다. 그러나 하나만은 예외였다. 청동화살이 꽂힌 채 그대로 있는 구멍은 가장자리가 날카롭고 삐죽삐죽해서 다른 두개골들의 구멍과 뚜렷하게 구별할 수 있었다.

이것은 북쪽 타타르인들의 풍습과 똑같았다. 그리고 조던 대학의 학자들이 말한 것처럼 그루만 박사가 자신의 머리에 했던 짓과도 같았다. 리라는 주위를 살펴보고 사람이 없는 것을 확인한 후 알레시오미터를 꺼냈다.

그녀는 가운데에 있는 두개골에 정신을 집중하며 질문했다. 이 두개골은 어떤 사람의 것이며 왜 저렇게 구멍을 뚫었나?

먼지 낀 유리 지붕을 통해 비스듬히 비쳐드는 희부연 빛 아래서 알레시오미터에 정신을 모으고 있는 리라는 자신을 지켜보고 있는 다른 시선이 있다는 사실을 모르고 있었다.

고급스런 양복 차림에 파나마 모자를 손에 든 60대의 멋쟁이 남자가 계단참에 서서 철제 난간 너머로 그녀를 내려다보고 있었다. 은회색 머리를 뒤로 단정히 빗어 넘긴 까무잡잡한 이마에는 깊은 주름이 패어 있었다. 크고 검은 눈에 길고 짙은 속눈썹을 가진 그 남자는 가끔 뾰족한 붉은 혀를 내밀어 입술을 축였다. 앞가슴에 꽂힌 순백색 손수건에서 풍겨 나오는 향수 냄새는 무더운 여름 정원에서 내뿜는 짙은 꽃향기처럼 뿌리부터 썩는 냄새를 풍기는 것 같았다.

한동안 리라를 지켜보던 그 남자는 그녀가 아래로 내려가자 계단을 따라 천천히 걸음을 옮겼다. 그러고는 리라가 두개골 케이스 앞에서 멈추자 그녀의 행색을 자세히 살피기 시작했다. 그는 헝클어진 머리카락, 뺨 위의 퍼런 멍자국, 새로 사 입은 듯한 옷, 알레시오미터를 관찰하느라 구부릴 때 드러나는 하얀 목, 스타킹을 신지 않아 맨살이 드러난 다리 등을 찬찬히 훑어본 후 앞가슴에 꽂힌 손수건을 꺼내 이마를 닦으며 계단을 내려왔다.

리라는 넋을 잃고 이상한 물건들에 관한 지식을 구하고 있었다. 이 두개골은 연대를 추정하기 힘들었다. 케이스 앞에는 '청동기 시대'라고 적혀 있었다. 그러나 절대로 거짓말을 하지 않는 알레시오미터는 지금으로부터 3만 3천 254년 전에 살았던 사람의 두개골이라고 말했다. 이 두개골의 주인인 남자는 마법사였으며, 그 구멍은 신들을 머리에 들어오게 하기 위해 뚫은 것이라고 했다. 알레시오미터는 리라가 묻지 않은 내용도 덧붙였다. 천공 두개골들 주위에는 화살이 꽂힌 두개골보다 더 많은 양의 더스트가 있다고 했다.

그것이 도대체 무엇을 의미하는 걸까? 리라는 알레시오미터에 집중했던 마음을 추스르고 현실로 돌아왔다. 그러고 보니 그곳에는 그녀 혼자만 있는 것이 아니었다. 밝은 양복을 입은 노신사가 향수 냄새를 풍기며 그녀 옆의 케이스를 바라보고 있었다. 노신사는 리라를 기억하는 듯했지만 리라는 전혀 알아볼 수 없었다.

리라가 빤히 바라보고 있는 것을 느낀 듯 노신사는 고개를 들고 미소를 지어 보였다.

"천공 두개골을 보고 있었니? 사람들이 참 이상한 짓을 했다는 생각이 들지?"

"예."

"사람들이 아직도 이런 짓을 하고 있다는 걸 아니?"

"예."

"히피들이 그런단다. 넌 너무 어려서 히피들을 기억할 수 없을 거야. 그들은 약을 먹는 것보다 저렇게 구멍을 뚫는 것이 더 효과적이라고 생각한단다."

리라는 알레시오미터를 배낭에 집어넣고 어떻게 하면 이 자리를 벗어날까 궁리하기 시작했다. 그녀는 아무 대꾸도 하지 않았지만 노신사는 계속 지껄여 대고 있었다. 그는 멋있는 옷차림에 향기로운 냄새를 풍겼고, 이젠 가까이 다가와서 유리상자 앞으로 몸을 숙이며 리라의 머리카락을 어루만졌다.

"정말 놀랍지 않니? 마취제나 멸균제도 없는 시절에 돌연장만으로 저런 구멍을 뚫었을 테니 말이야. 그 연장들은 무척 거칠었을 거야, 안 그래? 그런데 넌 처음 보는 얼굴이구나. 난 여기 자주 오는 편이거든.

이름이 뭐지?"

"리지예요."

리라는 부드럽게 대답했다.

"리지라고? 난 찰스란다. 그런데 옥스퍼드에 있는 학교엘 다니니?"

리라는 어떻게 대답해야 할지 몰랐다.

"아뇨."

"놀러 온 모양이군. 그렇다면 아주 멋진 곳을 선택했구나. 특히 흥미로운 게 뭐니?"

리라는 노신사가 겉으로 보기에는 친절하고 깔끔하고 옷차림도 멋지지만, 어쩐지 수상쩍다고 느껴졌다. 주머니 속의 판탈라이몬도 무언가 어렴풋이 기억나는 것이 있었고, 리라 또한 기억 속에서 어떤 냄새를 맡았다. 그것은 향기로운 냄새가 아니라 썩은 오물 냄새였다. 공기 중에는 향수 냄새가 가득했지만 바닥에는 더러운 오물이 질척하게 깔려 고약한 냄새를 풍기던 이오푸르 락니손의 궁전이 떠올랐다.

"흥미로운 것이요? 전부 다예요. 제가 지금 흥미롭게 보고 있는 저 두개골들은 정말 끔찍하군요. 누가 저런 끔찍한 짓을 하고 싶겠어요."

"나도 저런 걸 좋아하진 않아. 하지만 아직도 그런 일이 일어나고 있는 것만은 분명해. 원한다면 그런 사람을 구경시켜 줄 수도 있단다."

노신사가 다정하고 친절하게 말하자 리라는 따라가고 싶은 유혹을 느꼈다. 하지만 말할 때마다 마치 뱀 혓바닥처럼 그의 검붉은 혀끝이 입술 밖으로 날름거리는 것을 보자 소름이 돋았다.

"고맙지만 전 갈 데가 있어요. 친구를 만나기로 했거든요."

"그러렴. 얘기 즐거웠다, 리지. 안녕."

노신사는 친절하게 말했다.

"안녕히 가세요."

리라도 인사를 했다.

"잠깐만, 혹시 모르니 여기 내 이름과 주소가 있다."

노신사는 조그마한 명함 한 장을 리라에게 건네며 말했다.

"이런 것에 대해 더 알고 싶으면 언제든지 연락하렴."

"고맙습니다."

리라는 배낭 주머니에 그 명함을 넣으며 노신사가 줄곧 자기를 지켜보고 있다는 것을 느꼈다.

그녀는 박물관에서 나와 공원으로 발길을 돌렸다. 그곳에는 크리켓과 다른 스포츠 구장이 있었다. 그녀는 한적한 나무 밑을 찾아 다시 알레시오미터를 꺼냈다.

이번에는 더스트에 관해 알고 있는 학자를 언제 만날 수 있는지 물었다. 그러자 금방 대답이 나왔다. 알레시오미터는 리라 뒤쪽에 있는 높은 건물의 어떤 방을 가리켰다. 알레시오미터의 대답이 즉각적이고 갑작스러울 때는 하고 싶은 말이 더 있다는 뜻임을 리라는 알고 있었다. 이제 그녀는 알레시오미터가 사람처럼 생각이 있다는 것을 느끼기 시작했고, 그것이 더 많은 것을 말하고 싶어 할 때를 분간할 수 있었다.

지금이 바로 그런 때였다. '너는 그 소년과 함께 행동해야만 해. 우선 그 소년이 아버지를 찾도록 돕는 것이 네가 할 일이야. 그걸 절대로 잊어서는 안 돼.'

리라는 깜짝 놀라 눈을 깜박였다. 윌은 그녀를 돕기 위해 어디선가 갑자기 나타났던 것이다. 그건 분명했다. 그런데 오히려 그녀 자신이 윌을 돕기 위해 이곳으로 왔다는 말을 듣게 되자 머리가 띵했다.

알레시오미터의 말은 아직 끝난 게 아니었다. 바늘이 다시 움직이자 그녀는 내용을 읽기 시작했다.

'그 학자에게 거짓말을 하지 마.'

리라는 알레시오미터를 벨벳 천으로 싸서 배낭에 집어넣었다. 그러고는 자리에서 일어나 학자가 기다리고 있을 건물을 바라보며 걸어갔다. 약간 겁이 났지만 그녀는 용기를 내어 앞으로 나아갔다.

월은 도서관을 쉽게 찾을 수 있었다. 참고문헌실의 사서는 지리 문제를 연구한다는 월의 말을 믿고 월이 태어난 해의 〈타임〉지 색인을 찾는 것을 도와주었다. 그해는 아버지가 실종된 해이기도 했다. 월은 〈타임〉지를 보기 위해 자리를 잡고 앉았다. 〈타임〉지에는 존 패리의 고고학 탐사에 관한 기사가 많이 실려 있었다.

마이크로필름은 달별로 분리되어 있었다. 월은 영사기 속에 마이크로필름을 하나씩 집어넣고 내용을 찾기 시작했다. 그는 정신을 집중하여 이야기 속으로 빠져 들어갔다. 첫 번째 기사는 탐험대가 알래스카 북쪽으로 출발하는 내용이었다. 옥스퍼드 대학교의 고고학 연구소 후원을 받아, 사람이 최초로 정착한 증거를 찾기 위해 그 지역을 탐사할 것이라는 내용이었다. 또한 영국 해병대인 존 패리가 전문 탐험가로 동반한다고 했다.

두 번째 기사는 6주일 뒤에 있었다. 알래스카 노아틱의 아메리카 북극 탐험기지에 탐험대가 도착했다는 내용이 간단하게 적혀 있었다.

세 번째 기사가 실린 날짜는 두 번째 기사가 실리고 두 달 후였다. 탐험기지 대원들이 교신에 응답하지 않아 아무래도 존 패리와 그 일행이 실종된 것 같다는 내용이었다. 또한 탐험대를 찾기 위해 고고학 협회의 구조대가 비행기를 타고 베링 해 상공에서 정찰을 벌였지만 결실 없이 끝났다는 일련의 기사가 함께 담겨 있었다.

월은 순간 심장이 멎는 듯했다. 〈타임〉지에 아기를 안은 엄마의 사진이 실려 있었던 것이다. 말할 것도 없이 그 아기는 월 자신이었다.

그 기사를 쓴 기자는 흔히 그렇듯 한 탐험가의 아내가 고통의 눈물을 흘리며 남편을 기다리는 얘기를 감동적으로 그리고 있었다. 하지만 실질적인 내용은 별로 없다는 것에 윌은 실망하지 않을 수 없었다. 기사에는 존 패리가 영국 해병대에서 벌인 모범적인 활동과 지리와 과학에 능통한 탐험대를 특별히 조직하여 떠났다는 내용도 간단히 소개되어 있었다.

색인에는 더 이상 다른 내용이 나타나 있지 않았다. 윌은 실망하며 마이크로필름 영사기 앞에서 일어났다. 어딘가 또 다른 정보가 있을 것이었다. 그렇지만 어디를 찾아봐야 하나? 너무 오래 조사하고 있다간 추적을 당할지도 모를 일이었다.

윌은 마이크로필름을 반납하면서 사서에게 물었다.

"혹시 고고학 협회의 주소를 알고 계세요?"

"잠깐만 기다려. 그런데 어느 학교에 다니지?"

"성 베드로 학교예요."

윌이 대답했다.

"옥스퍼드에 있는 학교가 아닌 것 같은데?"

"예, 햄프셔에 있어요. 저희 학급은 현장 학습을 하고 있는 중이에요. 일종의 환경연구 훈련이라고나 할까요."

"오, 알겠다. 고고학 협회의 주소라…… 여기에 있구나."

윌은 고고학 협회의 주소와 전화번호를 적었다. 그리고 옥스퍼드의 지리를 잘 모른다고 하는 것이 안전할 듯해 그곳으로 가는 길을 물었다. 그곳은 멀지 않았다. 윌은 사서에게 고맙다는 인사를 남기고 도서관을 나왔다.

건물 안으로 들어간 리라는 계단 앞에 놓인 커다란 책상 앞에 앉아 있는 안내원에게 다가갔다.

"어디를 찾니?"

안내원이 물었다.

마치 고향 같다는 생각이 들었다. 리라는 주머니 속에 있는 판탈라이 몬을 만지며 말했다.

"2층에 계시는 분에게 전달할 게 있어서요."

"누군데?"

"리스터 박사님이오."

"리스터 박사님은 3층에 계시다. 그분에게 전할 게 있으면 여기에 놓고 가렴. 내가 전해 주마."

"하지만 이건 그분께 지금 당장 필요한 거예요. 물건이 아니라 제가 직접 말씀 드려야 하는 거예요."

안내원은 리라를 조심스럽게 살펴보았다. 그러나 순진하고 착한 표정을 짓고 있는 리라를 당해 내지 못했다. 그는 고개를 끄덕이곤 신문을 다시 읽기 시작했다.

물론 알레시오미터가 사람의 이름까지 알려 준 것은 아니었다. 리라는 리스터 박사의 이름을 안내원 뒤의 우편함 칸막이에서 읽었다. 아무라도 아는 척하면 수월하게 허락을 받아 낼 수 있을 것 같았기 때문이다. 어떤 면에서 리라는 윌의 세계를 그보다 더 잘 알고 있었다.

2층에 이르자 긴 복도가 눈에 들어왔다. 문이 열린 큰 강의실에는 사람이 없었다. 그보다 조금 작은 강의실에서는 두 학자가 칠판에 무언가를 써 놓고 토론을 벌이고 있었다. 두 강의실 모두 낡고 휑한 것이 궁핍한 재정 상태를 말해 주는 것 같았다.

리라는 알레시오미터가 알려 준 문을 금방 찾을 수 있었다. '검은 물질 연구소'라는 문패 아래 R.I.P.라고 쓴 글씨와 '소장 라자루스'라는 연필 글씨가 추가되어 있었다.

리라가 노크를 하자 안에서 여자 목소리가 들렸다.

"들어오세요."

비좁은 방 안에는 서류와 책들이 잔뜩 쌓여 있고 벽에 부착된 하얀 칠판에는 숫자와 방정식들이 적혀 있었다. 출입문 안쪽에는 중국의 것으로 보이는 문양이 꽂혀 있었으며, 열린 문으로 보이는 다른 방에는 복잡한 앤버릭 기계가 조용히 놓여 있었다.

리라는 자신이 찾고 있는 연구원이 여자라는 사실에 놀랐다. 그러나 알레시오미터가 남자라고 말한 적은 없었다는 생각이 들었다. 어쨌든 이곳은 이상한 데니까! 여자는 숫자와 문자가 적힌 작은 유리 화면을 보고 있었다. 그 앞에는 알파벳이 새겨진 작은 블록들이 상앗빛 판 위에 가득 놓여 있었다. 여자가 그중 하나를 두드리자 화면이 사라졌다.

"넌 누구지?"

그녀가 리라에게 물었다.

리라는 등 뒤의 문을 닫았다. 그러고는 알레시오미터가 했던 말을 마음에 새기며 평소와 달리 정직하게 말했다.

"리라 실버텅이에요. 선생님 성함은 뭐죠?"

30대 후반으로 보이는 그 여자는 눈을 깜빡거렸다. 짧게 자른 검은 머리에 붉은 뺨이 콜터 부인보다는 나이가 조금 더 들어 보였다. 그녀는 녹색 셔츠와 청바지를 입고 그 위에 하얀 코트를 걸치고 있었다.

여자는 손으로 머리를 빗어 올리며 말했다.

"오늘은 생각지도 않았던 일이 두 번이나 생기는구나. 난 메리 말론 박사다. 그래, 무슨 일로 왔니?"

"더스트에 관해 말씀해 주세요."

리라는 주위에 다른 사람들이 없는지 둘러보았다.

"전 박사님이 더스트에 관해 알고 있다는 걸 알아요. 그러니 말씀해주세요."

"더스트? 지금 무슨 소릴 하고 있는 거니?"

"박사님은 그걸 그렇게 부르지 않을지도 몰라요. 그건 소립자예요. 제가 사는 세상의 박사님들은 그것을 루사코프 입자라고 불러요. 그렇지만 보통 더스트라고 부르죠. 더스트는 쉽게 나타나진 않지만 우주에서 나와 사람들에게 달라붙어요. 하지만 아이들에겐 붙지 않고 대부분 성인들에게만 붙죠. 그리고 오늘 제가 발견한 것이 있어요. 저 아래 박물관에 들어갔더니 타타르인들처럼 구멍을 낸 두개골들이 있더군요. 이상한 건 다른 두개골보다 그 두개골 주위에 더스트가 훨씬 더 많았다는 사실이에요. 청동기 시대가 언제죠?"

여자는 눈을 동그랗게 뜨고 리라를 바라보았다.

"청동기 시대? 글쎄, 한 5천 년 전쯤 되지 않을까."

"그렇다면 그 설명서는 아무래도 잘못된 것 같군요. 구멍이 두 개 뚫린 그 두개골은 3만 3천 년 된 것이에요."

리라는 하던 말을 멈췄다. 말론 박사가 금방이라도 기절할 것 같은 표정이었기 때문이다. 볼이 발갛게 달아오른 박사는 드디어 두 팔을 접고 머리를 숙였다. 한참 후에 그녀는 머리를 들고 진지한 표정으로 물었다.

"넌 누구지?"

"리라 실버……."

"아니, 어디서 왔느냐고? 어떻게 그런 것들을 알고 있지?"

리라는 가느다랗게 한숨을 토해 냈다. 학자들이 얼마나 까탈스러운 사람들인지 잠시 잊고 있었던 것이다. 거짓말이 훨씬 이해하기 쉬울 때, 진실을 말하기란 상당히 어려웠다.

"전 다른 세상에서 왔어요. 제가 사는 세상에도 이곳처럼 옥스퍼드가 있어요. 물론 이곳과는 다르지만요. 전 그곳에서 왔어요. 그리고……."

"잠깐만, 얘야, 어디서 왔다고?"

"다른 세상이요. 이곳이 아니에요."

리라는 좀 더 조심스럽게 말했다.

"다른 세상이라고. 오, 이제 알 것 같구나."

"그리고 전 더스트에 대해서 알아야만 해요. 저희 세상의 교회 사람들은 더스트를 두려워해요. 그것들을 원죄라고 생각하거든요. 그래서 제겐 중요한 문제예요. 우리 아빠는…… 아니에요."

리라는 감정이 벅차는 듯 말을 더듬기까지 했다.

"제가 말하려는 건 그게 아니에요. 말이 잘 안 나오네요."

말론 박사는 얼굴을 찡그리며 주먹을 꼭 쥐는 리라를 바라보았다. 그녀는 리라의 뺨에 난 퍼런 멍과 맨살이 드러난 다리를 보며 말했다.

"얘야, 진정하렴."

리라는 말을 멈추고 피로로 충혈된 눈을 비벼 댔다.

"내가 왜 이런 얘기를 듣고 있어야 하지? 아무래도 미쳤나 봐. 사실 네가 원하는 대답을 해 줄 수 있는 곳은 세상에서 여기뿐이지. 그런데 그들은 이 연구소 문을 닫으려 하고 있단다. 네가 지금 말한 더스트라는 것은 우리들이 요즈음 연구하고 있는 것을 말하는 듯하구나.

그런데 박물관의 두개골 얘기를 듣고 나니 다른 생각이 났어. 왜냐하면…… 아니, 내가 지금 무슨 소릴 하고 있는 거야. 난 너무 지쳤어. 네 얘기를 계속 듣고 싶긴 하지만 지금은 아니야. 그들이 이 연구소를 폐쇄하려 한다고 조금 전에 말했지? 나는 일주일 이내에 기금 위원회에 새로운 제안을 제출해야만 해. 하지만 희망은 거의 없단다."

박사는 커다랗게 하품을 했다.

"오늘 예상하지도 않았는데 일어난 첫 번째 일은 뭐죠?"

리라가 물었다.

"우리 연구소를 후원해 줄 거라고 믿었던 사람이 갑자기 약속을 철회했어. 하긴 그런 일이 아주 없을 거라고 예상했던 건 아니지만 말야."

박사는 다시 하품을 했다.

"커피를 좀 끓여야겠구나. 잠을 자지 않으려면 커피를 마셔야 해. 너도 마시겠니?"

박사가 전기 포트에 물을 끓이고 인스턴트 커피를 두 잔 만드는 동안 리라는 출입문 뒤에 새겨진 중국식 문양을 보았다.

"저게 뭐예요?"

"중국 것이란다. 팔괘(八卦, 복희가 지었다는 여덟 가지 괘. 건乾, 태兌, 이離, 진震, 손巽, 감坎, 간艮, 곤坤)를 상징하는 거야. 네가 사는 곳에도 저런 게 있니?"

리라는 실눈으로 박사를 보며 말했다.

"그야 모르죠. 저도 제가 사는 곳을 다 아는 건 아니니까요. 어쩌면 거기에도 이 팔괘라는 것이 있을지 모르죠."

"미안하다. 아마 그곳에도 있겠지."

"검은 물질이 뭐예요? 밖에 그렇게 씌어 있던데요?"

말론 박사는 다시 의자에 앉더니 리라를 위해 다른 의자를 발로 끌어당겼다.

"검은 물질은 우리 연구팀이 찾고 있는 거야. 그게 무엇인지는 아무도 몰라. 우주 안에는 우리가 알고 있는 것보다 훨씬 많은 물질이 있어. 우리는 별과 은하계처럼 빛을 발하는 것들은 모두 눈으로 볼 수가 있어. 하지만 그런 것들이 흩어지지 않고 모두 제자리를 유지하기 위한 중력을 만들려면 더 많은 물질이 필요해. 그러나 그것을 탐사할 수 있는 사람은 아무도 없어. 지금 그런 문제를 알아내려는 연구 프로젝트들이 다양하게 진행되고 있지. 이곳도 그런 연구소 중의 하나야."

리라는 주의를 집중하고 들었다. 마침내 말론 박사는 진지하게 말하고 있었다.

"박사님은 그게 뭐라고 생각하세요?"

"글쎄, 우리 생각엔……."

전기 포트의 물이 끓기 시작하자 박사는 일어나 커피를 타면서 말을 이었다.

"우린 그걸 소립자의 하나로 생각한단다. 지금까지 발견된 것들과는 전혀 다른 어떤 물질일 거라고 말이지. 하지만 그걸 조사하기란 무척 힘들어. 넌 어느 학교에 다니니? 물리학을 공부하고 있니?"

리라는 판탈라이몬이 자신의 손을 깨무는 것을 느꼈다. 거짓말을 하지 말라는 경고였다. 알레시오미터가 진실만 얘기하라고 했지만, 말론 박사에게 정말 사실대로 얘기했다간 무슨 일이 벌어질지 알 수 없었다. 리라는 거짓말을 피하면서 조심스럽게 말을 이끌어야만 했다.

"물리학은 조금 알아요. 검은 물질에 대해선 잘 모르지만요."

"우리는 다른 입자들이 충돌할 때 내는 소리들 속에서 탐지하기 어려운 이 물질을 찾아내려고 애쓰고 있지. 보통은 수백 미터 지하에 탐지기를 설치하지만, 우리는 탐지기 주변에 전자기장을 설치하여 불필요한 것들은 차단시키고 우리가 원하는 것만 통과시키고 있어. 그리고 그 신호를 확대하여 컴퓨터에 연결하는 거지."

박사는 리라에게 커피잔을 건넸다. 거기에는 우유도 설탕도 없었다. 그러나 서랍 안에 생강 비스킷이 들어 있었다. 배가 고픈 리라는 비스킷 하나를 얼른 먹어 치웠다.

"우리는 해당 소립자를 찾아냈어."

말론 박사는 얘기를 계속했다.

"우린 바로 그 소립자라고 생각했어. 그런데 정말 이상하구나. 내가 왜 이런 얘기를 네게 하고 있지? 이건 말도 안 되는데. 아직 발표되지도 않았고, 기사화되지도 않았어. 오늘 오후엔 아무래도 내가 어떻게 되었나 봐."

여자는 머리를 절레절레 젓고는 긴 하품을 토해 냈다. 하도 길어서 리라는 그녀가 언제까지고 하품을 그치지 않을 것만 같았다.

"그런데…… 그 소립자는 이상한 작은 악마들임에 분명해. 우린 그걸 새도 소립자라고 부르지. 그림자란 뜻이야. 내가 왜 기절초풍할 뻔했는지 아니? 네가 박물관의 두개골에 대해서 말했기 때문이야. 우리 팀에 아마추어 고고학자가 한 분 있어. 그가 어느 날 믿을 수 없는 사실을 발견한 거야. 방금 말한 이 새도 소립자와 너무나 딱 맞아떨어져서 무시할 수 없는 것이었지. 그 새도 소립자들은 의식을 지니고 있다는 거야. 그래, 새도들은 의식의 소립자들이야. 그런 어처구니없는 얘기를 들어 본 적 있니? 그러니 우리 연구소가 기금을 다시 받지 못하는 건 당연하지."

박사는 커피를 홀짝였다. 마른 나무뿌리가 물을 빨아들이듯 리라는 박사의 말을 한 마디도 놓치지 않았다.

"그런데 말이야. 그 소립자들은 우리가 여기 있다는 것을 알아. 우리의 부름에 응답을 해 오기도 하거든. 더욱 놀라운 일은 우리가 기대하지 않는 한 그것들을 볼 수가 없다는 거야. 마음을 어떤 상태로 몰입시킴과 동시에 확신을 가지고 느긋하게 기다려야만 해. 그러니까……."

말론 박사는 책상 위의 서류 더미를 뒤져 초록색 잉크로 쓴 종이를 꺼내 읽기 시작했다.

"'사실과 근거를 조급하게 따지지 않고 불확실과 의문과 의심 속에 자신을 맡겨 버릴 수 있어야만 한다'는 거지. 우리 마음이 그런 상태가 되어야만 해. 키츠의 시에 저런 구절이 있단다. 어느 날 우연히 발견했지. 암튼 그런 마음 상태에서 동굴을 들여다보면……."

"동굴이라뇨?"

리라가 물었다.

"아, 미안. 컴퓨터를 말하는 거야. 연구실의 컴퓨터를 우리는 동굴이라고 불러. 플라톤이 동굴의 벽에서 새도를 발견한 데서 따온 말이지. 그 고고학자는 매우 지적인 사람이야. 하지만 그는 취업 면접을 하기 위해 제네바로 갔는데, 언제 돌아올지는 나도 몰라. 내가 어디까지 얘기했더라? 아 그래, 동굴. 일단 컴퓨터와 연결되었다고 생각하면 새도들이 반응을 보여. 그건 의심할 여지가 없단다. 새도들이 마치 새들처럼 우리가 생각하는 곳으로 날아온다구."

"그러면 두개골은 어떻게 된 거죠?"

"지금 얘기하려던 참이야. 내 동료 중에 올리버 페인이라는 사람이 있어. 그가 어느 날 컴퓨터로 무언가를 시험하다가 이상한 걸 발견했지. 물리학자로선 도저히 이해할 수 없는 일이었어. 그가 조사하고 있던 그 단순한 상아 덩어리에는 새도가 전혀 없었던 거야. 반응이 전혀 일어나지 않았던 거지. 그런데 상아로 만든 체스에선 반응이 일어났거든. 판자에서 떼어 낸 커다란 나뭇조각에선 반응이 없었지만 나무로 만든 소립자에선 반응이 일어났어. 나무로 깎은 조각상에선 더 많은 반응이 일어났고……. 난 지금 소립자에 대해서 말하고 있는 거야. 더 이상 쪼갤 수 없는 작은 입자 말이야. 새도들은 이 물건들이 무엇인지 알고 있었어. 인간이 하는 일이나 생각하는 모든 것은 새도로 둘러싸여 있었어.

그래서 페인 박사는 박물관에서 두개골 화석을 빌려 와서 그 연대를 측정하기 시작했어. 그 화석에는 3~4만 년쯤 전에 난 구멍이 있었지.

그 이전에는 새도가 없었는데, 구멍이 뚫린 이후부터는 엄청 많았어. 현생인류가 처음 나타난 것은 분명 그때쯤이야. 우리와 전혀 다를 바 없는 조상들 말이야."

"그건 더스트예요."

리라는 자신 있게 말했다.

"하지만 연구기금 신청서에 그런 얘기를 진지하게 기록했다간 국물도 없을 거야. 이해하기 어려운 소리거든. 그건 존재할 수가 없어. 불가능하다구. 불가능하거나 타당하지 않은 거지. 그도저도 아니라면 황당무계한 거겠지."

"저도 그 동굴을 보고 싶어요."

리라가 말했다.

말론 박사는 자리에서 일어났다. 그녀는 손가락으로 머리카락을 빗어 올리며 피로한 눈을 맑게 하려고 눈을 깜빡거렸다.

"안 될 것 없지. 내일이라도 그 컴퓨터와 이별해야 할지 모르는데, 날 따라오렴."

박사는 리라를 다른 방으로 안내했다. 그곳은 박사의 방보다 크고 여러 가지 전자 기계들로 가득 차 있었다.

"바로 저거야."

박사는 회색빛을 내고 있는 화면을 가리키며 말했다.

"탐지기는 저쪽 전선들 뒤에 있어. 새도를 보려면 전극을 네 몸에 연결해야 해. 뇌파를 측정할 때처럼."

"그렇게 할게요."

리라가 대답했다.

"아무것도 보이지 않을 거야. 암튼 너무 피곤하구나. 그리고 그 일은 복잡하거든."

"제발요! 전 제가 하려는 일이 어떤 건지 잘 알고 있다구요."

"지금은 그렇겠지. 나도 그랬다면 좋을 텐데. 안 돼, 이런 세상에. 이 건 비싸고 복잡한 과학 실험이야. 그리고 넌 무턱대고 여기에 들어와서 마치 핀볼 기계를 돌리듯 이런 짓을 해서는 안 돼. 대체 넌 어디서 왔니? 학교엔 안 가도 돼? 이곳으로 오는 길은 어떻게 알아냈지?"

박사는 방금 잠에서 깨어난 사람처럼 다시 눈을 비벼 댔다.

리라는 가슴이 떨려 왔다. 진실을 말해, 하고 그녀는 생각했다.

"전 이걸로 여기까지 찾아왔어요."

리라는 알레시오미터를 꺼내 보였다.

"이게 뭐지? 나침반이니?"

리라는 말론 박사에게 그걸 건네주었다. 예상외로 묵직한 알레시오미터의 무게에 박사는 눈이 휘둥그레졌다.

"세상에 금으로 만들어졌구나. 도대체 이게……."

"제 생각엔 이게 이곳의 동굴과 같은 역할을 하는 것 같아요. 제가 확인하고 싶은 것은 바로 그 점이에요."

리라는 다급하게 말했다.

"만약 박사님만 답을 알고 있는 어떤 질문에 대해 제가 대답을 하면, 그땐 컴퓨터를 보게 해 주실 거예요?"

"그러니까 점을 치자는 거니? 이걸로 말이야?"

"제발, 제게 질문만 하세요!"

말론 박사는 어깨를 으쓱하더니 말했다.

"그래, 알았어. 그럼 내가 이 일을 하기 전엔 뭘 했는지 맞혀 보렴."

리라는 알레시오미터를 받아 들고 다이얼을 돌렸다. 바늘들이 그림을 가리키기도 전에 리라의 마음속에 느껴지는 것이 있었다. 가장 긴 바늘이 반응하기 위해 돌아가기 시작했다. 리라의 눈이 바늘을 따라가며 그것이 가리키는 그림의 의미들을 연결해 나가고 있었다.

잠시 후 리라는 눈을 깜빡이며 조용히 한숨을 내쉬었다.

"박사님은 수녀님이었어요. 정말 상상도 못 했어요. 수녀들은 수도원에만 머무는 줄 알았죠. 그렇지만 박사님은 믿음이 사라졌고, 그래서 수도원을 떠나게 되었어요. 이런 일은 제가 사는 세상과는 다르군요. 아주 달라요."

말론 박사는 의자에 주저앉아 리라를 바라보았다.

"그렇죠? 제 말이 틀렸어요?"

"맞아. 그걸 그 물건에서……."

"알레시오미터가 알려 주었어요. 저는 이게 더스트로 움직인다고 생각해요. 전 더스트에 대해 더 많은 것을 알고 싶어 여기 왔어요. 알레시오미터가 박사님을 만나 뵈라고 해서요. 저는 박사님이 말씀하시는 검은 물질이 더스트 같아요. 이제 동굴을 시행해 봐도 되나요?"

말론 박사는 머리를 저었지만 그건 안 된다는 말이 아니라 어쩔 수 없다는 뜻이었다. 그녀는 두 손바닥을 앞으로 펼쳐 보이며 말했다.

"그래, 내가 아무래도 꿈을 꾸고 있나 보다. 그렇다면 계속 꾸는 수밖에 없지 뭐."

박사는 의자를 돌려 앉더니 여러 개의 스위치를 누르기 시작했다. 그러자 '웅' 하는 전자음과 컴퓨터 냉각기 돌아가는 소리가 났다. 리라는 소스라치게 놀랐다. 그 소리는 볼반가르의 그 끔찍한 방에서 들었던 것과 너무나 흡사했던 것이다. 리라와 판탈라이몬은 번쩍거리는 방 안에 설치되어 있던 은빛 칼날에 의해 분리될 뻔했던 것이다. 리라는 주머니 속에서 판탈라이몬이 떨고 있는 걸 느낄 수 있었다. 그녀는 부드럽게 그를 어루만지며 안심시켰다.

말론 박사는 리라의 심정을 미처 알아채지 못했다. 스위치를 연결하고 상앗빛 자판의 글자들을 두드리느라고 정신이 없었다. 손가락의 움직임에 따라 화면이 색색으로 변하면서 작은 글자와 숫자들이 떠오르기 시작했다.

"이리 앉으렴."

그녀는 리라를 의자에 앉힌 뒤 작은 병을 열며 말했다.

"네 몸에 전류가 흐르게 하려면 젤을 발라야 해. 쉽게 씻기니까 염려마. 이제 가만히 있어."

말론 박사는 여섯 가닥의 전선이 연결된 납작한 패드를 리라의 머리이곳저곳에 부착했다. 리라는 꼼짝 않고 앉아 있었다. 그러자 심장이몹시 뛰며 숨이 가빠 왔다.

"자, 준비는 다 됐어."

말론 박사가 말했다.

"이 방은 지금 새도로 가득해. 우주 전체가 새도로 넘치고 있지. 그러나 이것만이 우리가 새도를 볼 수 있는 유일한 방법이야. 마음을 완전히 비우고 화면을 보렴. 자, 이제 시작한다."

리라는 화면을 보았다. 컴컴한 빈 화면에는 그녀의 그림자만 어른거리고 있었다. 리라는 마음속으로 알레시오미터를 읽으며 질문을 던지고 있다고 생각했다. 이 여인은 더스트에 대해 무얼 알고 있지? 그녀는무슨 질문을 하고 있지?

마음속으로 알레시오미터의 바늘을 돌리자 컴퓨터의 화면이 깜빡이기 시작했다. 마치 번쩍이는 오로라의 커튼이 일렁이듯 빛의 물결이 춤을 추며 화면 가득히 타올랐다. 그것은 시시각각 그 모양과 색깔을 바꾸며 하늘을 새까맣게 뒤덮은 새떼가 갑자기 방향을 바꾸어 날아가듯이리저리 몰려왔다가 몰려가고 있었다. 화면을 응시하는 리라는 맨 처음 알레시오미터를 읽던 그 순간의 가슴 떨림을 다시 느끼고 있었다.

리라는 다른 질문을 던졌다. 이것이 더스트인가? 이러한 무늬들을 만들며 알레시오미터의 바늘을 움직이는 게 바로 그것인가?

그 질문에 대답이라도 하듯 더 많은 빛의 고리들과 소용돌이가 일어났다. 그것은 곧 '그렇다'라는 대답임을 리라는 느낄 수 있었다. 곧이어 리라는 다른 생각이 떠올라 말론 박사를 돌아보았다. 박사는 놀란 나머지 입을 딱 벌리고 손으로 머리를 감싸쥐고 있었다.

"왜 그래요?"

리라가 물었다.

화면이 꺼졌다. 말론 박사는 눈만 깜박이고 있었다.

"왜 그러세요?"

리라가 다시 물었다.

"아, 지금까지 본 것 중에서 넌 가장 멋진 장면을 떠올렸어."

말론 박사는 꿈에서 깨어난 사람처럼 말했다.

"그래, 넌 뭘 하고 있었지? 무슨 생각을 하고 있었느냐고?"

"박사님은 이보다 더 선명한 화면을 만들 수 있을 거라는 생각을 하고 있었어요."

"더 선명한 화면? 방금 네가 만든 화면이 가장 선명한 것이었어!"

"하지만 그 의미가 뭐죠? 박사님은 읽을 수 있으세요?"

"글쎄, 메시지를 읽듯 읽을 순 없어. 그런 식으론 통하지 않거든. 새도는 우리들이 그들에게 쏟는 주의에 대해 반응하고 있단다. 가히 혁명적이지. 그들이 반응하는 것은 바로 우리들의 의식이란 말이야."

"제 말은 그런 뜻이 아니라 그 색깔과 모양들 말이에요. 우리가 원하기만 하면 그 새도들은 다른 색깔과 모양을 만들 수도 있어요, 보세요."

리라는 다시 화면을 응시하며 정신을 집중하기 시작했다. 그러나 이번에는 스크린을 알레시오미터로 생각하고 그 테두리에 36개의 상징물을 마음속으로 그렸다. 그녀는 이제 알레시오미터에 대해서는 훤히 알고 있어서 머릿속으로도 그 바늘들을 각 상징물 위로 돌릴 수 있었다. 그래서 이해를 상징하는 촛불, 언어를 상징하는 알파와 오메가, 근면성을 상징하는 개미를 바늘로 가리키며 질문을 떠올렸다. 새도의 언어를 이해하려면 어떻게 해야 하지?

생각과 동시에 스크린이 반응하기 시작했다. 일련의 빛과 선이 움직이며 선명한 그림들을 만들어 냈다. 나침반, 알파와 오메가, 번개, 천사……. 각각의 그림들은 횟수를 달리하며 나타났다가 마지막으로 세 개의 다른 그림이 떠올랐다. 낙타, 정원, 달.

리라는 그 그림들의 의미를 분명하게 알 수 있었다. 그녀가 설명하려고 돌아보니 말론 박사는 하얗게 질린 얼굴로 탁자 끝을 붙잡고 간신히 앉아 있었다.

"이건 지금 저의 언어로 말하고 있어요. 그림 언어죠. 알레시오미터처럼 말이에요. 하지만 평범한 언어로 옮길 수도 있어요. 화면에 언어가 떠오르도록 조정할 수도 있다는 얘기죠. 그렇지만 숫자를 나타내려면 수많은 모양이 필요할 거예요. 그게 바로 나침반이 의미하는 것이죠. 그리고 번개는 앤버릭을 의미하는 거고요. 그러니까 전기 말이에요. 천사는 메시지를 의미하는데, 말하고 싶은 것이 있나 봐요. 하지만 그것이 두 번째로 가리키면…… 아시아를 의미하는 거예요. 극동인데 어느 나라쯤 될까? 어쩌면 중국인지도 모르죠. 그 나라에도 더스트, 그러니까 새도를 가리키는 어떤 말이 있을 거예요. 저는 그림으로 보았는데 그들은 막대기를 사용해서 그 말을 나타내고 있군요. 무슨 뜻인지는 모르겠지만 제가 저 문양을 처음 본 순간 어떤 중요한 의미가 담겨 있다는 걸 알았어요. 그러니까 새도에 해당하는 말은 아주 많은 게 분명해요."

말론 박사는 숨이 막힐 지경이었다.

"팔괘는…… 그래, 중국 것이야. 앞날을 예언하는 일종의 점(占) 같은 것이지. 그래, 그들은 막대기를 사용해. 저건 그냥 장식으로 붙여 놓은 거지만."

박사는 믿을 수 없다는 듯이 물었다.

"그러니까 너는 지금 우리가 팔괘를 짚어 나가면 검은 물질인 새도에 이르게 된다고 말하고 있는 거니?"

"예. 방금 말씀 드린 대로 여러 가지로 불리고 있다는 거죠. 저도 전엔 몰랐어요. 오직 한 가지 이름밖에 없다고 생각했는데."

"화면에 나타나는 저 그림들은……."

말론 박사가 손가락으로 스크린을 가리켰다.

리라는 얼핏 떠오르는 생각이 있어 화면을 돌아보았다. 너무나 많은 그림이 빠른 속도로 연이어 떠올라서 질문을 생각할 겨를이 없을 정도였다. 말론 박사는 눈으로 좇아가기도 힘들었지만, 리라는 그 뜻을 알 수 있었다.

"박사님이 대단히 중요한 분이라고 말하고 있군요. 대단히 중요한 일을 하셔야 한대요. 그게 뭔지는 저도 모르지만, 알레시오미터는 진실이 아니면 말하지 않아요. 박사님도 이해하려면 곧 저 언어를 사용하는 방법을 익혀야 할 것 같네요."

말론 박사는 잠시 침묵을 지키다가 입을 열었다.

"좋아, 넌 어디서 왔지?"

리라는 입술을 비틀었다. 말론 박사 입장에서는 지금까지 피로와 당혹감을 뿌리치며 여기까지 왔지만, 어디서 굴러왔는지도 모르는 이상한 아이에게 자신의 일을 다 보여 주기는 어려울 것이었다. 그녀도 후회하기 시작했다. 그러나 리라는 진실을 밝히지 않을 수 없었다.

"전 다른 세상에서 왔어요. 사실이에요. 제가 살던 세상의 사람들이 저를 죽이려고 해서 이 세상으로 도망쳐 왔어요. 알레시오미터는 조던 대학의 총장이 제게 준 거예요. 제가 살던 옥스퍼드에는 조던 대학이 있어요. 물론 여기와는 달라요. 그리고 알레시오미터를 읽는 법은 혼자 터득했어요. 마음을 비우면 곧바로 의미하는 것을 읽게 돼요. 박사님이 아까 말씀하신 것처럼 마음을 완전히 비우면 말이죠. 컴퓨터를 처음 보았을 때 전 알레시오미터와 같은 것이란 사실을 알았어요. 그러니까 더스트와 박사님이 말씀하시는 새도는 같은 것이죠."

말론 박사는 그제야 완전히 깨달았다. 리라는 엄마가 어린애를 다루듯이 알레시오미터를 벨벳 천으로 고이 감싸서 배낭에 집어넣으며 말했다.

"어쨌거나 박사님이 원하신다면 이 화면을 언어로 표현할 수 있을 거예요. 그러면 제가 알레시오미터에게 말하듯 박사님도 새도에게 말할 수 있겠죠. 그러나 제가 알고 싶은 것은 왜 제가 살고 있는 세상 사람들이 더스트를 미워하느냐는 거예요. 그러니까 검은 물질 새도를 말이죠. 그들은 그것을 사악한 것으로 생각하고 파괴하려고 해요. 하지만 제 생각엔 그들이 하고 있는 짓이 더 사악한 것 같아요. 그들이 사악한 짓을 하는 걸 봤거든요. 그렇다면 새도는 선한 거예요, 악한 거예요?"

말론 박사는 얼굴을 문질러서 볼이 더 발개졌다.

"선악에 대한 모든 질문은 당혹스럽단다. 과학실험실에서 선악을 말한다는 것이 얼마나 당혹스러운 일인 줄 아니? 생각이나 해봤어? 내가 과학자가 된 이유 중의 하나는 바로 그런 생각을 하지 않기 위해서였단다."

"박사님은 생각하셔야만 해요."

리라는 신랄하게 말했다.

"선악이든 뭐든 그런 걸 생각지 않고서는 더스튼지 새도인지에 관해 조사할 수 없잖아요. 그리고 새도도 박사님이 그렇게 해야 한다고 말했다는 걸 잊지 마세요. 박사님은 거부할 수 없어요. 그들은 언제 이 연구소를 폐쇄할 작정이죠?"

"기금 위원회가 이번 주말쯤 결정하겠지. 왜?"

"그렇다면 오늘 밤에 하셔야만 하니까요. 제가 화면에 그림을 떠올렸던 것처럼 박사님은 이 기계가 단어들을 떠올릴 수 있도록 조정할 수 있을 거예요. 박사님은 아주 쉽게 하실 수 있어요. 그리고 그들에게 그것을 보여 주면 연구를 계속할 수 있도록 기금을 줄 거예요. 박사님이 더스튼지 새도인지에 대해 다 알게 되면 제게 말씀해 주세요."

리라는 공작 부인이 하녀에게 명령하듯 다소 오만한 투로 말했다.

"알레시오미터는 제가 알고 싶은 걸 정확하게 말해 주지 않을 거예요. 하지만 박사님은 저를 위해 알아낼 수 있어요. 어쩌면 막대로 하는 그 팔괘라는 것으로 알아낼 수 있을지도 모르죠. 하지만 제 생각엔 그림으로 하는 것이 더 쉬울 것 같아요. 이젠 이걸 뗄게요."

리라는 머리에 붙였던 전극들을 떼어 냈다.

말론 박사는 리라에게 젤을 닦을 휴지를 건네주고는 전선을 감았다.

"이제 가려고? 넌 내게 아주 특별한 시간을 선사했어."

"단어로 바꾸는 작업을 하실 거예요?"

리라가 배낭을 메며 물었다.

"기금 신청서를 제출할 때까지는 가능하겠지. 아니지, 애. 내일 다시 와 주련? 그렇게 해 주겠니? 이맘때쯤 말야. 네게 보여 줄 사람이 있어."

리라는 실눈을 지었다. 혹시 함정은 아닐까?

"음, 좋아요. 하지만 제가 알아야 할 것이 있다는 걸 잊지 마세요."

"물론이지. 올 거니?"

"예, 전 오겠다고 하면 와요. 박사님을 도울 수 있으면 좋겠어요."

리라는 사무실을 나왔다. 안내석에 앉아 있던 사내가 그녀를 힐끗 쳐다보더니 이내 보고 있던 신문으로 눈길을 돌렸다.

"누니아텍 탐사대 얘기로군."

고고학자는 의자를 돌리며 말했다.

"이달 들어 그 질문을 두 번째 받는구나."

"첫 번째는 누구였어요?"

월이 즉시 긴장하며 물었다.

"확실하진 않지만 기자였던 것 같구나."

"왜 그런 걸 알고 싶어 한대요?"

"여행 중 실종된 한 사람과 연관이 있었어. 탐험대가 사라진 것은 냉전이 절정에 이르렀을 때였지. 별들의 전쟁이었어. 넌 너무 어려서 기억하지 못할 거야. 미국과 러시아는 북극 전역에 거대한 레이더망을 설치하고 있었지. 그런데 내게 원하는 게 뭐지?"

월은 마음을 가라앉히려고 애쓰며 말했다.

"저, 사실은 그 탐험대에 관해 알고 싶어요. 선사 시대 사람들에 대해 학교에서 과제물을 내줬거든요. 그런데 탐험대가 실종되었다는 얘기를 듣고 몹시 궁금해서요."

"궁금해하는 사람은 너뿐만이 아니야. 그 당시에도 광범위한 조사가 이루어졌지. 난 그 기자 때문에 그 당시 자료를 뒤져 봤어. 그건 사전조사였지 본격적인 조사는 아니었어. 시간을 들일 만한 가치가 있는지 먼저 판단하기 전에는 조사에 임할 수가 없거든. 그러니까 그 조사팀은 여러 장소를 둘러본 후 보고서를 올렸던 거야.

모두 여섯 사람이었어. 이런 탐험을 할 때는 비용을 분산하기 위해 가끔 다른 분야의 사람들과 공동보조를 취하기도 하지. 지질학자라든가 뭐 그런 사람들과 말이다. 그들은 그들대로, 우리는 우리대로 조사를 하는 거지.

이 탐험대에는 물리학자가 한 사람 끼어 있었어. 그는 높은 대기 중에 있는 미립자를 찾고 있었던 것 같아. 오로라라고 왜, 북극광 있잖아. 그리고 그는 무선 송신기를 갖춘 기구(氣球)를 가지고 있었던 게 분명해. 그리고 대원들 중에는 해병대 출신의 전문 탐험가도 있었어. 그들은 기구를 타고 불모지대를 향해 날아갔어. 북극곰들이 있는 그곳은 아주 위험한 곳이야. 고고학자들은 훈련받은 사냥꾼들이 아니야. 그러니까 생존을 위해 사냥을 하고, 항해하고, 캠프도 만들 줄 아는 사람이 반드시 필요하지.

그런데 그들 모두가 실종된 거야. 지역 관측소와 계속 교신을 하다가 어느 날 갑자기 뚝 끊어졌어. 그들이 있던 북극은 당시 눈보라가 몹시 심했지만 그 정도야 흔한 일이었지. 수색대가 그들의 캠프를 찾아가 보니 곰들이 식량을 다 먹어 버렸더래. 그러나 사람의 흔적은 없었다는 거야. 그게 내가 아는 전부란다."

"예, 고맙습니다. 그런데…… 그 기자 말이에요."

윌은 일어나려다 말고 말했다.

"대원들 중 한 사람에게 관심을 보였다고 하셨죠? 누구였나요?"

"존 패리라는 전문 탐험가였단다."

"그 기자는 어떻게 생겼어요?"

"그게 왜 궁금하지?"

"그냥요."

윌은 그럴듯한 변명이 생각나지 않았다. 괜한 질문을 했다는 생각이 들었다.

"덩치가 크고 연한 금발이었던 것 같군."

"그랬군요. 감사합니다."

월은 인사하고 연구소를 나섰다.

고고학자는 월을 바라보며 이마를 약간 찌푸렸다. 그가 전화기로 손을 가져가는 것을 본 월은 재빨리 건물을 빠져나왔다.

월은 자신이 떨고 있음을 알았다. 그 기자라는 사람은 월의 집에 침입했던 두 사내 중의 하나가 분명했다. 아름다운 금발의 그 키 큰 사내는 눈썹이나 속눈썹이 없는 것처럼 보였다. 그는 월이 계단 아래로 굴러 떨어뜨렸던 사내가 아니었다. 월이 계단을 달려 내려와 시체를 뛰어넘을 때 거실 문에서 모습을 드러냈던 사내였다.

하지만 그는 기자가 아니었다.

근처에 커다란 박물관이 있었다. 월은 무슨 조사를 하는 척 클립보드를 들고 박물관 안으로 들어가서 그림들이 걸린 화랑에 앉았다. 온몸이 부들부들 떨리고 머리가 지끈거렸다. 사람을 죽인 살인자라는 생각이 월의 마음을 짓눌렀다. 궁지에 몰린 순간부터 이런 압박감에 시달렸지만 이젠 더 참기 어려웠다. 자신이 그 사내의 목숨을 앗아 버린 것이었다.

월은 30분이 넘도록 조용히 앉아 있었다. 세상에 태어나서 가장 힘든 시간이었다. 사람들은 그림 앞을 오가면서 나직한 소리로 얘기를 나누었고, 월에 대해서는 의식하지도 않는 것 같았다. 그때 뒷짐을 지고 문 앞에 서 있던 화랑 관리자가 천천히 걸음을 옮겨 놓았다. 월은 두려운 마음을 억누르며 꼼짝 않고 앉아 있었다.

시간이 흐르자 월은 차츰 평정을 찾기 시작했다. 그는 어디까지나 엄마를 보호했던 것이다. 엄마와 다투고 있던 그 사내들은 협박을 하고 있었다. 월에게는 집을 지킬 의무가 있었다. 아버지도 분명 그렇게 하기를 원했을 것이다. 그러니 당연히 할 일을 했을 뿐이다. 그들이 녹색 가방을 훔치려는 걸 막았을 뿐이다. 그런 일을 통해 월은 아버지의 존재를 알 수 있었다. 어린 시절의 놀이로 돌아간 것이다. 그 자신이 악당에게 납치된 아버지를 구하는 놀이였다. 그런데 이제는 그 놀이가 현실이 되었다. '난 아버지를 찾아낼 거예요.' 월은 마음속으로 맹세했다. '제발 도와주세요. 아버지를 찾을 수 있게요. 그리고 아버지와 제가 엄마를 돌보는 거예요. 우리 가족은 모두 행복할 거구요……'

그리고 이제 월에게는 숨을 곳이 있었다. 아무도 찾아낼 수 없는 안전한 곳이었다. 상자에서 꺼낸 뒤 아직 시간이 없어 읽지 못한 편지들도 치타가체의 매트리스 밑에 안전하게 보관되어 있었다.

사람들이 한쪽 방향으로 급히 걸어가기 시작했다. 박물관 관리인이 10분 안에 문을 닫는다고 말했기 때문이다. 월은 정신을 가다듬고 그곳을 떠났다. 하이 거리를 걸어가던 월은 갑자기 변호사 사무실이 거기에 있다는 기억을 떠올렸다. 그를 만나 볼까, 하고 생각했다. 그 변호사가 비록 친절하게 말하긴 했지만…….

결심을 하고 거리를 가로질러 걷던 월은 갑자기 걸음을 멈췄다.

노르스름한 눈썹의 키 큰 사내가 자동차에서 내리고 있었다.

월은 즉시 몸을 돌려 보석 상점의 진열장을 들여다보았다. 넥타이를 매만지며 변호사 사무실로 들어가는 금발 사내의 모습이 유리창에 비쳤다. 그의 모습이 사라지자 월은 숨이 막힐 때까지 냅다 뛰었다. 여긴 한 군데도 안전한 곳이 없었다. 그는 대학 도서관으로 뛰어가서 리라가 나오기를 기다렸다.

항공우편

“월.”

리라는 조용히 월을 불렀다. 그는 이번에도 흠칫 놀랐다.

리라가 벤치 옆자리에 앉는 것도 알아차리지 못한 듯했다.

“도대체 어디서 나타난 거야?”

“그 학자를 찾았어! 말론 박사라는 여자였는데 더스트를 볼 수 있는 어떤 기계를 가지고 있더라. 그리고 그 여자 얘기로는……”

“난 네가 오는 것도 못 봤어.”

“딴생각을 하고 있었겠지. 그나마 내가 널 봤으니 다행이지 뭐. 이봐, 그렇게 멍하니 있으면 안 돼. 주위를 잘 살펴야지.”

그때 남녀 경관 두 명이 천천히 그들 쪽으로 다가왔다. 담당 구역을 순찰 중인 경관들은 하절기용 하얀 셔츠를 입고 무전기와 경찰봉을 들고 있었다. 경관들이 수상쩍어하는 눈빛으로 두 사람을 살피며 다가오자 리라가 갑자기 벤치에서 일어나 그들에게 말을 걸었다.

"죄송하지만 박물관이 어디에 있는지 좀 가르쳐 주시겠어요? 오빠하고 제가 거기서 부모님을 만나기로 했는데 길을 잃어버렸지 뭐예요."

남자 경관이 윌을 바라보았다. 윌이 정말 한심하다는 듯이 어깨를 으쓱하자 남자 경관은 웃음을 지었다. 여자 경관이 리라에게 물었다.

"어떤 박물관? 애슈몰린 박물관 말이니?"

"맞아요, 바로 그곳이에요."

리라는 대답을 한 다음 여경의 설명을 열심히 듣는 척했다.

윌도 자리에서 일어나 경관들에게 고맙다는 인사를 했다. 그리고 두 사람은 함께 그 자리를 떠났다. 뒤를 돌아보지 않아도 경관들이 이미 자신들에 대해 흥미를 잃었다는 것을 알 수 있었다.

"봤지?"

리라가 윌에게 말했다.

"혹시 경관들이 널 찾고 있다고 해도 내가 다 처리할 테니까 걱정하지 마. 저 사람들은 여동생과 같이 있는 아이는 신경 쓰지 않을 테니까. 이제부턴 내가 네 옆에 같이 있는 게 좋겠어."

그녀는 길모퉁이를 돌아서자마자 곧바로 잔소리를 늘어놓았다.

"넌 혼자 다니면 위험해."

윌은 아무 대꾸도 하지 않았다. 분노로 인해 심장이 쿵쿵 뛰었다. 두 사람은 둥근 건물이 보이는 쪽을 향해 걸어갔다. 납으로 만든 거대한 원형 지붕을 얹은 건물이었다. 꿀빛 석재로 지은 대학 건물들과 교회당, 높이 솟은 정원 담장 위로 빽빽하게 들어찬 나무들이 그 주위를 사각형으로 에워싸고 있었다. 오후의 햇살이 그 모든 것 위에 따뜻한 색조를 더해 주어 마치 진한 황금빛 와인 색깔처럼 보였다. 대기도 그로 인해 한결 부드럽고 풍부하게 느껴졌다. 나뭇잎 하나 흔들리지 않는 그 작은 광장은 자동차의 소음도 들리지 않고 모든 것이 고요했다.

마침내 윌의 기분을 눈치 챈 리라가 물었다.

"왜 그래?"

"사람들에게 말을 걸면 공연히 그들의 주의를 끌게 돼."

윌이 떨리는 목소리로 대답했다.

"넌 그냥 가만히 있어. 그래야 사람들이 눈여겨보지 않지. 난 지금까지 그렇게 살아왔기 때문에 어떻게 해야 하는지 잘 알아. 네 방식은…… 그러니까 넌 너무 튀는 경향이 있어. 그렇게 하면 안 돼. 이건 장난이 아니거든. 넌 좀 진지해질 필요가 있어."

"그렇게 생각해?"

리라는 분통을 터뜨렸다.

"넌 내가 거짓말 같은 건 할 줄 모른다고 생각하나 보지? 난 세상에서 제일가는 거짓말쟁이야. 하지만 너에게는 거짓말을 하지 않았고, 앞으로도 하지 않을 거야. 그것만큼은 맹세할 수 있어. 넌 지금 위험에 처해 있어. 만일 내가 아까 그런 행동을 하지 않았다면 넌 틀림없이 그 경관들한테 잡혔을 거야. 그들이 널 바라보는 눈빛을 보지 못했니? 내 의견을 말하자면, 진지하지 않은 사람은 바로 너야."

"내가 진지하지 않다면 일찌감치 달아날 수 있었는데도 여기서 널 기다린 건 뭔데? 사람들의 눈을 피해 아까 그 도시로 가서 안전하게 숨을 수도 있었어. 난 내 갈 길을 가면 그만이지만 널 도와주려고 여기 남아 있는 거야. 그러니까 나한테 진지하지 않다는 말은 하지 마."

"넌 여기 올 수밖에 없었어."

리라는 화가 나서 소리쳤다. 그녀에게 감히 그런 식으로 말할 수 있는 사람은 아무도 없었다. 그녀는 지체 높은 귀족, 리라 벨라커였기 때문이다.

"만약 여기 오지 않았다면 너의 아버지에 대해 아무것도 알 수 없었을걸. 넌 네 자신을 위해서 여기 왔지, 나를 위한 건 아니었어."

두 사람은 격렬하게 다퉜지만 목소리는 나지막했다. 광장이 워낙 조용한데다 주위에 사람들이 지나다녔기 때문이다. 리라의 말을 듣는 순간 월은 하얗게 질리며 옆에 있는 대학교 담장에 몸을 기대었다.

"우리 아버지에 대해서 뭘 알고 있지?"

그는 나지막하게 물었다. 리라도 조용하게 대답했다.

"네가 아버지를 찾고 있다는 것밖엔 몰라. 그것만 물어봤으니까."

"누구한테 물어봤는데?"

"그야 물론 알레시오미터지."

몇 분 뒤에야 리라의 말뜻을 이해한 월은 잔뜩 화난 표정을 지었다. 그리고 리라가 알레시오미터를 배낭에서 꺼내는 모습을 미심쩍은 눈으로 바라보았다.

"좋아, 직접 보여 주지."

리라는 그렇게 말한 뒤 광장 잔디밭을 둘러싸고 있는 연석에 쭈그리고 앉았다. 그리고 알레시오미터를 꺼내 바늘을 돌리기 시작했다. 그녀의 손가락이 얼마나 빨리 움직이는지 월은 눈으로 좇아가기도 어려울 지경이었다. 가느다란 바늘이 다이얼을 따라 돌아가다가 갑자기 멈추기를 몇 차례 반복했고, 그동안에는 리라의 손가락도 잠시 멈추었다.

월은 조심스럽게 주위를 둘러보았지만 다행히도 그들 근처에는 사람들이 오지 않았다. 멀찌감치 떨어진 곳에서 한 무리의 여행객이 돔형 지붕의 건물을 쳐다보고 있었고, 아이스크림을 파는 행상인 하나가 도로를 따라 수레를 끌고 갔다. 하지만 그들은 월과 리라에게는 관심을 기울이지 않았다.

이윽고 리라가 눈을 깜빡이며 한숨을 내쉬었다. 마치 잠에서 막 깨어난 듯한 모습이었다.

"너희 어머니께선 몸이 편찮으셔."

그녀는 작은 소리로 말을 이어 갔다.

"그렇지만 안전하게 잘 계시는군. 어떤 부인이 잘 돌봐 드리고 있어. 그리고 너는 편지 몇 통을 훔쳐서 도망쳤어. 그리고 도둑처럼 보이는 남자가 하나 있었는데, 네가 그를 죽였어. 그리고 넌 지금 아버지를 찾고 있는 중이고, 또……."

"알았어, 이제 그만 해."

윌은 리라의 말을 막았다.

"그걸로 충분해. 넌 그런 식으로 내 사생활을 들여다볼 권리가 없어. 그러니 앞으로 그런 짓을 하지 마. 그건 염탐꾼이나 하는 짓이니까."

"어디까지 물어봐야 하는지는 나도 알고 있어. 알레시오미터도 사람이랑 거의 비슷해. 어느 정도가 지나친지, 또 내가 알고 싶지 않은 부분이 어떤 건지 다 알고 있어. 나도 대충 느낄 수가 있단 말이야. 하지만 어제 네가 갑자기 내 앞에 나타났을 땐 나도 네 정체가 뭔지, 내가 위험에 처한 건 아닌지 물어봐야만 했어. 그럴 수밖에 없었다구. 그랬더니 알레시오미터는……."

리라는 목소리를 한층 낮추었다.

"네가 살인자라고 말했어. 그건 좋다고 생각했지. 그렇다면 널 믿을 수 있다고 생각했던 거야. 하지만 그 이상은 물어보지 않았어. 지금까진 말이야. 네가 싫다면 앞으로 더 이상 물어보지 않겠다고 약속할게. 이건 남의 약점이나 염탐하는 물건이 아니야. 만약 그런 일에만 이 기계를 사용했다면 더 이상 작동하지도 않았을 거야. 난 그 사실을 너무나 잘 알고 있거든."

"나한테 직접 물어볼 수도 있었잖아. 혹시 그 기계가 우리 아버지의 생사에 대해서도 얘기했니?"

"아니, 그건 물어보지 않았거든."

그러자 윌도 리라의 옆에 쭈그리고 앉았다. 그러고는 피곤한 듯 두 손으로 얼굴을 문지르며 말했다.

"음, 이제부턴 우린 서로 믿어야 할 것 같아."

"맞아, 난 널 믿어."

윌은 진지하게 머리를 끄덕였다.

그는 매우 지쳤지만, 이 세계에 있는 한 잠을 잔다는 것은 생각도 할 수 없었다. 리라는 윌의 피로한 얼굴을 바라보며 생각했다. 그는 두려워하고 있어. 하지만 그 두려움에 의연하게 대처하고 있어. 우리는 그러한 두려움을 극복해야만 한다고 이오레크 뷔르니손은 말했었지. 얼어붙은 호숫가의 생선 보관소에서 내가 그랬던 것처럼.

"윌, 난 널 누구에게도 넘기지 않아. 약속할게."

"좋아."

"난 전에 그런 적이 한 번 있어. 지금까지 내가 한 행동 중에서 가장 끔찍했던 일이야. 처음 나는 그 일이 친구의 생명을 구하는 길이라고 생각했거든. 그런데 결국엔 그 애를 가장 위험한 곳으로 내몬 셈이 되어 버렸지. 그 일 때문에 난 내 자신이 정말 싫어졌어. 너무나 어리석은 짓이었으니까. 그래서 앞으로는 경솔한 짓을 하지 않도록 열심히 노력할 거야. 또 너를 소홀히 대하거나 배신하지도 않을 거구."

윌은 아무 말도 하지 않았다. 대신 손으로 눈두덩을 비비더니 잠에서 깨어나기 위해 애쓰는 것처럼 두 눈을 껌뻑거렸다.

"창문 너머로 가려면 아직 한참 더 기다려야 해."

윌이 말했다.

"낮에는 아무래도 위험하니까. 누가 볼지도 모르는데 굳이 모험을 할 필요는 없잖아. 그러니까 몇 시간 동안은 주위나 둘러보다가……."

"배가 고파."

리라가 말했다. 그러자 잠시 생각을 해보던 윌이 대답했다.

"그래, 바로 그거야! 극장에 가면 돼!"

"뭐라구?"

"이리 와, 내가 보여 줄게. 그곳에 가면 식사도 해결할 수 있어."

10분쯤 걸어가자 도시의 중심부에 있는 극장이 보였다. 윌은 두 사람 몫의 표와 함께 핫도그와 팝콘, 콜라를 샀다. 두 사람이 음식을 가지고 극장 안에 들어가 좌석에 앉자마자 곧바로 영화가 시작되었다.

리라는 영화에 완전히 매료되었다. 지금까지 슬라이드 필름을 영사막에 비추는 것은 본 적이 있었다. 하지만 영화는 그와 비교도 할 수 없는 전혀 새로운 경험이었다. 그녀는 핫도그와 팝콘을 게걸스럽게 먹고 콜라를 벌컥벌컥 들이켰다. 그리고 스크린 위에 등장하는 인물들을 바라보며 숨이 넘어갈 정도로 정신없이 웃어 댔다. 다행히 극장 안은 아이들로 가득 차 매우 소란스러웠으므로 그녀의 흥분한 모습이 사람들의 눈길을 끌지는 않았다. 윌은 눈을 감는 순간 곧장 잠 속으로 빠져 들었다.

윌은 관객들이 극장 밖으로 나가기 위해 의자를 삐걱대는 소리를 듣고서야 잠에서 깨어났다. 밝은 불빛 때문에 눈이 부셨다. 손목시계를 보니 8시 15분이었다. 마지못해 일어난 리라가 밖으로 나오며 말했다.

"내 평생 이렇게 근사한 건 처음 봤어! 내가 살던 세계에서는 왜 영화를 발명하지 않았는지 몰라. 우리 세계에도 여기보다 좋은 것들이 많이 있지만, 영화만큼 멋진 건 없는 것 같아."

윌은 방금 본 영화 제목도 기억 나지 않았다. 극장 밖의 거리는 여전히 밝았고 사람들로 붐비고 있었다.

"너 영화 하나 더 볼래?"

"응!"

그렇게 해서 그들은 다른 영화관으로 가기 위해 모퉁이를 돌아 한참 걸어갔다. 극장에 들어간 리라는 의자 위에 두 발을 올리고 무릎을 감싸 안은 채 영화 속으로 빨려 들어갔다. 윌은 아무 미련 없이 다시 잠들었다. 두 사람이 밖으로 나온 시각은 거의 11시가 다 되어서였다. 아까보다는 한결 어두워진 시각이었다.

리라가 다시 시장기를 느꼈기 때문에 그들은 길거리 가판대에서 햄버거를 샀다. 길을 걸어가면서 음식을 먹는다는 것은 리라에겐 생소한 경험이었다.

"우리는 항상 앉아서 식사를 했거든. 이렇게 걸어다니며 뭔가를 먹는 사람은 한 번도 본 적이 없어. 이 세계는 내가 살던 곳과는 여러 면에서 다른 것 같아. 우선은 자동차가 그래. 난 그거 별로 마음에 들지 않아. 그렇지만 영화는 좋아. 햄버거도 그렇구. 그 두 가지는 정말 마음에 들어.

그리고 그 말론 박사라는 학자 얘긴데, 그녀는 그 기계가 언어를 사용하도록 만들 거야. 난 그걸 알아. 내일 다시 그 여자를 찾아가서 연구가 잘 진행되고 있는지 봐야겠어. 난 그 여자를 도와줄 수 있거든. 어쩌면 그 여자에게 필요한 연구비를 지불하도록 학자들을 설득할 수 있을지도 몰라. 우리 아빠도 예전에 그런 적이 있었거든. 아스리엘 경 말이야. 우리 아빠는 그들을 속여서……."

리라는 밴버리 도로를 따라 걸어가면서 옷장 속에 숨어 아스리엘 경이 밀폐된 유리관 속에 든 그루만의 머리를 조던 대학 학자들에게 보여 주는 바람에 그 후에 리라에게 일어난 일들, 즉 콜터 부인의 집에서 도망쳐 나온 것부터 시작해서 스발바르의 얼음 절벽에서 로저를 죽음으로 몰아넣었다는 것을 깨달았던 그 끔찍한 순간까지 다 얘기해 주었다.

월은 한 마디도 하지 않았지만 시종 공감하는 표정으로 주의 깊게 들어 주었다. 그는 기구를 타고 날아다닌 여행이며 갑옷 입은 곰들과 마녀들, 복수심에 불타는 교회의 권력층에 대한 얘기를 들으며 자신이 언제나 꿈꾸어 왔던 고요하고 한적한 바닷가에 자리 잡은 아름다운 도시를 떠올렸다. 그런 얘기는 단지 환상적인 꿈일 뿐 진실일 수가 없었다.

그들은 마침내 자작나무 숲 옆에 있는 순환도로에 도착했다. 늦은 시각이어서 지나다니는 차도 드물었다. 기껏해야 1분에 한 대 정도 지나갈 뿐이었다. 다른 세계로 들어가는 창문이 그곳에 있었다. 월의 입가에 미소가 떠올랐다. 이젠 괜찮을 것 같았다.

"차가 지나가지 않을 때까지 기다려. 내가 먼저 넘어갈게."

그가 리라에게 말했다.

잠시 후 월은 야자수 아래의 잔디밭에 서 있었다. 곧이어 리라도 그의 뒤를 따라왔다.

그들은 마치 집에 돌아온 듯한 기분을 느꼈다. 고요하고 따뜻한 밤하늘이 드넓게 펼쳐져 있었고 꽃향기와 더불어 바다 냄새가 코끝을 간질였다. 모든 것이 뜨거운 피부를 식혀 주는 시원한 물처럼 두 사람을 씻어 주었다.

리라는 온몸을 쭉 펴고 길게 하품을 토해 냈다. 월은 어깨 위를 누르던 무거운 짐을 벗어던진 기분이었다. 여기는 어쩐지 평온하고 자유롭다는 느낌이 들었다.

갑자기 리라가 그의 팔을 움켜잡았다. 거의 동시에 월도 무슨 소리를 들었다. 카페 뒤쪽으로 난 골목길 어딘가에서 무언가가 비명을 질러 대고 있었다.

월은 즉시 소리가 나는 방향으로 달려갔다. 그가 달빛이 닿지 않는 어두운 골목길로 돌진하자, 리라도 그 뒤를 쫓아갔다. 꼬불꼬불한 길을 따라 달려가던 그들 앞에 석탑이 있는 광장이 나타났다.

스무 명 남짓한 아이들이 석탑 아래쪽에 반원 형태로 둘러서서 뭔가를 바라보고 있었다. 그들 중 몇 명은 손에 막대기를 들고 있었으며, 또 다른 아이들은 석탑 벽 아래에 있는 무언가를 향해 돌을 던지고 있었다. 처음에 리라는 그 무언가가 아이일 거라고 생각했다. 그러나 아이들이 둘러싸고 있는 안쪽에서 들려오는 소리는, 그 날카로운 울부짖음은 결코 인간의 소리가 아니었다. 그리고 집단적인 적의와 두려움을 함께 느끼고 있는 아이들도 덩달아 괴성을 질러 댔다.

아이들에게로 달려간 윌은 그중 한 명을 뒤로 잡아끌었다. 윌과 비슷한 또래의 아이였는데 줄무늬 티셔츠를 입고 있었다. 소년이 뒤로 돌아섰을 때 리라는 그의 눈 흰자위가 사납게 번뜩이는 것을 보았다. 그러자 다른 아이들도 이상한 낌새를 알아차리고 돌아보았다. 그 아이들 중에는 손에 돌멩이를 쥔 안젤리카와 그녀의 남동생도 있었다. 달빛 아래 모든 아이의 눈빛이 사납게 번뜩였다.

잠시 침묵이 흘렀다. 찢어질 듯 울부짖는 소리만 이어질 뿐이었다. 다음 순간 윌과 리라는 그 소리의 정체를 알 수 있었다. 그것은 석탑 벽을 등지고 몸을 웅크린 얼룩무늬 고양이의 비명 소리였다. 귀가 찢기고 꼬리가 부러진 그 고양이는 윌이 선덜랜드 대로에서 본 바로 그 동물이었다. 막시와 비슷하게 생긴 그 고양이는 윌이 허공 속의 창문을 넘어가도록 도움을 주었었다.

윌은 붙들고 있던 소년을 내동댕이치고 고양이에게 달려갔다. 땅바닥에 나동그라진 소년은 잔뜩 화난 표정으로 곧 일어나 덤벼들 기세였지만 주위 아이들이 그를 말렸다. 윌은 고양이 앞에 무릎을 꿇고 앉았다.

이윽고 윌이 고양이를 두 팔로 감싸 안았다. 고양이가 품 안으로 파고들자 더욱 단단히 끌어안으며 자리에서 일어나 아이들을 마주 보았다. 그 모습을 바라보던 리라는 잠시 동안이지만 윌의 데몬이 마침내 모습을 드러냈다는 엉뚱한 생각을 했다.

"이 고양이를 왜 괴롭히는 거지?"

윌의 다그침에 아이들은 대답을 하지 못했다. 그들은 윌이 화내는 모습을 보고는 불안에 떨면서 거친 숨을 몰아쉬었다. 그러자 안젤리카가 또렷한 목소리로 말했다.

"넌 여기 사람이 아니야! 치타가체 아이도 아니구! 넌 스펙터가 뭔지도 몰라. 고양이에 대해서도 전혀 모르잖아. 넌 우리랑 다른 사람이야!"

윌이 내동댕이쳤던 줄무늬 티셔츠의 소년이 긴장된 표정으로 싸울 태세를 취했다. 만일 윌의 팔에 고양이가 없었다면 소년은 일찌감치 주먹을 날리거나 물어뜯거나 발로 차는 공격을 감행했을 것이다. 그러면 윌도 기꺼이 싸움에 응했을 것이다. 윌과 소년 사이에는 증오의 불꽃이 튀고 있었는데 그것을 진압할 수 있는 방법은 폭력밖에 없는 듯했다. 그러나 소년은 고양이가 무서워서 감히 덤벼들지 못하고 있었다.

"넌 어디서 굴러온 놈이야?"

소년이 멸시하는 말투로 윌에게 물었다.

"그건 중요하지 않아. 만약 너희들이 이 고양이를 두려워한다면 내가 데려가겠어. 너희들한테는 재수 없는 동물일지 모르지만 나한테는 행운의 상징이니까 말이야. 그러니 어서 저리 비켜."

윌은 아이들의 증오심이 두려움을 능가할지도 모른다고 생각했다. 그래서 여차하면 고양이를 내려놓고 그들과 맞싸울 각오였다. 그런데 갑자기 아이들 뒤쪽에서 나지막하게 으르렁대는 무시무시한 소리가 들려왔다. 판탈라이몬의 존재를 알고 있던 윌조차도 순간적으로 얼어붙을 정도였으니 다른 아이들은 말할 필요도 없었다. 아이들은 걸음아 날

살려라 하고 달아나기 시작했고 광장은 순식간에 텅 비어 버렸다.

리라는 자리를 떠나기 전에 석탑을 올려다보았다. 판탈라이몬이 으르렁대며 그녀의 주의를 탑 쪽으로 유도했기 때문이다. 짧은 순간이었지만 리라는 탑 꼭대기에 서 있는 누군가를 얼핏 보았다. 꼭대기의 외벽 가장자리에서 아래를 내려다보고 있던 그 사람은 아이가 아니라 곱슬머리의 청년이었다.

30분 후, 그들은 카페 2층에 자리한 아파트로 돌아왔다. 윌은 연유가 들어 있는 캔 하나를 찾아내어 고양이에게 주었다. 고양이는 연유를 게걸스럽게 먹은 다음 상처 난 자리들을 핥기 시작했다. 호기심이 동한 판탈라이몬이 고양이로 모습을 바꾸자 그 얼룩고양이는 잔뜩 경계하며 털을 곤두세웠다. 그러나 이내 판탈라이몬이 실제로는 고양이가 아니며 위협적인 존재도 아니라는 사실을 깨달은 뒤로는 그를 아예 무시해 버렸다.

리라는 윌이 그 동물을 열심히 돌보는 모습을 지켜보았다. 그녀가 자신의 세계에서 살 때 가깝게 접했던 동물들은 갑옷 입은 곰들을 제외하곤 모두 사람들이 일을 시키려고 기르는 것들뿐이었다. 예를 들어 조던 대학에서 기르던 고양이들도 쥐를 잡기 위해 키우는 것일 뿐 애완용은 아니었던 것이다.

"고양이의 꼬리가 부러진 것 같아."

윌이 걱정스런 표정으로 말했다.

"이럴 땐 어떻게 해야 좋을지 모르겠어. 그냥 놔두면 저절로 나을 것 같기도 한데 말이야. 찢어진 귀에는 꿀을 좀 발라 줘야겠어. 어디선가 그런 글을 읽은 것 같거든. 꿀이 소독제 역할을 한다고……."

꿀을 바르는 것은 성가신 일이었지만 적어도 고양이가 상처를 끊임없이 핥게 만드는 효과는 있었다. 또 그 덕택에 상처 부위가 한결 깨끗해지기도 했다.

"이 얼룩고양이가 예전에 네가 봤다는 그 고양이가 틀림없니?"

리라가 윌에게 물었다.

"응, 그 아이들이 고양이를 그처럼 무서워하는 걸 보면 이쪽 세계에는 고양이가 한 마리도 없었던 것이 분명해. 이 고양이는 아마 자기 세계로 돌아가는 문을 찾지 못했나 봐."

"아까 그 아이들은 제정신이 아니었어. 그냥 뒀더라면 아마 이 고양이를 죽였을 거야. 난 그런 아이들은 첨 봤어."

"난 본 적이 있어."

윌은 그렇게 대꾸하며 어두운 표정을 지었다. 그 일에 대해 말하고 싶지 않은 표정이었다. 리라는 더 이상 캐물어 좋을 게 없다고 판단했다. 또한 알레시오미터를 통해 그 일을 알아보고 싶은 마음도 없었다.

리라는 너무 피곤해서 침대로 가서 누웠고 곧바로 잠이 들었다.

얼마 후 고양이도 몸을 웅크리고 잠이 들었다. 그러자 윌은 커피 한 잔과 녹색 서류 가방을 들고 발코니로 나갔다. 창문을 통해 들어오는 빛이 글을 읽을 수 있을 만큼 충분히 밝았다. 그는 가방에 든 서류들을 보고 싶었다.

가방 안에는 짐작대로 편지가 들어 있었다. 항공우편 용지에다 검은 잉크로 쓴 것들이었다. 그토록 애타게 찾던 아버지가 손수 적은 편지들이었다. 윌은 손가락으로 글자들을 어루만지다가 편지지를 얼굴에 대고 꼬옥 눌렀다. 아버지의 존재를 좀 더 가까이 느껴 보고 싶었기 때문이다. 이윽고 그는 편지를 읽기 시작했다.

사랑하는 아내에게,

언제나처럼 능률과 혼돈이 공존하는 가운데 모든 장비가 다 갖추어졌소. 그런데 알고 보니 친절한 멍청이 물리학자 넬슨이 등반에 필요한 그 빌어먹을 기구를 전혀 손봐 두지 않았던 거요. 그래서 그가 다른 운송수단을 찾아다니는 동안 우리 일행은 하는 일 없이 빈둥거려야만 했다오. 하지만 그 덕택에 나는 지난번에 만난 옛친구 제이크 피터슨과 우연히 얘기할 기회가 있었소.

난 그 금광업자를 더러운 술집에서 찾아냈지. 그리고 텔레비전에서 방영되는 요란한 야구 시합 소리를 틈타 그에게 이상한 현상에 대해 물어보았소. 제이크는 얘기를 하려고 들지 않더군. 그는 나를 자기 아파트로 데려갔소. 그러고는 잭 대니얼 한 병을 다 마신 후에야 자세한 얘기를 털어놓았소.

그 현상을 직접 목격하지는 못했지만 에스키모인 한 명을 만난 적은 있다더군. 에스키모의 말에 따르면 그 이상한 현상은 영적인 세계로 통하는 입구라는 거였소. 또한 에스키모족 사이에는 그 현상이 사람을 치료하는 비방의 하나로 수 세기 전부터 전해져 내려왔다는 거요. 그곳을 통과하는 사람은 일종의 전리품 같은 것을 가지고 되돌아온다더군. 그렇지만 영원히 돌아오지 못하는 사람도 있다고 했소.

어쨌든 제이크는 그 지역의 지도를 가지고 있었소. 그리고 지도 위에다 에스키모인을 만났던 장소를 표시해 주었다오. 만일의 사태에 대비할 겸 여기에도 적어 두겠소. 북위 69°02′11″, 서경 157°12′19″. 콜빌 강에서 북쪽으로 2~3킬로미터쯤 더 올라간 지점에 위치한 망루 능선의 돌출부라고 하오.

그런 다음 우리는 북극 지방의 전설에 대한 얘기를 좀 더 나눴소. 60년 동안 바다 위를 떠다니고 있는 노르웨이 유령선 얘기 같은 것들이었지. 고고학자들은 같이 일하기에는 매우 편한 동료인 것 같소. 일을 열심히 할 뿐만 아니라 넬슨과 그의 기구를 묵묵히 참아 주고 있으니 말이오. 그들은 이상한 현상에 대해선 전혀 모르고 있소. 그리고 나는 앞으로도 그 비밀을 계속 유지할 생각이라오.

깊은 사랑을 당신과 아들에게 보내며, 조니.

알래스카 우미앳
1985년 6월 22일 토요일

사랑하는 아내에게,

내가 지금까지 친절한 멍청이라고 불러 왔던 물리학자 넬슨은 알고 보니 전혀 그런 사람이 아니었소. 내 짐작이 틀리지 않다면 그는 혼자서 은밀히 이상한 현상을 조사하는 중이라오. 우리 일정이 페어뱅크스에서 지연된 것도 알고 보니 모두 다 그자가 조작한 일이었소. 나머지 팀원들은 운송수단이 준비되지 않아 지연되는 것으로 생각했는데 사실은 그가 미리 편지를 보내서 우리가 예약해 놓은 탈것들을 모두 취소해 버린 거였소.

나는 그 사실을 우연히 발견하고 도대체 무슨 짓이냐고 따지러 갔다가 그가 누군가와 무전기로 얘기하는 것을 듣게 되었지. 그는 무전기에 대고 이상한 현상에 대해 설명하고 있었지만 정확한 위치는 모르고 있다고 하더군. 얼마 후 나는 그에게 술을 한 잔 갖다주며 마치 허세 부리기 좋아하는 군인처럼 행세했소. 북극 경험이 많은 아주 노련한 사람처럼 떠들어 댔지. 이를테면 과학의 한계를 비웃으며 그에게 아직 규명되지 않은 '거대한 발자국'에 대해 설명할 수 있느냐고 놀려 댔지.

그러다가 그를 빤히 바라보며 그 이상한 현상에 대해 불쑥 얘기했소. 그것은 에스키모의 전설로 전해지는 영혼의 세계로 들어가는 입구인데, 눈에는 보이지 않지만 망루 능선 어딘가에 있다고 하며 우리는 그곳으로 가고 있는 중이라고 했지. 그러자 내가 예상했던 대로 그는 무척 충격을 받은 눈치더군. 그는 내 말의 의미를 정확히 알고 있었다오.

난 시치미를 뚝 떼고 그에게 마법이나 자이르 공화국의 표범에 관한 얘기를 계속 들려주었소. 그가 나를 미신에 사로잡힌 얼뜨기 군인으로 생각해 주기를 바라면서 말이오. 그러나 내 생각이 맞았소. 여보, 그도 나와 마찬가지로 그 이상한 현상을 좇고 있는 사람이었소. 문제는 내가 직접 그에게 그 사실을 물어보느냐 마느냐가 아니겠소? 그러기 위해서는 우선 그가 벌이는 게임의 정체를 밝혀내야겠지.

두 사람에게 사랑을 보내며, 조니.

알래스카 콜빌 바
1985년 6월 24일 월요일

사랑하는 아내에게,

앞으로 한동안은 편지를 보내지 못할 것 같소. 이곳은 브룩스 산맥으로 가는 길에 있는 마지막 마을이라오. 고고학자들은 그곳에 갈 생각으로 기대에 부풀어 있소. 그중에서도 한 학자는 고대 주거지역을 발견할 수 있을 거라고 확신하고 있다오. 나는 그 고고학자에게 얼마나 오래된 유적인지, 또 어떤 이유에서 그렇게 확신하는지 물어보았소. 그러자 그는 지난번 발굴에서 돌고래 이빨로 만든 조각 몇 개를 발견했다고 했소. 방사성 탄소 측정 결과 그것은 믿을 수 없을 정도로 오래된 고대의 물건이었소. 그들이 사전에 추측한 연대보다도 더 오래된 것이었지.

사실상 이상한 현상과 관련된 물건이었던 거요. 물건들이 내가 알고 있는 이상한 현상을 통과했다는 사실, 즉 다른 세상에서 왔다는 사실이 놀랍지 않소? 그런 얘기를 나누는 동안 이제는 나의 절친한 친구처럼 되어 버린 물리학자 넬슨이 나를 놀려 댔다오. 내가 그의 목적을 눈치 챘음을 그 자신도 알고 있다는 암시를 주면서 말이오. 그래서 나도 허풍쟁이 패리 소령의 역할을 충실히 연기해 보였소. 위기 상황에서는 용감한 투사가 되지만 정보에는 그다지 밝지 않은 사람인 척했던 거요.

하지만 난 넬슨이 그 현상을 좇고 있다는 사실을 잘 알고 있소. 비록 그가 진정한 의미의 학자라고 할지라도, 그의 연구 자금이 사실은 국방부에서 나오고 있다는 사실 하나만 봐도 그렇소. 나는 그들이 사용하는 자금의 조달 암호를 알고 있소. 그리고 다른 하나는, 그가 가지고 있는 기상 관측 기구라는 것이 실제로는 전혀 그런 물건이 아니기 때문이오. 그 물건이 들어 있는 운송용 상자를 들여다보았더니, 난생처음 보는 방사능복이 들어 있더군. 괴상한 일이 아닐 수 없소.

어쨌든 나는 나의 계획에 충실할 작정이오. 고고학자들을 탐사 지역까지 데려다 준 다음 혼자 일행에서 빠져나와 며칠 정도 이상한 현상을 찾아볼 거요. 만일 그러다가 망루 능선을 어슬렁대던 넬슨과 마주치게 되면 나도 소문을 듣고 찾아온 거라고 둘러 댈 생각이지.

(중략)

난 진짜 운이 좋았소. 제이크 피터슨이 말해 준 에스키모인 매트 키갤릭을 만났으니 말이오. 제이크가 그를 어디서 발견했는지 가르쳐 주긴 했지만 난 그곳에서 그 에스키모인을 만날 거라고는 기대하지도 않았었소. 매트의 말로는 소련도 그 이상한 현상을 찾고 있다더군. 그래서 며칠 동안 그자의 행동을 몰래 지켜봤는데, 결국 짐작한 대로 소련에서 온 스파이라는 사실이 밝혀졌다는 거요.

매트의 얘기는 그게 다였지만 내 생각에는 그가 스파이를 죽인 것 같소. 어쨌든 그는 나에게 이상한 현상을 묘사해 주었다오. 그건 이를테면 공중에 존재하는 일종의 창문 같은 것으로, 그 창문을 통해서 다른 세상을 볼 수 있다는 거요. 그러나 그걸 발견하기는 쉽지 않소. 왜냐하면 그 창문을 통해 볼 수 있는 다른 세계 역시 이곳과 똑같이 생겼기 때문이오. 말하자면 그 세계에도 바위라든가 나무, 잔디밭 같은 것들이 있다는 얘기지. 그것은 뒷다리로 선 곰 모양의 커다란 바위에서 서쪽으로 50보쯤 되는 샛강 북쪽에 있다고 했는데, 제이크가 말한 장소는 정확하지 않았소. 북위 11°보다는 12°에 가까웠거든.

　사랑하는 당신, 나에게 행운을 빌어 주기 바라오. 영혼 세계의 전리품을 가지고 당신에게 돌아가겠소. 영원히 당신을 사랑하오. 아들에게도 나의 키스를 전해 주시오. 조니.

윌은 뒤통수를 한 방 얻어맞은 듯한 느낌이었다.

아버지는 윌이 자작나무 아래에서 발견한 것과 똑같은 것을 묘사하고 있었다. 그러니까 아버지도 윌과 마찬가지로 그 창문을 발견했던 것이다. 심지어 윌이 사용한 '창문'이란 말을 똑같이 쓰고 있었다! 그렇다면 윌은 아버지의 자취를 제대로 쫓아가고 있다는 얘기였다. 그리고 편지에 따르면 그 창문을 찾아다니는 사람들이 또 있다는 사실을 알 수 있었고, 그것은 윌이 앞으로 위험에 처할 수도 있다는 뜻이었다.

이 편지를 쓸 당시 윌은 한 살배기 어린아이였다. 그로부터 6년 뒤의 어느 날 아침 슈퍼마켓에서 그는 어머니가 위험한 증세를 보이는 것을 목격하고 그때부터 자신이 어머니를 보호해야 한다는 것을 알았다. 그 후 몇 개월이 지나는 동안 윌은 어머니가 보이는 그 위험한 증세가 마음의 병에서 비롯된 것임을 차츰 깨닫게 되었고, 그래서 어머니의 안전에 더욱 신경을 써 왔다.

　그런데 잔인하게도, 어머니에게 들이닥친 그 위험한 증세는 그것만으로 끝나지 않았다. 누군가 어머니를 추적하고 있었던 것이다. 어머니뿐만 아니라, 이 편지들과 여기에 담긴 정보를 추적하는 무리가 있었다.

　월은 이 모든 것이 무엇을 의미하는지에 대해서는 알 수 없었다. 그러나 아버지인 존 패리와 그처럼 중요한 어떤 것을 공유하고 있다는 생각만으로도 가슴이 뿌듯했다. 아버지와 아들이 각각 따로 그 특이한 현상을 발견해 낸 것이었다. 부자간의 상봉이 이루어진다면 그 현상에 관해 서로 대화를 나눠 볼 수 있을 것이다. 그리고 아버지는 아들이 당신의 발자취를 쫓아왔다는 사실을 자랑스럽게 여길 것이다.

　고요한 밤이었고 바다도 잠잠했다. 월은 편지들을 접어 두고 잠자리에 들었다.

반짝이는 비행물체

"그루만이라구?"

검은 턱수염을 기른 모피 상인이 말했다.

"베를린 대학에서 온 그 무모한 사람 말인가? 5년 전에 우랄 산맥의 북쪽 끝자락에서 만난 적이 있지. 내 생각엔 아마 그가 죽지 않았나 싶은데."

샘 칸지노는 오랜 친구 사이인 리 스코즈비와 함께 사미르스키 호텔의 바에 앉아 있었다. 석유 냄새와 담배 연기가 자욱한 바에서 두 사람은 얼얼할 정도로 차가운 보드카를 단숨에 들이켰다. 샘은 절인 생선과 검은 빵이 담긴 접시를 리 스코즈비 앞으로 슬쩍 밀어 주었다. 그러자 리는 음식을 한 움큼 집어 입에 털어 넣으며 얘기를 계속하라는 듯이 그에게 머리를 끄덕였다.

"한번은 그루만이 야코블레프라는 멍청이가 쳐 둔 덫에 걸린 적이 있었어. 그래서 다리의 뼈가 보일 정도로 큰 상처를 입었지. 그런데 약을 바르는 대신 곰들이 주로 애용하는 그 혈류이끼인가 뭔가 하는 걸 굳이 써 보겠다고 고집을 부리더군. 그건 이끼의 사촌뻘은 될지 몰라도 실제로는 이끼라고 할 수도 없는 거였어. 아무튼 그는 썰매에 누운 채 고통에 겨운 비명을 질러 대거나 아니면 고함을 치며 부하들을 부려 댔네. 그루만의 부하들은 별을 관측하고 있었는데 조금이라도 틀릴 경우에는 그의 불호령이 떨어졌지. 정말이지, 그의 혀는 꼭 가시처럼 날카로웠어. 깡마른 체격이지만 강인하고 정력이 넘치는 사나이였지. 그리고 왕성한 호기심의 소유자였고. 혹시 알고 있나? 그가 입회의식을 치르고 타타르인이 되었다는 사실 말이야.”

“두말하면 잔소리지.”

리 스코즈비는 맞장구를 치며 샘의 술잔에 보드카를 따라 주었다. 리의 데몬인 헤스터는 그의 팔꿈치 근처에 몸을 동그랗게 웅크리고 있었다. 언제나처럼 눈은 반쯤 감은 채 귀를 뒤로 바싹 붙인 모습이었다.

마녀들이 불러 준 바람을 타고 그날 오후 북극에 도착한 리 스코즈비는 장비들을 챙긴 다음 곧장 생선 출하장 근처에 위치한 사미르스키 호텔로 왔다. 이곳은 북극 지방을 떠도는 수많은 사람이 잠시 들러서 서로 정보를 교환하거나 일자리를 알아보는 장소였다. 예전에도 리는 이곳에 머물면서 일감이나 승객을 찾으며 적당한 바람을 기다리곤 했다. 따라서 그의 태도에서 평상시와 다른 점은 찾아볼 수 없었다.

이곳에서는 세상을 돌아다니며 수많은 변화를 접한 사람들이 하나둘 모여 자연스럽게 서로의 정보를 주고받았다. 그리고 하루하루 지날수록 더 많은 소식이 들려왔다. 예를 들어 예니세이 강의 얼음이 녹았다던가 해마다 이맘때쯤이면 바닷물이 빠지고 해저가 드러나기 때문에 규칙적으로 배열된 기묘한 형태의 바위들을 볼 수 있다던가, 또는 30미

터가 넘는 거대한 오징어가 나타나 배에 타고 있던 어부 세 명을 낚아
채 갈가리 찢어 버렸다는 따위의 얘기들이었다.

북쪽으로는 차갑고 짙은 안개가 끊임없이 몰려왔고, 이따금씩 기묘
한 빛을 머금은 안개 속에서 거대한 형체가 어른거리거나 신비한 소리
들이 들려오곤 했다.

여러 가지 조건상 일하기에는 좋지 않은 시기였으므로 사미르스키
호텔의 바는 사람들로 북적이고 있었다.

"방금 그루만이라고 했소?"

바에 앉아 있던 한 사내가 두 사람의 얘기에 끼어들었다. 바다표범
사냥꾼의 차림새를 한 나이 지긋한 남자였다. 그의 데몬인 나그네쥐는
호주머니 바깥으로 머리를 내밀고 사람들을 쳐다보고 있었다.

"그루만이 타타르인이란 얘기는 맞소. 그가 부족에 합류할 때 나도
그곳에 있었으니까. 그의 머리에 구멍을 뚫는 것도 봤소. 그루만은 타
타르식 이름도 가지고 있었소. 잠깐만 시간을 주면 그 이름을 기억해
낼 수 있을 거요."

리 스코즈비가 사내에게 말했다.

"선생께 술을 한잔 사 드리고 싶군요. 전 지금 그루만의 소식을 찾고
있거든요. 그런데 그가 합류했다는 부족의 이름은 기억하십니까?"

"예니세이 파크타르였소. 세묘노프 산맥 기슭에 사는 부족이라오. 예
니세이 강의 분기점 근처였는데, 이름은 잊어버렸지만 구릉지대에서 내
려오는 강이었소. 부잔교(浮棧橋)에 집채만 한 바위 하나가 있는 곳이오."

"아, 맞아요. 이제 기억이 납니다. 저도 예전에 그 위를 비행한 적이
있었죠. 그건 그렇고 그루만이 머리에다 구멍을 냈다고 하셨습니까?
대체 그런 짓은 왜 했답니까?"

"그건 그루만이 주술사이기 때문이오. 내 생각엔 그 부족이 그루만을

받아들이기 전에 이미 그가 주술사인 것을 알았던 것 같소. 그러니까 머리에 구멍을 낸다는 것은 주술사로서 응당 치러야 할 의무 같은 거겠지. 어쨌든 그 의식을 행하는 데 꼬박 이틀 밤과 하루 낮이 걸렸소. 그들은 활비비로 구멍을 뚫었다오. 거 왜 불을 붙일 때 사용하는 활같이 생긴 기구 있잖소."

"부하들이 그에게 깍듯이 복종한 이유가 바로 거기에 있었군."

샘 칸지노가 말했다.

"그들은 원래 손도 못 댈 정도로 거친 깡패 무리였거든. 그런데 그루만이 명령만 내렸다 하면 겁먹은 아이들처럼 정신없이 뛰어다니며 일하곤 했다네. 당시에 난 그루만이 워낙 욕을 잘하기 때문에 그러는 줄 알았지. 하지만 그들이 그루만을 주술사라고 생각했다면 그게 더 그럴듯한 이유가 될 것 같군.

자네도 알겠지만 그루만의 호기심은 늑대의 뼈보다도 더 끈질기기로 유명하지 않은가. 뭐든 그냥 지나치는 법이 없으니까 말일세. 그는 나를 들들 볶아서 그 근처의 지형에 대한 지식을 하나도 남김없이 전부 짜냈다네. 또 늑대와 여우의 습성에 대해서도 전부 털어놓게 만들었지.

야코블레프가 쳐놓은 망할 놈의 덫에 걸려 뼈가 드러났을 때도 그랬어. 고통이 무척 심했을 텐데 혈류이끼를 사용한 결과는 어땠는지, 자신의 체온은 몇 도나 되는지, 상처의 모양은 어떻게 생겼는지 등등 모든 것을 기록해 두었다는 거 아니겠나. 정말 유별난 인간이었다네. 그루만에게 연인이 되어 달라고 애원한 마녀도 있었다지만 그가 거절했다고 들었으니 말일세."

"설마 그럴 리가 있나요?"

리 스코즈비가 세라피나 페칼라의 미모를 떠올리며 말했다.

그러자 바다표범 사냥꾼이 말했다.

"그는 실수했던 겁니다. 마녀가 사랑을 주겠다고 하면 누구든 그걸 받아들여야만 합니다. 만약 거절했다가는 미래에 어떤 불행이 닥치더라도 자기 자신을 탓해야 할 테니까. 그건 말하자면 저주와 축복 중에서 한 가지를 선택해야 하는 것과도 같소. 결론은 그 두 가지 중 하나는 반드시 선택해야 한다는 거요."

"그가 거절한 데에는 그럴 만한 이유가 있었을 겁니다."

리 스코즈비가 말했다.

"물론 그루만도 그만한 지각은 있는 사람이었죠."

"하지만 고집불통이었소."

샘 칸지노의 말에 리 스코즈비도 추측 섞인 말을 했다.

"아니면 다른 여자가 있었던지도 모르죠. 그건 그렇고 그에 관한 다른 소문들도 있더군요. 그루만이 어떤 신비한 물건이 있는 장소를 알고 있다는 소문 말입니다. 그게 무엇인지는 나도 모르겠지만, 그것을 소유하고 있는 사람을 보호해 준다고 합디다. 두 분도 그런 얘기 들어 보셨습니까?"

"물론, 들어 봤소."

바다표범 사냥꾼이 대답했다.

"그루만 자신도 그걸 손에 넣진 못했지만 어디에 있는지는 알고 있었소. 그래서 그 장소를 털어놓게 하려고 시도한 사람이 있었지만 오히려 그에게 죽임을 당했죠."

"그러고 보니 그의 데몬은 어떻게 되었는지 궁금하군 그래. 검은 독수리 같았지만 머리와 가슴은 하얀색이었지. 난생처음 보는 종류여서 그걸 뭐라고 불러야 할지 모르겠군."

샘 칸지노가 말했다.

"그루만의 데몬은 물수리였어요."

그때까지 그들의 말을 조용히 듣고 있던 바텐더가 대답했다.

"손님들이 말씀하시는 분이 슈타니슬라우스 그루만이죠? 그분의 데몬이라면 물수리가 맞습니다."

"그는 어떻게 되었소?"

리 스코즈비가 다시 바다표범 사냥꾼에게 물었다.

"그루만은 어쩌다가 베링랜드에서 벌어진 스크렐링족의 전투에 말려들었소. 마지막 들은 소식은 그가 총에 맞아 즉사했다는 거였소."

"스크렐링족이 그루만의 목을 잘랐다던데요."

리 스코즈비의 말에 바텐더가 정색을 하며 말했다.

"아니, 그건 두 분께서 잘못 아신 겁니다. 그와 같이 생활한 에스키모한테 직접 들었죠. 그루만 일행은 사할린 어딘가에서 야영을 하다가 눈사태를 만났다더군요. 그래서 수백 톤이나 되는 눈더미 아래 깔렸다는 겁니다. 이건 그 에스키모가 직접 목격했다는 얘깁니다."

리 스코즈비가 그들에게 술을 권하며 말했다.

"내가 이해할 수 없는 건 말이오. 도대체 그루만은 어떤 일을 하는 사람이었냐는 겁니다. 석유 탐사원이었을까요? 아니면 군인? 그것도 아니면 철학자? 샘, 자넨 아까 측량이라는 말을 했던 것 같은데, 그건 무슨 얘기지?"

"그들은 별빛과 오로라를 측정하고 있었네. 그루만이 오로라에 무척 관심이 많았으니까. 하지만 그가 가장 관심을 가진 부분은 고대의 유적이 아니었나 싶네."

"당신들에게 더 자세한 얘기를 해 줄 사람들을 알고 있소."

바다표범 사냥꾼이 말했다.

"산 위에 올라가면 '모스크바 제국 학술원' 소속의 천문대가 있소. 그들이라면 뭔가를 말해 줄 수 있을 거요. 내가 알기론 그루만이 적어도 한 번 이상은 그곳에 올라갔다 왔거든."

"그런데 리, 자네는 그 사람에 대해 뭐가 그리 궁금한가?"

샘 칸지노가 물었다.

"그 친구한테 돈을 좀 빌려 준 게 있거든."

그 한마디로 사람들의 호기심은 즉시 사라지고 대화의 주제는 다른 것으로 바뀌었다. 호텔 바의 분위기가 슬슬 파장 쪽으로 흘러갔지만 그들 중 누구도 그 사실을 깨닫지 못하고 있었다.

"어부들 얘기로는 당신이라면 그 새로운 세계까지 올라갈 수 있을 거라고 하던데."

바다표범 사냥꾼이 리 스코즈비를 보며 말했다.

"새로운 세계가 있소?"

"이 빌어먹을 안개가 걷히는 대로 당신도 볼 수 있을 거요."

그 사냥꾼은 같이 앉아 있는 사람들을 돌아보며 확신에 찬 어조로 말했다.

"내가 처음 그것을 목격한 것은 카약을 타고 있을 때였소. 북쪽을 바라보다가 우연히 발견했지. 그 순간 내 눈에 들어왔던 광경은 평생 잊지 못할 거요. 수평선 위 푸른 하늘이 있어야 할 자리에 그런 광경이 펼쳐져 있었던 거요.

평생이라도 바라볼 수 있을 것 같은 모습이었소. 육지며 해안선이며 산, 항구, 녹색의 숲과 옥수수 밭 같은 것들이 전부 하늘 속에 자리 잡고 있었다니까. 내가 말하고 싶은 건, 그것이 한 50년쯤 고생해서라도 볼 만큼의 가치가 있는 광경이었다는 거요. 만일 뒤도 돌아보지 않고 곧장 노를 저어서 앞으로 나아갔다면, 난 그 하늘 속 세계로 갈 수 있었을 거요. 하지만 안개가 밀려오는 바람에……."

"정말 이렇게 지독한 안개는 처음이야."

샘 칸지노가 투덜거렸다.

"벌써 한 달 이상 지속된 것 같아. 그런데 그루만한테 돈을 돌려받을 생각이었다면 자넨 운이 나쁜 거야, 리. 그 친구는 이미 죽었으니 말이야."

"아! 그루만의 타타르식 이름이 이제 생각났소!"

바다표범 사냥꾼이 불쑥 말했다.

"타타르인들이 그루만의 머리에 구멍을 뚫을 때 부르던 이름 말이오. 내가 듣기로는 '조파리'라고 했던 것 같소."

"조파리라구요? 정말 희한한 이름이로군요. 내 생각엔 일본 말이 아닐까 싶습니다. 그루만에게 빌려 준 돈을 받으려면 앞으로 그의 상속인을 찾아봐야겠군요. 아니면 베를린 아카데미에서 해결해 줄지도 모르죠. 자, 나는 이제 천문대로 가 봐야겠습니다. 거기 사람들이라면 혹시 연락할 주소라도 가르쳐 줄지 모르니까요."

천문대는 그곳에서 좀 더 북쪽으로 들어간 장소에 있었다. 그래서 리 스코즈비는 개썰매와 썰매꾼을 고용해야만 했다. 안개 속을 달리는 위험을 기꺼이 감수하려는 썰매꾼을 찾기란 그리 쉽지 않았다. 그러나 리의 말주변이 워낙 좋아서 그런지 아니면 보수 때문인지, 한 차례 흥정을 벌인 끝에 읍 지방 출신의 늙은 타타르인을 고용할 수 있었다.

우마크라는 이름의 썰매꾼은 나침반에 의존하는 사람이 아니었다. 만약 그렇지 않았다면 리 스코즈비는 천문대를 찾아내지 못했을 것이다. 우마크는 나침반 대신 다른 것에 의존해서 썰매를 몰아갔는데, 그것은 바로 그의 데몬인 북극여우였다. 그 여우는 썰매 앞에 앉아 길을 예리하게 감지해 냈다. 항상 나침반을 챙겨 다니는 리였지만 지구의 자기장이 뭔가로 인해 교란되고 있다는 사실은 이미 알고 있었다.

커피를 끓이기 위해 잠시 멈춰 선 동안 늙은 썰매꾼이 먼저 말을 꺼냈다.

"이런 일은 전에도 있었지."

"이런 일이라면, 하늘이 열리는 것 말입니까? 그럼 전에도 그런 적이 있었다는 겁니까?"

"수천 세대에 걸쳐 일어났지. 우리 부족은 그 사실을 기억하고 있소. 아주 오래전부터, 수천 세대에 걸쳐서였소."

"당신네 부족은 이런 일을 뭐라고 합니까?"

"하늘이 내려와 열리면 영혼들이 이쪽 세상과 저쪽 세상을 넘나들게 되지. 대륙이 전부 움직이고 얼음은 녹았다 다시 얼어붙는 거요. 얼마 지나면 영혼들이 그 구멍을 막아 버린다오. 완전히 밀봉을 하는 거요. 그러나 마녀들 얘기로는 그곳의 하늘은 아주 얇다고 했소. 북극광 너머에 있는 하늘 말이오."

"어떤 일이 일어날까요, 우마크?"

"예전과 같은 일이오. 항상 똑같은 일이 반복되지. 하지만 큰 분란이나 전쟁이 일어난 후에만 이런 일이 생긴다오. 영혼의 전쟁 같은 거 말이지."

썰매꾼은 더 이상은 말하려 들지 않았다. 그는 곧 썰매를 출발시켰다. 썰매는 움푹움푹 패고 기복이 심한 눈길을 천천히 나아갔다. 시야가 흐려서 돌출된 바위들이 잘 보이지 않았다. 창백한 안개 사이로 땅거미가 내릴 무렵 마침내 썰매꾼이 입을 열었다.

"천문대는 저 위쪽에 있소. 여기서부터는 걸어서 가야 해. 썰매가 가기엔 길이 너무 가파르다오. 돌아갈 때도 썰매가 필요하다면 여기서 기다리고 있겠소."

"그럼요, 일만 마치면 바로 돌아갈 겁니다. 여기서 불이라도 지피고 잠시 앉아 계세요. 서너 시간이면 될 겁니다."

리 스코즈비는 헤스터를 가슴속에 밀어 넣고 천문대를 향해 걷기 시작했다. 산길을 30분 정도 힘겹게 오르자 눈앞에 건물 몇 채가 나타났다. 마치 거인이 건물들을 번쩍 들어다 그곳에 막 내려놓은 듯했다. 그러나 사실은 안개가 순간적으로 걷히는 바람에 그런 기분을 느끼게 된 것이다. 그리고 다음 순간 다시 안개가 앞을 가렸다.

이윽고 리는 중앙 천문대의 거대한 돔형 지붕을 보았다. 그 옆으로 조금 떨어진 곳에는 작은 천문대가 하나 더 있었다. 그 사이에는 사무용 건물 몇 채와 주거용 구역이 자리하고 있었다. 건물에서는 불빛이 하나도 비치지 않았다. 창문을 모두 막은 탓이었다. 망원경에 빛이 들어가는 것을 막기 위한 조치였다.

도착하자마자 리 스코즈비는 새로운 소식을 듣고 싶어 하는 천문학자들과 대화를 나누게 되었다. 천문대에는 안개 속에서 좌절감을 느끼고 있는 천문학자들뿐만 아니라 몇 명의 철학자도 있었다. 리는 그들에게 자신이 본 것을 모두 다 말해 주었지만, 그것은 그루만에 대한 얘기를 꺼내기 위한 일종의 미끼인 셈이었다. 어쨌든 몇 주 동안 방문객 하나 없었던 천문대에서 학자들은 얘기를 하고 싶어 안달이 난 상태였다.

"슈타니슬라우스 그루만? 그라면 나도 좀 알고 있소."

"이름은 독일 사람 같지만 사실 그는 영국인이었소. 내 기억으로는······."

"설마 그럴 리가요."

그의 조수가 끼어들었다.

"그는 베를린 아카데미의 회원이었습니다. 전 그루만을 베를린에서 만났어요. 그는 독일인이 틀림없습니다."

"아니야, 자네도 그가 영국인이란 사실을 곧 알게 될걸세. 하기야 그는 언어 구사력이 워낙 뛰어나서 다른 사람이 눈치 채지 못했을 수도 있지. 어쨌든 그가 베를린 아카데미의 회원이라는 사실은 나도 인정하네. 그는 지질학자였는데……."

"아니, 그렇지 않습니다."

이번에는 다른 사람이 제동을 걸었다.

"그루만이 땅에 관한 연구를 한 것은 사실이지만 지질학자는 아니었습니다. 그와 함께 대화를 나눈 적이 있었거든요. 제 생각엔 그를 원시 고고학자라고 불러야 될 것 같습니다."

그들 다섯 명은 휴게실 겸 거실, 식당, 바, 오락실 등 다용도로 사용되는 방 가운데에 탁자를 놓고 둥그렇게 앉아 있었다. 그중 두 명은 소련인이었고, 나머지는 폴란드, 요루바, 스크렐링 사람이었다. 언제나 똑같은 대화에 변화를 가져다주었다는 단순한 이유 때문이긴 해도 그들이 방문객을 환영한다는 사실은 분명해 보였다. 폴란드인의 말을 듣고 요루바인이 반박했다.

"그게 무슨 소리오, 원시 고고학자라니? 고고학자라는 단어 자체가 이미 오래된 것을 연구한다는 의미잖소. 그런데 왜 그 앞에다 또 원시란 말을 덧붙이는 거요?"

"그건 그루만의 연구 분야가 당신 생각보다 훨씬 더 오래전 시대로 거슬러 올라가기 때문일 거요. 그는 2~3만 년 전에 존재했던 문명의 유적을 찾고 있었으니까."

폴란드인이 대답했다.

"말도 안 되는 소릴!"

소장이 소리쳤다.

"순 엉터리야! 그건 그루만이 자네를 놀리려고 한 소릴세. 3만 년이나 된 문명이 남아 있다구? 하! 그래 그 증거가 어디 있다던가?"

"빙하 아래 묻혀 있다더군요. 그리고 그게 포인트예요. 그루만의 말에 따르면 지구의 자기장은 예부터 수시로 변화를 거듭해 왔다는 겁니다. 그리고 지축도 사실상 움직이고 있어서 온대 지역이었던 곳이 얼음으로 덮인 지대로 변했다는 거죠."

"어떻게 그럴 수 있소?"

요루바인이 질문했다.

"아, 그의 이론은 상당히 복합적입니다. 요점만 말하자면, 그처럼 오래전에 문명이 실재했다는 증거들은 다 얼음 아래 묻혀 버렸다는 거요. 그는 이상한 형태로 배열된 바위 사진도 몇 장 가지고 있다고 했소."

"겨우 그 정도로?"

소장이 어처구니없다는 듯이 말했다.

"전 단지 그의 말을 요약했을 뿐입니다. 그의 주장을 지지하는 건 아니라구요."

폴란드인이 변명하는 조로 말했다.

"여러분이 그루만을 안 지는 얼마나 되셨습니까?"

리 스코즈비가 물었다.

"글쎄, 내가 그를 처음 만난 건 아마 7년 전이었을 거요."

소장이 대답했다.

"그루만은 자기극의 변동이라는 연구 논문 덕분에 그보다 2~3년 전부터 이미 유명한 인물이었습니다."

요루바인이 자세히 설명하기 시작했다.

"하지만 그가 어디에서 튀어나왔는지는 아무도 알지 못했어요. 제 말은 그러니까 그의 학창 시절을 알고 있는 사람은 하나도 없는데다가 또 그 논문 이전의 연구 활동에 대해서도 전혀 밝혀진 바가 없다는 얘기입니다."

그들은 한동안 대화를 계속해 나갔다. 그루만이 어떤 인물이었는가에 대해 얘기를 주고받는 과정에서 그들의 기억도 점점 되살아났다. 그러나 그들 대부분은 그루만이 죽었을 거라고 생각하고 있었다. 커피를 끓이기 위해 폴란드인이 잠시 자리를 비웠을 때였다. 리 스코즈비의 데몬인 산토끼 헤스터가 그에게 작은 목소리로 속삭였다.

"스크렐링 사람을 조심해."

스크렐링인은 그동안 거의 말을 하지 않았다. 그래서 리는 그가 원래 과묵한 사람일 거라고 짐작하고 있었다. 그러나 헤스터의 말에 자극을 받은 리는 잠시 대화가 끊어진 틈을 타서 스크렐링인의 데몬을 슬쩍 살펴보았다. 그의 데몬은 흰 올빼미였는데 반짝이는 오렌지색 눈으로 리를 노려보고 있었다.

헤스터의 말이 옳았다. 올빼미들은 원래 노려보듯 바라본다는 것을 알고 있었지만, 이 올빼미의 눈에는 적개심과 의심이 가득 차 있었다. 그러나 스크렐링인의 표정에서는 아무것도 읽을 수 없었다.

그 순간 리는 스크렐링인이 끼고 있는 반지에 교회의 상징이 새겨져 있는 것을 발견했다. 그제야 그 남자가 침묵을 지킨 이유를 알 수 있었다. 예전에 모든 학술 연구 단체마다 가톨릭 교권을 대표하는 간부들이 포함되어 있다는 얘기를 들은 적이 있었던 것이다. 그들은 이단자들이 발견한 새로운 정보라면 어떤 것이든 철저히 검열하고 억압했다.

그런 사실을 떠올린 리는 리라가 해 준 말이 생각나서 그들에게 불쑥 물었다.

"여러분 중에서 혹시 그루만이 더스트를 조사한 것에 대해 아시는 분 계십니까?"

그러자 방 안에는 갑자기 숨 막힐 듯한 정적이 흘렀다. 어느 누구도 스크렐링인을 똑바로 바라보진 못했지만 모두의 관심이 그에게로 쏠렸다. 리 스코즈비의 데몬 헤스터는 눈은 반쯤 감고 귀를 등에 납작하게 붙인 채 시침을 떼고 있었다. 리는 순진한 표정으로 사람들의 얼굴을 찬찬히 바라보았다.

마침내 그의 시선이 스크렐링인에게서 멈췄다.

"혹시 제가 금기사항을 질문한 겁니까?"

그러자 스크렐링인이 반문했다.

"스코즈비 씨. 그런 얘긴 어디서 들었소?"

"얼마 전 기구를 타고 바다를 건너던 승객에게 들었습니다. 그 사람은 더스트가 어떤 것인지는 말하지 않았어요. 하지만 비행하는 동안 들은 얘기를 종합해 보니, 그루만 박사가 조사하고 있다는 것과 비슷한 종류가 아닐까 해서요. 내가 알기론 그것이 하늘과 관련되어 있다던데, 말하자면 오로라 같은 거 아니겠습니까? 그렇지만 이해할 수 없는 게 하나 있어요. 기구를 타고 다니는 덕택에 나도 하늘에 관해선 좀 안다고 할 수 있죠. 그런데도 난 지금까지 한 번도 그런 걸 본 적이 없다는 겁니다. 그건 그렇다 치고, 그게 도대체 뭔지 혹시 아십니까?"

리는 이야기를 순조롭게 이끌어 나갔다.

"당신 말대로 그건 천상에서 벌어지는 일이니 우리들이 신경 쓸 문제가 아닐 거요."

스크렐링인이 말했다.

리 스코즈비는 지금이 바로 떠나야 할 때라고 생각했다. 더 이상 알아낼 것도 없고 썰매꾼 우마크를 기다리게 하고 싶지도 않았다. 그래서 그는 안개에 싸인 천문대에 학자들을 남겨 두고 헤스터의 뒤를 따라 조심조심 산길을 내려갔다. 그의 데몬은 눈길을 주의 깊게 살피며 앞장을 섰다.

그렇게 10분도 채 걷지 않았을 때였다. 안개 속에서 무언가 날아와

리의 머리를 홱 스치고 지나가더니 곧장 헤스터를 향해 돌진했다. 스크렐링인의 데몬인 흰 올빼미였다.

공격을 눈치 챈 헤스터는 즉시 바닥에 바짝 엎드려 올빼미의 발톱을 피했다. 그리고 곧바로 싸울 태세를 갖췄다. 헤스터는 용감하고 발톱도 꽤 날카로운 편이었다. 스크렐링인이 근처에 있을 거라고 생각한 리 스코즈비는 벨트에 차고 있는 권총으로 손을 뻗었다.

"뒤를 조심해!"

헤스터의 말을 듣는 순간 리는 몸을 날려 엎드렸다. 그의 어깨 너머로 화살이 스쳐 지나갔다.

그도 곧바로 총을 발사했다. 스크렐링인이 바닥에 픽 쓰러졌다. 그는 다리에 총을 맞은 듯 투덜거렸다. 잠시 후 날개 소리도 내지 않고 조용히 선회하던 올빼미가 힘없이 스크렐링인의 옆으로 떨어졌다. 올빼미는 눈바닥 위에서 날개를 접으려고 버둥거렸다.

리 스코즈비는 총구를 사내의 머리에 갖다 대고 소리쳤다.

"이 멍청한 놈아, 뭣 때문에 이 난리를 치는 거냐? 하늘에서 벌어지는 일 때문에 우리 모두가 같은 위험에 빠져 있다는 걸 모르겠어?"

"너무 늦었어."

스크렐링인이 말했다.

"뭐가 늦었다는 거야?"

"막기엔 너무 늦었단 말이야. 전령새를 날려 보냈으니까 교권에서도 네가 조사를 하고 다닌다는 사실을 곧 알게 될 거다. 그리고 그루만에 관한 소식을 들으면 좋아할 거야."

"그에 관한 무슨 소식?"

"다른 사람들도 그를 찾고 있다는 사실. 그들이 더스트에 관해 알고 있다는 사실. 넌 교회의 적이야, 리 스코즈비."

올빼미가 희미한 울음소리를 내며 경련하듯 날개를 움직여 댔다. 밝은 오렌지색 눈동자는 고통으로 뿌옇게 흐려 있었다. 스크렐링인의 피가 주위의 눈을 붉게 물들여 갔다. 두터운 안개로 시야가 흐릿했지만 리는 그가 죽어 가고 있음을 알 수 있었다.

"총알이 동맥을 건드린 모양이군. 내가 지혈을 시켜 주지."

"안 돼!"

사내가 쉰 목소리로 말했다.

"난 죽을 수 있어서 기쁘다! 난 순교자의 영예를 안게 될 거야. 그러니 내게서 그럴 권리를 빼앗지 마!"

"굳이 죽고 싶다면 말리진 않겠네. 하지만 그 전에 하나 물어볼 게 있는데……."

그러나 리 스코즈비가 미처 묻기도 전에 올빼미 데몬이 희미하게 몸을 떨며 사라져 버렸다. 그리고 스크렐링인도 숨을 거두었다.

리는 교회에서 본 성화를 떠올렸다. 그 그림에서는 자객들이 성자를 몽둥이로 때려죽이는 동안 날개 달린 어린 천사들이 성자의 데몬을 하늘로 인도하고 있었다. 천사들은 또 성자에게 승리의 상징인 종려나무 가지 하나와 순교자의 표지를 건네주었다.

지금 스크렐링인의 얼굴에도 그 성화 속의 성자와 똑같은 표정이 떠올랐다. 천국으로 가는 자의 황홀함이 담긴 표정이었다. 혐오감을 느낀 리 스코즈비는 시체를 밀쳐 냈다.

헤스터가 말했다.

"그가 메시지를 보냈다면 그 반지를 빼."

"뭣 때문에? 우린 도둑이 아니야."

"아니지, 하지만 배교자야. 우리가 선택한 것이 아니라 그의 악의에 의해서지. 일단 교회에서 이 일을 알게 되면 우린 끝장이야. 그러니까 상황을 유리하게 만들 수 있는 거라면 뭐든 다 챙겨 둬야지. 자, 어서 그 반지를 빼내 잘 보관해. 이용 가치가 있을지도 몰라."

헤스터의 말을 이해한 리는 시체의 손가락에서 반지를 빼냈다. 그리고는 시체를 굴려서 벼랑 아래로 떨어뜨렸다. 한참 지난 후에야 벼랑 아래서 쿵 하는 소리가 들려왔다. 리 스코즈비는 폭력을 즐기는 사람은 결코 아니었다. 그는 이미 사람을 셋이나 죽인 경험이 있지만 여전히 살인을 혐오했다.

"그런 생각은 할 필요 없어."

헤스터가 리에게 말했다.

"그는 우리에게 선택의 여지를 주지 않았잖아. 그리고 우린 그를 죽일 생각으로 총을 쏜 것도 아니었어. 그는 스스로 죽길 원했다구, 리. 이쪽 사람들은 다들 제정신이 아니야."

"네 말이 맞는 것 같다."

리는 헤스터의 말에 동의하며 총을 집어넣었다.

그들은 길이 끝나는 곳에서 썰매꾼을 다시 만났다. 노인은 이미 개들에게 장구를 착용시키고 떠날 채비를 하고 있었다.

"우마크, 혹시 그루만이란 사람에 대해 들어 본 적이 있습니까?"

생선 출하장으로 돌아가면서 리는 썰매꾼에게 물어보았다.

"물론이오. 여기 사는 사람들은 모두 알고 있지."

"그럼 그루만이 타타르식 이름을 가지고 있었다는 것도 아십니까?"

"조파리 말이오? 그건 타타르식 이름이 아니오."

"그가 어떻게 됐습니까? 죽었나요?"

"그 질문엔 모른다고 대답할 수밖에 없소."

"그러면 누구에게 물어봐야 알 수 있을까요?"

"그의 부족을 만나 보시오. 예니세이 부족을 찾아가서 직접 물어보는 게 좋을 거요."

"그의 부족이라…… 그러니까 그루만을 받아들인 그 부족 말입니까? 머리에 구멍을 뚫어 줬다는?"

"그렇소. 그들을 찾아가 보는 게 좋을 거요. 어쩌면 그가 아직 살아 있을지도 모르고, 또 어쩌면 죽었을지도 모르지. 아니면 죽지도 살아 있지도 않을 수 있지."

"어떻게 죽지도 살아 있지도 않을 수가 있습니까?"

"영혼의 세계에선 그렇소. 그는 영혼의 세계에 있는지도 모르지. 아무래도 너무 많은 걸 얘기한 것 같소. 이젠 그만 입을 다물어야겠소."

노인은 입을 굳게 다물었다.

생선 출하장에 도착한 리는 곧장 선착장으로 달려가서 자신을 예니세이 강 어귀까지 데려다 줄 배를 수배했다.

한편 마녀들도 수색을 계속하고 있었다. 라트비아의 여왕 루타 스카디는 세라피나 페칼라 일족과 함께 며칠에 걸쳐 밤낮을 가리지 않고 하늘을 날아다녔다. 그들은 안개와 회오리바람을 통과했고, 홍수와 산사태로 황폐해진 지역을 지나가기도 했다.

분명한 것은, 지금 그들이 머물고 있는 세계는 지금까지 한 번도 본 적이 없는 낯선 곳이라는 사실이었다. 대기 중에 떠도는 냄새도 생소했으며 바람 또한 생소했다. 난생처음 보는 거대한 새가 갑자기 나타나 그들을 공격하는 바람에 수많은 화살을 쏘아 물리치기도 했다. 그러다가 휴식을 취할 만한 장소를 발견했는데, 거기서 자라는 식물들 또한 낯설기는 마찬가지였다.

그러나 식용에 적합한 몇몇 식물이 있었고, 그곳에 서식하는 토끼처럼 생긴 동물도 맛 좋은 식사거리가 되어 줄 것 같았다. 그리고 먹을 물도 풍부했다. 이렇게 보면 살기 좋은 지역인 듯했지만 목초지와 시냇가와 저수지 위에는 마치 안개처럼 떠다니는 유령의 형체들이 있었다. 그 스펙터들은 어떤 빛 속에서는 형체가 거의 보이지 않아 마치 거울 앞에 걸어 둔 투명한 베일처럼 보였다. 그런 이상한 존재를 한 번도 본 적이 없는 마녀들은 즉시 의심의 눈초리를 보냈다.

루타 스카디가 물었다. 마녀들이 위에서 선회하는 동안 그 존재들은 미동도 하지 않은 채 숲 가장자리에 모여 있었다.

"살았건 죽었건 간에 저들은 악의로 가득 차 있어요. 이곳에서는 왠지 그런 기운이 느껴지는군요. 그러니 저들을 격퇴할 수 있는 무기를 마련하기 전에는 아예 접근하지 않는 것이 좋겠어요."

스펙터들은 행동 범위가 지상으로 한정된 듯했고 비행 능력은 없는 것 같았다. 마녀들에게는 다행스러운 일이었다. 그리고 그날, 시간이 더 흐른 뒤에야 마녀들은 스펙터들이 저지르는 짓을 목격할 수 있었다.

그 일은 강이 교차하는 지점에서 벌어졌다. 먼지 덮인 도로가 나지막한 돌다리와 만나는 곳이었는데, 옆으로는 나무들이 줄지어 서 있었다. 늦은 오후의 태양이 초원 위로 기울어 가면서 대지를 진한 녹색으로 물들였고 먼지 섞인 대기를 황금빛으로 만들어 주었다.

풍성한 햇살 속에서 마녀들은 돌다리로 다가가는 한 무리의 여행객들을 발견했다. 몇 사람은 걷고 있었고 몇몇은 마차를, 두 사람은 말을 타고 있었다. 그들은 마녀 일행을 발견하지 못했다. 굳이 위를 쳐다봐야 할 이유가 없었기 때문이다. 그러나 그들은 마녀들이 이 세계에서 처음으로 발견한 사람들이었다. 그래서 그들과 대화를 나눠 볼 생각으로 막 하강하려던 세라피나는 갑자기 들려온 고함 소리에 흠칫 놀랐다.

그것은 일행의 선두에서 말을 타고 가던 사내의 고함 소리였다. 그는 손으로 숲을 가리키고 있었다. 그가 가리키는 곳에서는 스펙터들이 잔디를 가로지르며 이동하고 있었다. 그것들은 사람들 쪽으로 물 흐르듯 다가오고 있었다.

사람들이 사방으로 흩어지며 달아나기 시작했다. 세라피나는 선두에 있던 사내가 전속력으로 말을 달려 도망가는 모습을 보고 충격을 받았다. 그는 동료들을 도와주려는 시도조차 하지 않았다. 말을 타고 있던 다른 한 명의 사내도 마찬가지였다. 그도 최대한 빠른 속도로 그곳에서 벗어나 다른 방향으로 사라져 버렸다.

"자매님들, 좀 더 아래로 내려가서 살펴봅시다."

세라피나가 동료들에게 말했다.

"하지만 내가 명령하기 전까진 절대 참견하지 말아요."

그들은 여행객들 속에 아이들도 있다는 사실을 알게 되었다. 그러나 마차에 타거나 걸어가고 있는 아이들의 눈에는 스펙터가 보이지 않았고, 스펙터도 아이들에게는 관심을 보이지 않았다. 그들은 오직 어른들만 노렸다. 여행객 중에는 어린아이 둘을 무릎 위에 앉힌 채 마차에 타고 있는 노파도 있었다. 그러나 스펙터들이 접근하자 노파는 아이들을 그들 쪽으로 밀어내며 숨기에 바빴다. 마치 아이들을 희생물로 바쳐서 자신의 목숨을 구하려는 것 같았다. 노파의 비겁한 행동을 본 루타 스카디는 화가 머리끝까지 치솟았다.

마침내 노파의 손에서 밀려난 아이들은 마차 바깥으로 뛰어내렸다. 그리고 다른 아이들과 함께 잔뜩 겁먹은 표정으로 이리저리 도망다니거나 서로 부둥켜안고 울었다.

그러는 동안 스펙터들은 계속 어른들을 공격했다. 마차에 타고 있던 노파도 곧 희미한 빛을 발하는 투명한 물체에 감싸였다. 그것은 쉴 새 없이 움직이며 눈에 보이지 않는 어떤 방식으로 노파를 파 먹기 시작했다. 그 광경을 지켜보던 루타 스카디는 구역질이 났다. 여행객들 중 어른들은 전부 그와 같이 죽었다. 말을 타고 달아난 두 사람만 화를 면했을 뿐이었다.

소름 끼치는 광경을 얼빠진 듯 바라보고 있던 세라피나는 더 아래쪽으로 내려가 보았다. 아이를 등에 업은 아버지가 강을 건너 도망치는 모습이 눈에 들어왔다. 그러나 스펙터가 곧 그들을 덮치고 말았다. 아이는 아버지의 등에 매달린 채 울음을 터뜨렸고, 사내는 서서히 무릎을 꿇으며 허리 부근까지 물에 잠겨 들어갔다. 그는 아무 저항도 해보지 못하고 무기력하게 당하고만 있었다.

저 남자에게 도대체 무슨 일이 일어난 걸까? 강물에서 몇 미터 떨어지지 않은 상공에서 세라피나는 끔찍한 기분을 느끼며 그를 응시하고 있었다. 그녀는 자신이 살았던 세계에서 여행자들의 입을 통해 흡혈귀에 대한 얘기를 들은 적이 있었다. 스펙터가 사람들을 게걸스럽게 먹어대는 모습을 보며 그녀는 흡혈귀를 떠올렸다.

스펙터가 먹는 것은 사람의 영혼일 수도 있고, 어쩌면 그들의 데몬일 수도 있었다. 분명 이 세계에서는 데몬이 분리되어 있는 것이 아니라 인간의 내부에 자리하고 있을 것이다.

아들의 다리를 받치고 있던 사내의 팔이 느슨해지면서 아이가 물속으로 떨어졌다. 아이는 아버지의 손을 잡으려고 허우적대며 숨을 헐떡거렸다. 그러나 사내는 고개를 천천히 숙이며 무심한 눈빛으로 수면만 응시할 뿐이었다. 그의 옆에서 어린 아들은 물속으로 점점 가라앉았다.

세라피나는 더 이상 참을 수가 없었다. 그녀는 강물을 향해 급강하한 다음 물에 빠진 아이를 잡아 올렸다. 그때 루타 스카디가 큰 소리로 외쳤다.

"자매님, 뒤를 조심해요!"

한순간이기는 했지만 세라피나는 섬뜩하고 둔탁한 기운이 심장의 가장자리에 와닿는 것을 느꼈다. 그녀는 재빨리 팔을 뻗어 루타 스카디의 손을 잡았다. 그녀가 끌어올려 준 덕분에 세라피나는 간신히 위험에서 벗어날 수 있었다.

그들이 높이 날아오르자 아이는 비명을 지르며 세라피나의 허리에 꼭 매달렸다. 세라피나는 자신의 뒤를 쫓던 스펙터를 돌아보았다. 그것은 놓쳐 버린 먹이를 찾느라 이리저리 떠다니며 수면에다 희미한 소용돌이를 만들어 내고 있었다. 루타 스카디가 스펙터의 심장을 향해 화살을 날렸지만 아무런 효과가 없었다.

세라피나는 아이를 강기슭에 내려 주었다. 그리고 스펙터의 위험에서 벗어난 안전한 곳인지 살펴본 다음 다시 하늘로 날아올랐다. 이제 여행자들은 영원한 휴식을 취하고 있었다. 말들은 풀을 뜯거나 머리를 흔들어 파리를 쫓아냈다.

아이들은 정신이 나가 버린 어른들을 바라보며 울고 있었다. 어른들은 바닥에 쓰러진 채 움직이지 않았다. 앉아 있는 사람도 있고 꼿꼿이 서 있는 사람도 있었다. 그런데 다들 눈을 부릅뜨고 있었다.

이윽고 마지막 남은 스펙터가 포식을 끝낸 듯 자리를 떠났다. 그러자 세라피나는 아래로 내려가 잔디밭에 앉아 있는 어떤 여인 앞에 섰다. 매우 건강해 보이는 그 여인은 뺨이 발그레했고 금발에 윤기가 흘렀다.

"이봐요?"

세라피나가 불러 보았지만 여인은 아무 반응도 보이지 않았다.

"내 말이 들려요? 내가 보이냐구요?"

세라피나는 여인의 어깨를 흔들어 보았다. 여인은 힘겨운 노력을 한 끝에 겨우 시선을 들었다. 세라피나의 존재를 알아차린 것 같았지만 눈동자는 공허해 보였다. 세라피나가 팔뚝의 살을 꼬집자 그녀는 시선을 천천히 아래로 향했다가 조금 뒤 다시 쳐들었다.

다른 마녀들도 뿔뿔이 흩어진 마차들 사이를 돌아다니며 희생자들을 살펴보았다. 아이들은 그곳에서 좀 떨어진 작은 언덕 위에 모여 마녀들을 바라보며 겁에 질린 목소리로 소곤거렸다.

"말을 탄 남자가 우릴 보고 있어요."

한 마녀가 소리치며 골짜기 사이로 난 길을 손으로 가리켰다. 말을 타고 달아났던 남자가 돌아서서 손으로 햇빛을 가리고 이쪽을 살펴보고 있었다.

"저 사람과 얘길 좀 해야겠어."

세라피나는 허공으로 날아올랐다.

말을 탄 남자는 스펙터와 마주쳤을 때는 실망스런 행동을 보여 주었지만 겁쟁이는 아닌 듯했다. 그는 자신을 향해 날아오는 마녀를 보자 등에 메고 있던 소총을 내리며 초지 쪽으로 말을 몰았다. 그처럼 탁 트인 곳이라면 방향을 바꾸거나 총을 쏘기에 유리하다고 생각한 듯했다. 지상에 서서히 착륙한 세라피나는 활을 앞으로 내밀어 그에게 보여 준 다음 아래로 내렸다.

이 세계에 사는 사람들에게도 그런 몸짓이 통할지 확신할 순 없었지만 다행히도 먹혀 든 것 같았다. 남자도 조준하고 있던 소총을 아래로 내렸다. 그리고 세라피나와 마녀들을 한 차례 훑어본 뒤 하늘에서 선회하고 있는 마녀들의 데몬에게로 시선을 옮겼다.

사납게 생긴 젊은 여자들이 검은색 실크 옷을 걸치고 소나무 가지에 올라탄 채 하늘을 날아다니는 것은 그의 세계에선 상상도 할 수 없는 광경이었다. 그러나 그는 침착하고 신중한 표정으로 마녀들을 마주 보았다. 세라피나도 그에게 좀 더 가까이 다가갔다. 남자의 얼굴에 서린 슬픔과 강인함을 똑똑히 볼 수 있었다. 동료들이 희생되는 사이 혼자서 도망쳤던 일을 쉽게 떨쳐 버리지 못하고 괴로워하고 있는 듯했다.

"당신들은 누구요?"

그가 물었다.

"난 세라피나 페칼라예요. 에나라 호수에 사는 마녀들의 여왕이죠. 우린 다른 세계에서 왔어요. 당신의 이름은 뭐죠?"

"요아힘 로렌츠라고 하오. 그런데 마녀라고 했소? 그럼 당신들은 악마와 거래를 합니까?"

"만일 그렇다면, 우린 당신의 적이 되는 건가요?"

그는 잠시 생각해 보더니 소총을 허벅지 위에 내려놓았다.

"전에는 그런 적이 있었소. 하지만 시대는 바뀌게 마련 아니오. 당신들이 이 세계에 온 이유는 뭐요?"

"시대가 바뀌었기 때문이겠죠. 그건 그렇고 당신 일행을 공격한 것들은 대체 어떤 생물인가요?"

"스펙터 말이오?"

그가 놀란 표정으로 반문했다.

"아니, 당신들은 스펙터를 모른단 말이오?"

"우리가 사는 세계에서는 본 적이 없거든요. 우린 당신이 도망치는 모습을 보고 어떻게 해야 할지 몰랐어요. 하지만 이젠 이해해요."

"그들과 맞설 방법은 전혀 없소. 오직 아이들만 무사히 벗어날 수 있을 뿐이오. 여행자들이 길을 나설 때에는 반드시 말을 탄 남녀 한 쌍과 동행하도록 법으로 정해져 있소. 그리고 지금과 같은 사태가 벌어질 경우 말을 탄 사람들은 우리처럼 도망쳐야 하오. 그렇게 하지 않으면 아이들을 돌봐 줄 사람이 없어지기 때문이오. 요즘은 상황이 더 나빠졌소. 도시마다 스펙터들이 득시글거리고 있죠. 예전엔 한 도시에 열 마리 정도밖에 없었는데."

주변을 둘러보고 있던 루타 스카디가 말을 타고 있던 다른 한 명을 발견했다. 마차가 있는 쪽으로 되돌아오고 있는 그 사람은 놀랍게도 여성이었다. 아이들도 그녀를 향해 달려가고 있었다.

"당신들은 여기서 무엇을 찾고 있소?"

요아힘 로렌츠가 물었다.

"아무 이유도 없이 오진 않았을 거 아니오?"

"우린 아이를 찾고 있어요. 우리 세계에서 건너온 여자 아이죠. 그 아이의 이름은 리라 벨라커인데, 리라 실버텅이라고 부르기도 해요. 그런데 어디 있는지 도무지 짐작이 가지 않아요. 혹시 혼자 돌아다니는 낯선 여자 아이를 보신 적 있나요?"

"없어요. 하지만 지난밤에 북극성 쪽으로 날아가는 천사들은 봤죠."

"천사들이라구요?"

"무리를 지어 하늘을 날아갔소. 모두 무장을 하고 번쩍번쩍 빛을 발하더군. 지난 몇 년 동안은 통 볼 수 없었지만, 우리 할아버지 때만 해도 종종 우리 세계를 통과해 갔다는 말을 들었죠."

남자는 흩어진 마차들과 움직이지 않는 동료들 쪽으로 시선을 돌리고는 다시 표정이 어두워졌다. 말을 타고 있던 여자는 이제 막 산을 내려와서 아이들을 위로해 주고 있었다.

요아힘의 시선을 따라가던 세라피나가 그에게 말했다.

"우리들이 오늘 밤 같이 야영하며 스펙터들로부터 당신들을 지켜 준다면, 이 세계에 관해 더 자세한 얘기를 해 줄 수 있나요? 그리고 당신이 봤다는 천사에 대해서도요?"

"물론 그렇게 하겠소. 자, 갑시다."

마녀들은 마차를 옮기는 일을 도와주었다. 그들은 스펙터들이 있는 숲에서 멀리 벗어나기 위해 마차를 몰고 다리를 건넜다. 아무 반응이 없는 엄마에게 매달리는 아이들이나 무표정한 얼굴로 허공을 응시하는 아버지를 바라보는 것은 매우 고통스러운 일이었다. 하지만 스펙터들에게 공격을 당한 어른들은 그냥 두고 갈 수밖에 없었다. 나이 어린 아이들은 부모를 두고 떠나야 하는 이유를 이해하지 못했다. 그러나 좀 더 나이 든 아이들은 쓸쓸한 표정으로 침묵을 지킬 뿐이었다. 그들 중에는 이미 예전에 친부모를 스펙터에게 잃어버린 아이들도 있었다.

세라피나는 강물에 빠졌던 소년을 안아 올렸다. 아이는 아버지를 부르며 큰 소리로 울어 댔다. 그리고 물속에 서 있는 말없는 시체를 붙잡으려는 듯 세라피나의 어깨 너머로 팔을 뻗었다. 아이의 눈물이 세라피나의 드러난 맨살 위로 흘러내렸다.

말을 탄 여자는 캔버스 천으로 만든 짧은 바지를 입고 남자처럼 말을 몰았다. 그녀는 마녀들과는 아무런 말도 하지 않았다. 그리고 딱딱한 표정을 지은 채 아이들 쪽으로 다가갔다. 그녀는 아이들의 눈물을 못 본 척하며 엄한 말투로 무어라고 얘기했다. 초저녁의 태양이 대기를 황금빛 햇살로 가득 채우고 있었다. 모든 사물이 세세한 부분까지도 선명하게 드러내며 매혹적으로 반짝거렸다. 말을 탄 두 남녀와 아이들의 얼굴 또한 불사의 존재처럼 강하고 아름답게 보였다.

얼마 후, 달빛 아래로 거대한 언덕들이 고요히 누워 있고 회색 바위들이 둥글게 에워싼 장소에서 모닥불이 빨갛게 타올랐다. 그 불꽃을 바라보며 요아힘 로렌츠는 세라피나와 루타 스카디에게 자신이 속한 세계에 대해서 얘기하기 시작했다.

그의 설명에 따르면 한때는 이 세계에도 행복이 충만했다고 한다. 도시들은 우아하고 광대했으며, 비옥한 농토에는 잘 경작된 곡식이 자랐다. 물건을 가득 실은 상선들이 푸른 바다 위를 이리저리 누볐고, 어부들은 대구, 다랑어, 농어들로 가득 찬 그물을 건져 올렸다. 숲 속에는 사냥감들이 지천으로 뛰어다녔으며, 굶주리는 아이는 단 한 명도 없었다. 큰 도시의 광장과 공원에는 브라질과 베닌, 아일랜드와 코리아에서 온 대사들뿐만 아니라 담배업자들, 베르가모 출신의 즉흥가면극 배우, 한몫 챙기려는 상인들이 뒤섞여 있었다. 해가 지면 장미 넝쿨이 늘어진 기둥이나 정원의 희미한 불빛 아래에서 가면을 쓴 여인들이 사랑을 속삭였다. 바람결에는 재스민 향기가 실려 있었고, 만돌린의 현이 자아내는 음악 소리가 대기 속으로 퍼져 나갔다.

마녀들은 요아힘의 얘기에 푹 빠져들었다. 이 세계가 자신들의 세계와 너무도 닮았으면서 또 한편으로는 너무나 달랐기 때문이다.

"그렇지만 상황은 바뀌었소."

요아힘은 얘기를 이어 나갔다.

"300년 전부터 모든 것이 엉망으로 변했죠. 어떤 이들은 학자들로 이루어진 '길드'라는 조직이 그 원흉이라고 보고 있소. 그 조직의 본거지는 '천사의 탑'인데 우리들이 떠나온 도시에 있죠. 또 다른 이들은 우리가 너무 큰 죄를 지었기 때문에 심판을 받은 것이라고 말하기도 하오. 비록 그 죄에 동의하는 사람을 아직 한 명도 만나 보진 못했지만 말입니다.

어쨌든 갑자기 어딘가에서 스펙터들이 나타났소. 그 이후로 우리는 끊임없이 그들에게 쫓겨 다녔소. 당신들도 스펙터들의 만행을 봤을 테니, 그들과 같은 세계에서 살아간다는 것이 어떤 건지 짐작할 수 있을 거요. 이런 상태에서 우리가 어떻게 번영을 이룰 수 있겠소? 모든 것이 불안하기만 한데 무엇을 의지할 수 있겠소? 어느 순간 갑자기 아버지나 어머니가 사라지고 가족은 모두 뿔뿔이 흩어져 버리고 말아요.

상인 하나가 스펙터에게 잡히기라도 하면 그의 사업은 하루아침에 망해 버리고 그의 점원이나 공장 노동자들은 졸지에 일자리를 잃게 된다오. 상황이 이 지경인데 연인들이 서로의 맹세를 믿을 수나 있겠소? 이 세계에 존재했던 모든 미덕과 신뢰는 스펙터들이 나타난 순간부터 그 가치를 상실해 버리고 말았어요."

"그 학자들은 어떤 사람들이죠? 그리고 '천사의 탑'이라는 건 어디에 있나요?"

세라피나가 물었다.

"우리가 떠나온 도시인 치타가체에 있소. '까치의 도시'라는 뜻이지. 왜 그런 이름으로 불리는지 아시오? 그건 까치가 남의 것을 훔치는 새이고, 도둑질이야말로 지금 우리가 할 수 있는 유일한 일이기 때문이오. 우리는 새로운 것을 만들어 내지 않소. 또 지난 수백 년 동안 뭔가를 이루려는 시도도 전혀 해보지 않았소. 그 대신 다른 세계들의 것을 훔쳐 왔을 뿐이죠.

그래요, 우린 다른 세계들에 대해 알고 있소. '천사의 탑' 안에 있는 학자들은 우리들이 알 필요가 있는 것들은 모두 발견해 냈소. 그들은 어떤 주문을 가지고 있죠. 그래서 그 주문을 외우면 존재하지 않는 문을 통해 다른 세계로 갈 수 있소. 어떤 이들은 그건 주문이 아니라 그 문을 여는 열쇠라고 하죠. 어떤 말이 맞는지 누가 알겠소?

어쨌든 그 문을 통해 스펙터들이 이 세계로 넘어왔던 거요. 그리고 내가 알기로는 학자들이 아직도 그것을 사용하고 있는 것 같소. 그들은 다른 세계로 건너가서 자신들이 발견한 것을 몰래 훔쳐 가지고 돌아온답니다. 황금이나 보석, 그 밖의 다른 것들도 훔쳐 왔죠. 이를테면 아이디어라든가 옥수수 몇 부대 또는 연필 따위를 말이오. 그리고 그런 것들이 바로 우리가 소유한 자산의 근원인 셈이죠."

그는 쓸쓸한 표정으로 한마디 덧붙였다.

"'길드'란 결국 도둑놈들의 조직인 셈이오."

"스펙터가 아이들은 해치지 않는 이유가 뭘까요?"

루타 스카디가 물었다.

"그건 우리에게도 가장 큰 수수께끼라오. 어쩌면 아이들의 순수함 속에 스펙터를 물리칠 수 있는 어떤 힘이 있지 않나 싶소. 그렇지만 그보다는 뭔가 더 있는 것 같아요.

아이들은 단순히 스펙터를 보지 못하는 겁니다. 어른들은 그 이유를 알지 못하지만 말이죠. 우린 아마 그 이유를 결코 알지 못할 겁니다. 스펙터 때문에 고아가 된 아이들은 이제 어디서나 볼 수 있게 되었소. 그런 아이들은 무리를 지어 먹을 것을 찾아 전국을 배회하고 있다오. 그리고 때로는 어른들에게 고용되어 음식을 찾아다닌다든가 스펙터가 지배하는 지역에 들여보내진다든가 하죠.

이게 바로 우리가 사는 세계요. 아, 그래도 우린 이러한 저주를 그럭저럭 참아 가며 살고 있소. 그놈들은 정말 끔찍한 기생충들이오. 그들은 절대로 숙주를 죽이지 않소. 비록 그 사람의 생기를 대부분 빼 버리지만 말입니다. 하지만 최근까지는 그런 대로 대략 균형이 이뤄지고 있었소. 그 거대한 폭풍이 오기 전까지는 말이오. 마치 온 세상이 산산조각 나는 듯한 소리가 났으니까. 내 기억에 따르면 그런 폭풍은 지금까지 한 번도 없었어요.

폭풍이 끝나자 다음에는 안개가 며칠 동안 계속되었소. 내가 알고 있는 세계를 모두 다 덮어 버린 듯했죠. 아무도 여행길에 나설 수 없을 정도였으니까요. 마침내 안개가 걷혔을 땐 스펙터들이 도시를 온통 장악하고 있었어요. 수백 수천 마리가 우글거렸지. 그래서 우리는 산으로 달아나고 바다를 건넜소. 하지만 나중에는 도망칠 곳이 없었소.

자, 이젠 당신들 차례요. 당신들의 세계에 관해서 얘기해 주시오. 그리고 이쪽 세계로 오게 된 이유를 말해 주시오."

세라피나는 자신이 알고 있는 바를 있는 그대로 솔직하게 들려주었다. 요아힘이 정직한 사람인데다 굳이 숨겨야 할 비밀도 없기 때문이었다. 그는 세라피나의 얘기에 열심히 귀를 기울이며 놀랍다는 듯 연신 고개를 끄덕거렸다. 그리고 얘기가 끝나자 이렇게 말했다.

"내가 아까 학자들의 주문 능력에 대해 얘기했죠? 다른 세계로 가는 문을 연다는 얘기 말이오. 그런데 어떤 사람들의 말에 따르면 학자들은 가끔 그 문을 열어 둔 사실을 잊어버리고 방치한다는 거요. 그러니 가끔 다른 세계의 여행자가 이곳으로 넘어온다고 해도 놀라운 일은 아니죠. 우리는 천사들도 그런 식으로 넘나든다고 알고 있소."

"천사들이라고요? 아까도 그 얘기를 하신 것 같은데, 우리는 천사에 관해서는 들어 본 적이 없어요. 그들은 대체 어떤 존재죠?"

세라피나가 물었다.

"천사들에 관해 말씀해 드리지요. 그들은 스스로를 '베네엘림'이라고 부르죠. 어떤 사람들은 그들을 파수꾼이라고 부르기도 해요. 그들은 우리처럼 육체를 가진 존재가 아니라 영적인 존재라오. 아니 어쩌면 그들의 육체는 우리들의 육체보다 한결 더 섬세하고 정밀하기 때문에 가볍고 투명한 것일 수도 있소. 그들은 하늘의 메시지를 전달해 주는데, 그래서 그런 이름으로 불리는 거요. 우린 가끔 그들이 반딧불처럼 빛을 발하며 높은 하늘을 날아가는 모습을 봅니다. 다른 세계로 가느라고 이 세계를 지나가는 거죠. 고요한 밤에는 그들의 날갯짓 소리를 들을 수 있소. 천사들은 우리와는 관심사가 다른 듯하오. 옛날에는 그들이 이 땅에 내려와 인간들과 거래를 하기도 했다더군요. 우리들과 함께 성장했다고 말하는 사람도 있습니다.

그런데 거대한 폭풍이 지나가고 안개가 몰려왔을 때, 나는 집으로 돌아가던 도중 산텔리아 시의 뒷산에 갇혀 오도가도 못하게 되었죠. 그래서 자작나무 숲에서 양치기의 헛간을 발견하고는 재빨리 안으로 뛰어 들어갔소. 그런데 그날 밤 내내 지붕 위에서 고함과 비명 소리, 요란한 날갯짓 소리가 들려왔소. 그렇게 가까이서 천사들의 소리를 들어 보긴 처음이었죠.

새벽이 가까워 올 무렵에는 소규모 전투가 벌어지는 소리가 들려왔소. 화살이 바람을 가르는 소리와 검이 서로 부딪치는 소리들이었죠. 궁금해서 견딜 수 없을 지경이었지만 두려워서 감히 밖을 내다보질 못했소. 온몸이 뻣뻣하게 굳어 도저히 밖으로 나갈 수가 없었으니까.

마침내 하늘이 밝아 오자 난 위험을 무릅쓰고 헛간 밖으로 나갔소. 그리고 상처 입은 채 누워 있는 커다란 형체를 보게 되었지. 봐서는 안 될 어떤 신성한 것을 침범한 듯한 기분이었소. 그래서 순간적으로 눈길을 돌리고 말았는데, 다시 그쪽을 돌아보았을 때 이미 그 형체는 사라지고 없었습니다.

그때가 천사를 가장 가까이서 접해 본 순간이었소. 그러나 아까도 말했지만 우린 얼마 전에도 천사들을 봤어요. 밤하늘 높은 곳에서 별들을 가로지르며 북극성을 향해 날아가고 있었소. 마치 함선들이 거대한 선단을 이루어 전속력으로 질주하는 것 같았소. 무슨 일인가 벌어지고 있었지만 이 아래에 있는 우리들로선 짐작도 할 수 없었죠. 어쩌면 저 위에서는 전쟁이 시작되었을지도 모르오. 오래전엔 천상에서 전쟁이 벌어진 적도 있었다오. 벌써 몇천 년 전의 일이지. 아주 오래전의 일이라 그 결과가 어떻게 되었는지는 모르오. 그러니 또 다른 전쟁이 일어날 가능성도 분명 있을 겁니다. 그렇다면 피해가 막대하겠지. 그리고 그 영향이 우리 인간 세상에도 미칠 게 분명하오."

요아힘은 장작불을 뒤적이며 얘기를 이어 갔다.

"하지만 전쟁의 결과가 걱정했던 것보다는 나은 방향으로 흘러갈 수도 있는 거 아니겠소? 하늘에서 전쟁이 벌어진다면 이 세계에 있는 스펙터들을 모조리 쓸어 내어 그들이 들어왔던 구멍으로 돌려보낼지도 모르지. 아, 그렇게만 된다면 얼마나 좋겠소! 저 끔찍한 괴물들로부터 벗어나 살 수만 있다면 얼마나 행복하겠소!"

그러나 불꽃을 응시하는 요아힘 로렌츠의 표정에는 그런 기대가 조금도 담겨 있지 않았다. 일렁이는 불빛이 그의 얼굴에서 춤을 추고 있었지만 그 표정에는 강인함과 슬픔 이외에는 아무것도 드러나 있지 않았다.

루타 스카디가 그에게 물었다.

"천사들이 북극성을 향해 날아갔다고 하셨죠? 혹시 왜 그곳으로 갔는지 아세요? 그곳에 그들의 천국이 있나요?"

"난 몰라요. 보시다시피 난 별로 배운 것이 없는 사람이오. 하지만 사람들의 말에 따르면 이 세계의 북쪽에 천사들의 거처가 있다더군. 천사들이 집결하고 있다면 그곳으로 가는 중이었을 거요. 그리고 그들이 천국을 공격하려고 한다면 그곳에다 요새를 건설하고 출격할 것이 분명합니다."

요아힘이 고개를 들어 하늘을 바라보자 마녀들의 시선도 그를 따라갔다. 이곳의 별들도 그들 세계의 별들과 똑같아 보였다. 하늘을 가로지르는 은하수가 반짝이고 있었다. 그리고 수많은 별이 어두운 밤하늘을 수놓고 있었다. 달빛만큼이나 밝은 별들이었다.

"혹시 더스트라는 말을 들어 보신 적이 있나요?"

세라피나가 물었다

"더스트요? 듣자 하니 길 위에 덮인 먼지를 말하는 건 아닌 것 같고. 아뇨, 들어 본 적이 없소. 아, 저길 보시오, 천사들이 날아가고 있소."

그가 손가락으로 뱀주인별자리 쪽을 가리켰다. 그때 무언가가 그 별

자리 위를 가로질러 날아갔다. 반짝이는 작은 물체들의 무리였다. 자세히 살펴보니 그들은 거위나 백조처럼 날갯짓을 하며 날아가고 있었다.

그 모습을 본 루타 스카디가 자리에서 벌떡 일어나며 세라피나에게 말했다.

"자매님, 우리가 헤어져야 할 시간인 것 같군요. 난 천사들과 얘길 해 봐야겠어요. 만약 저 천사들이 아스리엘 경에게 가는 길이라면 나도 그들과 행동을 같이하겠어요. 그렇지 않다면 나 혼자라도 그를 찾아볼 생각이에요. 그동안 함께 해 줘서 고마워요, 안녕."

루타 스카디는 세라피나와 작별 인사를 나눈 뒤 구름소나무 가지를 타고 하늘로 날아올랐다. 그녀의 데몬 세르기도 함께 어둠 속으로 날았다. 세르기는 울새였다.

"높이 올라가려고?"

"저 반짝이는 비행물체들을 따라잡을 만큼 높이. 저들은 무척 빨라, 세르기. 서두르자!"

루타 스카디와 세르기는 천사들을 향해 질풍같이 날아올랐다. 구름소나무의 잔가지들 사이로 바람이 휙휙 지나가고, 루타 스카디의 검은 머리카락이 등 뒤에서 깃발처럼 휘날렸다. 광대한 어둠 속에서 조그맣게 반짝이는 모닥불도, 잠들어 있는 아이들과 마녀들도 그녀를 돌아보지 않았다. 그들과 함께했던 여정은 이미 끝났다. 그리고 그녀 앞에서 날아가고 있는 빛나는 존재들은 아직 조그마한 점으로 보일 정도로 멀리 떨어져 있었다. 별빛이 가득한 넓은 밤하늘 속에서 잠시라도 한눈을 판다면 그들을 금방 놓치게 될 것이었다.

그래서 그녀는 시선을 고정시킨 채 꾸준히 날아갔다. 천사들과의 거리가 점점 좁혀지면서 그들의 형체가 한결 뚜렷하게 보였다.

천사들의 주위에서 빛나는 광채는 그들의 몸에서 나오는 것이 아니었다. 그들이 어디에 있건, 또 밤의 어둠이 얼마나 깊건 간에 햇살이 그들을 비추고 있는 것만 같았다. 그리고 인간처럼 생기기는 했지만 날개가 달리고 키도 훨씬 더 컸다. 천사들은 모두 벌거벗고 있었기 때문에 루타는 그들 중 셋은 남자고 둘은 여자란 사실을 알 수 있었다. 그들의 견갑골 위로는 날개가 우뚝 솟아 있었고, 등과 가슴 근육이 매우 발달되어 있었다.

루타 스카디는 뒤에서 잠시 시간을 끌며 그들을 관찰했다. 그리고 혹시라도 싸움이 벌어질 경우를 대비해서 그들의 힘을 가늠해 보았다. 그들은 무기를 갖고 있지는 않았지만 힘들이지 않고 수월하게 날아가고 있었다. 만일 경주를 벌인다면 그녀를 손쉽게 앞지를 것 같았다.

그녀는 만일의 경우를 대비하여 미리 활을 챙겨 두었다. 그리고 속력을 내어 앞으로 나간 후 그들과 나란히 날아가며 소리쳤다.

"천사님들! 잠시만 멈추고 제 말 좀 들어 보세요! 전 마녀 루타 스카디라고 하는데 당신들과 얘기를 하고 싶어요!"

그러자 천사들이 그녀를 돌아보았다. 커다란 날개를 안쪽으로 퍼덕이자 속도가 늦춰지면서 그들의 몸이 아래쪽으로 회전했다. 마침내 수직으로 똑바로 서게 되자 그들은 날개를 계속 퍼덕이며 몸의 중심을 유지했다. 어두운 밤하늘 속에서 그녀를 에워싼 다섯 형제는 보이지 않는 햇살을 받은 것처럼 반짝이는 빛을 발했다.

루타 스카디는 구름소나무 가지에 앉은 채 그 어떤 것도 두려워하지 않고 자부심이 넘치는 듯한 표정으로 그들을 둘러보았다. 하지만 생소한 존재들과 마주한 그녀의 심장은 빠르게 뛰고 있었다. 데몬 세르기도 그녀의 온기를 더 가까이서 느끼려고 옆으로 바싹 다가왔다.

다섯 천사는 각각 뚜렷이 구분되는 특징이 있었지만 공통점도 있었다. 그러나 그녀가 지금까지 보아 온 어떤 인간과도 닮지 않은 것 같았다. 그들은 광채와 지성과 감각을 서로 공유하고 있는 것처럼 보였다. 벌거벗은 쪽은 천사들이었지만 그들의 눈길을 한몸에 받자 루타는 자신이 벌거벗은 듯했다. 그들의 시선이 깊숙한 내면까지 들여다보는 통찰력을 지닌 것처럼 느껴졌기 때문이다.

그러나 그녀는 자신의 존재를 부끄럽게 생각하지는 않았다. 그래서 고개를 높이 치켜들고 당당하게 그들의 시선을 맞받았다.

"여러분이 바로 천사님, 또는 파수꾼이나 베네엘림으로 불리는 분들이군요. 그런데 지금 어디로 가시는 길인가요?"

"우린 지금 부름을 받고 가는 중입니다."

천사 하나가 대답했지만 누군지는 알 수 없었다. 그들 중 하나일 수도 있고, 그들 모두일 수도 있었다.

"누구의 부름인가요?"

"어떤 남자입니다."

"혹시 아스리엘 경인가요?"

"그럴지도 모르죠."

"그의 부름에 응하는 이유가 뭐죠?"

"우리들이 기꺼이 그렇게 하고 싶기 때문입니다."

"그럼 아스리엘 경이 지금 어디에 있건 여러분께서 절 안내해 주시겠군요."

416세의 루타 스카디는 마녀들의 여왕으로서 갖춰야 할 자부심과 지식을 겸비하고 있었다. 게다가 짧은 삶을 누리는 인간에 비하면 훨씬 더 현명하다고 할 수 있었다. 그러나 이처럼 오랜 옛날의 존재와 마주하게 되자 그녀는 마치 자신이 아무것도 모르는 어린아이가 된 듯한 기분을 느꼈다.

그녀로서는 천사의 의식이 얼마나 멀리까지 미치는지 짐작할 길이 없었다. 어쩌면 그들은 그녀가 상상도 하지 못할 머나먼 우주의 한 귀퉁이에까지 의식의 촉각을 뻗치고 있는지도 모른다. 또한 그녀 자신이 그런 모습을 기대했기 때문에 그들을 인간의 형상으로밖에 볼 수 없는지도 몰랐다. 만일 그녀가 천사의 진정한 형상을 지각할 수 있다면, 그들을 유기적인 생명체로 보기보다는 지성과 감각으로 이루어진 거대한 구조물로 볼지도 모를 일이었다.

그러나 천사들은 그런 기대는 하지 않았다. 그러기에는 그녀가 너무 어렸기 때문이다.

이윽고 천사들이 날개를 퍼덕이더니 쏜살같이 앞으로 날아갔다. 루타 스카디도 그들과 함께 하늘을 가로질렀다. 그녀는 천사들의 날개 끝에서 일어나는 거센 바람 위로 올라갔다. 그리고 한층 더해진 힘과 속도감을 만끽했다.

그들은 밤새 쉬지 않고 날아갔다. 주위를 둘러싼 별들이 소용돌이처럼 회전하는 것 같았다. 어둠이 걷혀 감에 따라 동쪽 하늘이 서서히 밝아 왔다. 태양의 가장자리가 드러남과 동시에 온 세상으로 빛이 퍼져 나갔다. 그들은 이제 파란 하늘 속을 날아가고 있었다. 맑은 공기가 신선하고 촉촉했다.

천사들은 한낮의 햇살 속에서는 눈에 잘 띄지 않았지만, 그들에게서 느껴지는 생소함은 누구의 눈에도 분명해 보였다. 그들을 비추고 있는 빛은 지금 하늘에 떠 있는 태양에서 온 것이 아니라, 어딘가 다른 곳에서 온 다른 성질의 빛처럼 보였다.

천사들은 전혀 지친 기색 없이 비행을 계속했다. 루타 스카디도 피로를 느끼지 않고 꾸준히 날아갔다. 그녀는 자신이 이 불멸의 존재들과 얘기를 나눌 수 있었다는 사실에 대해 짜릿한 기쁨을 느끼고 있었다. 그 황홀한 기쁨은 그녀의 살과 피 속에서, 또 피부와 맞닿아 있는 구름소나무의 거친 껍질에서, 심장에서 들려오는 고동 소리와 모든 감각으로 느껴지는 생명력 속에서, 지금 이 순간 느껴지는 허기 속에서, 아름다운 목소리를 내는 데몬인 울새의 존재 속에서, 아래로 펼쳐진 대지와 모든 동식물의 삶에서도 느낄 수가 있었다.

그리고 자신도 그러한 생명체들과 하나도 다를 바 없다는 사실이, 또한 언젠가 죽음을 맞이하게 되면 자신의 육신도 다른 생명체들을 위한 자양분이 될 거란 사실이 기쁘게 느껴졌다. 그러나 무엇보다 기쁜 것은 아스리엘 경을 다시 만나러 간다는 사실이었다.

또다시 밤이 찾아왔지만 천사들은 여전히 비행을 계속하고 있었다. 그리고 어느 순간 대기의 느낌이 변했다. 더 좋아지거나 나빠졌다는 식으로 표현할 순 없지만 어쨌든 무언가 달라져 있었다. 그제야 루타 스카디는 자신이 다른 세계로 들어왔음을 깨달았다. 어떻게 그런 일이 벌어졌는지 그녀로서는 짐작조차 할 수 없었다.

"천사님들!"

변화를 느낀 순간 그녀는 재빨리 그들에게 소리쳤다.

"어떻게 이쪽 세계로 넘어올 수 있었던 거죠? 두 세계 사이의 경계가 어딘가에 있었던 건가요?"

"공중에는 눈으로 볼 수 없는 문들이 있어요. 다른 세계로 들어가는 통로입니다. 우리에겐 보이지만 당신 눈에는 보이지 않을 겁니다."

루타 스카디의 눈에는 그런 통로가 전혀 보이지 않았다. 하지만 굳이 눈으로 봐야 할 필요는 없었다. 마녀들은 새보다 더 정확한 방향 감각을 지니고 있었기 때문이다. 그래서 그녀는 천사들의 대답을 듣자마자, 아래쪽에 보이는 세 개의 톱니 같은 산봉우리에 주의를 집중했다. 그리고 그곳 지형을 머릿속에 똑똑히 새겨 두었다. 천사들은 그렇게 생각하지 않겠지만, 그녀는 앞으로 필요하면 언제라도 다시 그곳을 찾아낼 수 있을 것이었다.

한참을 더 날아가던 중 갑자기 천사의 목소리가 들려왔다.

"아스리엘 경은 이 세계에 있습니다. 저기 그분이 건설 중인 요새가 있습니다."

그들은 서서히 속도를 늦춘 다음 독수리처럼 상공을 선회했다. 루타 스카디는 천사 하나가 가리키는 곳으로 시선을 돌렸다. 새벽의 흐릿한 햇살이 동쪽 하늘을 엷게 물들이고 있었다. 그러나 검은색 벨벳처럼 보이는 높은 하늘을 배경으로 별들은 여전히 밝게 빛나고 있었다.

세상의 표면을 밝히는 빛이 점점 강해지는 가운데 거대한 산맥 위로 봉우리들이 우뚝 솟아올랐다. 산봉우리에는 검은 바위들이 드문드문 솟아 있었는데, 부서진 판석들과 톱니 같은 절벽들이 겹쳐져 마치 우주의 대재앙을 겪고 난 잔해처럼 보였다. 그러나 가장 높은 봉우리 위에 새벽의 여명을 받아 반짝이는 윤곽을 드러낸 거대한 구조물이 하나 서 있었다. 그 거대한 요새의 흉곽은 절벽 절반 정도 높이의 현무암 하나로 이루어져 있었다.

요새 아래쪽으로 연기와 불꽃을 뿜어 대는 용광로가 이른 새벽 어스름 속에 그 모습을 드러냈다. 거대한 기계가 돌아가는 소리와 망치 소리가 몇 킬로미터나 떨어진 곳에 있는 루타 스카디의 귀에까지 들려왔다. 그리고 사방에서 더 많은 천사가 나타나더니 그곳을 향해 날아가고 있었다.

천사들뿐만 아니라 다른 비행체들도 있었다. 강철 날개를 단 신천옹(信天翁, 새 이름)처럼 생긴 항공기와 잠자리 날개처럼 나풀거리는 날개 아래 유리로 만든 조종실이 달린 비행선, 거대한 땅벌처럼 윙윙거리며 날아가는 비행선 등, 그 모든 것이 세상 끝 산봉우리 위에 세워진 아스리엘 경의 요새를 향해 날아가고 있었다.

“아스리엘 경이 저곳에 있겠군요?”

루타 스카디가 물었다.

“그렇습니다. 저곳에 있습니다.”

천사들이 대답했다.

“어서 가서 그분을 만나 보고 싶군요. 여러분의 호위를 받으니 저로
선 영광입니다.”

천사들은 날개를 펼치고 황금빛 윤곽을 드러낸 요새를 향해 하강하기
시작했다. 그들 앞에는 기대에 부푼 루타 스카디가 날아가고 있었다.

롤스로이스

리라는 아침 일찍 잠에서 깨어났다. 조용하고 포근한 아침이었다. 마치 이 도시에는 이처럼 온화한 여름 날씨만 계속되는 것 같았다. 그녀는 침대에서 일어나 아래층으로 내려갔다. 바닷가 쪽에서 아이들의 목소리가 들려왔다. 리라는 그들이 무엇을 하고 있는지 살펴보기 위해 밖으로 나갔다.

남자 아이 셋과 여자 아이 한 명이 두 대의 수상자전거에 나눠 타고 햇살이 내리쬐는 항구를 가로질러 계단이 있는 곳까지 경주를 벌이는 중이었다. 아이들은 리라를 발견하자 잠시 속도를 늦췄지만 이내 경주에 열중했다. 그런데 맹렬히 달리던 앞쪽의 수상자전거가 계단을 심하게 들이받는 바람에 그중 한 명이 물속으로 떨어져 버렸다. 그 아이가 다른 자전거 위로 올라가려고 하자 그것마저 뒤집히고 말았다. 물속에 빠진 아이들은 서로 물장구를 쳐 대며 깔깔거렸다. 마치 어젯밤에 아무 일도 없었다는 듯한 표정들이었다.

리라는 그들이 어제 탑에서 만난 아이들보다 더 어리다고 생각하며 물속으로 뛰어들어가 함께 어울렸다. 판탈라이몬도 조그만 은빛 물고기로 모습을 바꾸고 그녀의 곁에서 헤엄쳐 다녔다. 원래 낯선 아이들과도 쉽게 친해지는 리라였기에 아이들은 곧 그녀의 주위로 몰려들었다. 그들은 따뜻한 바위 위로 올라가 모여 앉았다. 입고 있던 셔츠가 따뜻한 햇볕을 받아 빠르게 말라 갔다. 가여운 판탈라이몬은 개구리로 변해 축축하고 서늘한 리라의 호주머니 속으로 몰래 숨어들어야 했다.

"그 고양이는 어떻게 할 건데?"

"네가 정말 악운을 쫓아 버릴 수 있어?"

"넌 어디에서 왔니?"

"네 친구 말이야, 그 아인 스펙터가 무섭지 않대?"

아이들의 질문에 리라가 대답했다.

"윌은 아무것도 두려워하지 않아. 나도 마찬가지고. 그런데 너희들은 고양이를 왜 무서워하는 거니?"

"고양이에 대해 아무것도 모르니?"

가장 나이 많은 소년이 의아한 표정으로 말했다.

"고양이에겐 악마가 씌어 있어. 그러니까 눈에 보이는 대로 다 죽여야 되는 거야. 고양이한테 물리면 악마가 네 몸 안으로 들어가거든. 그건 그렇고 너희들은 어째서 그런 커다란 표범과 같이 다니는 거지?"

리라는 소년이 말한 표범이 바로 판탈라이몬이라는 것을 알았다. 그래서 시침을 떼고 고개를 저으며 말했다.

"그건 틀림없이 너희들이 잘못 본 거야. 달빛 아래서는 뭐든 원래 모습하고 다르게 보이는 법이거든. 그리고 스펙터 말인데, 나하고 윌이 살던 곳에는 스펙터가 없었어. 그래서 우린 그게 뭔지 잘 모르겠어."

"너희 눈에 스펙터가 보이지 않는다면 일단 안전한 거야. 하지만 스펙터를 볼 수 있다면 그놈들도 널 잡을 수 있다는 뜻이 되지. 우리 아빠 이렇게 말씀하시고 곧 스펙터한테 잡히셨어. 놈들이 오는 걸 미처 보지 못하셨거든."

"그럼 그놈들이 여기에도 있다는 거야? 지금 우리 주위에도?"

"물론이야."

대답을 한 여자 아이는 팔을 쭉 뻗더니 손으로 공기를 한 움큼 잡는 시늉을 했다. 그러곤 뽐내는 듯한 표정을 지으며 소리쳤다.

"여기 한 놈 잡았다!"

"그놈들은 널 해치지 못해. 우리가 그놈들을 해치지 못하는 것처럼."

한 소년이 말했다.

"그렇담 이 세계에는 항상 스펙터가 있었단 얘기니?"

리라가 아이들에게 물었다.

"응."

그러자 곧바로 다른 아이가 반박을 하고 나섰다.

"아니야, 그놈들은 오래전에 갑자기 나타났어. 몇백 년 전에 말야."

"그놈들은 길드 때문에 나타난 거야."

또 다른 아이가 말했다.

"뭐라구?"

리라가 물었다.

"그렇지 않아!"

여자 아이가 소리쳤다.

"우리 할머니가 그러셨는데 그놈들은 사람들이 나쁜 짓을 했기 때문에 나타난 거래. 그래서 하느님이 우릴 벌하려고 보내셨대."

"너희 할머닌 아무것도 몰라. 수염 난 염소 할망구라구, 알았어?"

"길드가 뭐지?"

리라는 아이들에게 거듭 물었다.

"너도 천사의 탑을 알 거야. 어제 본 석탑 말이야. 그건 길드에서 소유하고 있는 건데 그 안에 어떤 비밀 장소가 있대. 그리고 길드에 속한 사람들은 모르는 것이 없어. 철학이나 화학뿐만 아니라 모든 분야에 대해서 알고 있는 사람들이야. 또한 스펙터를 이 세계에 들어오게 한 장본인들이지."

"그건 사실이 아니야. 스펙터는 다른 행성에서 왔어."

다른 남자 아이가 반대 의견을 내놓았다.

"아니, 내 말이 맞아! 좋아, 그럼 이제부터 내가 설명을 해 주지. 몇백 년 전에 길드의 학자 한 명이 아주 특이한 금속을 손에 넣게 되었어. 그는 그것으로 금을 만들려고 했지. 그래서 그것을 점점 더 작은 조각으로 잘랐어. 그가 할 수 있는 한 가장 작은 조각으로 만들었지. 그보다 작은 건 이 세상에 없을 정도로 아주 작은 조각으로 말이야. 너무 작아 눈으로는 볼 수 없을 정도였다니까. 하지만 그는 그것을 또다시 자르기 시작했어. 그런데 그 금속 조각의 가장 작은 부분 속에 스펙터들이 들어 있었던 거야. 꼭꼭 비틀려서 조그맣게 접혀 있었기 때문에 그 안에다 들어갈 수가 있었던 거지. 그래서 그가 한 번 더 그것을 자르자 쾅 하고 일이 터진 거야. 스펙터들이 밖으로 튀어나온 거지. 그리고 그 이후부터 이 세계에 계속 머물러 있는 거야. 우리 아빠가 얘기해 줬어."

"지금도 탑 안에 길드 사람들이 있니?"

리라가 물었다.

"없어. 다른 어른들처럼 모두 도망갔지."

여자 아이가 대답했다.

"탑에는 아무도 살지 않아. 유령이 나오거든. 그래서 고양이가 거기에 사는 거야. 우린 절대로 그 안에 들어가지 않아. 뭔지 모르게 으스스하거든."

남자 아이 하나가 말했다.

"길드 사람들은 그 안에 들어가는 걸 두려워하지 않았어."

다른 아이가 거들었다.

"길드 사람들은 특별한 마법을 알고 있었을 거야. 그들은 무척 탐욕스럽고 가난한 사람들을 착취해서 살았거든. 가난한 사람들은 죽도록 일만 하는데 길드 사람들은 손 하나 까딱하지 않고 편히 살았어."

여자 아이가 말했다.

"하지만 이젠 탑 안에 아무도 살지 않는다는 거야? 어른은 하나도 없어?"

리라가 다시 물어보았다.

"이 도시에 어른은 하나도 없어!"

"아무도 살려고 하지 않아."

그러나 리라는 탑 위에 서 있던 젊은 남자를 분명 보았었다. 아이들의 태도를 보면 그들은 분명 거짓말을 하고 있었다. 거짓말쟁이를 금방 알아보는 리라는 그들이 뭔가를 숨기고 있음을 눈치 챘다.

그러자 갑자기 한 가지 생각이 떠올랐다. 꼬마 파올로의 말에 따르면 그에게는 툴리오라는 형이 있다고 했다. 그도 이 도시에 있다고 했지만 안젤리카는 오빠 얘기가 나오자 침묵을 지켰다. 그렇다면 혹시 탑에서 본 그 청년이 툴리오가 아닐까?

리라는 아이들이 수상자전거를 해변으로 끌어올리도록 내버려 두고 집으로 돌아갔다. 그녀는 집 안으로 들어가 커피를 끓이고 윌이 깨어났는지 살펴보았다. 그는 여전히 꿈속을 헤매는 중이었다. 고양이도 그의 발치에서 몸을 웅크리고 있었다. 리라는 전날 만났던 말론 박사를 다시 만나고 싶어 조바심이 났다. 그래서 윌의 침대 옆에 메모를 남겨 둔 뒤 배낭을 챙겨 들고 창문을 찾으러 나섰다.

가는 길에 그녀는 어젯밤에 본 작은 광장을 지나게 되었다. 그곳은 어제와는 달리 텅 비어 있었다. 햇살이 오래된 석탑 정면을 비추고 있어서 문 옆의 희미해진 조각들이 눈에 들어왔다. 날개를 접고 있는 인간처럼 생긴 형상이었다. 수천 년 세월로 인해 형태는 많이 부식되어 있었지만 그 움직이지 않는 조각들은 힘과 자비와 지력을 내뿜고 있었다.

"천사들이야."

귀뚜라미로 변신해 그녀의 어깨 위에 앉아 있던 판탈라이몬이 말했다.

"어쩌면 스펙터일지도 몰라."

리라가 말했다.

"아니야! 아이들도 여기를 '천사의 탑'이라고 했잖아. 장담하지만 이건 분명 천사야."

판탈라이몬이 우겼다.

"그럼 안으로 들어가 볼까?"

그들은 오크나무로 만들어진 거대한 문과 화려하게 장식된 검은색 경첩을 바라보았다. 몇 발짝 앞으로 다가가자 심하게 낡은 그 문이 약간 열려 있는 것을 알 수 있었다. 이제 리라를 가로막는 건 마음속의 두려움 외에는 아무것도 없었다.

그녀는 조심스레 계단 꼭대기까지 올라갔다. 그리고 열린 문틈으로 안을 들여다보았다. 검은 석재로 바닥을 깐 홀이 보였지만 침침했다. 그런데 판탈라이몬이 그녀의 어깨 위에서 안절부절못하고 있었다. 조던 대학의 납골당에서 해골들에게 장난을 칠 때와 똑같은 반응이었다. 그때에 비해 약간 더 현명해진 리라는 이곳이 위험한 장소라는 판단을 내리고 재빨리 계단을 뛰어 내려갔다. 광장으로 나온 그녀는 밝은 햇살이 가득한 야자수 거리를 걸었다. 그리고 아무도 보는 사람이 없다는 것을 확인하자 곧 창문을 넘어 윌이 살던 세계의 옥스퍼드로 향했다.

40분 후 리라는 수위와 입씨름을 벌이고 있었다. 하지만 이번에는 그녀도 비장의 무기를 가지고 있었다.

"말론 박사님께 여쭤 보기나 하세요."

그녀는 상냥하게 말했다.

"그러면 그분께서 말씀해 주실 거예요."

수위는 돌아서서 전화기를 들었다. 리라는 그가 통화하는 모습을 딱하다는 듯이 바라보았다. 리라가 살던 옥스퍼드 대학과는 달리 이곳에는 앉아서 쉴 수 있는 수위실도 없었다. 마치 상점처럼 나무로 만든 카운터만 달랑 놓여 있었을 뿐이다.

"좋아."

수위가 돌아보며 말했다.

"박사님께서 올라오라고 하셨다. 하지만 다른 곳을 얼쩡거리면 안 된다는 걸 명심해."

"네, 알았어요."

그녀는 예절 바른 꼬마 숙녀인 양 얌전하게 대답했다.

그러나 계단을 올라가자마자 그만 깜짝 놀라고 말았다. 여성용 화장실 앞을 막 지나치려는 순간 열린 문 안쪽에서 말론 박사가 소리 없이 그녀를 향해 손짓을 하고 있었기 때문이다.

리라는 어리둥절한 표정으로 들어갔다. 말론 박사가 주저하듯 얘기를 꺼냈다.

"리라야, 음…… 지금 연구실엔 누가 와 있단다. 경찰이나 뭐 그런 사람들인 것 같아. 그들은 네가 어제 날 만나러 왔었다는 걸 알고 있었

어. 뭘 노리고 왔는지 모르지만 정말 못마땅하구나. 이게 대체 어떻게
된 일이니?"

"제가 박사님을 만났다는 걸 어떻게 알았을까요?"

"모르겠어! 그들도 네 이름은 모르고 있었어. 하지만 난 누굴 말하는
지 금방 알아차리고……."

"그렇다면 그들에게 거짓말을 하세요. 별로 어려운 일도 아니에요."

"하지만 이게 무슨 일이지?"

그때 문밖 복도에서 여자의 목소리가 들려왔다.

"말론 박사님? 그 아이를 보셨나요?"

"그럼요."

말론 박사가 큰 소리로 대답했다.

"지금 막 화장실을 가르쳐 주던 참이에요."

리라가 생각하기에 박사가 불안해할 이유는 전혀 없어 보였다. 그러
나 그녀는 이처럼 위험한 상황에는 익숙하지 않은 듯했다.

복도에는 옷을 산뜻하게 차려입은 젊은 여성이 서 있었다. 리라가 밖
으로 나가자 그녀는 억지로 미소를 지어 보였다. 그러나 수상하다는 듯
날카로운 시선으로 리라를 살펴보았다.

"안녕, 네가 리라구나, 맞지?"

그녀가 인사를 건네 왔다.

"네, 맞아요. 근데 아줌만 누구세요?"

"난 클리퍼드 경사란다. 자, 이리 들어오너라."

리라는 그곳이 마치 자신의 연구실인 양 행동하는 그 여자가 뻔뻔스
럽게 느껴졌다. 그러나 고분고분하게 고개를 끄덕였다. 리라는 이곳에
온 것을 후회했다. 알레시오미터가 그녀에게 지시한 행동은 이런 것이
아니었다. 그녀는 문 앞에서 잠시 머뭇거렸다.

방 안에는 키가 크고 억세 보이는 하얀 눈썹의 남자가 있었다. 리라는 학자들의 외모가 어떻다는 것쯤은 알고 있었는데, 이들 두 사람은 전혀 학자처럼 보이지 않았다.

"어서 들어오렴, 리라."

클리퍼드 경사가 다시 재촉했다.

"괜찮으니까 들어와. 이분은 월터스 형사님이란다."

"안녕, 리라. 너에 대해선 여기 계신 말론 박사님께 다 들었다. 만나서 기쁘구나. 괜찮다면 지금부터 몇 가지 질문을 할까 하는데."

월터스 형사라는 남자가 말했다.

"무슨 질문인데요?"

"별로 어려운 건 아니야."

그가 미소를 지어 보였다.

"우선 여기 좀 앉으렴, 리라."

그가 의자 하나를 밀어 주었다. 리라는 조심스럽게 앉았다. 뒤이어 문이 닫히는 소리가 났다. 말론 박사는 그들 옆에 조용히 서 있었다. 귀뚜라미로 변한 판탈라이몬은 리라의 가슴에 달린 주머니 속에서 안절부절못하고 있었다. 리라는 주머니 속에서 꼼지락거리는 판탈라이몬이 겉으로 드러나지 않기를 간절히 빌었다. 그리고 가만히 있으라는 생각을 그에게 전달했다.

"그래, 네가 사는 곳은 어디지?"

월터스 형사가 질문을 시작했다.

만일 옥스퍼드라고 대답한다면 그들은 금방 확인할 수 있을 것이다. 그러나 다른 세계에 관해서 털어놓을 수도 없는 노릇이었다. 이 사람들은 무척 위험해 보였다. 따라서 그 사실을 알게 되면 곧 더 자세한 사실을 알려고 할 것이 틀림없었다. 그래서 이 세계에 와서 알게 된 유일한 지명을 떠올려 보았다. 윌이 살았다던 곳이었다.

"윈체스터에 살아요."

"그런데 네 몸이 상처투성이로구나, 리라?"

형사가 의아한 표정으로 말했다.

"이 상처들은 어쩌다 생긴 거지? 가만 있자. 뺨에도 하나 있고, 다리에도 있구나. 혹시 누가 널 학대하는 건 아니니?"

"아니에요."

"학교에는 다니니?"

"그럼요. 음, 가끔씩은 가요."

그녀는 재빨리 한마디 덧붙였다.

"그러면 오늘은 빼먹은 거로구나?"

리라는 대답하지 않았다. 질문이 거듭될수록 점점 더 불안한 기분이 들었다. 그녀는 말론 박사를 쳐다보았다. 박사의 얼굴은 경직되어 있었고 매우 불쾌한 듯했다.

"전 말론 박사님을 뵈러 왔을 뿐이에요."

"그럼 옥스퍼드에 머물고 있니? 지금은 어디에서 지내고 있지, 리라?"

"어떤 사람들하고 같이 지내요. 친구들 말이에요."

"그들의 주소는 어디지?"

"정확한 주소는 잘 몰라요. 직접 찾아가긴 쉽지만 거리 이름은 기억나지 않아요."

"친구들은 어떤 사람들이냐?"

"아빠 친구분들이에요."

"아, 그래. 말론 박사님은 어떻게 알게 됐지?"

"우리 아빠도 물리학자시거든요."

리라는 이제 마음이 좀 편안해진 느낌이었다. 그래서 느긋한 태도로 거짓말을 술술 이어 나갔다.

"그래서 말론 박사님이 지금 연구하고 있는 것을 네게 보여 주셨구나?"

"네, 화면에 부착된 기계였어요."

"그런 것에 관심이 많은 모양이구나. 과학이나 뭐 그런 거 말이다."

"네, 특히 물리학에 관심이 많아요."

"그럼 장래에 과학자가 될 생각이니?"

이런 질문에는 아무 대답도 않는 것이 상책이다. 형사는 별로 개의치 않는 듯했다. 그의 노르스름한 눈동자가 여자 경사를 힐끗 바라보곤 다시 리라에게로 향했다.

"말론 박사님의 기계를 보고 놀랐니?"

"약간은요. 하지만 대강 짐작은 하고 있었어요."

"너희 아버지 때문에?"

"그래요. 우리 아빠도 같은 종류의 일을 하시거든요."

"그래, 그걸 이해할 수 있었니?"

"약간은요."

"그렇다면 너희 아버지도 검은 물질을 연구하고 계셔?"

"네."

"연구가 말론 박사님만큼 진척되셨니?"

"방법이 달라요. 어떤 건 아빠가 더 잘하실 수 있지만, 화면에 글자가 나오는 기계는 갖고 계시지 않아요."

"월도 네 친구들이랑 같이 있어?"

"그럼요, 그는……."

순간 리라는 입을 다물었다. 끔찍한 실수를 저질렀다는 것을 알았기 때문이다.

그들도 눈치를 채고 리라가 도망가지 못하게 하려고 자리에서 벌떡 일어났다. 그러나 말론 박사의 발에 걸려 여자 경사가 넘어지면서 월터스 형사의 진로를 가로막고 말았다. 리라는 그 순간을 이용하여 쏜살같이 밖으로 튀어나가 등 뒤로 문을 쾅 닫고는 계단을 향해 전속력으로 달아났다.

문밖에는 하얀 코트 차림의 두 남자가 대기 중이었는데 리라는 그들 앞으로 돌진했다. 까마귀로 변한 판탈라이몬도 날카로운 소리로 울어 대며 날개를 퍼덕거렸다. 갑작스런 기습에 깜짝 놀란 두 남자가 뒤로 벌렁 넘어지자 리라는 그들을 뛰어넘어 정신없이 로비 쪽으로 뛰어 내려갔다. 그때 막 전화기를 내려놓은 수위가 카운터 뒤에서 뛰어나오며 큰 소리로 외쳐 댔다.

"어이! 거기 서! 이봐!"

그러나 수위가 들어 올린 카운터의 날개판은 리라의 반대쪽에 있어서 수위가 카운터 밖으로 나오기도 전에 리라는 회전문까지 달려갈 수 있었다.

그런데 갑자기 리라의 뒤쪽에 있는 엘리베이터 문이 열리더니 연한 금발의 남자가 뛰어나왔다. 너무도 빠르고 강인해 보이는 남자였다.

게다가 회전문이 열리지 않았다! 판탈라이몬이 까악까악 울었다. 리라가 문을 반대 방향으로 밀고 있었던 것이다!

그녀는 겁에 질려 비명을 질러 댔다. 그리고 서 있던 곳에서 뛰어나와 다른 칸으로 들어간 뒤 육중한 유리문을 회전시키기 위해 가냘픈 몸을 거세게 부딪쳐 댔다. 아슬아슬하게 문이 열리며 리라는 수위의 손을 벗어났다. 그녀를 쫓아온 수위는 고맙게도 금발 남자의 앞을 가로막는 역할까지 해 주었다. 리라는 두 남자가 회전문을 통과하기 전에 재빨리 밖으로 튀어나갔다.

그녀는 지나가는 자동차들을 보지도 않고 무작정 도로를 건넜다. 브레이크 파열음과 타이어 마찰음 따위도 모조리 무시해 버렸다. 고층 빌딩 사이의 작은 샛길로 뛰어들어 한참 달리자 이번에는 양 방향으로 차가 다니는 도로가 나타났다. 리라는 다가오는 자전거들을 잽싸게 피하며 앞으로 달려 나갔다. 금발의 사내가 계속 쫓아오고 있었다. 너무나 무섭고 끔찍하게 생긴 사람이었다!

이윽고 공원으로 들어간 그녀는 울타리를 넘고 관목 사이를 누비며 계속 도망쳤다. 칼새로 변한 판탈라이몬이 머리 위를 스치듯 날아가며 길을 안내해 주었다. 그의 말에 따라 리라는 석탄 저장고 뒤에 몸을 웅크리고 숨었다. 금발의 사내가 그녀의 눈앞으로 쏜살같이 지나쳐 갔다. 그 남자는 너무나 빠르고 튼튼해서 헐떡이는 숨소리 하나 들리지 않았다. 그가 지나가자 판탈라이몬이 말했다.

"다시 돌아가, 차도로 다시 가란 말이야!"

그녀는 숨어 있던 장소에서 기어 나와 잔디밭을 가로질러 다시 달리기 시작했다. 공원 입구를 지나 밴버리 도로의 탁 트인 공간으로 달려 나갔다. 또다시 차도를 무단횡단하자 이번에도 어김없이 타이어의 마찰음과 경적이 울려 퍼졌다. 그녀는 노럼 공원을 향해 달려갔다. 공원 근처에는 빅토리아 양식의 높은 저택들이 모여 있는 도로가 있었다. 가로수들이 늘어선 조용한 도로였다.

그녀는 잠시 멈춰 서서 숨을 몰아쉬었다. 정원의 앞면을 따라 나무들을 울타리처럼 심어 놓은 곳이었다. 생울타리의 하단부에는 나지막한 담장이 둘러쳐져 있었다. 그녀는 쥐똥나무 아래에 몸을 웅크리고 앉았다.

"박사가 우릴 도와줬어! 말론 박사가 그들 앞을 슬쩍 가로막는 거 봤지? 그녀는 우리 편이었어."

판탈라이몬이 말했다.

"뭘 얘기를 해 버려서 어떻게 하지? 조심했어야 했는데……."

"아예 여기 오질 말았어야지."

판탈라이몬이 모질게 한마디 했다.

"그래, 네 말이 맞아……."

그러나 리라는 자책만 하고 있을 시간이 없었다. 판탈라이몬이 그녀의 어깨를 흔들어 댔기 때문이다.

"저길 봐, 저 뒤에……."

그렇게 말하더니 그는 즉시 귀뚜라미로 변해서 리라의 호주머니 속으로 훌쩍 뛰어들었다.

그녀도 일어나 도망갈 자세를 취하다가 커다란 청색 자동차를 발견했다. 그것은 그녀 옆의 인도로 소리 없이 미끄러져 다가왔다. 그녀는 여차하면 반대 방향으로 달아나려고 잔뜩 긴장하고 있었다. 자동차 뒷문의 유리가 스르르 내려가더니 리라에게도 낯익은 어떤 얼굴이 내다보았다.

"리지."

박물관에서 만났던 그 노인이었다.

"이렇게 다시 만나 반갑구나, 리지. 어딜 가는지 모르지만 내 차를 타고 가렴."

노인이 차문을 열고 옆으로 비켜 앉으며 리라가 앉을 자리를 마련해주었다. 호주머니 속의 판탈라이몬이 면 셔츠 위로 그녀의 가슴팍을 꼬집었다. 그러나 리라는 곧장 차에 올라타고 배낭을 단단히 부여잡았다. 노인이 그녀 쪽으로 몸을 기울여 차문을 닫았다.

"굉장히 서두르는 것 같구나. 그래, 어디로 데려다 줄까?"

"서머타운 쪽으로 올라가 주세요."

리라가 대답했다.

운전기사는 챙이 달린 모자를 쓰고 있었다. 자동차는 모든 것이 매끄럽고 유연했으며 힘이 넘쳤다. 노인의 화장수 냄새가 밀폐된 공간에 진하게 떠돌고 있었다. 이윽고 인도에서 벗어난 차는 소음 하나 내지 않고 도로를 달리기 시작했다.

"그동안 무엇을 하고 지냈지, 리지?"

노인이 물었다.

"그 해골들에 관해서는 뭘 좀 알아냈니?"

"네."

리라는 몸을 비틀어 뒤쪽 유리창을 내다보았다. 그러나 금발의 남자는 어디에도 보이지 않았다. 드디어 그에게 벗어난 것이었다! 이런 부자와 함께 근사한 차 안에 앉아 있는 한 그는 절대로 리라를 찾아내지 못할 것이다. 승리감에 취해 딸꾹질이 나올 것만 같았다.

"나도 나름대로 조사를 좀 했단다. 내 친구들 중에 인류학자가 한 명 있거든. 그의 말에 따르면 자신들도 그런 해골을 몇 개 소장하고 있어서 전시 중이라고 하더구나. 게다가 그중 몇 개는 정말 오래된 것이라고 했다. 네안데르탈인이라던데, 아마 너도 알고 있을 거다."

"네, 저도 들은 적이 있어요."

무슨 얘길 하는지 감이 잡히지 않았지만 리라는 맞장구를 쳤다.

"그런데 네 친구는 어떻게 지내느냐?"

"친구라뇨?"

리라는 놀라며 반문했다. 이 노인에게도 윌에 대해 얘기한 적이 있단 말인가?

"너랑 같이 지내고 있다는 친구 말이다."

"아, 네에. 그녀도 잘 있어요."

"그 여자는 무슨 일을 하지? 고고학자냐?"

"아…… 그녀는 물리학자예요. 검은 물질을 연구하고 있죠."

리라는 다시 자제하지 못하고 대답해 버렸다. 이쪽 세계에서는 생각보다 거짓말을 하기가 어렵다는 생각이 들었다. 그리고 무언가 그녀의 신경을 자꾸 건드리고 있었다. 이 노인에게서는 오래전에 기억에서 사라진 어떤 친숙한 것을 느낄 수 있었다. 그러나 그게 뭔지는 기억할 수가 없었다.

"검은 물질?"

노인이 놀란 표정을 지었다.

"정말 재미있구나! 오늘 아침 〈타임〉지에서 바로 그 내용에 관한 기사를 읽었는데 말이야. 이 우주는 신비로운 사건들로 가득 차 있는데 아무도 그 비밀을 밝혀내지 못하다니! 그럼 네 친구도 그런 것을 조사하고 있겠구나?"

"네, 그런 것에 대해 많이 알고 있어요."

"그럼 너는 이다음에 커서 어떤 사람이 될 거냐, 리지? 너도 물리학자가 될 생각이냐?"

"그럴지도 모르죠. 그때 가 봐야 알 것 같아요."

그때 운전기사가 부드럽게 헛기침을 했고 차의 속도가 서서히 줄어들었다.

"서머타운에 다 온 것 같구나. 어디에 내려 주면 되겠니?"

"저 상점들을 지나 조금만 더 올라가 주세요. 거기서부터는 제가 걸어갈게요. 태워 주셔서 고맙습니다."

리라는 인사말을 덧붙였다.

"좌회전해서 남쪽 광장으로 가서 오른쪽에다 차를 세우게, 앨런."

노인이 운전사에게 지시했다.

"알겠습니다, 주인님."

얼마 후 차는 공립 도서관 앞에 소리 없이 멈춰 섰다. 그런데 이상하게도 노인이 자기 쪽의 차문을 여는 것이었다. 그래서 리라는 차에서 내리기 위해 어쩔 수 없이 그의 무릎을 스치며 지나가야만 했다. 노인이 아무리 친절하게 대해 줬다고 하더라도 그의 몸이 닿는 것은 왠지 기분이 좋지 않았다.

"배낭을 잊지 말거라."

그가 배낭을 건네주며 말했다.

"고맙습니다."

"곧 다시 만나자, 리지. 친구에게도 안부 전해 다오."

"안녕히 가세요."

그녀는 인사를 한 다음 차가 모퉁이를 돌 때까지 인도 위에 서 있었다. 이윽고 차가 시야에서 사라지자 리라는 자작나무 숲을 향해 걸어갔다. 금발 남자에 대한 느낌이 예사롭지 않았기 때문에 알레시오미터에게 물어보고 싶었던 것이다.

월은 아버지의 편지를 다시 읽고 있었다. 그가 테라스에 앉아 있는데, 멀리 항구 어귀에서 다이빙하는 아이들의 고함 소리가 들려왔다. 그는 항공우편 용지에 쓰인 뚜렷한 필적을 들여다보며 아버지의 얼굴을 그려 보았다. 그리고 아이에 대해 언급한 부분을 읽고 또 읽었다. 바로 자신을 가리키는 말이었기 때문이다.

리라가 달려오는 소리가 났다. 그는 편지들을 호주머니에 집어넣고 자리에서 일어섰다. 그러자 곧 리라가 들이닥쳤다. 그녀의 눈은 분노로 이글거렸다. 야생 들고양이로 변신한 판탈라이몬도 으르렁거리고 있었다. 괴로운 심정을 주체하지 못하는 모습이었다. 원래 여간해서는 울지 않는 리라가 분노를 삭이지 못해 흐느끼고 있었다. 그녀의 가슴이 아래 위로 심하게 들썩거렸다. 마침내는 윌의 팔을 움켜잡으며 큰 소리로 울음을 터뜨렸다.

"죽일 거야! 죽여 버릴 거야! 그가 아주 죽어 버렸으면 좋겠어! 이오레크가 여기 있다면 얼마나 좋을까. 아, 윌, 내가 그만 실수를 저질렀어. 정말 미안해!"

"뭐? 대체 왜 이러는 거야?"

"그 늙은이가…… 그 비열한 좀도둑이 그걸 훔쳐 갔어, 윌! 내 알레시오미터를 훔쳐 갔다구! 그 악취 나는 늙은이가 비싼 옷을 입고 기사까지 딸린 차를 타고 있었는데…… 아, 난 오늘 아침 정말 끔찍한 실수를 저지른 거야. 나는……."

리라가 너무나 서럽게 울자 윌은 그녀가 정말 가슴 아픈 일을 겪은 모양이라고 생각했다. 리라는 마침내 바닥에 쓰러져 몸부림을 치며 울어 댔다. 옆에 있던 판탈라이몬도 늑대로 변신하여 슬프게 울부짖었다.

멀리 떨어진 물가에서 놀던 아이들도 손으로 햇빛을 가리고 이쪽을 바라보고 있었다. 윌은 리라 옆에 앉아 어깨를 흔들어 대며 말했다.

"그만, 이제 그만 울어! 처음부터 차근차근 설명을 해봐. 그 늙은이가 대체 누구야? 무슨 일이 일어난 거냐구?"

리라가 훌쩍이며 입을 열었다.

"내 말을 들으면 넌 아마 무지 화를 낼 거야. 널 배신하지 않겠다고 약속까지 했는데, 그런데 난……."

그녀가 다시 흐느껴 울었다. 판탈라이몬은 이제 귀가 축 늘어진 볼품없는 강아지로 변하여 꼬리만 열심히 흔들어 댔다. 윌은 마침내 사태를 짐작할 수 있었다. 리라가 어떤 일을 저질렀는데 너무 수치스러워서 차마 얘기하지 못하고 있는 듯했다. 그는 데몬과 얘기하기로 결심했다.

"대체 무슨 일이야? 얘기 좀 해봐."

그러자 판탈라이몬이 대답했다.

"오늘 말론 박사를 찾아갔거든. 그런데 거기 다른 사람들이 와 있었어. 남자 한 명과 여자 한 명이 있었는데, 그들이 우릴 속인 거야. 그들은 이런저런 질문을 하다가 갑자기 네 이야길 물어봤어. 그래서 그만 얼떨결에 대답하고 말았지. 그리고 바로 도망쳐 나오긴 했지만 말이야."

리라는 얼굴을 두 손으로 가리고 엎드려 있었다. 판탈라이몬은 너무 흥분해서 모습이 계속 바뀌었다. 개에서 새로, 고양이에서 눈처럼 새하얀 담비 모습으로 연달아 바뀌었다.

"남자의 생김새는 어땠어?"

윌이 물었다.

"덩치가 컸어."

리라가 훌쩍이며 대답했다.

"힘도 굉장히 세고 눈동자는 노르스름했어."

"창문을 통해 여기로 돌아올 때 그가 보진 않았니?"

"아니, 하지만……."

"그럼 됐어. 그는 우리가 어디에 있는지 모르니까."

"알레시오미터는 어떻게 해?"

리라가 소리치며 벌떡 일어나 앉았다.

"그래, 그 얘기도 해봐."

눈물을 흘리고 이를 갈면서 리라는 사건의 전말을 얘기하기 시작했다. 전날 박물관에서 그녀가 알레시오미터를 사용하는 것을 그 노인이 목격하게 된 것, 오늘 금발의 사내에게 쫓기던 그녀를 노인이 차에 태워 준 것, 또 노인이 배낭을 건네주면서 알레시오미터를 훔쳐 간 것 등을 설명했다.

월은 리라가 받은 충격을 짐작할 수 있었다. 하지만 그녀가 왜 죄책감을 느껴야 하는지는 이해할 수가 없었다.

"월, 난 정말 나쁜 일을 저질렀어. 알레시오미터가 나에게 더스트를 찾는 일을 그만두고 널 도와야 한다고 했거든. 네 아버지를 찾을 수 있게 말이야. 내가 만약 그 말을 따랐더라면 네 아버지가 계시는 곳으로 널 데려다 줄 수 있었을 거야. 하지만 난 그 말을 듣지 않고 내 멋대로 행동했던 거야. 그리고 난……."

월도 리라가 알레시오미터를 사용하는 것을 본 적이 있기 때문에 그것이 그녀에게 진실을 알려 준다는 것을 알고 있었다. 그는 돌아섰다. 그리고 자신의 팔을 붙잡는 리라의 손을 뿌리치고 물가로 걸어갔다. 아이들이 물놀이를 하고 있었다. 리라가 따라오며 그에게 말했다.

"월, 정말 미안해."

"이제 와서 그런 말을 하면 뭘 해? 넌 이미 저질러 버렸는데."

"하지만 월, 우린 서로 도와야 해. 너와 나밖엔 없으니까 말이야!"

"난 어떻게 해야 할지 모르겠어."

"그건 나도 마찬가지야. 하지만……."

리라는 갑자기 말을 멈추고는 눈을 반짝거렸다. 그러고는 몸을 홱 돌려 바닥에 던져둔 배낭을 향해 미친 듯이 달려갔다. 그녀는 열에 들뜬 사람처럼 그 안을 샅샅이 뒤지기 시작했다.

"그가 누군지 알아! 그리고 어디에 사는지도 안다구! 자, 이것 봐!"

그녀의 손에는 하얀 명함 한 장이 있었다.

"그가 박물관에서 이걸 줬어! 여기 주소로 찾아가서 알레시오미터를 찾아오면 돼!"

월이 건네받은 명함에는 다음과 같은 글씨가 찍혀 있었다.

찰스 래트롬 경, CBE

라임필드 하우스
올드 헤딩턴
옥스퍼드

"경이라니, 작위가 있는 사람이잖아. 그렇다면 사람들은 우리 말보다 이 사람의 말을 더 믿을 거야. 내가 어떻게 해 주길 바래? 경찰서에 신고라도 할까? 나야말로 경찰에 쫓기고 있는 신세인걸! 어제까지는 안 그랬을지 몰라도 지금쯤은 날 찾고 있을 거야. 네가 신고를 한대도 문제가 있어. 이젠 경찰이 널 알고 있고, 또 네가 날 알고 있다는 사실까지 알고 있어. 그러니까 우린 아무것도 할 수 없어."

"우린 그걸 훔쳐 낼 수 있어. 그자의 집에 가서 알레시오미터를 훔쳐 내자구. 난 헤딩턴이 어딘지 알아. 내가 살던 옥스퍼드에도 헤딩턴이 있었으니까. 별로 멀지도 않아. 걸어서 한 시간 정도면 돼. 식은 죽 먹기라구."

"멍청한 소리."

"이오레크 뷔르니손이라면 곧장 달려가서 그 늙은이의 목을 부러뜨려 놨을 거야. 아, 이오레크가 여기 있었다면 얼마나 좋았을까. 그러면……."

그러나 리라는 말을 맺지 못한 채 입을 다물었다. 윌이 조용히 바라봤을 뿐인데도 왠지 기가 꺾이고 말았기 때문이다. 만일 갑옷 입은 곰이 그런 식으로 쳐다보았더라도 그녀는 기가 죽고 말았을 것이다. 왜냐하면 윌의 눈동자 속에는 이오레크에게서 느꼈던 그 어떤 것이 담겨 있었기 때문이다.

"그런 바보 같은 얘기는 생전 처음 들어 본다."

윌이 이죽거렸다.

"그 집에 가기만 하면 그걸 훔쳐 낼 수 있을 것 같아? 이봐, 생각을 좀 해봐. 그 잘난 머리를 좀 굴려 보란 말이야. 그 집에는 온통 도난 경보장치가 되어 있을 거야. 시끄럽게 울려 대는 경보장치에다 특별 제작된 자물쇠며 적외선 감지장치 같은 것들이 있어서, 우리가 들어가자마자 자동으로 작동할 거라구."

"그런 소린 처음 들어 봐. 내가 살던 세계에는 그런 게 없었거든. 무슨 얘긴지 이해가 안 돼, 윌."

"좋아, 그럼 내 얘기를 잘 들어. 그에겐 커다란 저택이 있어. 만약 도둑이 침입했다고 할 때, 선반이며 서랍 같은 걸 구석구석 살펴보며 온 집 안을 다 뒤지는 데 시간이 얼마나 오래 걸릴지 생각해 봤어? 우리 집에 침입했던 사람들도 몇 시간이나 집 안을 뒤졌지만 찾던 물건을 끝내 손에 넣지 못했어. 그런데 그자의 집은 우리 집보다 훨씬 더 넓을 거야. 게다가 보안장치도 잘 되어 있을 거고, 그러니까 우리가 운 좋게 들어간다고 해도 경찰이 도착하기 전에 알레시오미터를 찾아 나올 가능성은 전혀 없어."

리라는 풀 죽은 표정으로 고개를 숙였다.

"그럼 어떻게 해야 돼?"

윌에게도 뾰족한 해결책이 없었다. 그러나 분명한 것은 두 사람이 힘을 모아야 한다는 것이었다. 그도 이젠 싫든 좋든 리라와 한 배를 탄 처지였다.

그는 바닷가로 걸어갔다가 테라스로 돌아왔다. 그리고 다시 바닷가로 향했다. 손바닥을 딱딱 마주치며 이런저런 궁리를 해봤지만 마땅한 해결책이 떠오르지 않자 화를 내며 머리를 세차게 저었다.

"일단 거기로 가보자."

윌이 말했다.

"우선 가서 그자를 만나 보는 거야. 말론 박사한테 도움을 청하는 것도 생각해 봤는데, 별로 좋은 방법이 아닌 것 같아. 경찰이 박사를 찾아가지 않았다고 하더라도 말이야. 박사는 틀림없이 우리보다 경찰을 더 신뢰할 테니까. 그리고 우리가 그 집에 침입한다면 최소한 안방의 위치 정도는 알 수 있겠지. 그게 시작이야."

윌은 더 할 말이 없다는 듯 입을 꾹 다물고 집 안으로 들어갔다. 그리고 방으로 들어가서 베개 밑에다 아버지의 편지를 밀어 넣었다. 혹시 체포되더라도 그들은 결코 이 편지를 찾아내지 못할 것이었다.

리라는 테라스에서 기다리고 있었다. 그녀의 어깨에는 참새로 변한 판탈라이몬이 앉아 있었다. 리라의 얼굴은 한결 밝아 보였다.

"우린 알레시오미터를 다시 찾을 수 있을 거야. 난 느낄 수 있어."

그녀의 말에 윌은 아무 대꾸도 하지 않았다. 그들은 윌이 살던 세계로 들어가는 창문을 찾아 집을 나섰다.

헤딩턴까지 걸어가는 데는 1시간 30분이 걸렸다. 리라가 앞장서서 길을 안내했는데 도시의 중심가는 되도록 피해서 걸었다. 윌은 아무 말 없이 주위만 부지런히 살폈다. 리라에게는 볼반가르를 찾아가던 북극 여행길보다 지금의 상황이 훨씬 더 힘들었다. 그땐 그녀의 곁에 집시들과 이오레크 뷔르니손이 있었다. 그리고 비록 툰드라 지대가 수많은 위험으로 가득 차 있다고 해도 그것들은 눈으로 확인 가능한 종류의 것이었다.

그러나 이 도시에서의 위험은 겉으로는 친숙한 모습으로 다가와 배반의 달콤한 미소를 지으며 향긋한 향기를 풍겼다. 그리고 비록 그녀를 죽이거나 그녀에게서 판탈라이몬을 떼어 놓지는 않았지만, 그녀의 앞

길을 안내하는 알레시오미터를 훔쳐 갔다. 알레시오미터가 없는 리라는 단지 길을 잃은 한 계집아이일 뿐이었다.

라임필드 하우스는 따뜻한 벌꿀색의 저택으로, 정면의 절반은 담쟁이로 덮여 있었다. 저택은 잘 가꿔진 정원 사이에 자리 잡고 있었고, 관목을 심은 길이 한쪽으로 나 있고 자갈을 깐 차도는 커다란 곡선을 그리며 현관까지 이어져 있었다. 왼편에 자리한 대형 차고에는 푸른색 롤스로이스가 주차되어 있었다. 눈에 보이는 모든 것이 소유주의 부와 권력을 말해 주고 있는 듯했다. 저택이 풍기는 인상에서 윌은 아주 어렸을 때 경험한 어떤 사건을 떠올렸다. 어머니가 그를 데리고 이 같은 저택을 방문했던 기억이었다. 당시 그들 모자는 가장 좋은 옷으로 차려입고 최대한 예의 바르게 행동해야만 했다. 그런데 그 저택의 노부부가 어머니를 울게 만들어서 그곳을 떠나는 순간까지 어머니는 계속 눈물을 흘렸다…….

리라는 윌의 숨소리가 거칠어지고 주먹을 불끈 움켜쥐고 있음을 눈치 챘다. 하지만 그 이유를 캐물어서는 안 된다는 것을 알고 있었다. 그건 어디까지나 윌의 문제일 뿐 그녀와는 아무 상관이 없었다. 이윽고 윌이 숨을 길게 내쉬었다.

"자, 시작해 볼까."

그는 차도 위를 성큼성큼 걸어가기 시작했다. 리라도 그의 뒤에 바싹 붙어서 쫓아갔다. 두 사람은 위험에 무방비 상태로 노출된 기분이었다.

현관문에는 종을 울리는 고풍스러운 줄이 늘어져 있었다. 리라가 살던 세계의 것과 비슷한 것이었다. 그러나 윌은 리라가 가르쳐 주기 전까지는 초인종이 어디 있는지도 몰랐다. 그들이 줄을 잡아당기자 종소리가 집 안으로 멀리 퍼져 나갔다.

문을 열고 나온 남자는 바로 그 푸른색 차를 몰던 하인이었다. 다만 지금은 모자를 쓰고 있지 않았다. 그는 먼저 윌을 보고 이어서 리라를 보았다. 리라를 발견한 그의 표정이 다소 변하는 듯했다.

"찰스 래트롬 경을 뵈러 왔습니다."

윌이 고개를 들고 턱을 앞으로 내밀며 말했다. 그러자 고용인이 고개를 끄덕이며 말했다.

"잠깐만 기다리렴. 찰스 경께 말씀 드릴 테니까."

그는 문을 닫고 안으로 사라졌다. 단단한 오크나무로 만들어진 문에는 묵직한 자물쇠와 걸쇠가 위아래로 하나씩 달려 있었다. 그것을 보고 윌은 현명한 도둑이라면 절대 현관 앞을 얼씬거리지 않을 거라고 생각했다. 저택 정면에 도난 경보기가 설치되어 있고, 모퉁이마다 커다란 스포트라이트가 달려 있었다. 집 안으로 침투하기는커녕 접근조차도 불가능할 것 같았다.

절도 있는 걸음 소리가 들리더니 현관문이 다시 열렸다. 윌은 문 앞에 나타난 노인의 얼굴을 쳐다보았다. 이미 많은 것을 소유하고 있으면서 남의 물건까지도 탐내는 사람의 얼굴이었다. 그러나 윌은 노인이 유들유들하고 침착한데다 활력이 넘치는 것에 당황했다. 더구나 죄책감이나 수치심은 찾아볼 수 없었다.

윌은 리라가 더 이상 참지 못하고 화를 내려고 하자 재빨리 말을 꺼냈다.

"실례합니다만, 리라가 아까 어르신의 차 안에 실수로 뭔가를 두고 내렸다고 하는데요."

"리라? 난 리라라는 아이를 모르는데. 거참 별난 이름이로군. 하지만 리지라는 아이는 알고 있지. 그건 그렇고 넌 누구냐?"

윌은 속으로 부주의한 자신을 나무라곤 대답했다.

"전 그 아이의 오빠인 마크라고 합니다."

"아, 알겠다. 잘 지냈니, 리지? 아니 리라가 맞는 건가? 하여튼 안으로 들어오너라."

노인이 한쪽으로 비켜서며 말했다. 이런 상황을 전혀 예상하지 못했던 월과 리라는 반신반의하며 안으로 들어갔다. 현관은 다소 어두웠으며 꽃향기와 함께 왁스 냄새가 났다. 모든 것의 표면이 깨끗하고 반짝반짝 윤이 났다. 벽에 세워 놓은 마호가니 진열장 안에는 고상한 도자기들이 들어 있었다. 노인의 뒤에는 아까 그 하인이 명령이 떨어지기만을 기다리고 있는 듯한 자세로 서 있었다.

"서재로 들어가자."

찰스 경은 복도 안쪽에 있는 방의 문을 열며 말했다.

그의 태도는 정중했으며, 두 사람을 진심으로 환영하는 것 같았다. 하지만 어딘지 모르게 월의 경계심을 자극하는 데가 있었다. 서재에는 시가 냄새가 배어 있고 가죽을 씌운 안락의자가 놓여 있었다. 널찍하고 안락한 느낌을 주었으며, 장서와 그림, 사냥 트로피들로 가득 차 있었다. 유리로 된 장식장들 안에는 놋쇠로 만든 현미경, 녹색 가죽 덮개가 씌워진 망원경, 육분의(六分儀), 나침반 등의 낡은 과학 기자재들이 들어 있었다. 그것들을 보니 그가 알레시오미터를 손에 넣으려고 했던 이유가 분명해지는 느낌이었다.

"자, 앉거라."

찰스 경이 소파를 가리키며 말했다. 그리고 자신은 책상 뒤의 의자에 앉았다.

"그래, 내게 하고 싶은 말이 뭐냐?"

"당신이 훔친……."

감정적으로 말하려던 리라는 월의 시선을 느끼자 곧 입을 다물었다. 월이 조금 전에 했던 말을 다시 차분하게 반복했다.

“리라가 어르신의 차 안에 뭔가를 떨어뜨린 것 같다고 합니다. 그래서 그것을 찾아가려고 왔습니다.”

“이것 말이냐?”

찰스 경은 책상 서랍을 열더니 벨벳 천으로 감싼 물건을 꺼냈다. 그것을 보자 리라는 자리에서 벌떡 일어섰다. 그러나 노인은 리라의 반응을 무시하고 그것을 천천히 펼치기 시작했다. 황금빛 광채를 머금은 알레시오미터가 그의 손아귀에서 모습을 드러냈다.

“맞아요!”

리라는 정신없이 소리치며 그것을 향해 팔을 뻗었다.

그러나 노인은 재빨리 손을 오므렸다. 책상 폭이 넓었기 때문에 리라의 손은 거기까지 닿지도 않았다. 그녀가 다음 행동을 취하기도 전에 찰스 경은 뒤로 휙 돌아서더니 유리문이 달린 장식장 안에 알레시오미터를 집어넣었다. 그러고는 자물쇠를 잠그고 열쇠를 조끼 호주머니 속에 집어넣었다.

“하지만 이건 네 것이 아니란다, 리지.”

노인이 말했다.

“아니, 진짜 이름은 리라였던가?”

“그건 제 거예요! 제 알레시오미터라구요!”

그러나 그는 안됐다는 듯이 천천히 고개를 저었다. 마치 자신은 지금 리라를 꾸짖는 중이며, 그래서 본인도 가슴이 아프지만 이 모든 것이 그녀를 위해서라는 표정이었다.

“그렇다면 상당히 논란의 여지가 있을 것 같구나.”

“하지만 그건 리라 거예요, 틀림없어요! 리라가 제게 보여 준 적이 있어요! 그게 그 아이의 물건이라는 건 저도 알고 있단 말이에요!”

윌이 소리쳤다.

"그렇다면 너희들은 저 물건이 리라의 것이라는 사실을 증명해야만
해. 하지만 난 그럴 필요가 전혀 없지. 왜냐하면 저건 이미 내 수중에
들어와 있거든. 다시 말해 내 소유물이란 뜻이야. 나의 수집품 목록에
들어 있는 다른 물건들처럼 말이다. 그리고 이 말은 꼭 해야겠다. 리라,
난 네가 이렇게 거짓말을 잘하는 아이인 줄은 몰랐어."

"전 거짓말하지 않았어요!"

리라가 큰 소리로 외쳤다.

"오, 하지만 넌 이미 거짓말을 했는걸. 나한테 네 이름이 리지라고 하
지 않았느냐. 그러니 지금도 네가 무슨 음모를 꾸미고 있는지 모를 일
이지. 솔직히 말해서 이렇게 귀한 물건을 네 것이라고 주장해 봤자 누
가 믿어 주겠니? 난 할 말을 다 했으니 이제 경찰을 불러야겠다."

그가 고개를 돌려 하인을 부르려고 했다.

"안 돼요! 잠시만……."

윌이 다급하게 소리쳤다. 리라는 이미 책상 뒤로 달려가고 있었다.
어느새 나타난 판탈라이몬도 그녀의 팔에 안겨 있었다. 들고양이의 모
습으로 변한 판탈라이몬은 노인을 향해 이를 드러내고 으르렁거렸다.
찰스 경은 갑자기 나타난 데몬의 존재에 상당히 놀란 눈치였다.

"당신은 뭘 훔쳤는지도 모르고 있어요!"

리라가 악에 받쳐 소리를 질러 댔다.

"내가 저걸 사용하는 것을 보고 훔칠 생각을 했겠죠. 하지만 당신은
우리 엄마보다 훨씬 더 나쁜 사람이야! 우리 엄만 적어도 저게 얼마나
중요한 물건인지는 알고 있다구요. 하지만 당신은 그냥 상자 속에 넣어
둔 채 쓸모없는 물건으로 만들 거잖아! 당신 같은 인간은 죽어야 마땅
해! 할 수만 있다면 누군가를 시켜서 죽여 버리겠어! 당신은 살 가치도
없는 인간이야! 당신은……."

그녀는 제대로 말을 잇지 못했다. 단지 할 수 있는 일이라곤 그의 얼굴에다 힘껏 침을 뱉어 주는 것뿐이었다.

월은 소파에 앉은 채 모든 상황을 지켜보았다. 그리고 주위를 둘러보며 사물의 위치를 머릿속에 새겨 두었다.

찰스 경은 침착하게 실크 손수건을 펼치더니 얼굴을 닦았다.

"너는 도무지 자제할 줄을 모르는 아이로구나. 저리 가서 앉거라. 이 지독한 말썽꾸러기 녀석아."

리라는 온몸을 부들부들 떨면서 눈물을 뚝뚝 떨어뜨렸다. 그러고는 소파에 쓰러지듯 털썩 주저앉았다. 판탈라이몬도 꼬리를 꼿꼿이 세우고 그녀의 무릎 위에 서서 이글거리는 눈으로 노인을 노려보았다.

말없이 앉아 있던 월은 의아한 생각이 들었다. 찰스 경은 이런 상황이 벌어지기 전에 자신들을 밖으로 쫓아 버릴 수 있었을 것이다. 그렇다면 그는 지금 어떤 게임을 벌이고 있는 것일까?

다음 순간 매우 기이한 것을 목격한 월은 자신이 헛것을 봤다고 생각했다. 찰스 경의 리넨 재킷 소매 안에서 녹색 뱀의 대가리가 불쑥 나오는 것이 아닌가. 뱀은 새까만 혀를 날름거리며 금빛 테두리가 있는 검은 눈으로 월과 리라를 번갈아 쳐다보고 있었다. 리라는 너무나 화가 난 상태였기 때문에 뱀을 보지 못했다. 하지만 월은 뱀이 다시 찰스 경의 소매 안으로 들어가기 전에 잠시나마 그것을 목격했고 너무 놀라 눈이 휘둥그레졌다.

찰스 경이 창가의 의자 쪽으로 걸어가서 앉더니 바지 주름을 이리저리 매만지며 말하기 시작했다.

"감정을 자제하지 못하고 무조건 덤비기만 할 것이 아니라 내 말을 잘 들어 보는 것이 어떠냐? 너희에게는 선택의 여지가 없어. 저 물건은 내 손안에 들어온 이상 앞으로도 계속 저 자리에 있을 거야. 난 수집가

로서 저것을 내 소유로 만들고 싶거든. 그러니 침을 뱉거나, 발을 구르
거나, 고함을 지르거나 뭐든 하고픈 대로 해보렴.

너희가 사람들을 설득할 때쯤이면, 난 저 물건을 구매했다는 증명서
류를 완벽하게 마련해 놓을 테니 말이다. 난 그런 일쯤은 쉽게 해결할
수 있는 사람이지. 그렇게 되면 너희들은 저것을 절대로 되찾지 못할
거야."

두 사람은 이제 침묵을 지키고 있었다. 노인은 아직 말을 끝내지 않
았다. 당혹스러움으로 오히려 리라는 안정을 찾았다. 방 안은 고요하기
만 했다.

"하지만 나는 저것보다 더 갖고 싶은 물건이 있단다. 단지 내가 직접
가져올 수가 없기 때문에 너희들과 거래를 하려는 거야. 너희들이 그
물건을 가져다준다면, 난 너희들에게 저…… 저걸 뭐라고 했지?"

"알레시오미터요."

리라가 잠긴 목소리로 대답했다.

"알레시오미터라. 참 흥미롭군. 그렇다면 저 상징물은…… 그래, 그
런 거였군."

"당신이 원하는 물건은 어떤 건가요? 그리고 어디에 있죠?"

윌이 물었다.

"그 물건은 내가 갈 수 없는 곳에 있다. 그리고 난 너희들이 그곳과
연결된 문을 발견했을 거라고 확신하고 있지. 내 짐작으로는 그 장소가
서머타운에서 그리 멀지 않은 곳일 게다. 오늘 아침에 리지, 아니 리라
를 내려 준 곳이 바로 거기였으니까. 그리고 그 문은 다른 세계, 즉 어
른들은 전혀 존재하지 않는 세계와 연결되어 있을 거야. 어때, 지금까
지 한 얘기가 다 맞지?

음, 실은 그 문을 만든 사람이 어떤 칼을 가지고 있단다. 그리고 현재

그 칼을 그쪽 세계에 숨겨 두었지. 그는 극도로 불안해하고 있단다. 그럴 이유가 있겠지. 만일 내가 짐작하는 장소에 그가 있다면, 그는 지금 오래된 석탑 안에 있을 거야. 문 주위에 천사의 모습이 조각되어 있는 '천사의 탑'이라는 곳이지.

거기가 바로 너희들이 가야 할 곳이란다. 난 너희들이 그 일을 어떤 방법으로 해낼 것인지에 대해서는 전혀 관심이 없단다. 다만 그 칼을 원할 뿐이지. 그것을 나에게 가져다준다면 너희는 저 알레시오미터를 갖게 될 게다. 저걸 너희들에게 돌려주려면 내 가슴이 아프겠지만, 어쨌든 난 약속은 반드시 지키는 사람이다. 자, 이것이 바로 너희들이 해야 할 일이야. 나에게 그 칼을 가져다다오."

천사의 탑

"칼을 가지고 있다는 그 남자는 어떤 사람인가요?"

윌이 노인에게 물었다.

그들은 롤스로이스를 타고 옥스퍼드를 달리는 중이었다. 찰스 경은 앞좌석에서 몸을 반쯤 돌린 자세로 앉아 있었고 윌과 리라는 뒤에 타고 있었다. 생쥐의 모습으로 변신한 판탈라이몬은 리라의 손안에 느긋하게 자리 잡고 있었다.

"내가 알레시오미터에 대한 소유권을 주장하는 것에 비한다면 그자야말로 그 칼을 가질 권리가 없는 인물이다."

찰스 경이 대답했다.

"우리 모두에겐 불행한 일이지만, 알레시오미터가 지금 내 소유인 것처럼 그 칼은 지금 그자의 수중에 있는 셈이지."

"그런데 다른 세계에 대해선 어떻게 알게 되신 거죠?"

"난 너희들이 모르는 것을 많이 알고 있단다. 난 나이를 꽤 먹었고 또 그만큼 충분한 지식을 갖고 있지. 이 세계와 다른 세계 사이에는 여러 개의 문이 존재하고 있어. 그리고 그 위치를 아는 사람들은 문을 통과해서 두 세계 사이를 쉽게 넘나들 수 있지. 치타가체에는 이른바 학자들의 '길드'라는 것이 있단다. 그들은 지금까지 줄곧 그 문을 이용해 왔어."

"당신은 결코 이 세계 사람이 아니에요!"

리라가 갑자기 말했다.

"당신은 저쪽 세계 사람이에요, 그렇죠?"

또다시 이상한 느낌이 리라의 기억을 자극했다. 이제 그녀는 이 늙은 남자를 전에 어디선가 본 적이 있다고 거의 확신하게 되었다.

"그래, 난 이곳 사람이 아니다."

찰스 경은 시인했다.

"그 남자한테서 칼을 빼앗아 와야 한다면 우린 그에 대해 더 자세히 알아야 할 필요가 있어요. 그가 우리한테 순순히 칼을 내줄 리 없으니까요. 그렇지 않나요?"

윌이 노인에게 물었다.

"물론 그럴 테지. 그건 스펙터를 막아 주는 유일한 물건이니까. 그러니 이 일은 생각보다 그리 쉽지 않을 게다."

"스펙터가 그 칼을 무서워하나요?"

"굉장히 두려워하지."

"그런데 스펙터가 어른들만 공격하는 이유는 뭔가요?"

"지금은 그런 이유를 알 필요 없다. 너희와는 아무 상관 없는 문제니까. 그건 그렇고, 리라. 네 특이한 친구에 대해 말해 주지 않겠니?"

찰스 경이 리라를 향해 돌아앉으며 말했다.

판탈라이몬을 두고 하는 소리였다. 그의 질문을 듣는 순간 윌은 그의 소매 속에 숨어 있는 뱀 또한 데몬이라는 사실을 깨달았다. 그렇다면 찰스 경은 리라가 사는 세계에서 온 사람임이 분명했다. 노인은 두 사람의 관심을 딴 데로 돌리기 위해 판탈라이몬 얘기를 꺼낸 것이었다. 따라서 찰스 경은 아직 자신의 데몬을 윌이 봤다는 사실을 눈치 채지 못하고 있음이 분명했다.

리라는 판탈라이몬을 들어 올려 가슴으로 가져갔다. 이제 검은색 시궁쥐로 변한 그는 꼬리를 리라의 손목에 친친 감고 빨간 눈으로 찰스 경을 응시하고 있었다.

"이런 걸 볼 줄은 생각도 못 하셨겠죠? 얘는 나의 데몬이에요. 이쪽 세계에는 데몬이 없다고 생각되지만 당신에겐 분명 데몬이 있을 거예요. 그것도 말똥구리로 말이에요."

"이집트의 파라오는 자신의 상징물로 풍뎅이를 사용했다니, 나도 그런 셈 치면 되겠구나. 흠, 그렇다면 넌 다른 세계에서 온 아이로구나. 이것 참 재미있는 일이로군. 그럼 알레시오미터도 너의 세계에 속한 물건이냐? 아니면 다른 세계를 여행하다 훔친 것이냐?"

"그건 내가 살던 조던 대학의 총장님이 주신 거예요!"

리라는 발끈하며 소리쳤다.

"난 그걸 소유할 정당한 권리가 있어요. 당신은 그 물건을 어떻게 사용하는지도 모르잖아. 이 더럽고 악취 나는 영감탱이야. 당신은 죽었다 깨어나도 그걸 해독할 수 없을걸. 당신한테는 하찮은 장난감에 불과하다구. 하지만 나와 윌한테는 그 물건이 필요해. 우린 그걸 반드시 돌려받을 테니, 염려 마시지."

"어디 두고 보자꾸나. 자, 전에 널 내려 준 장소에 도착한 것 같군. 이번에도 여기에 차를 세울까?"

"아뇨."

길 아래쪽에 서 있는 경찰차를 발견한 윌이 재빨리 대답했다.

"당신은 어차피 스펙터 때문에 치타가체엔 가지 못할 테니까 창문의 위치를 알더라도 별 문제가 없을 거예요. 그러니 순환도로 쪽으로 더 올라가서 내려 줘요."

"그러지."

찰스 경이 운전기사에게 지시하자 차는 다시 속력을 높였다.

"언제가 될지 모르지만 만약 그 칼을 손에 넣으면 전화를 해라. 그러면 운전기사 앨런이 너희들을 태우러 갈 거야."

롤스로이스가 다시 멈출 때까지 그들은 더 이상 얘기를 하지 않았다. 두 사람이 내리자 찰스 경은 창문을 내리더니 윌에게 말했다.

"그 칼을 손에 넣지 못하면 아예 돌아올 생각 마라. 빈손으로 우리 집에 나타났다간 즉시 경찰을 부를 테니 말이다. 네 본명을 대면 아마 경찰들이 득달같이 달려올 게다. 네 이름은 윌리엄 패리지? 그럴 거라고 짐작했다. 오늘 아침 신문에 네 사진이 아주 멋지게 나왔더구나."

롤스로이스가 그 자리를 떠난 뒤에도 윌은 한참 넋 나간 표정으로 서 있었다. 리라가 그의 팔을 흔들며 말했다.

"걱정할 거 없어. 저 영감은 아무한테도 얘기하지 않을 거야. 만일 그럴 생각이 있었다면 벌써 오래전에 신고했을 거야. 그러니 어서 출발하자."

10분쯤 뒤 두 사람은 '천사의 탑' 아래에 자리 잡은 작은 광장에 서 있었다. 그 사이 윌은 리라에게 찰스 경의 데몬인 녹색 뱀에 관해 얘기해 주었고, 그녀는 길거리에 멈춰 서서 가물거리는 기억을 되살리려고 애썼다. 대체 그 노인은 누구지? 그를 본 곳이 어디였더라? 그러나 머리를 아무리 쥐어짜도 노인에 대한 기억은 도무지 선명해지지를 않았다.

"그 영감한테는 말하고 싶지 않아서 잠자코 있었는데 말이야."

리라가 나지막한 목소리로 말했다.

"어젯밤에 저 탑 꼭대기에 서 있는 어떤 남자를 봤어. 아이들이 소란을 피우는 동안 이 아래를 내려다보고 있더라."

"어떻게 생긴 남자였는데?"

"곱슬머리를 했는데 나이가 많은 것 같진 않았어. 하지만 얼핏 본데다 워낙 꼭대기의 흉벽 뒤에 있었거든.

내 생각엔 그 남자가 아마도…… 윌, 안젤리카와 파올로 남매를 기억하지? 파올로 말이 자기한테는 형이 하나 있는데, 치타가체 시내에 들어와 있다고 했잖아. 그러자 안젤리카는 비밀이라는 듯이 파올로의 말을 가로막았어. 이건 내 생각인데, 그 남자가 바로 파올로의 형인 것 같아. 어쩌면 그도 이 칼을 찾고 있을지 몰라. 아이들도 모두 그 사실을 알고 있는 것 같고, 내 생각엔 그들이 다시 돌아온 이유가 바로 그 칼 때문인 것 같아."

"음, 그럴지도 모르지."

윌이 탑 꼭대기를 쳐다보며 말했다.

리라는 그날 아침 아이들이 들려주었던 얘기를 떠올렸다. 그들은 탑 안에 무서운 괴물이 있기 때문에 아무도 들어가려고 하지 않는다고 했다. 리라 자신도 판탈라이몬과 함께 열린 문틈으로 탑 안을 들여다보았을 때 어쩐지 불안한 기분을 느꼈던 기억을 떠올렸다. 그들이 성인 남자를 탑 안에 들여보낸 이유도 아마 그래서였을 것이었다. 판탈라이몬이 리라의 머리 주위에서 날개를 파닥이며 날아다녔다. 밝은 햇살 속에서 나방의 모습을 한 그는 불안한 목소리로 리라에게 뭐라고 계속 속삭였다.

"쉿. 다른 방법이 없어, 판. 이건 우리가 잘못해서 생긴 일이니까 우
리 손으로 해결해야만 해."

리라도 작은 목소리로 대답했다.

윌은 탑의 벽을 따라 오른쪽으로 걸어가기 시작했다. 모퉁이에 이르
자 탑과 다른 건물 사이로 난 좁은 자갈길이 나타났다. 윌은 그 길을 따
라 걸어가며 탑의 높이를 가늠해 보았다. 리라도 윌의 뒤를 따라갔다.
이윽고 윌이 2층 창문이 보이는 곳 아래에 멈춰 서더니 판탈라이몬에
게 말했다.

"저 위로 날아가서 안을 들여다볼 수 있겠니?"

그러자 판탈라이몬은 참새가 되어 즉시 위로 날아올랐다. 그가 창턱
에 가까워질수록 리라는 숨을 몰아쉬며 작은 신음 소리를 냈다. 판탈라
이몬은 창턱에 몇 초 앉아 있지도 못하고 곧 아래로 내려오고 말았다.
리라는 마치 물에 빠졌다가 구조된 사람처럼 깊은 숨을 몰아쉬었다. 사
정을 모르는 윌은 의아한 표정을 지었다.

"너무 힘이 들어서 그래."

리라가 그에게 설명했다.

"데몬이 주인 몸에서 멀리 떨어질수록 둘 다 고통을 느끼게 되거든."

"그랬구나, 미안해. 그런데 위에서 뭘 좀 봤니?"

"계단이 있었어."

판탈라이몬이 대답했다.

"계단이 이어져 있고 어두운 방도 몇 개 보였어. 칼하고 창, 방패 같
은 것이 벽에 잔뜩 걸려 있더라. 박물관처럼 말이야. 그리고 남자 한 명
을 봤는데, 그가…… 그러니까 춤을 추고 있었어."

"춤을 추고 있었다구?"

"앞뒤로 움직이면서…… 손도 같이 흔들어 댔거든. 어떻게 보면 눈

에 보이지 않는 어떤 것과 싸우고 있는 듯한 모습이기도 했어. 열린 문틈으로 잠깐 본 거라 정확하지는 않아."

"혹시 스펙터랑 싸운 것 아냐?"

리라가 물었다.

그러나 그 이상은 짐작도 할 수 없었다. 두 사람은 다시 걸음을 옮겼다. 탑의 뒤쪽에는 돌멩이를 높이 쌓아 올린 담장이 있었다. 작은 정원을 둘러싼 그 담장 꼭대기를 따라 깨진 유리 조각들이 박혀 있었다. 안쪽을 살펴보기 위해 다시 한 번 판탈라이몬이 날아올랐다. 그러자 분수둘레에 규칙적으로 조성된 화단이 눈에 들어왔다. 두 사람은 담장 끝에서 다시 이어진 샛길을 따라 계속 걸어가다가 결국 광장으로 되돌아왔다. 탑에는 창문이 여러 개 달려 있었다. 깊숙하게 고정된 그 작은 창문들은 마치 찌푸린 눈들처럼 보였다.

"앞문으로 들어가는 수밖에 없겠어."

윌이 말했다. 그는 계단을 올라가서 문을 안쪽으로 밀어 보았다. 두꺼운 경첩이 삐걱거리며 문이 열리자 햇살이 그 안으로 쏟아져 들어갔다. 윌은 안으로 한두 걸음 내디뎌 보았지만 아무도 눈에 띄지 않았다. 그래서 좀 더 깊이 들어가 보기 위해 조심스레 발걸음을 옮겼다. 리라도 그의 등 뒤에 바싹 붙어서 따라갔다. 바닥에는 몇 세기를 거치는 동안 반질반질하게 닳아 버린 판석이 깔려 있었다. 탑 안의 공기는 서늘했다.

아래층으로 이어진 계단을 발견하자 윌은 몰래 살펴볼 수 있을 정도로만 조금 더 내려갔다. 천장이 낮은 널찍한 방이 보였는데 한쪽 벽에 굉장히 커다란 화덕이 자리 잡고 있었다. 불 꺼진 화덕의 뒤쪽 회벽이 검댕으로 시커멓게 그을려 있었지만 사람의 그림자는 어디에도 보이지 않았다. 윌은 다시 현관으로 올라갔다. 그러자 리라가 손가락을 입술에 대고 조용히 하라는 표정을 지으며 위를 쳐다보았다.

"그 사람 목소리가 들려."

리라가 조그맣게 속삭였다.

"아마 혼잣말을 하고 있나 봐."

귀를 기울이자 월도 그 소리를 들을 수 있었다. 낮은 웅얼거림 사이로 간간이 귀에 거슬리는 웃음소리와 화난 듯한 고함 소리가 이어졌다. 흡사 미친 사람이 내는 소리 같았다.

월은 마음을 단단히 먹고 위층으로 올라가기 시작했다. 검게 변한 오크나무 계단은 폭이 무척 넓었는데 복도의 판석만큼이나 낡아 있었다. 그러나 무척 단단했기 때문에 발아래서 삐걱거리는 소리는 전혀 나지 않았다. 계단 주위는 침침했다. 빛이라고는 층계참마다 조그맣게 뚫려 있는 창문으로 들어오는 것이 전부였다. 우선 한 층을 올라간 그들은 조용히 멈춰 서서 귀를 기울인 다음 다시 위층으로 향했다.

그 남자의 목소리와 함께 율동적으로 움직이는 발소리도 희미하게 들려왔다. 그 소리들은 층계참 건너편의 문이 조금 열려 있는 방에서 흘러나왔다.

월은 발끝으로 조심스럽게 다가간 다음 문을 조금 더 열고 안을 살펴보았다.

천장이 온통 거미줄로 덮여 있는 커다란 방이었다. 벽에는 책장들이 늘어서 있었는데 그 안에 꽂힌 장서들은 보관 상태가 좋지 않아 보였다. 표지가 바스라지고 습기로 인해 뒤틀린 책이 많았다. 그중 몇 권은 먼지투성이인 방바닥이나 탁자 위에 펼쳐진 채 놓여 있었다.

방 한가운데서 젊은 남자가 춤을 추고 있었다. 판탈라이몬이 묘사한 모습 그대로였다. 문 쪽으로 등을 돌리고 서서 발을 한쪽으로 끌고 갔다가 다시 다른 쪽으로 움직였는데, 그러는 동안 줄곧 오른팔을 앞으로 내민 채 이리저리 흔들어 대고 있었다. 마치 눈에 보이지 않는 어떤 장애물을 치워 버리려는 듯한 동작이었다.

그의 손에는 그다지 특별해 보이지 않는 칼 하나가 쥐어져 있었다. 길이가 20센티미터 정도 되는 양날 단검이었다. 그는 칼을 앞으로 휙 내밀거나, 옆으로 내리긋거나, 위아래로 찌르거나, 칼끝으로 전방을 이리저리 더듬어 보는 등 허공에 대고 온갖 해괴한 동작을 다 했다.

그가 문 쪽으로 돌아서려는 듯 움직이자 윌은 재빨리 뒤로 물러섰다. 그리고 손가락을 입에 갖다 대고 리라에게 눈짓을 보냈다. 그는 리라를 데리고 계단으로 가서 위층으로 올라갔다.

"그 남잔 뭘 하고 있어?"

리라가 작은 소리로 묻자 윌은 본 대로 얘기해 주었다.

"미친 사람 같던데, 곱슬머리에다 바짝 마른 남자였니?"

"응. 그리고 안젤리카처럼 빨간 머리였어. 영락없이 미친 사람 같아 보여. 어쨌든 찰스 경이 말한 것보다 더 이상한 사람 같아. 그 남자한테 말을 걸어 보기 전에 우선 좀 더 살펴보기로 하자."

리라는 더 이상 묻지 않고 윌을 따라 맨 위층으로 올라갔다. 이윽고 탑 꼭대기로 이어진 계단이 나타났다. 그곳 계단은 하얀 페인트가 칠해져 있어서 주위가 한결 밝게 느껴졌다. 좀 더 정확히 말하자면 옥상이라기보다 유리와 목재로 만든 작은 온실 같았다. 그래서 계단 아래 서 있는데도 온실의 뜨거운 열기를 느낄 수 있을 정도였다.

그런데 갑자기 옥상 쪽에서 어떤 신음 소리가 들려왔다.

탑 안에 한 사람밖에 없다고 생각했던 두 사람은 화들짝 놀라고 말았다. 판탈라이몬도 순식간에 고양이에서 새로 변해 리라의 가슴으로 날아들었다. 윌과 리라는 그제야 서로의 손을 꽉 잡고 있다는 것을 깨닫고 천천히 놓아주었다.

"가서 살펴봐야 할 것 같아."

월이 소곤거렸다.

"아니야, 내가 먼저 가야 돼. 이건 내 잘못으로 생긴 일이니까."

리라도 작은 목소리로 말했다.

"그래, 네 실수 때문이니까 넌 내 말에 복종해야 돼."

그녀는 입을 삐쭉거리며 월의 말에 따랐다.

월은 계단을 올라가 햇빛 속으로 나섰다. 유리에 반사된 빛 때문에 눈을 뜨기 힘들었다. 유리 구조물 안은 온실처럼 후끈후끈해서 뭔가를 살펴보기는커녕 숨도 쉬기 어려웠다. 문을 발견한 월은 재빨리 열고 밖으로 나가 한 손을 눈 위로 올려 햇빛을 가렸다.

주변을 제대로 볼 수 있게 되자 월은 자신이 탑 꼭대기에 서 있다는 것을 알아차렸다. 유리 구조물은 옥상 한가운데 세워져 있었고, 총이나 대포를 쏠 수 있도록 구멍이 뚫린 흉벽들이 가장자리를 따라 둘러쳐져 있었다. 바닥을 덮은 아연판의 가장자리는 흉벽 안쪽으로 팬 얕은 수로(水路)를 향해 아래쪽으로 약간 경사져 있었다. 그리고 흉벽에는 사각형의 빗물받이용 배수구들이 뚫려 있었다.

아연판 바닥 위에 한 백발 노인이 작열하는 태양에 노출된 채 쓰러져 있었다. 얼굴을 심하게 구타당해 한쪽 눈을 제대로 뜨지 못하는 상태였다. 가까이 다가서서 보니 두 손이 등 뒤로 묶여 있었다.

노인은 두 사람이 다가오는 소리를 듣더니 나지막한 신음 소리를 냈다. 그리고 스스로를 보호하려는 듯 몸을 뒤틀었다.

"괜찮아요."

월이 나지막한 소리로 노인에게 말했다.

"우린 할아버질 해치려고 온 사람들이 아니에요. 그 칼을 든 남자가 할아버질 이렇게 만들었나요?"

"으음."

노인은 대답 대신 앓는 소리를 냈다.

"밧줄을 풀어 드리죠. 그다지 세게 묶은 것 같진 않은데……."

밧줄은 서툰 솜씨로 급하게 묶어 놓았기 때문에 윌이 매듭을 자세히 살펴본 뒤 풀기 시작하자 곧 바닥에 떨어졌다. 두 사람은 노인을 부축하여 흉벽 아래 그늘진 곳으로 데려갔다.

"할아버진 누구세요?"

윌이 노인에게 물었다.

그러자 노인은 부러진 이 사이로 중얼거리듯 대답했다.

"나는 자코모 파라디시라는 사람으로 그 칼의 전수자야. 그 청년이 내게서 칼을 훔쳐 갔어. 그 칼을 얻기 위해 위험을 무릅쓰고 덤벼드는 멍청이들은 항상 있었지만 그자는 특히 필사적이었어. 나를 죽이려고 해."

"그렇게 하진 못할 거예요. 그런데 전수자라는 건 무슨 뜻이죠?"

리라가 물었다.

"길드를 위해서 그 신비의 칼을 물려받은 사람이지. 그자는 지금 어디 있느냐?"

"아래층에 있어요."

윌이 대답했다.

"우린 몰래 여기로 올라왔어요. 그는 허공에다 칼을 휘두르고 있어요."

"그걸 베려는 거겠지. 하지만 절대 성공하지 못할 게다. 그가……."

"저길 봐!"

리라가 다급하게 말했다.

윌이 고개를 돌리자 이쪽을 향해 다가오는 젊은 남자의 모습이 보였다. 그는 아직 세 사람을 발견하지 못했지만 그들이 숨을 곳은 어디에도 없었다. 그들이 일어서려고 하자 사내는 눈치를 채고 세 사람을 정면으로 노려보았다.

판탈라이몬은 즉시 곰으로 변신하여 뒷다리로 일어선 자세를 취했다. 판탈라이몬이 다른 인간들을 건드릴 수 없다는 사실은 리라만 알고 있었다. 사내는 놀란 표정으로 곰을 잠시 바라보았다. 그러나 윌은 그가 별로 개의치 않는다는 것을 알아차렸다. 그는 완전히 미쳐 있었다. 빨간색 곱슬머리는 엉망으로 헝클어져 있었고, 턱에는 침이 얼룩덜룩하게 묻어 있었으며 흰자위가 희번덕거렸다.

사내의 손에는 칼이 쥐어져 있었지만 두 사람은 아무 무기도 지니고 있지 않았다.

윌은 노인을 부축했던 손을 놓고 연판 위로 한 발을 내디뎠다. 그리고 사내가 칼을 휘두를 경우 피하기 위해 몸을 낮추었다.

사내가 앞으로 달려오며 윌에게 칼을 휘둘렀다. 그가 칼을 좌우로 휘두르며 점점 가까이 다가오자 윌은 자꾸만 뒤로 물러설 수밖에 없었다. 마침내 그는 탑의 두 면이 만나는 모퉁이에 갇히고 말았다.

리라는 노인의 팔을 묶고 있었던 밧줄을 들고 사내의 등 뒤로 조심스럽게 접근했다. 그때 윌이 갑자기 총알처럼 앞으로 튀어나갔다. 전혀 예기치 않았던 공격에 놀란 사내는 뒤로 벌렁 넘어졌다. 그런데 그만 리라 위로 넘어지는 바람에 그녀가 밑에 깔리고 말았다. 워낙 순식간에 일어난 일이라 윌은 놀랄 틈도 없었다. 그러나 칼이 남자의 손에서 빠져나가 1미터 정도 떨어진 바닥 위에 떨어지는 것을 보았다. 칼은 뾰족한 끝부분부터 떨어지며 아연판 바닥에 손잡이 부분까지 깊숙이 박혔다.

그러자 사내는 미친 듯이 몸을 뒤채며 칼 쪽으로 손을 뻗었다. 그러나 윌이 먼저 사내의 등 위로 몸을 내던지며 머리카락을 움켜잡았다. 윌은 학교에 다니면서 싸우는 법을 완전히 터득했다. 어머니에게 어떤 문제가 있다는 사실을 다른 아이들이 알게 된 순간부터 수없이 싸움을

벌여야 했기 때문이다. 그리고 그런 경험을 통해서 싸움의 궁극적 목표
는 얼마나 멋있게 싸우느냐에 있는 것이 아니라 수단과 방법을 가리지
않고 적의 항복을 받아 내는 데 있다는 것을 깨달았다. 그러기 위해서
는 기꺼이 상대방에게 상처를 줄 수 있어야 했고, 월은 그것을 정확히
알고 있었다.

그러나 칼을 손에 든 성인 남자와 싸워 본 적은 아직 한 번도 없었다.
그러므로 어떤 일이 있더라도 사내가 칼을 다시 집어 들지 못하도록 막
아야만 했다. 월은 움켜쥔 사내의 더벅머리를 미친 듯이 잡아당겼다.
사내는 고통과 분노로 이를 갈며 고함을 질러 댔다. 그러고는 몸을 왼
쪽으로 돌리는 척하다가 갑자기 오른쪽으로 휙 돌려 월의 몸 위로 올라
갔다. 그 충격으로 월은 한순간 숨이 턱 막히는 것 같았다. 손의 힘도
느슨해졌다. 그 틈을 노려 사내는 재빨리 월에게서 벗어났다.

월은 다리가 조이는 것 같았으나 지체할 수 없었다. 다시 무릎을 펴
고 서려는데 발이 배수통에 빠졌다. 뒤에는 아무것도 없다고 생각해서
정신없이 손으로 아연판을 더듬었다. 그러나 아무 일도 없었다. 왼쪽
발이 구멍에 빠졌을 뿐 이상은 없었던 것이다.

월도 급히 몸을 일으켰다. 그 사이에 사내는 다시 칼 쪽으로 손을 뻗
었다. 그러나 아연판에 깊숙이 꽂힌 칼을 미처 빼내기도 전에 리라가
그의 등 뒤로 뛰어올라 들고양이처럼 할퀴고 물어뜯었다. 그런데 머리
카락을 움켜잡는 것을 깜빡했기 때문에 맹렬한 공격에도 불구하고 사
내는 그녀를 떨쳐 버릴 수 있었다. 그리고 그가 자리에서 일어났을 때
에는 이미 손에 칼이 들려 있었다.

리라는 옆으로 굴러 떨어졌다. 들고양이 모습을 한 판탈라이몬이 그
녀 옆에서 털을 곤두세우고 이를 드러내며 으르렁거렸다. 사내와 정면
으로 마주 선 월은 처음으로 그의 얼굴을 자세히 볼 수 있었다. 더 이상

의심할 여지가 없었다. 그는 안젤리카의 오빠가 분명했다. 또한 사악한 인간이기도 했다. 그는 손에 칼을 든 채 온 신경을 월에게 집중하고 있었다.

그러나 월도 만만한 아이는 아니었다. 그는 리라가 떨어뜨린 밧줄을 집어 들고 그것을 왼손에 친친 감고 있었다. 그리고 옆으로 슬슬 위치를 옮겨 태양을 등지고 섰다. 사내는 햇빛 때문에 눈을 가늘게 뜨고 월을 제대로 보지 못했다. 게다가 다행스럽게도 유리 구조물에 반사된 햇빛이 사내의 얼굴에 쏟아지고 있었다. 그가 잠시 앞을 못 보는 사이에 월은 기회를 포착할 수 있었다.

월은 칼을 피해 사내의 왼편으로 파고들었다. 그리고 그의 왼팔을 잡아 위로 들어 올리며 정강이를 사정없이 걷어차 버렸다. 워낙 신중하게 겨냥했기 때문에 발끝이 정확하게 표적을 강타했다. 사내는 괴성을 지르며 바닥에 주저앉더니 몸을 비틀어 그 자리를 빠져 나가려고 했다.

월은 재빨리 그에게 달려들어 두 주먹을 맹렬하게 날렸다. 그리고 아무 데든 상관하지 않고 계속 발길질을 해 대며 사내를 온실 쪽으로 몰고 갔다. 만약 그를 계단 꼭대기까지만 몰고 갈 수 있다면…….

드디어 사내는 완전히 쓰러지고 말았다. 칼을 쥐고 있던 오른손도 월의 발 근처로 맥없이 떨어졌다. 그러자 월은 사내의 손을 사정없이 발로 짓이기기 시작했다. 사내의 손가락이 칼자루와 바닥 사이에 끼인 채 뭉개져 갔다. 월이 다시 한 번 사내의 손을 밟아 뭉개자, 그는 비명을 지르며 칼을 쥔 손을 펴고 말았다. 월은 즉시 칼을 발로 차 버렸다. 칼은 바닥 위를 미끄러져 배수구 옆 수로에 떨어졌다.

그 사이에 월의 왼손에 감겨 있던 밧줄이 느슨하게 풀리며 피가 줄줄 흘러내려 바닥과 월의 신발을 적셨다. 사내가 다시 기를 쓰며 몸을 일으켜 세우기 시작했다.

“조심해!”

리라가 소리쳤다.

그러나 윌은 이미 준비가 되어 있었다. 사내가 균형을 잃고 비틀거리자 윌은 몸을 날려 그의 배를 머리로 들이받았다. 사내가 온실 쪽으로 넘어지면서 유리가 산산조각이 났다. 가느다란 목재 프레임도 함께 무너져 내리며 사내는 계단에 몸을 반쯤 걸친 채 완전히 뻗어 버렸다.

윌은 쏜살같이 수로로 달려가서 칼을 집어 들었고 그것으로 싸움은 끝났다. 기진맥진한 사내는 계단을 기어올라 오더니 윌이 칼을 들고 서 있는 모습을 보았다. 그는 분노한 얼굴로 윌을 노려보다가 이내 돌아서서 줄행랑을 쳤다.

“아아!”

갑자기 윌이 신음하며 바닥에 주저앉았다.

“아아!”

뭔가 심하게 잘못된 것 같았지만 윌은 아직 모르고 있었다. 그러나 곧 칼을 떨어뜨리고 왼손을 감싸 쥐었다. 손에 감은 밧줄이 피에 흠뻑 젖어 있었다. 그가 밧줄을 풀어내자 리라는 숨이 넘어갈 듯 비명을 질렀다.

“오, 윌! 네 손가락이……”

그의 새끼손가락과 약지가 밧줄과 함께 바닥에 떨어졌던 것이다.

윌은 머리가 어지러웠다. 손가락이 잘린 자리에서 피가 줄줄 흘러나왔고 청바지와 신발은 이미 피로 흠뻑 젖어 있었다. 그는 등을 기대고 잠시 눈을 감았다. 고통은 그리 심하지 않았지만 충격은 엄청났다. 그것은 살갗을 베었을 때 느껴지는 날카로운 고통이라기보다는 깊숙한 부위를 망치로 두들겨 대는 듯한 통증이었다.

윌은 이처럼 무력한 기분을 느껴 본 적이 없었다. 잠시 동안이라도 눈을 붙여야만 할 것 같았다. 리라가 그의 팔에 지혈을 하고 있었다. 월은 정신을 차리고 손가락이 잘린 부분을 보았다. 끔찍한 느낌이 들었다. 노인이 근처에 있었지만 월은 그가 무엇을 하고 있는지 알 수 없었다. 리라가 그에게 말했다.

"이럴 땐 곰들이 사용하는 혈류이끼가 있으면 좋을 텐데. 월, 피를 멈추게 하려면 이 밧줄로 팔을 동여매야만 해. 그러니 움직이지 말고 가만히 있어."

월은 리라에게 팔을 맡기고 잘린 손가락들이 어디 있는지 둘러보았다. 저만치 떨어진 곳에 손가락들이 있었다. 구부러진 모양이 마치 피묻은 물음표처럼 보였다. 갑자기 그가 실없이 웃기 시작했다.

"이봐, 그만 해."

리라가 그에게 말했다.

"자, 이제 일어나 봐. 파라디시 할아버지에게 연고가 있대. 그러니까 아래층으로 내려가야 해. 아까 그 남자는 도망가고 없어. 문밖으로 달아나는 걸 봤거든. 네가 그를 물리친 거야, 월. 자, 어서 가."

잔소리와 격려를 번갈아 하며 리라는 월을 아래층으로 데리고 갔다. 그들은 깨진 유리 조각과 부서진 목재 사이를 조심스럽게 지나 마침내 작고 시원한 방에 도착했다. 방 안에는 선반들이 죽 늘어서 있었다. 그 위에는 병이며 단지, 사발과 공기, 화학자들이 사용하는 천칭 등이 놓여 있었다. 그리고 먼지 낀 창문 아래에는 돌로 만든 세면대가 있었는데 노인이 그 앞에 서서 떨리는 손으로 큰 병에서 작은 병으로 뭔가를 옮겨 붓고 있었다.

"거기 앉아서 이걸 마시거라."

노인이 거무튀튀한 액체가 담긴 작은 유리잔을 건네며 말했다.

월은 의자에 앉아 잔을 받아 들었다. 한 모금을 마시자 마치 목구멍

에 불이 난 것처럼 화끈거렸다. 그가 숨을 못 쉬고 헐떡거리자 리라가
유리잔을 빼앗아 들었다.

"다 마시게 놔두거라."

노인이 리라에게 말했다.

"이건 대체 뭐지요?"

"자두 브랜디야."

월은 조심스럽게 다시 한 모금 마셨다. 손의 통증이 점점 심해지고
있었다.

"치료할 수 있겠어요, 할아버지?"

리라가 절박한 목소리로 물었다.

"그럼. 난 모든 약을 다 갖추고 있단다. 자, 꼬마야. 저 탁자의 서랍
속에서 붕대를 꺼내 오너라."

월은 방 가운데 있는 탁자 위에 놓인 칼을 바라보았다. 그러나 그가
칼을 집어 들기 전에 노인이 물그릇을 들고 절뚝거리며 다가왔다.

"이걸 또 마시렴."

노인이 손을 치료하는 동안 월은 눈을 질끈 감고 유리잔을 힘껏 움켜
쥐었다. 지독한 통증과 함께 수건으로 손목을 거칠게 문질러 대는 것을
느낄 수 있었다. 이어서 상처 부위를 부드럽게 닦아 내는 손길이 느껴졌
다. 그리고 잠시 상처 부위가 시원해지더니 다시 욱신거리기 시작했다.

"이건 매우 귀중한 연고란다."

노인이 말했다.

"무척 구하기 어렵지만 상처엔 아주 그만이지."

그것은 먼지가 끼고 찌그러진 튜브 안에 든 평범한 소독용 연고였다.
월이 사는 세계에서는 아무 약국에서나 살 수 있는 그런 종류였다. 그
러나 노인은 그것이 마치 귀중한 몰약이라도 되는 듯 소중하게 다루었

다. 윌은 눈길을 돌리고 말았다.

노인이 상처를 치료하는 동안 리라는 판탈라이몬이 자신을 말없이 부르고 있는 것을 느꼈다. 황조롱이로 변신한 판탈라이몬은 열린 창문가에 앉아 탑 아래쪽을 살펴보고 있었다. 그의 옆으로 가서 밖을 내다본 리라는 낯익은 형체를 발견했다.

안젤리카가 자기 오빠 툴리오를 향해 뛰어가고 있었다. 툴리오는 샛길 맞은편 담장에 등을 기대고 서서 얼굴로 달려드는 박쥐 떼를 쫓듯이 두 팔을 허공에 휘젓고 있었다. 그러더니 뒤로 돌아서서 담장에 박힌 돌을 따라 손을 움직이기 시작했다. 돌 하나하나를 자세히 들여다보기도 하고, 일일이 세어 보기도 하고, 가장자리를 손으로 만져 보는 것 같더니 이내 등 뒤에서 덤벼드는 무언가를 피하려는 듯 어깨를 잔뜩 웅크리고 머리를 흔들어 댔다.

안젤리카의 표정은 절박해 보였다. 그리고 그녀의 뒤를 따라가고 있는 파올로의 표정도 마찬가지였다. 남매는 툴리오의 팔을 붙잡으며 울부짖었다. 마치 툴리오를 괴롭히는 무언가로부터 그를 떼어 놓기 위해 필사적으로 매달리고 있는 듯한 모습이었다.

그제야 리라는 툴리오에게 무슨 일이 일어나고 있는지를 알았다. 마음의 충격과 더불어 구역질이 나오려고 했다. 툴리오는 지금 스펙터에게 공격을 당하고 있는 것이었다. 비록 스펙터를 볼 수는 없지만 안젤리카와 파올로도 그 사실을 알고 눈물을 흘리며 허공을 향해 주먹을 휘둘러 대고 있었다.

하지만 그런 몸부림도 모두 부질없었다. 툴리오의 움직임은 점점 둔해져 갔고 마침내 남매도 헛된 저항을 그만두고 말았다. 안젤리카가 오빠의 팔을 잡고 미친 듯 흔들어 보았지만 그를 깨어나게 할 수는 없었다. 파올로는 울부짖으며 형의 이름을 계속 불러 댔다.

그러던 중 리라가 보고 있음을 느끼기라도 한 듯 안젤리카가 갑자기 고개를 반짝 들고 위를 쳐다보았다. 순간 두 사람의 눈이 서로 마주쳤다. 리라는 안젤리카가 실제로 주먹을 날려 자신을 강타한 것 같은 충격을 받았다. 안젤리카의 눈이 너무나 강렬한 증오심으로 불타고 있었기 때문이다. 파올로도 리라를 발견하자 큰 소리로 고함을 질러 댔다.

"우리가 널 죽여 버릴 거야! 너 때문에 형이 이렇게 된 거야! 반드시 널 죽여 버리겠어!"

두 아이는 스펙터에게 당한 툴리오를 남겨 두고 뛰어가 버렸다. 두려움과 죄책감에 휩싸인 리라는 뒤로 물러나서 창문을 닫았다. 다른 사람들은 아무 소리도 듣지 못한 것 같았다. 파라디시 노인은 윌의 상처에 연고를 바르고 있었다. 리라는 조금 전에 본 광경을 머릿속에서 몰아내기 위해 애쓰며 윌에게 관심을 기울였다.

"피를 멈추게 하려면 윌의 팔을 단단히 묶어야만 해요."

"그래, 그래. 나도 안다."

노인이 슬픈 말투로 대꾸했다.

두 사람이 붕대를 감는 동안 윌은 시선을 돌린 채 자두 브랜디만 홀짝거렸다. 그는 이제 흥분이 가라앉고 다소 멍해진 듯한 느낌이었다. 손은 여전히 지독하게 아팠다.

"자, 이걸 받으렴."

노인이 윌에게 칼을 내밀며 말했다.

"이 칼은 이제 네 것이야."

"전 싫어요. 그 칼로는 어떤 일도 하고 싶지 않다구요."

"네가 선택할 수 있는 게 아니야. 이제부턴 네가 이 칼의 전수자야."

"아까는 할아버지가 전수자라고 하셨잖아요?"

리라가 끼어들었다.

"나의 시간은 끝났단다. 이 칼은 한 사람의 손을 떠나 다른 사람에게 가야 할 순간을 알고 있지. 나는 그걸 알고 있단다. 내 말을 못 믿겠니? 자, 이걸 보렴."

노인이 왼손을 들어 보였다. 그의 왼손도 새끼손가락과 약지가 잘려 나가고 없었다.

"그래, 나도 너처럼 싸우다가 똑같은 손가락을 잃어버렸지. 이건 전수자의 상징인 셈이야. 나도 이전까지는 알지 못했던 일이야."

리라는 놀라서 눈이 휘둥그레졌다. 윌은 성한 손으로 먼지투성이의 탁자를 꽉 붙잡았다. 무슨 말을 해야 할지 갈피를 못 잡고 있는 표정이었다.

"하지만 전…… 우리가 여기 온 것은 리라의 물건을 훔쳐 간 어떤 사람이 이 칼을 원했기 때문이에요. 이 칼을 가져다주면 훔쳐 간 물건을 돌려주겠다고……."

"나도 그자를 알고 있단다. 거짓말쟁이에다 사기꾼이지. 그자는 너희들에게 아무것도 돌려주지 않을 게 뻔해. 이 칼을 손에 넣는 순간 너희들을 배신해 버릴 위인이니 말이다. 그자는 결코 이 칼의 전수자가 될 수 없어. 하지만 넌 정당한 권리를 가진 전수자란다."

윌은 그다지 마음이 내키지 않았지만 칼을 돌아보았다. 그리고 성한 손으로 칼을 집어 들었다. 아주 평범하게 생긴 양날의 검이었는데, 길이가 20센티미터쯤 되는 칼날 부분과 손 방패 부분은 허연 빛깔의 금속으로 되어 있고 손잡이 부분은 자단(紫檀)으로 입혀져 있었다.

자세히 들여다보니 자단 손잡이에 황금으로 상감 장식이 되어 있었다. 처음에는 알아볼 수 없었으나 칼을 돌려가며 자세히 살펴보니 날개를 접은 천사의 모습이 새겨져 있다는 걸 알 수 있었다. 그리고 반대쪽에는 날개를 들어 올린 또 다른 모습의 천사가 상감되어 있었다.

자단에 박힌 황금 상감은 표면보다 약간 위로 솟아 있었기 때문에 칼을 더욱 단단하게 잡을 수 있었다. 칼을 집어 들면 손아귀에 느껴지는 무게는 상당히 가볍지만 튼튼하면서도 균형이 매우 잘 잡혀 있음을 알 수 있었다. 그리고 칼날은 얼핏 보았을 때와는 달리 결코 무디지 않았다. 실제로는 금속 표면에서 흐릿한 여러 색깔이 한데 어우러져 마치 살아 움직이는 듯했다.

멍처럼 보이는 자주색과 바다 같은 파란색, 흙처럼 보이는 갈색, 구름 같은 회색, 무성한 나뭇가지 속에서나 볼 수 있는 진한 초록색, 황량한 묘지 위로 땅거미가 내릴 때 무덤 언저리에 뭉쳐져 있는 어스름 같은 색 등 만약 이 세상에 그림자로 색을 입힌 어떤 물체가 존재한다면 그것은 바로 이 신비로운 칼이 지닌 색깔일 것이었다.

그러나 양쪽 칼날은 서로 달랐다. 한쪽 날은 광채를 뿜어내는 선명한 강철 색이 차츰 그림자 색깔로 변하면서 독특한 날카로움을 지니고 있었다. 다른 쪽 날도 그만큼 날카로웠지만 반대쪽과는 달리 은빛을 띠고 있었다.

월의 어깨 너머로 칼을 살펴보고 있던 리라가 갑자기 소리쳤다.

"이런 색깔을 전에도 본 적이 있어! 그들이 나와 판탈라이몬을 갈라놓기 위해 사용하려고 했던 기요틴의 은빛 칼날이 이 색깔과 똑같았어. 바로 그 색이야!"

파라디시 노인이 스푼 손잡이로 한쪽 칼날을 건드리며 말했다.

"이쪽 날로는 세상의 어떤 물질도 자를 수 있단다. 자, 보렴."

그가 스푼 손잡이를 칼날에 대고 살짝 누르자 그것은 소리 없이 잘려져서 탁자 위로 떨어졌다. 칼을 들고 있던 월은 그 순간 손에 아주 미미한 저항력을 느꼈을 뿐이다.

"그리고 반대쪽 칼날은 더욱 신비롭다고 할 수 있지. 이 세계를 벗어

날 수 있는 구멍을 언제 어디서든 만들어 낼 수가 있거든. 자, 한번 해 보자. 너는 이 칼의 전수자이니 반드시 알아 둬야 해. 나 이외에는 가르 쳐 줄 사람이 없고, 나도 이젠 시간이 많이 남아 있지 않아. 그러니 어 서 일어나서 내 말대로 하거라."

월은 의자를 뒤로 밀고 일어서서 칼을 느슨하게 잡았다. 현기증과 구 역질을 느낀 그는 반항적인 기분이 되었다.

"전 이런 거 하기 싫은데……."

파라디시 노인은 머리를 절레절레 저었다.

"닥치거라! 계속 하기 싫다는 소리만 늘어놓는데, 넌 그런 말을 할 권 리가 없어! 시간이 얼마 없으니 내 말을 잘 듣거라. 자, 그 칼을 잡고 앞 으로 내밀어라, 이렇게 말이다. 이건 단순히 물건을 자르는 칼이 아니 라 바로 네 마음이야. 그 사실을 명심해야만 한다. 자, 이렇게 해보렴. 네 마음을 밖으로 밀어내어 칼에다 모아. 이 일에는 집중력이 필요하단 다. 애야, 정신을 칼끝에 집중하고 상처 따위는 잊어버려.

그건 어차피 다 낫게 되어 있단다. 그러니 마음속에 칼끝을 떠올리고 그곳에 네 자신이 있다고 생각해. 그리고 그것을 아주 천천히 느껴 보 렴. 넌 지금 눈으로는 볼 수 없는 아주 작은 틈새를 찾고 있는 중이란 다. 하지만 네 마음을 칼끝에 실을 수만 있다면 칼이 스스로 그것을 찾 아낼 거야. 그러니 이 세상에 존재하는 가장 작은 틈새를 감지해 낼 때 까지 대기의 흐름을 따라가며 느껴 보거라."

월은 노인의 말대로 하려고 애써 보았다. 그러나 머릿속이 윙윙거리 며 손가락이 잘린 왼손이 심하게 욱신거렸다. 그리고 바닥에 떨어져 있 던 자신의 두 손가락이 자꾸만 눈앞에서 아른거렸다.

그러자 불현듯 어머니 생각이 났다. 불쌍한 우리 엄마……. 엄마가 이런 내 모습을 보면 뭐라고 하실까? 엄마가 있다면 얼마나 위로가 될까? 나야말로 엄마에게 위안이 되어 드린 적이 있었던가?

그는 칼을 탁자 위에 내려놓았다. 그리고 쭈그리고 앉아 다친 손을 감싸 안으며 울음을 터뜨렸다. 모든 것이 너무 벅차게만 느껴졌다. 흐느낌으로 목구멍과 가슴이 아릿해졌고, 눈물이 앞을 가렸다. 그는 두려움에 떨고 있을 불쌍한 어머니를 위해 눈물을 흘렸다. 난 엄마를 버려 두고 온 거야. 난 엄마를 버려 두고 왔어…….

그는 세상에 홀로 남겨진 듯한 기분을 느꼈다. 그런데 갑자기 이상한 물체가 오른쪽 손목을 가볍게 스치고 지나갔다. 고개를 들자 자신의 무릎 위에 고개를 얹고 있는 판탈라이몬의 모습이 눈에 들어왔다. 울프하운드의 모습을 한 데몬은 상냥하고 슬픈 눈으로 윌을 바라보고 있었다. 그리고 그의 상처 입은 손을 부드럽게 핥아 주었다.

윌은 리라가 살던 세계의 금기사항을 알지 못했다. 그곳에서는 다른 사람의 데몬과 접촉하는 것이 금지되어 있었다. 윌이 지금까지 판탈라이몬을 만지지 않은 이유는 그런 사실을 알았기 때문이 아니라 예의상 자제했던 것이다. 사실 더욱 놀란 사람은 리라였다. 자신의 데몬이 자진해서 그런 행동을 했기 때문이다. 이윽고 윌의 곁에서 물러난 판탈라이몬은 작은 나방으로 모습을 바꾸고 그녀의 어깨 위로 날아올랐다. 노인은 흥미롭다는 표정으로 판탈라이몬을 바라보았다. 그 또한 다른 세계를 여행해 본 사람이라 데몬이라는 존재를 본 적이 있었다.

판탈라이몬의 행동은 효과가 있었다. 윌이 흐느낌을 멈추고 일어나서 눈물을 닦아 냈기 때문이다.

"좋아요, 다시 해보겠어요."

윌은 노인의 지시대로 하기 위해 이를 악물고 정신을 한곳에 집중했다. 지나치게 긴장해 온몸이 부들부들 떨리며 땀이 비 오듯 흘러내렸다. 리라는 말리고 싶은 마음이 간절했다. 지금 윌이 겪고 있는 고통을 너무나 잘 알고 있었기 때문이다. 그러나 리라는 마주 잡은 두 손에 힘을 꼬옥 주며 끝까지 참았다.

"그만 하렴."

노인이 부드럽게 말했다.

"무리하지 말고 마음을 편히 가져. 이것은 아주 섬세한 단검이지 무거운 장검이 아니란다. 칼을 너무 세게 쥐고 있으니 손에서 힘을 좀 빼는 것이 좋겠구나. 너의 마음이 팔로 흘러가도록 자연스럽게 놔두거라. 다음엔 손목으로, 그 다음엔 칼의 손잡이로 가서 칼날을 따라 흘러가도록 해야만 해. 서두르지 말고 천천히 하되 억지로 하진 마라.

그저 흘러가도록 놔두면 되는 거야. 그렇게 흘러가다 보면 가장 날카로운 끝에 도달하게 될 게다. 그때 비로소 너는 칼끝이 되는 거란다. 자, 이제 그대로 해보렴. 끝까지 흘러가서 그것을 느껴 보란 말이다. 그런 다음 다시 돌아오면 된단다."

윌은 다시 한 번 시도했다. 그의 몸이 바짝 긴장하면서 턱이 실룩거렸다. 다음 순간 리라는 그의 온몸으로 기운이 퍼져 나가는 것을 볼 수 있었다. 그것은 잔잔하고 여유 있고 분명하게 느껴지는 것이었다. 그것은 바로 윌 자신의 권위였다. 아니, 어쩌면 그의 데몬의 것인지도 몰랐다. 데몬이 없다니 얼마나 허전할까! 그 고독감은 또 얼마나 클 것인지. 그가 엉엉 우는 것도 무리가 아니었다. 그리고 판탈라이몬에게도 아까와 같은 행동을 할 권리가 있다는 생각이 들었다. 그녀 입장에서는 생소했지만 말이다. 리라는 사랑하는 데몬에게 손을 내밀었다. 담비의 모습을 한 판탈라이몬은 그녀 무릎 위로 살며시 기어올랐다.

그들이 지켜보는 가운데 윌의 몸은 어느새 떨림을 멈추었다. 그의 집중력이 정점에 도달했기 때문이다. 그러자 칼도 그 모양새가 어딘지 달라진 것처럼 보였다. 그것은 어쩌면 칼날의 아슴푸레한 색조 때문일 수도 있고, 아니면 그 칼이 월의 손에 쥐어져 있는 것이 너무나 자연스러워 보이기 때문인지도 몰랐다. 이제는 그가 칼끝을 움직이는 동작조차도 아무 생각 없이 그러는 것이 아니라 어떤 목적이 있는 것처럼 보였다.

월은 칼의 한쪽 날을 움직여서 그 느낌을 음미한 뒤 다시 뒤집어서 다른 쪽으로도 느껴 보았다. 그리고 다음 순간 허공 속에서 무언가 잘라지는 듯한 느낌을 받았다.

"이게 뭐죠? 바로 그건가요?"

그가 흥분한 목소리로 말했다.

"그렇단다. 하지만 무리하지 말고 다시 네 자신에게로 돌아오렴."

리라는 월의 영혼이 칼을 따라 그의 손으로, 다시 팔로 올라가서 마음속으로 돌아가는 광경이 눈에 보이는 것만 같았다. 월은 뒤로 한 걸음 물러나 칼을 든 손을 내리더니 눈을 깜빡거렸다.

"저곳에 뭔가 있는 것을 느꼈어요."

그가 노인에게 말했다.

"처음엔 칼이 공기 속을 미끄러지듯 움직였는데 곧 무언가 잘라지는 듯한 느낌이 들면서……."

"잘했다. 한 번 더 해보자꾸나. 이번엔 그런 느낌이 오면 칼을 안으로 밀어 넣고 움직여 보렴. 절단을 하는 거야. 절대로 망설이거나 놀라선 안 돼. 칼을 떨어뜨려서도 안 되고."

월은 두세 번 심호흡을 했다. 그리고 다시 시작하기 전에 왼손을 오른쪽 겨드랑이에 잠시 끼우고 있었다. 그러나 이 일에 마음을 빼앗긴 그는 곧 일어나서 칼을 앞으로 내밀었다.

이번에는 한결 수월하게 진행되었다. 찾아야 할 것이 무엇인지 알고 있었기 때문이다. 그는 채 1분도 지나지 않아 그 미묘한 느낌에 도달했다. 그것은 마치 외과용 메스 끝으로 바늘땀 사이의 틈새를 찾아내는 것처럼 아주 섬세한 작업이었다. 그는 칼끝으로 그 틈새를 살짝 건드렸다가 곧 뒤로 물러난 뒤 다시 건드려 보았다. 그런 다음 확신이 들자 노인이 말해 준 대로 은빛 날로 그것의 한쪽 면을 잘라 냈다.

파라디시 노인이 놀라지 말라고 미리 충고해 준 것은 정말 현명한 일이었다. 덕분에 그는 경악하며 칼을 떨어뜨리는 대신 조심스럽게 들고 있다가 탁자 위에 내려놓을 수 있었다. 그러나 리라는 자리에서 벌떡 일어나 입을 딱 벌리고 서 있을 수밖에 없었다. 먼지투성이인 작은 방 가운데 자작나무 숲 아래에서 본 것과 똑같은 문 하나가 생겨났기 때문이다. 세 사람은 허공에 만들어진 그 작은 틈 사이로 저쪽 세계를 볼 수 있었다.

그들이 탑의 상층부에 있었기 때문에 틈새로 보이는 저쪽 세계 역시 북부 옥스퍼드의 상공이었다. 그들은 공동묘지의 상공에서 옥스퍼드 쪽을 바라보고 있었다. 앞쪽으로 얼마 떨어지지 않은 곳에는 자작나무 숲이 자리 잡고 있었다. 그리고 집이며 나무들, 도로들과 함께 멀리 도시의 마천루들이 보였다.

만약 그들이 창문을 미리 경험하지 않았더라면, 눈앞의 그 광경을 일종의 눈속임 같은 것으로 여겼을 것이다. 그러나 결코 눈속임으로 생각할 수 없는 이유는 그것을 통해 바람이 불어왔기 때문이다. 그 바람에는 이쪽 치타가체에서는 맡을 수 없는 자동차 배기가스의 냄새가 섞여 있었다. 판탈라이몬은 제비로 변신하더니 그 문을 통해 저쪽 세계로 날아갔다. 탁 트인 공중으로 날아간 그는 어느새 벌레 한 마리를 물고 돌아와 리라의 어깨에 내려앉았다.

노인은 호기심 어린 표정으로 그 모습을 지켜보더니 이내 슬픈 미소를 지었다.

"너무 오래 열어 둔 것 같구나. 이젠 닫는 법을 배워야 한다."

리라는 윌에게 공간을 만들어 주기 위해 뒤로 물러섰다. 그리고 노인은 앞으로 나와 그의 옆에 섰다.

"닫을 때는 손가락들을 사용해야 한단다. 한 손으로도 할 수 있어. 처음에 칼끝으로 그 틈새를 느꼈듯이, 이번엔 손가락 끝으로 저 문의 테두리를 찾아야만 해. 너의 영혼을 손가락 끝에 불어넣을 수 없다면 테두리는 절대로 찾지 못해. 아주 세심하게 건드려 보면서 테두리를 찾을 때까지 느끼고 또 느끼는 거야. 그런 다음 테두리를 잡아 함께 붙이면 돼. 그게 전부란다. 자, 이제 한번 해보렴."

그러나 윌은 몸을 떨고 있었다. 마음의 안정이 필요하다는 건 알고 있지만 그 미묘한 균형을 되찾을 수 없었다. 그는 차츰 좌절감 속으로 빠져 들고 있었다. 리라는 그에게 어떤 상황이 벌어지고 있는지 곧 알아차렸다.

자리에서 일어난 그녀는 윌의 오른팔을 붙잡고 말했다.

"윌, 잠시만 여기 앉아 봐. 내가 어떻게 하는지 가르쳐 줄게. 너는 지금 손이 아프기 때문에 마음이 자꾸만 그쪽으로 쏠리고 있어. 그러니 잠시만 기다리면 마음을 움직이기 한결 쉬워질 거야."

노인은 리라를 제지하려고 두 손을 들었다가, 마음을 바꾼 듯 어깨를 으쓱하고는 의자에 앉았다.

윌이 의자에 앉으며 리라에게 물었다.

"내가 뭘 잘못하고 있는 거지?"

그는 온몸을 부들부들 떨고 있었고, 눈에는 핏발이 서 있었다. 신경이 극도로 날카로워진 상태였다. 입을 꽉 다물고 숨을 거칠게 몰아쉬며 발끝으로 연신 방바닥을 찍었다.

"상처 때문이지 네 잘못은 아니야. 넌 제대로 하고 있었어. 하지만 손이 아파 정신을 집중할 수가 없는 거야. 이런 상황을 극복하기 위해서는 차라리 지금 네가 당하고 있는 고통을 그대로 받아들이는 편이 나을지도 몰라."

"무슨 뜻이야?"

"넌 지금 한꺼번에 두 가지 일을 해결하려고 애쓰고 있어. 다시 말해 상처의 고통을 무시하려고 애쓰면서 동시에 창문을 닫으려고 하는 거지. 내가 알레시오미터를 읽을 때도 그랬어. 나도 처음엔 두려웠거든.

그리고 그때부터 나도 모르게 그런 느낌에 익숙해졌나 봐. 지금도 알레시오미터를 읽을 때는 그런 두려움을 느껴. 그러니 너도 마음을 느긋하게 먹고 '그래, 난 지금 손이 아프다'라고 고통을 인정해 보는 거야. 억지로 그 감정을 밀어내려고 애쓰지 말고 말이야."

월은 잠시 눈을 감았다. 숨결이 약간 부드러워졌다.

"좋아, 그렇게 해보겠어."

그러자 한결 쉽게 정신을 집중할 수 있었다. 그는 1분 정도 더듬은 끝에 문의 테두리를 잡아냈다. 그러고는 노인이 말해 준 대로 문을 닫았다. 막상 끝내고 보니 너무나 간단한 일이었다. 그는 잔잔한 희열 같은 것을 느꼈다. 창문이 사라지자 다른 세계도 닫혀 버렸다.

노인이 월에게 가죽으로 된 칼집을 건네주었다. 안쪽이 딱딱한 뿔로 덧대어져 있고 칼을 고정시키는 버클이 달려 있었다. 칼날이 조금만 옆으로 움직여도 두꺼운 가죽을 쉽사리 잘라 버릴 수 있기 때문이다. 월은 칼을 그 안에 밀어 넣고 버클을 단단히 채웠다.

"이것은 원래 엄숙하게 치러야 하는 의식이란다."

파라디시 노인이 말했다.

"시간이 좀 더 남아 있다면 이 신비의 칼에 대한 얘기를 해 주었을 게다. 그리고 천사의 탑에 존재했던 길드라는 조직과, 타락한 이 세계의 비참한 역사에 대해서도 모두 다 들려주었을 거야.

　스펙터라는 존재가 나타난 것은 모두 우리의 탓이란다. 나의 전임자들과 연금술사들, 철학자들, 그리고 학자들이 사물의 가장 심원한 본질을 연구하다가 그만 이렇게 되고 말았어. 그들은 극소한 미립자들이 모여 물질을 이룬다는 것을 알고는 그것들의 결합에 호기심을 느끼게 되었던 거지. 결합이라는 것이 어떤 뜻인지 알겠니? 말하자면 서로 뭉쳐지는 거라고 할 수 있지.

　어쨌든 이곳은 상업 도시였단다. 무역업자들과 은행가들이 중심을 이루는 도시였지. 그래서 우리들은 결합에 관해서는 꽤 알고 있다고 생각했단다. 결합이라는 것도 협상으로 처리할 수 있는 문제라고 생각했던 거야. 말하자면 사고팔거나 교환하고 개조할 수 있는 것이라고 생각했던 거지.

　하지만 이 결합은 그렇지 않았어. 우리가 잘못 알았던 거야. 우린 그것을 원상태로 되돌리지 못했고, 결국 스펙터를 이 세계에 들어오도록 만든 결과가 되어 버렸단다.”

　그러자 윌이 물었다.

　“스펙터는 어디에서 온 거죠? 그리고 저 숲 아래에 있는 창문은 왜 열어 둔 채 그대로 두나요? 우리가 이곳으로 넘어올 때 이용했던 창문 말이에요.”

　“스펙터가 어디에서 왔는지는 알 수 없단다. 다른 세계일 수도 있고, 저 우주 공간의 암흑 속에서 나타난 것인지도 모르지. 그걸 누가 알겠니? 문제는 그들이 지금 이곳에 있다는 것과 우리들을 파멸시키고 있다는 것이지. 그리고 이 세계로 들어올 수 있는 창문들은 몇 개 더 있단다. 칼의 전수자가 부주의했거나 창문을 닫을 만한 시간이 없어서 그랬을 수도 있단다.

그리고 너희들이 넘어왔다는 자작나무 숲 아래의 그 창문은…… 내가 열어 둔 거란다. 용서받을 수 없는 한순간의 어리석음 때문이었지. 너희들이 말한 그 늙은이 말이다. 그자를 이 도시로 유인해서 스펙터의 제물로 삼을 생각이었다. 하지만 그자는 너무 영리해서 그런 속임수에 걸려들 것 같지 않구나. 그는 이 칼을 원하겠지. 부탁이니, 절대로 그자에게 이것을 넘겨주지 마라."

월과 리라는 그 순간 서로 눈짓을 교환했다.

"자, 내가 할 수 있는 거라곤 너에게 이 칼을 건네주고 사용법을 가르쳐 주는 것이 전부란다. 그리고 이젠 그것을 모두 끝냈구나. 그럼 이젠 길드가 붕괴되기 전에 우리들이 지켜온 규율 몇 가지를 말해 주겠다.

첫째, 한번 연 문은 반드시 닫아야 한다. 둘째, 다른 사람이 칼을 사용하도록 놔둬서는 안 된다. 이 칼은 반드시 너 혼자만의 것이어야 해. 셋째, 비열한 목적으로 칼을 사용하지 마라. 넷째, 비밀을 지켜라.

이 밖의 다른 규율이 더 있었는지 모르지만 기억할 수가 없구나. 내가 기억하지 못하는 거라면 그리 중요한 규율은 아니었을 게다. 너는 이 칼의 전수자야. 그러니 이제부터는 평범한 꼬마 아이가 아니다. 우리 세계는 무너져 가고 있지만, 전수자의 표식은 절대 변함이 없단다.

아, 나는 네 이름조차 모르는구나. 자, 이젠 떠나거라. 독약이 어디에 있는지 알고 있으니, 나는 너희가 떠나는 대로 곧 목숨을 끊으련다. 스펙터들이 올 때까지 기다리고 있지만은 않을 거다. 그놈들은 내게 칼이 없다는 것을 알면 곧바로 밀려올 거야. 그러니 어서 떠나거라."

"하지만, 파라디시 할아버지……."

리라가 말을 꺼내려고 했지만 노인은 고개를 저었다.

"이젠 시간이 없단다. 너희는 어떤 목적으로 이곳에 오게 된 거야. 그 목적이 무엇인지는 너희들 자신도 모르고 있겠지만, 천사들이 너희 두 사람을 이곳까지 데리고 온 것이란다. 너는 매우 용감한 아이다. 그리고 네 친구는 영리하구나. 이제 칼을 소유하게 되었으니 어서 떠나거라."

"진짜로 독약을 드실 건가요?"

리라가 슬픔에 겨운 목소리로 물었다.

"그만 해, 리라."

월이 말했다.

"그 천사들은 누구인가요?"

리라가 계속 물고 늘어지자 월은 그녀의 팔을 잡아당겼다.

"어서 가자. 우린 가야만 해. 고맙습니다, 파라디시 할아버지."

그는 핏자국과 먼지가 묻은 오른손을 내밀었다. 노인이 그의 손을 마주 잡았다. 그리고 리라와도 악수를 한 다음 판탈라이몬에게는 고개를 끄덕여 주었다. 담비 모습의 판탈라이몬도 답례로 머리를 낮추었다. 넓고 어두운 계단을 내려가 탑 바깥으로 나갔다. 뜨거운 햇살이 내리쬐는 작은 광장에는 무거운 침묵이 감돌고 있었다.

리라는 신중한 표정으로 주위를 둘러보았지만 거리는 텅 비어 있었다. 자신이 목격했던 것 때문에 월에게 괜한 걱정을 시킬 필요는 없다는 생각이 들었다. 리라는 안젤리카 남매를 봤던 길에서 멀리 떨어진 곳으로 월을 이끌었다. 그곳에는 스펙터에게 당한 툴리오가 죽은 시체처럼 미동도 않고 서 있었기 때문이다.

"난 말이야……."

광장을 거의 벗어날 무렵 뒤를 돌아보기 위해 잠시 멈춰 선 리라가 말했다.

"그 할아버지가 너무 불쌍해. 이가 전부 부러진데다 눈도 제대로 보이지 않는 것 같았어. 진짜로 독약을 마셨다면 지금쯤은 돌아가셨을 거야."

리라의 눈에 눈물이 가득 고였다.

"이젠 그만 잊어버려. 그분은 고통 없이 잠드셨을 거야. 그래도 스펙터에게 당하는 것보단 낫다고 그러셨어."

"오, 윌, 우린 이제 어쩌면 좋지? 너는 심한 상처를 입었고, 그 불쌍한 할아버진…… 난 이곳이 싫어. 정말 지긋지긋해. 완전히 불태워 버렸으면 좋겠어. 윌, 이젠 어떻게 해야 되지?"

"그야 뻔하지. 우린 알레시오미터를 다시 찾아야 해. 그러기 위해선 그걸 훔쳐 내야 할 거구. 그게 바로 우리가 당장 해야 할 일 아니겠어?"

도둑질

둘은 옷을 갈아입고 휴식을 취하기 위해 일단 카페로 돌아갔다. 윌이 피투성이인 상태로는 어디에도 갈 수 없었다. 가게에서 물건을 훔치는 일에 죄의식을 느끼던 때는 이제 지났으므로, 윌은 거리낌 없이 새 옷과 구두 한 켤레를 취했다. 리라는 그를 돕겠다고 하면서 혹시 다른 아이들이 나타날까 봐 구석구석을 살피며 그것들을 카페로 가져왔다.

윌은 리라가 데워 준 물을 목욕탕으로 가져가서 온몸에 묻은 피를 깨끗이 씻어 냈다. 손의 통증은 약간 누그러졌다. 베인 자리가 워낙 깨끗해서 다른 어떤 칼로도 그보다 더 완벽하게 자를 순 없다는 생각이 들 정도였다. 상처에서는 쉴 새 없이 피가 흘러나오고 있었다. 잘려 나간 손가락 밑둥치를 보자 윌은 속이 메스껍고 심장 박동도 빨라지는 것 같았다. 그는 욕조 가장자리에 앉아 눈을 감고 심호흡을 반복했다.

마음이 안정되자 그는 타월로 몸을 닦았다. 그러고는 피가 묻지 않도록 조심하면서 새 옷으로 갈아입었다.

"붕대를 다시 매야겠는걸. 피가 멈추도록 아주 세게 묶어 줘."

리라는 침대 시트 한 장을 찢어 상처 주위를 단단히 감쌌다. 월은 이를 악물었지만 흐르는 눈물을 멈출 수 없었다. 그는 말없이 눈물을 닦아 냈고 리라도 아무 말 하지 않았다.

붕대를 다 감고 나자 월이 말했다.

"고마워. 저, 우리가 이곳에 다시 오지 않을 경우를 생각해서 네 배낭에 뭘 좀 집어넣어야겠어. 그냥 편지들이야. 보고 싶다면 봐도 돼."

월은 가죽으로 된 초록색 가방을 꺼내 리라에게 항공우편 편지 몇 장을 건네주었다.

"무슨 일이 생기기 전에는 읽지 않을게."

"괜찮아. 진심으로 한 말이야."

리라는 편지를 배낭에 챙겨 넣었다. 월은 침대에 누워 고양이를 옆으로 밀어낸 다음 곧 잠에 빠졌다.

그날 밤 늦게 월과 리라는 찰스 경의 정원에 있는 그늘진 관목 아래 몸을 웅크리고 있었다. 찰스 경의 집에 도착하는 데는 많은 시간이 걸렸다. 두 사람은 치타가체에서 이동하며 칼을 사용하여 창문을 열고는 월의 세계에서 자신들의 위치가 어디쯤인지를 확인한 뒤 재빨리 창문을 닫는 식으로 찰스 경의 집을 찾아냈다.

그들로부터 조금 떨어진 곳에서 얼룩고양이가 따라왔다. 그 고양이는 돌을 던지던 아이들로부터 구출된 이후로 계속 잠만 잤다. 이윽고 잠에서 깨어났을 땐 두 사람 곁을 떠나려고 하지 않았다. 월과 리라가 있는 곳이면 어디든 안전하다고 생각했던 모양이다.

월은 그 신비로운 검을 사용하는 데 점점 더 익숙해져 갔고, 자신감도 생겼다. 하지만 쿡쿡 쑤시는 손의 통증은 더욱 심해졌다. 리라가 새로 묶어 준 붕대도 피로 흥건하게 젖어들었다.

윌은 그 하얀 저택에서 멀지 않은 허공에 창문을 내고는 헤딩턴의 조용한 오솔길로 들어갔다. 찰스 경이 알레시오미터를 둔 곳으로 숨어들 궁리를 하기 위해서였다. 두 대의 조명등이 그의 정원을 밝히고 있었다. 저택 앞쪽 창문으로 빛이 흘러나오고 있었고, 서재 쪽 창문은 어두웠다.

오솔길은 나무들 사이로 길게 이어져 있었다. 기술이 좀 떨어지는 도둑이라도 관목들을 지나 정원까지 들키지 않고 가는 데는 별 어려움이 없을 것 같았다. 다만 꼭대기에 고압 전류가 흐르는 단단한 철제 울타리가 저택을 에워싸고 있었다. 하지만 그 울타리도 만단검(萬斷劍, 모든 것을 자르는 검) 앞에서는 장벽이 되지 못했다.

"내가 울타리를 자를 동안 이 기둥을 잘 잡고 있어. 떨어질 때 잘 잡아야 해."

윌은 속삭였다.

윌이 칼을 한 번 힘껏 휘두르자, 철제 울타리를 받치고 있는 쇠기둥 네 개가 한꺼번에 잘려 나갔다. 두 사람은 울타리를 통과하여 관목 사이로 숨어들었다. 잔디밭을 가로질러 담쟁이덩굴로 가려진 서재 창문이 보이는 곳까지 오자 윌이 조용히 말했다.

"이곳에다 치타가체로 들어가는 창문을 만들어 둘 거야. 그런 다음 치타가체 쪽에서 찰스 경의 서재가 있을 만한 지점까지 가서 다시 이쪽 세계로 나오는 창문을 만드는 거야. 그러고는 캐비닛에서 알레시오미터를 꺼내 치타가체로 들어간 다음 다시 이곳으로 돌아올게.

너는 여기서 망을 보고 있다가 내가 부르면 곧 이 창문을 통해 치타가체로 들어와. 그러면 즉시 이 창문을 닫아 버릴 테니까, 알겠니?"

"그래, 판탈라이몬과 함께 망을 보고 있을게."

리라가 속삭였다.

황갈색의 작은 올빼미로 변한 판탈라이몬은 나무 그림자 아래서는 잘 보이지 않았다. 올빼미의 커다란 회색 눈동자가 사방을 감시하고 있었다.

윌은 뒤로 물러나 칼을 빼어들고 매우 섬세한 동작으로 허공을 더듬다가 재빨리 자르는 동작을 취했다. 그러자 공중에 구멍이 뚫리며 달빛이 교교한 치타가체의 하늘이 보였다. 윌은 다시 뒤로 물러나 찰스 경의 서재까지 몇 발짝이나 될까 어림잡아 보고 방향을 가늠해 두었다.

그러고는 창문을 통해 치타가체 쪽으로 사라졌다.

리라는 창문 근처에 웅크리고 앉았다. 판탈라이몬은 리라의 머리 위 나뭇가지에 앉아 조용히 주위를 살폈다. 리라는 뒤에서 자동차들이 지나가는 소리와 오솔길 끝에 이어진 도로를 따라 사람들이 지나가는 발자국 소리를 들을 수 있었다. 심지어 발아래 나뭇잎과 작은 가지 위를 지나다니는 곤충들의 움직임도 느낄 수 있었다.

시간은 계속 흘러갔다. 윌은 지금 어디 있는 걸까? 리라는 서재의 창문 안을 들여다보기 위해 까치발을 하고 목을 최대한 빼 보았다. 하지만 담쟁이덩굴이 늘어진 창문은 그저 깜깜할 뿐이었다. 그 캐비닛은 창가 어느 쪽에 있을까? 윌은 들키지 않고 무사히 서재로 들어갔을까? 리라는 심장이 뛰는 소리가 들리는 것 같았다.

그때 판탈라이몬이 작은 소리를 냈다. 그와 동시에 저택 앞쪽에서 다른 소리가 들려왔다. 리라는 저택 앞쪽을 볼 수 없었지만 전조등 불빛이 나무를 비추며 지나가는 것을 볼 수 있었고, 타이어가 자갈에 부딪힐 때 나는 소리를 들을 수 있었다. 하지만 자동차 엔진 소리는 들리지 않았다.

리라는 판탈라이몬을 찾았다. 리라의 앞쪽에 멀찌감치 떨어져 있던 판탈라이몬이 어둠 속을 날아와서 리라의 손에 앉았다.

"찰스 경이 돌아오고 있어. 누군가와 함께."

판탈라이몬이 속삭였다.

리라는 관목 아래로 몸을 숙이고 부드러운 땅 위를 발끝으로 조심스럽게 걸어갔다. 그러고는 월계수 나뭇잎 사이로 앞쪽을 살펴보았다.

롤스로이스 한 대가 저택 앞에 서 있고 운전기사는 차문을 열기 위해 손님이 탄 뒤쪽으로 걸어가고 있었다. 찰스 경은 얼굴에 미소를 띠고 차에서 내리는 여성에게 팔을 내밀었다.

여자의 얼굴이 눈에 들어오자 리라는 몽둥이로 뒤통수를 한 대 얻어맞은 느낌이었다. 찰스 경의 손님은 다름 아닌 그녀의 어머니 콜터 부인이었기 때문이다.

윌은 달빛이 교교한 치타가체의 잔디밭 위를 걸어가고 있었다. 마음속으로는 동상과 분수가 있는 정원과 서재가 있는 위치를 가늠하려고 애쓰며 발걸음 수를 계산하고 있었다. 이렇게 밝은 달밤에 잔디밭 위를 서성거리면 집 안 사람들에게 발각될 가능성이 크다는 것을 그는 알고 있었다.

계산한 지점에 도착했다는 생각이 들자 윌은 걸음을 멈추고 칼을 뽑아 들었다. 그러고는 조심스럽게 앞쪽 허공을 더듬기 시작했다. 눈에 보이지 않는 그 작은 틈새들은 어디에나 있었지만 모든 곳에 있는 것은 아니었다. 만일 그렇다면 신비의 칼을 휘두를 때마다 다른 세계로 통하는 창문들이 만들어질 것이었다.

윌은 처음에는 손바닥만 한 크기로 절개한 다음 안을 들여다보았다. 어둠뿐이었다. 윌은 자신이 어디쯤 있는지 알 수 없었다. 그는 잘라 낸 부위를 닫고 90도로 돌아서서 다시 조그마한 창문을 하나 만들었다. 바로 눈앞에 묵직한 초록색 벨벳 천이 드리워져 있었다. 서재의 커튼이었다. 하지만 캐비닛은 어디에 있단 말인가? 그는 그 창문도 닫아야만 했다. 그러고는 다시 시도해 보았다. 시간이 흐르고 있었다.

세 번째 창문은 더 나았다. 그는 복도 쪽으로 열린 문을 통해 들어오는 희미한 불빛에 드러난 서재를 볼 수 있었다. 책상, 소파, 캐비닛이 있었다. 방 안에는 아무도 없었고 집 안도 조용했다. 최고의 상황이었다.

윌은 조심스럽게 거리를 잰 뒤 창문을 닫고 앞으로 네 발짝 더 걸어갔다. 그리고 다시 칼로 허공을 더듬었다. 그의 계산이 정확하다면 캐비닛의 유리를 자르고 알레시오미터를 꺼낸 다음 창문을 닫을 장소에 서 있을 것이었다.

창문을 내자 캐비닛 유리문이 바로 눈앞에 있었다. 윌은 창문에 얼굴을 가까이 대고 바닥에서 꼭대기까지 모든 선반을 훑어보았다.

알레시오미터는 그곳에 없었다.

윌은 처음에 자신이 다른 캐비닛을 보고 있다고 생각했다. 그의 기억에 따르면 서재에는 네 개의 캐비닛이 있었다. 짙은 갈색 나무로 만든 높다란 캐비닛들로 앞면과 옆면은 유리로 되어 있고, 선반들은 값비싼 도자기와 상아, 금 같은 물건들을 전시하기 위해 벨벳 천이 깔려 있었다.

내가 다른 캐비닛을 보고 있는 걸까? 하지만 꼭대기 선반에는 놋쇠 고리들이 달린 커다란 기구가 있었다. 윌은 그것을 표시로 기억하고 있었던 것이다. 게다가 찰스 경이 알레시오미터를 놓아두었던 가운데 선반은 텅 비어 있었다. 캐비닛은 제대로 찾았는데 알레시오미터는 사라진 것이다.

윌은 잠시 뒤로 물러서서 숨을 깊게 들이마셨다.

이젠 서재로 들어가서 찾아보는 수밖에 없었다. 여기저기 창문을 내다가는 밤을 새우게 될지도 몰랐다. 윌은 캐비닛 앞의 창문을 닫고 방의 나머지 부분을 살펴보기 위해 다른 창문을 열었다. 그 창문을 닫고 필요할 경우 급히 빠져나갈 수 있도록 소파 뒤에다 커다란 창문을 하나 만들어 두었다.

다친 그의 왼손이 심하게 떨리고 있었고, 붕대도 느슨해져 있었다. 윌은 붕대를 다시 조여 감고 끝부분을 안으로 밀어 넣었다. 그러고는 오른손에 칼을 들고 찰스 경의 서재로 넘어갔다. 그는 가죽 소파 뒤에 몸을 웅크리고 조용히 귀를 기울였다.

아무 소리도 들리지 않자 그는 천천히 일어나 주위를 둘러보았다. 복도로 향하는 문은 반쯤 열려 있었고, 캐비닛, 책장, 그림 들은 아침에 있던 그대로였다.

윌은 카펫 위를 걸어 캐비닛들을 모두 들여다보았다. 알레시오미터는 어디에도 없었다. 책과 서류가 말끔하게 정리되어 있는 책상 위, 개막식이나 리셉션 초대장들이 놓인 벽난로 선반, 창문 아래 놓인 푹신푹신한 의자, 문 뒤의 팔각형 테이블 위에도 그것은 없었다.

윌은 서랍을 열어 보기 위해 책상으로 다시 돌아왔다. 하지만 그곳에도 역시 없었다. 그때 윌은 타이어가 자갈 위를 지나는 희미한 소리를 들었다. 그는 바짝 긴장하며 귀를 기울였다. 주위가 너무 조용하여 그는 자신이 착각을 하고 있다고 생각했다.

그러자 이번에는 현관문이 열리는 소리가 났다.

윌은 얼른 소파 뒤로 돌아가서 치타가체의 달빛이 환한 초원을 향해 열려 있는 창문 옆에 몸을 웅크렸다. 그러자 치타가체 쪽에서 잔디를 밟으며 달려오는 발자국 소리가 들려왔다. 그는 자신을 향해 달려오는 리라를 보았다. 그는 손을 흔들고는 손가락을 입술로 가져가서 조용히 하라는 신호를 보냈다. 찰스 경이 돌아온 것을 윌도 알고 있다는 것을 안 리라는 걸음을 천천히 했다.

"아직 못 찾았어."

리라가 가까이 오자 윌은 속삭이듯 말했다.

"캐비닛에 없었어. 아마 그가 몸에 지니고 있는 것 같아. 그가 하는 말을 잘 듣고 알레시오미터를 어디에 두었는지 알아내는 수밖에 없어. 여기에서."

"안 돼! 큰일 나!"

리라는 겁에 질려 있었다.

"그 여자와 함께 왔어. 콜터 부인 말이야. 우리 엄마야. 왜 여기 왔는진 모르지만 만약 내 얼굴을 보면 난 끝장이야. 하지만 윌, 찰스 경이 누군지는 생각났어. 보리얼 경이라고 불리던 사람이야. 콜터 부인의 파티장에서 본 적이 있어. 그는 처음부터 내가 누군지 알고 있었던 게 분명해."

"쉬, 떠들지 마!"

리라는 흥분을 가라앉히려고 애썼다.

"미안해. 난 너와 함께 있고 싶어. 그들이 무슨 얘길 하는지 듣고 싶거든."

"조용!"

복도에서 목소리가 들려왔다. 윌과 리라는 손만 뻗으면 만질 수 있을 정도로 가까이에 있었지만 윌은 자신이 살던 세계에, 리라는 치타가체에 있었다. 윌의 붕대가 풀린 것을 본 리라는 그의 팔을 가볍게 치고는 붕대를 다시 감는 흉내를 냈다. 윌은 리라가 그 일을 할 수 있도록 손을 내밀었다.

방 안에 불이 켜졌다. 찰스 경이 하인에게 뭐라 명령하고 서재로 들어와 문을 닫는 소리가 들려왔다.

"토케이 한 잔 드릴까요?"

찰스 경이 물었다.

나지막하고 달콤한 여자 목소리가 대답했다.

"카를로, 당신은 정말 친절하군요. 토케이 맛을 본 지도 몇 년이나 지난걸요."

"벽난로 옆에 앉으시죠."

포도주 따르는 소리, 디캔터가 유리잔에 부딪히는 소리, 감사를 표시하는 중얼거림이 들려왔다. 찰스 경이 윌에게서 불과 몇 뼘 떨어진 소파에 앉았다.

"마리사, 당신의 건강을 위해."

찰스 경이 와인을 홀짝이며 말을 이었다.

"자, 이제 말씀해 보시죠."

"그 알레시오미터를 어디서 얻었는지 알고 싶군요."

"왜요?"

"리라가 그걸 가지고 있었거든요. 난 그 아일 찾고 있어요."

"당신이 왜 그 아이를 찾고 있는지 모르겠군요. 그 아인 구제불능의 말괄량이던데."

"리라가 제 딸이라고 말씀 드렸을 텐데요."

"그렇다면 더욱 구제불능이라고 말할 수밖에요. 당신 같은 매력적인 엄마를 거부하고 있다는 얘기가 아니오. 그런 일은 있을 수가 없지."

"리라는 어디 있죠?"

"말씀 드리지. 하지만 당신도 내게 한 가지 말해 줄 것이 있소."

"아는 것이라면요."

콜터 부인의 음성이 달라졌다. 경고의 의미일 거라고 윌은 생각했다. 콜터 부인의 목소리는 사람을 취하게 만들 정도로 매력적이었다. 부드럽고 달콤하고 음악 같고 젊었다.

윌은 그녀가 어떻게 생겼는지 몹시 궁금했다. 리라는 콜터 부인의 외모에 대해서는 얘기한 적이 없었다. 하지만 저런 목소리를 가진 여자라면 외모도 눈부시게 아름다울 것이 틀림없다는 생각이 들었다.

"알고 싶은 것이 뭐죠?"

"아스리엘 경의 근황이오."

잠시 침묵이 흘렀다. 윌은 달빛을 받고 있는 리라의 얼굴을 돌아보았다. 리라는 겁에 질린 표정으로 입술을 꼭 깨물고 있었다. 그러나 서재에서 들리는 말을 한 마디도 놓치지 않으려고 귀를 쫑긋 세우고 있었다.

마침내 콜터 부인이 말했다.

"좋아요. 말씀 드리죠. 아스리엘 경은 군대를 소집하고 있어요. 옛날부터 하늘에서 벌어지고 있었던 전쟁을 끝내려는 목적에서죠."

"정말 고리타분하군. 하지만 그는 매우 현대적인 무기를 몇 점 가지고 있는 것 같던데, 자기극에다 무슨 짓을 한 거요?"

"그는 우리 세계와 다른 세계 사이의 장벽을 없애 버리는 방법을 찾았어요. 그것은 지구의 자기장에 막대한 장애를 야기했죠. 그 영향이 이 세계에도 미칠 것이 분명해요.

그런데 당신은 그걸 어떻게 알았죠? 카를로, 대답해 봐요. 이 세계는 어떤 곳이죠? 그리고 어떻게 나를 이곳으로 데려온 거예요?"

"내가 당신을 데려온 통로는 수백만 개 중 하나일 뿐이오. 우리 세계와 이 세계 사이에는 틈새가 있소. 하지만 그것을 찾는 일이 쉽진 않지. 나는 열댓 개의 통로를 알고 있소. 하지만 그 장소들이 바뀌었소. 아스리엘이 한 짓 때문이오.

이제 우리는 이 세계에서 우리 세계로 직접 건너갈 수 있게 되었소. 다른 많은 세계도 마찬가지일 거요. 전에는 교차로 역할을 하는 하나의 세계가 있어서 모든 출구는 그곳으로 열려 있었지. 내가 오늘 다른 세

계로 지나가다가 당신을 보고 얼마나 놀랐는지 상상해 보시오. 치타가
체를 통과하는 위험도 없이 당신을 직접 이곳으로 데려올 수 있어서 너
무 기쁘오."

"치타가체? 그건 또 뭐죠?"

"교차로 역할을 하는 곳이오. 나의 사랑스런 마리사, 내가 무척 관심
을 가지고 있는 세계라오. 하지만 지금은 아주 위험한 곳이지."

"왜 위험하다는 거예요?"

"어른들은 위험해. 아이들은 자유롭게 돌아다닐 수 있지만."

"뭐라구요? 카를로. 난 그 이유를 꼭 알아야 해요!"

콜터 부인이 말했다. 윌은 그녀의 성격이 매우 급하다는 것을 알 수
있었다.

"그것은 모든 것의 핵심이자 아이와 어른의 차이이기도 해요. 그것은
더스트의 모든 신비를 포함하고 있어요. 또한 내가 리라를 찾아야 하는
이유이기도 하구요. 마녀들은 리라를 다른 이름으로 부르고 있어요. 나
는 한 마녀를 통해 그 이름을 알아낼 뻔했어요. 하지만 그 마녀는 너무
빨리 죽어 버렸어요. 리라를 찾아야만 해요. 그 아이는 대답을 알고 있
어요. 그리고 나는 그 대답을 알아야만 해요."

"아마 알게 될 거요. 이 알레시오미터 때문에 그 아이는 내게 오게 되
어 있으니까. 그러니 걱정하지 마시오. 일단 리라가 내가 원하는 것을
가져다주면 당신이 그 아이를 데려가도 좋소. 그런데 마리사, 당신의
그 이상한 보디가드에 대해 얘기해 보구려. 나는 그런 군인은 한 번도
본 적이 없소. 그들은 대체 누구요?"

"남자들일 뿐이에요. 하지만…… 인터시전을 당했죠. 데몬과 분리되
었다는 얘기예요. 그 결과 그들은 공포심과 상상력, 자유의지를 상실했
어요. 그래서 싸울 땐 온몸이 갈가리 찢어질 때까지 그치지 않죠."

"데몬이 없다, 거 아주 흥미롭군. 내게 한 명만 준다면 어떤 실험을 해보고 싶소. 스펙터들이 그에게 관심이 있는지 보고 싶어. 만일 스펙터들이 관심을 보이지 않는다면 우리는 치타가체를 지나갈 수 있을 것 같은데."

"스펙터? 그게 뭐죠?"

"차차 설명해 주겠소. 그들 때문에 성인들은 그 세계에 들어갈 수가 없지. 더스트, 아이들, 스펙터, 데몬, 인터시전…… 그래, 뭔가 알 것 같기도 해. 와인을 좀 더 마시겠소?"

"난 모든 것에 대해 알고 싶어요. 그리고 꼭 알아야겠어요. 자, 말해 보세요. 당신은 여기에서 무슨 일을 벌이고 있는 거죠? 우리는 분명 당신이 브라질이나 서인도제도에 있을 거라고 생각했었는데, 줄곧 이곳에 있었나요?"

"난 오래전에 이곳으로 오는 통로를 발견했소. 그건 당신에게도 말할 수 없는 비밀이었소, 마리사. 보다시피 난 이곳에서 매우 안락한 생활을 하고 있소. 고국에서 국무위원으로 있었던 덕분에 이곳에서도 권력이 어디에 존재하는지 쉽사리 알 수 있었지.

실제로 난 스파이가 되었소. 비록 내가 알아낸 모든 것을 상사들에게 보고하진 않았지만, 이 세계의 정보 기관들은 여러 해 동안 우리가 모스크바 대공국이라고 알고 있는 소련에만 관심을 기울이고 있소. 이제 그런 위험은 줄었지만 아직도 그쪽에서 일하는 비밀 포스트와 기관원들이 있소. 나도 아직 스파이를 운용하는 사람들과 접촉하고 있지.

그러다가 최근에 지구 자기장에 엄청난 교란이 일어나고 있다는 사실을 듣게 된 거요. 정보 기관들은 매우 놀란 모양이오. 우리가 실험 신학이라고 부르는 기초물리학을 연구하는 모든 나라는 급히 과학자들에게 무슨 일이 벌어지고 있는지 알아보라고 지시했지.

그리고 그들은 이 현상이 다른 세계와 관련이 있다고 추정하고 있소. 사실 그들은 이 현상에 대해 몇 가지 단서를 가지고 있죠. 더스트에 관한 실험이 몇 가지 있었거든. 그래요, 그들도 역시 더스트에 대해 알고 있소. 바로 이 도시에도 더스트에 대해 연구하는 팀이 있으니까.

그리고 또 한 가지, 10년인가 12년 전에 북쪽에서 실종된 한 남자가 있소. 정보 기관들은 자신들에게 절실한 어떤 지식을 그가 알고 있다고 생각하고 있소. 구체적으로 말하자면 당신이 오늘 지나온 것과 같은 세계를 연결하는 창문의 위치이지.

그 실종된 남자가 발견한 것은 그들이 알고 있는 유일한 통로요. 당신은 내가 알고 있는 모든 것을 정보 기관원들에게 말하지 않았다는 사실을 짐작할 수 있을 거요. 이처럼 교란이 시작되었을 때 그들은 그 실종된 남자를 찾기 시작했소. 그러니 마리사, 당연한 일이지만 나도 무척 호기심이 동하오. 나도 더 많이 알고 싶단 말이오."

월은 심장이 싸느랗게 얼어붙는 기분이었다. 찰스 경은 그의 아버지에 대해서 말하고 있었다. 그러니까 그 남자들이 찾는 사람이 바로 아버지였던 것이다.

월은 아까부터 찰스 경과 콜터 부인 이외의 어떤 존재를 의식하고 있었다. 바닥을 가로지르며 움직이는 그림자를 얼핏 보았고, 그것은 소파 끝을 돌아 작은 팔각형 테이블의 다리를 지나고 있었다. 하지만 찰스 경도 콜터 부인도 움직이지 않았다. 그 그림자는 아주 빠르게 돌진하듯 움직였다. 방 안에 불빛이라곤 탁상용 램프에서 나오는 것뿐이어서 그 그림자는 뚜렷하고 확실했다. 하지만 그림자는 월이 그 정체를 알 수 있을 만큼 오래 서 있지는 않았다.

바로 그때 두 가지 일이 일어났다. 첫 번째는 찰스 경이 드디어 알레시오미터에 대해 언급한 것이었다.

"이를테면 나는 이 알레시오미터에 대해서도 호기심이 많아요. 당신이 작동하는 법을 일러 줄 수 있을 것 같은데."

찰스 경이 말했다. 그러고는 소파 끝에 있는 팔각형의 탁자 위에 알레시오미터를 내려놓았다. 윌은 그것을 잘 볼 수 있었다. 팔만 뻗으면 잡을 수 있는 거리였다.

두 번째 일어난 일은 아까 본 그 그림자가 멈춰 선 것이었다. 그림자의 주인공은 콜터 부인이 앉은 의자 뒤에 자리를 잡은 게 틀림없었다. 그 물체가 벽에 그림자를 선명하게 드리운 것이다. 하지만 그 물체가 멈추는 순간 윌은 그것이 콜터 부인의 데몬임을 알아차렸다. 머리를 이리저리 돌리며 무언가를 찾는 듯한 원숭이가 몸을 웅크리고 있었다.

윌은 리라도 그것을 보고 놀라는 것을 느낄 수 있었다.

"다른 창문으로 가서 찰스 경의 정원으로 나와. 그리고 그들의 주의를 끌게 돌멩이를 서재로 던지란 말이야. 그 사이에 나는 알레시오미터를 되찾을 테니까. 돌을 던진 뒤에는 창문 아래서 나를 기다려."

리라는 고개를 끄덕이고 잔디밭 위를 조용히 걸어갔다.

콜터 부인이 무언가를 말하고 있었다.

"……조던 대학 총장은 멍청한 늙은이예요. 알레시오미터를 왜 리라에게 주었는지 이해할 수 없다니까요. 그것의 작동법을 알기 위해서는 수년 동안의 강도 높은 교육이 필요해요. 자, 카를로, 당신이 내게 정보를 말해 줄 차례예요. 이 기구를 어떻게 손에 넣게 되었죠? 리라는 어디 있어요?"

"박물관에서 그 아이가 이 기구를 사용하는 것을 보았소. 물론 오래전 당신 집에서 그 아이를 본 적이 있었기 때문에 즉시 알아볼 수 있었지. 그리고 그 아이가 통로를 발견한 게 분명하다고 생각했소. 바로 그 순간 내 목적을 달성하는 데 이 기구를 사용할 수 있을 거라는 생각이 들었지. 그래서 리라를 두 번째로 우연히 만났을 때 그것을 훔쳤던 거요.”

“아주 솔직하시군요.”

“부끄러운 척할 필요는 없잖소. 우린 성인인걸.”

“그렇다면 리라는 지금 어디 있죠?”

“나를 찾아왔더군. 아마 그 일은 용기가 필요했을 거요.”

“리라는 용기가 철철 넘치는 아이니까요. 당신은 이 기구로 무얼 하려는 거죠? 훔친 목적이 뭐예요?”

“난 리라에게 돌려주겠다고 약속했소. 내가 원하는 어떤 물건을 그 아이가 가져다주기만 하면 말이지.”

“그게 뭔데요?”

“그건 당신이…….”

바로 그때 돌멩이 하나가 서재 유리창을 박살 내며 날아들었다.

찰스 경과 콜터 부인이 놀라 숨을 멈추고 있는 동안 원숭이가 의자 뒤에서 뛰어올랐다. 뒤이어 두 번째, 세 번째 돌이 날아들며 유리창 깨지는 소리가 났고, 윌은 찰스 경이 소파에서 일어나는 소리를 들었다.

윌은 몸을 앞으로 내밀고 알레시오미터를 낚아채어 호주머니에 찔러 넣었다. 그러고는 재빨리 치타가체 쪽으로 몸을 빼내고는 창문을 닫기 시작했다.

치타가체의 풀밭에서 공기를 들이마시니 마음이 진정되었다. 바로 뒤에는 끔찍한 공포가 도사리고 있음에도 불구하고.

그 순간 서재 쪽에서 소름 끼치는 비명 소리가 들려왔다. 윌은 그것이 그 징그러운 원숭이 소리임을 알았다. 윌이 창문을 거의 다 닫았을 무렵 그의 가슴 높이에 남은 틈새로 검은 손톱이 박힌 금빛 털의 작은 발과 끔찍하게 생긴 원숭이 얼굴이 불쑥 들어왔다. 윌은 깜짝 놀라 뒤로 한 걸음 물러섰다. 황금 원숭이는 이빨을 드러낸 채 눈을 번뜩이고 있었는데 강렬하게 내뿜는 악의가 날카로운 창처럼 느껴질 정도였다.

1초만 더 있었더라도 월은 창문을 닫고 모든 일을 무사히 끝냈을 터였다. 월은 즉시 칼을 높이 쳐들고 원숭이의 얼굴을 향해 이리저리 휘둘렀다. 원숭이가 제때 물러나지 않았다면 얼굴이 두 동강 났을 것이다. 원숭이가 물러나자 월은 재빨리 창문을 닫았다.

이윽고 저쪽 세계는 사라졌다. 월은 숨을 헐떡이며 달빛이 휘황한 치타가체의 풀밭에 서 있었다. 온몸이 후들후들 떨려 왔다.

하지만 리라를 구출할 일이 아직 남아 있었다. 월은 서둘러 관목숲을 향해 열어 둔 첫 번째 창문으로 뛰어가서 바깥쪽을 살폈다. 월계수와 감탕나무의 잎들이 시야를 가렸지만 월은 그 잎들을 옆으로 밀쳐 내고 찰스 경의 저택을 바라보았다. 깨진 서재의 유리창이 달빛에 날카롭게 빛나고 있었다.

그때 황금 원숭이가 빠른 속도로 잔디밭 위를 뛰어다니는 모습이 보였다. 그리고 찰스 경과 콜터 부인이 그 뒤를 바짝 따르고 있었다. 찰스 경의 손에는 권총이 쥐어져 있었다. 콜터 부인은 정말 아름다웠다. 월은 경이롭게 그녀의 모습을 바라보았다. 달빛을 받아 더욱 돋보이는 그녀는 매력적인 검은 눈과 우아하고 날씬한 몸매를 지니고 있었다.

콜터 부인이 손가락으로 딱 소리를 내자 황금 원숭이는 즉시 행동을 멈추고 그녀의 품속으로 뛰어들었다. 그러자 월은 그 아름다운 여인과 사악한 원숭이가 하나라는 사실을 알았다.

리라는 어디에 있는 걸까?

그들은 조심스럽게 주위를 살피고 있었다. 콜터 부인이 황금 원숭이를 내려놓자 그 괴물은 마치 무슨 냄새라도 맡은 듯이 잔디밭 여기저기를 찾기 시작했다. 주위는 고요했다. 만약 리라가 관목 속에 숨어 있다면 조금만 움직여도 바스락거리는 소리가 날 것이고 그러면 들키고 말

것이다.

찰스 경이 권총의 안전장치를 푸는 소리가 찰칵 하고 들려왔다. 그러고는 윌이 서 있는 곳을 잠시 노려보더니 시선을 다른 곳으로 돌렸다.

그들이 황금 원숭이 쪽을 돌아보았다. 원숭이가 무슨 소리를 들은 듯했다. 그 괴물이 갑자기 공중으로 뛰어올랐다. 리라를 발견했던 모양이다.

그 순간 얼룩고양이가 관목숲 속에서 뛰어나와 잔디밭으로 달려 나갔다.

황금 원숭이는 고양이를 보자 놀란 듯이 공중제비를 넘었다. 윌도 느닷없는 얼룩고양이의 출현에 깜짝 놀랐다. 윌과 리라가 구해 주었던 바로 그 고양이였다. 황금 원숭이는 고양이를 정면으로 노려보며 발톱을 내밀었다. 고양이도 지지 않고 등을 활처럼 구부리고 꼬리를 높이 치켜세우며 원숭이를 향해 가르랑거렸다.

황금 원숭이가 고양이를 향해 뛰어올랐다. 고양이도 몸을 곧추세우며 날카로운 발톱을 좌우로 휘둘렀다. 그 순간 리라는 판탈라이몬과 함께 창문 속으로 구르다시피 들어와서 윌 옆에 섰다. 고양이는 요란하게 가르랑거렸고, 원숭이 역시 고양이의 발톱에 얼굴을 긁히자 비명을 질러 댔다. 원숭이가 몸을 돌려 콜터 부인의 품으로 뛰어들었다. 그러자 고양이는 관목숲 속으로 쏜살같이 사라져 버렸다.

윌은 공중에서 보이지 않는 창문의 가장자리를 찾아 재빨리 닫았다. 점점 작아지는 틈새를 통해 나뭇가지를 부러뜨리며 다가오는 발소리가 들려왔다.

이제 윌의 손바닥만 한 구멍만 남았다. 그 구멍도 마저 닫히자 세상이 갑자기 조용해진 듯했다. 윌은 이슬에 젖은 잔디밭에 무릎을 꿇고 앉아 알레시오미터를 꺼냈다.

"여기 있어."

그는 리라에게 알레시오미터를 건넸다.

리라는 떨리는 손으로 그것을 받아 들었다. 윌도 부들부들 떨리는 손으로 신비의 칼을 칼집에다 다시 꽂았다. 그러고는 잔디밭에 드러누워 눈을 감았다. 그는 은색의 달빛이 얼굴을 비추고 있는 것을 느꼈고, 리라가 조심스러운 동작으로 붕대를 풀어 다시 단단하게 묶는 것을 느낄 수 있었다.

"알레시오미터를 찾아 줘서 정말 고마워, 윌."

리라가 떨리는 목소리로 말했다.

"그 고양이가 무사해야 할 텐데."

윌이 걱정된다는 듯 말했다.

"지금쯤은 집에 돌아가 있겠지. 자신의 세계로 다시 돌아갔으니까. 이제 그 고양이는 안전할 거야."

"내가 무슨 생각을 했는지 알아? 난 그 고양이가 너의 데몬이 아닐까 하고 생각했어. 그 고양이는 아주 착한 일을 했거든. 우리는 그를 구해 주었고 그는 우리를 구해 주었어.

자, 윌, 이제 일어나. 축축한 풀밭에 누워 있으면 안 돼. 돌아가서 침대에 누워야지, 그러지 않으면 감기 걸릴 거야. 저기 보이는 큰 집으로 가 보자. 잠자리와 먹을 것이 있을 거야. 자, 내가 새 붕대도 만들어 줄게. 커피도 끓이고 오믈렛도 만들고 네가 원하는 거라면 뭐든 요리해 줄게. 알레시오미터를 되찾았으니 이제 우린 안전해. 이제부터는 너의 아버지를 찾는 일만 할 거야, 약속할게."

리라는 윌을 부축해 일으켰다. 두 사람은 달빛을 받으며 정원을 지나 하얗게 빛나는 커다란 저택을 향해 천천히 걸어갔다.

주술사

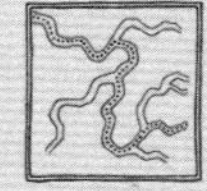

리 스코즈비는 예니세이 강 어귀에 위치한 항구에 상륙했다. 항구는 혼돈 그 자체였다. 어부들은 자신들이 잡은 얼마 안 되는 물고기를 통조림 공장에 팔기 위해 분주했고, 선주들은 정부가 홍수에 대처하기 위해 항구 이용료를 턱없이 올렸다고 매우 화가 나 있었다. 또한 사냥꾼들은 숲 속의 얼음이 빠르게 녹으면서 동물들의 생태가 변하여 일을 할 수 없게 되자 시내를 이리저리 배회하고 있었다.

내륙으로 들어가는 길은 무척 힘들 것이 분명했다. 여느 해 이맘때라면 길이 딱딱하게 얼어 있겠지만 지금은 영구동토층까지 녹아 지면이 늪지대처럼 변해 있었다.

그래서 리 스코즈비는 기구와 장비를 창고에 보관시키고 가스엔진이 장착된 배 한 척을 빌렸다. 그리고 연료 서너 탱크와 약간의 생필품을 구입하여 배에 싣고는 물이 많이 불어난 강을 따라 출발했다.

처음에는 배가 속력을 내지 못했다. 급류가 심했을 뿐만 아니라 온갖 부유물이 수면에 가득했기 때문이다. 나무줄기, 죽은 동물들, 퉁퉁 불은 사람의 시체까지도 떠다녔다. 리 스코즈비는 부유물들을 피해 조심스럽게 배를 몰아야만 했고, 앞으로 나아가기 위해서는 소형 엔진을 무리하게 돌려야만 했다.

그는 그루만의 부족이 살고 있는 마을로 가는 길이었다. 믿는 것이라곤 몇 해 전 그 지역 위를 비행했다는 기억뿐이었다. 하지만 그 기억은 여전히 생생했고 비록 제방 몇 곳이 누르스름한 강물 속으로 사라지기는 했지만 빠르게 흐르는 시내 사이로 방향을 찾는 데는 별 어려움이 없었다.

기온의 변화는 곤충들까지 혼란시켰다. 떼를 지어 몰려다니는 각다귀들로 인해 땅의 윤곽이 뿌옇게 흐려져 있었다. 리 스코즈비는 흰꽃독말풀로 만든 연고를 얼굴과 손에 바르고 독한 냄새가 나는 시가를 연달아 피워대 최악의 사태는 막을 수 있었다.

그의 데몬 헤스터는 기다란 귀를 앙상한 등에 납작하게 붙이고 눈을 가느다랗게 뜬 채 이물에 앉아 있었다. 리 스코즈비는 헤스터의 침묵에 익숙했고, 헤스터 역시 그의 침묵에 익숙해져 있었다. 둘은 필요할 때만 말을 했다.

사흘째 되는 날 아침 지류를 거슬러 올라가던 리 스코즈비는 본류에 합류하여 얼마 전까지만 해도 눈 속에 파묻혀 있던 갈색 줄무늬의 낮은 언덕들을 따라 내려가기 시작했다. 시냇물은 곧 키 작은 소나무와 가문비나무 사이를 흘러갔다. 몇 마일 지나자 그는 집채만 한 둥근 바위를 발견했다. 리 스코즈비는 강둑으로 배를 몰아 그 바위에다 배를 묶었다.

"여기에 잔교가 있었어. 노바 젬블라에서 그 늙은 바다표범 사냥꾼이

한 말 기억해? 그 잔교는 지금 2미터나 되는 물아래에 있을걸.”

리 스코즈비가 헤스터에게 말했다.

“강물이 불어날 것을 예상하고 사람들이 높은 곳에다 마을을 건설했다면 좋았을 텐데.”

헤스터가 강둑으로 껑충 뛰어오르며 말했다.

30분도 지나지 않아 리 스코즈비는 마을 추장이 사는 목조 가옥 앞에 짐을 내려놓고 모여든 마을 사람들에게 인사를 건넸다. 그는 북부 지방에서 공통으로 사용되는 몸짓으로 호의를 표시하고 라이플 총을 발아래 내려놓았다.

주름살에 덮여 두 눈이 거의 보이지 않는 한 타타르족 노인이 자신의 활을 그 옆에 내려놓았다. 노인의 데몬인 오소리가 헤스터에게 코를 실룩거리자 헤스터는 그 응답으로 귀를 가볍게 튕겼다. 추장이 무어라고 말하자 리 스코즈비가 대답했다. 그들은 여섯 개의 언어를 써 본 뒤 대화가 가능한 언어를 찾아냈다.

“추장님과 부족 여러분께 경의를 표합니다. 비싼 것은 아니지만 담배를 조금 가져왔습니다. 받아 주신다면 영광이겠습니다.”

추장은 감사의 표시로 고개를 끄덕였다. 그러자 추장 부인들 중의 한 사람이 리 스코즈비가 배낭에서 꺼낸 꾸러미를 받아 들었다.

“저는 그루만이라는 사람을 찾고 있습니다. 추장님이 그를 받아들여 부족이 되었다고 들었습니다. 그는 다른 이름을 가졌을지도 모르는데 유럽 사람입니다.”

리 스코즈비의 말에 추장이 대답했다.

“우리는 당신을 기다리고 있었소.”

가옥들로 둘러싸인 마을 한가운데의 질퍽한 공터에 내리쬐는 햇빛을 받으며 모여 선 마을 사람들은 두 사람이 하는 말을 알아들을 순 없었지

만 기뻐하는 추장의 얼굴 표정은 읽을 수 있었다. 리 스코즈비는 그들의
반응을 본 헤스터가 자신처럼 안심하고 있다는 것을 느낄 수 있었다.

추장은 여러 번 고개를 끄덕였다.

"당신은 그루만 박사를 다른 세계로 데려가려고 왔소?"

추장이 물었다.

리는 놀란 표정을 지으며 대답했다.

"그렇습니다, 추장님. 그가 이곳에 있습니까?"

"나를 따라오시오."

추장이 말했다.

마을 사람들이 공손하게 길을 내주었다. 헤스터가 더러운 진흙길을
뛰어가기 싫어한다는 것을 아는 스코즈비는 그녀를 팔에 안고 가방을
어깨에 멘 다음 추장을 따라갔다. 오솔길을 지나 한참 걸어가자 낙엽송
으로 둘러싸인 공터에 서 있는 오두막집이 하나 나타났다.

추장은 나무로 기둥을 대고 동물 가죽으로 지붕을 덮은 오두막집 앞
에 멈춰 섰다. 그 집은 수퇘지 엄니와 순록의 뿔로 장식되어 있었다.

하지만 그 장식들은 단지 사냥물을 자랑하기 위한 것이 아니라 어떤
의식적인 목적이 있는 듯했다. 거기엔 말린 꽃과 세심하게 엮은 소나무
가지들도 걸려 있었기 때문이다.

"공손하게 대하시오. 그는 주술사니까. 게다가 그는 마음이 아프다오."

추장이 조용하게 말했다.

리 스코즈비는 갑자기 등줄기를 타고 흐르는 전율을 느꼈다. 헤스터
역시 몸이 굳어졌다. 자신들이 내내 감시당하고 있었음을 알았기 때문
이다. 노란색의 눈동자가 말린 꽃과 소나무 가지 사이로 밖을 내다보고
있었다. 그것은 데몬이었다. 리 스코즈비가 쳐다보자 그것은 머리를 돌
려 우아한 몸짓으로 소나무 가지 하나를 부리에 물고 커튼처럼 끌어당

졌다.

추장은 전에 늙은 바다표범 사냥꾼이 리 스코즈비에게 말해 주었던 조파리란 이름을 큰 소리로 불렀다. 잠시 후 한 남자가 문을 열었다.

수척해 보이는 그 남자는 눈빛이 몹시 번쩍였고 짐승 가죽으로 만든 옷을 입고 있었다. 검은 머리카락은 군데군데 희끗했으며, 강인한 턱은 앞으로 쑥 나와 있었다. 번뜩이는 눈빛의 물수리 데몬이 그의 팔에 앉아 있었다.

추장은 그에게 세 번 절한 뒤 리 스코즈비를 남겨 두고 돌아갔다.

"그루만 박사님, 저는 리 스코즈비라는 사람입니다. 텍사스 출신으로 직업은 기구 조종사지요. 잠시 얘기할 시간을 주신다면 제가 이곳에 온 목적을 말씀 드리겠습니다. 박사님은 베를린 아카데미의 회원이셨던 슈타니슬라우스 그루만 박사님이죠?"

"그렇습니다. 텍사스에서 오셨다구요? 바람이 당신을 이 먼 곳까지 데려왔군요, 스코즈비 씨."

"그렇습니다. 지금 세상에는 이상한 바람이 불고 있으니까요."

"그래요. 햇볕이 따사롭군요. 긴 의자가 어디 있을 겁니다. 밖으로 꺼내는 것을 좀 도와주세요. 이 기분 좋은 햇살 아래에서 대화를 나누면 좋겠군요. 커피 드시겠습니까?"

"감사합니다. 박사님."

리 스코즈비는 그루만이 난로로 가서 뜨거운 커피를 양철컵 두 개에 따르는 동안 나무 벤치를 밖으로 가지고 나왔다. 그의 귀에는 그루만 박사의 억양이 독일식이 아니라 영국식으로 들렸다. 천문대 소장의 말이 옳았던 것이다.

두 사람이 자리에 앉자 헤스터는 눈을 내리뜨고 순종적인 태도로 리 스코즈비 옆에 앉았고, 커다란 물수리 데몬은 해를 바라보고 있었다. 스코즈비는 트롤선드에서 집시들의 왕 존 파를 만났던 얘기부터 꺼냈다.

그리고 이오레크 뷔르니손을 고용하게 된 경위, 볼반가르로의 여행, 리라와 다른 아이들의 구출에 대해서 설명하고 스발바르로 날아가는 기구 안에서 리라와 마녀 세라피나로부터 듣게 된 소식을 말했다.

"자, 그루만 박사님, 리라가 얘기한 바에 따르면 아스리엘 경이 유리관 안에 든 박사님의 머리를 그곳 학자들 앞에 내보이며 겁을 주는 바람에 그들이 자세히 살펴보지 않았던 것 같습니다. 그래서 저는 당신이 아직 살아 있을 거라는 의심을 하게 되었죠.

게다가 박사님은 이 분야에 대해 전문적인 지식을 갖고 계십니다. 북극 연안에서 박사님에 대한 소문을 많이 들었어요. 박사님의 두개골에 구멍을 내었다는 얘기와, 연구 주제가 해저 발굴에서 북극광을 관찰하는 것까지 매우 다양하다는 사실까지요. 게다가 10년인가 12년 전에 홀연히 나타났다는 사실까지 그 모든 것이 제 흥미를 끌었습니다.

하지만 그루만 박사님, 제가 이곳에 오게 된 이유는 단순한 호기심 때문만은 아닙니다. 저는 리라를 걱정하고 있어요. 저는 그 아이가 매우 중요한 인물이라고 생각합니다. 마녀들도 그렇고요. 박사님께서 그 아이에 대해 알고 계신 것과, 리라에게 벌어지고 있는 일에 대해 아시는 것이 있다면 알려 주십시오. 박사님께서는 알고 계실 거라는 확신 때문에 이곳까지 달려왔습니다.

또 한 가지, 제가 잘못 들었는지는 모르지만 추장님은 제가 당신을 다른 세계로 모셔 가기 위해 온 것이라고 말했습니다. 그리고 추장님이 당신을 뭐라고 불렀죠? 그것은 부족식 이름입니까, 아니면 주술사에 대한 호칭입니까?"

그루만은 잠시 미소 짓더니 말했다.

"그가 사용한 이름은 내 본명인 존 패리입니다. 그렇소, 당신은 나를 다른 세계로 데리고 가기 위해 이곳에 왔습니다. 당신이 이곳에 온 이유에 대해서는 이것이 대답을 대신해 줄 거요."

그루만 박사는 주먹을 폈다. 그의 손바닥에는 은과 터키옥으로 만든 나바호족 디자인의 반지가 놓여 있었다. 리 스코즈비는 그것이 어떻게 해서 그루만 박사의 손에 들어갈 수 있었는지 이해할 수 없었다. 그는 반지를 다시 한 번 자세히 살펴보았다.

아무리 봐도 그것은 자신의 어머니가 끼고 있던 반지임이 분명했다. 반지의 무게와 터키옥의 부드러운 빛깔, 보석을 에워싸고 있는 섬세한 은세공을 그는 아직도 선명하게 기억하고 있었다. 왜냐하면 어린 시절 고향에서 그 반지를 몇 번이고 만져 보았기 때문이다.

그는 자신이 어느새 일어서 있다는 것을 알았다. 헤스터도 귀를 쫑긋 세우고 몸을 가늘게 떨고 있었다. 물수리는 리 스코즈비와 그루만 사이에서 언제든 덤벼들 기세로 잔뜩 긴장하고 있었다. 그는 박사를 공격할 의사는 없었지만, 당황스러웠고, 다시 어린 시절로 돌아간 느낌이었다. 그의 목소리가 딱딱하게 떨려 나왔다.

"이것을 어디서 얻었습니까?"

"가지시오. 그 반지의 임무는 끝났습니다. 그것이 당신을 이리로 부른 거요. 이제 내게는 필요 없습니다."

"하지만 어떻게……."

리 스코즈비는 그 소중한 반지를 그루만의 손바닥에서 집어 올리며 말했다.

"박사님이 어떻게 이것을 가지게 되었는지 이해할 수가 없군요. 전 이 반지를 40년 동안 보지 못했습니다."

"나는 주술사입니다. 당신이 이해하지 못하는 많은 것을 할 수 있소. 스코즈비 씨, 진정하고 앉으시오. 이제부터 당신이 알아야 할 것을 말해 주겠소.”

리 스코즈비는 반지를 어루만지며 다시 자리에 앉았다.

“흠, 제가 약간 흥분했군요. 박사님이 하시는 말씀을 잘 들어야 할 것 같습니다.”

“좋습니다. 그럼 시작하죠. 내 이름은 아까 말씀 드린 대로 존 패리요. 그리고 이 세계에서 태어나지 않았습니다. 아스리엘 경은 다른 세계를 여행한 첫 번째 사람이 아닙니다. 비록 그가 극적으로 그 문을 연첫 번째 사람이긴 하지만 말이오.

내가 살던 세계에서 나는 군인이었다가 탐험가가 되었죠. 12년 전 나는 당신 세계에서는 베링랜드라고 불리는 장소로 탐험대와 함께 떠났습니다. 내 동료들은 다른 목적을 가졌지만 나는 오래된 전설에서 들은 무언가를 찾고 있는 중이었죠. 그것은 그 세계를 둘러싸고 있는 조직의 틈새였소. 우리 세계와 다른 세계 사이에 있는 구멍 같은 것 말입니다.

그러다가 내 동료 중 몇 명이 길을 잃었습니다. 그들을 찾다가 나와 다른 두 명은 보이지도 않는 구멍, 그 통로를 지나 자신도 모르는 사이에 다른 세계로 들어서게 된 것이죠. 우리들의 세계와 완전히 이별하게 된 겁니다.

처음에 우리는 무슨 일이 일어났는지도 몰랐습니다. 계속 걷다가 어떤 마을을 발견하고서야 이상하다는 생각이 들었죠. 우리가 살던 세계와는 전혀 다른 세계에 와 있었던 겁니다. 아무리 노력해도 우리는 처음 들어왔던 출입구를 찾을 수가 없었어요. 심한 눈보라가 치던 날에 그 출입구를 통과했기 때문이죠. 당신도 북극에 대해서 잘 알고 있으니 내가 무슨 얘기를 하는지 알 거요.

그래서 우리는 그 새로운 세계에 머무르는 수밖에 없었습니다. 그리고 얼마 지나지 않아 그곳이 매우 위험한 장소라는 사실을 알게 되었습니다. 이상한 종류의 식시귀(食屍鬼, 동양 전설에서 시체를 먹는다는 악귀)나 유령이 출몰하는 곳이었죠. 아주 치명적이고 무자비한 것입니다.

동료 두 명은 스펙터라고 불리는 그 괴물에게 곧 죽임을 당했습니다. 그리고 나는 스펙터가 나타나는 그 세계가 진저리 날 정도로 무서운 곳이란 걸 알게 되었고 즉시 그곳을 떠나고 싶었죠. 내가 살던 세계로 가는 통로는 영영 찾을 수가 없었습니다. 하지만 다른 세계로 가는 통로를 찾게 되어 이곳으로 오게 된 것입니다.

그리고 이곳에 도착하자마자 난 놀라운 사실을 목격하게 되었죠. 세상이 너무나도 달랐고 난생처음으로 나의 데몬을 보게 되었던 겁니다. 그렇습니다. 당신의 세계로 들어오기 전까지 난 사얀 쾨퇴르의 존재를 알지 못했습니다. 이곳에 사는 사람들은 데몬이 내면에 존재하는 세계를 이해할 수 없을 겁니다.

이만하면 내 본성의 일부가 여성이며 아름다운 새 모양을 하고 있다는 사실을 알고 내가 얼마나 놀랐겠는지 상상이 되십니까?

그래서 나는 사얀 쾨퇴르와 함께 북쪽 나라들을 돌아다녔습니다. 그리고 북극 지방의 민족들에 대해서 많은 것을 배웠죠. 저 아래 마을에 사는 내 좋은 친구들처럼 말입니다. 그들이 이 세계에 관해 말한 것들이 내가 살던 세계에서 얻은 지식과의 간격을 메워 주었습니다. 그래서 나는 많은 신비로운 문제에 대한 해답을 알기 시작한 거죠.

나는 그루만이라는 가명을 사용하여 베를린으로 갔습니다. 나의 태생에 대해서는 비밀로 했죠. 나는 베를린 아카데미에 논문을 발표했습니다. 아카데미의 어느 회원보다 더 많은 지식을 가지고 있었기에 회원으로 인정받는 데는 별 어려움이 없었습니다.

그래서 새로운 신원증명서를 가지고 이 세계에서 연구를 시작할 수 있었죠. 그리고 연구는 대체로 만족스러웠습니다. 물론 내가 살던 세계가 그리울 때도 있습니다.

스코즈비 씨, 당신은 결혼하셨습니까? 아니라구요? 저는 했습니다. 그리고 아내를 매우 사랑했습니다. 하나밖에 없는 나의 아들만큼이나요. 내가 그 세계를 나왔을 때 그 아이는 아직 첫돌도 지나지 않았습니다. 아내와 아들이 몹시 그립습니다. 아마 천 년을 찾더라도 돌아갈 출구는 찾을 수 없을 겁니다. 우리는 영원히 헤어진 상태죠.

하지만 나는 연구에 몰두했습니다. 그리고 다른 형태의 지식을 추구했습니다. 나는 두개골을 뚫는 의식을 창시했습니다. 그리고 주술사가 되었죠. 몇 가지 유용한 발견도 했습니다. 혈류이끼로 연고를 만들었는데 그 안에는 신선한 식물 안에 포함된 좋은 성분이 모두 들어 있습니다.

스코즈비 씨, 나는 이 세계에 대해 아주 많은 것을 알게 되었습니다. 이를테면 더스트에 관해서도요. 표정을 보니 당신도 더스트에 대해 알고 있는 것 같군요. 그것은 신학자들을 기절초풍하게 만들고 있지만, 나를 놀라게 하는 것은 바로 그들입니다. 나는 아스리엘 경이 무슨 일을 하고 있는지, 또 그 일을 하는 이유는 무엇인지에 대해서도 알고 있습니다. 그래서 당신을 이곳으로 부른 것입니다.

짐작하셨겠지만 나는 그를 도울 작정입니다. 그가 하고 있는 일은 위대한 일이기 때문입니다. 3만 5천 년이라는 인간의 역사에 커다란 획을 긋는 일이죠, 스코즈비 씨.

나는 많은 일을 할 수 없습니다. 내 심장은 이 세계의 어느 누구도 치료할 수 없을 정도로 병들어 있습니다. 하지만 한 번 정도는 쏠을 힘이 남아 있을 겁니다. 나는 아스리엘 경이 알지 못하는 어떤 것을 알고 있습니다. 그가 하는 일이 성공하려면 꼭 알아야 하는 것이죠.

나는 스펙터들이 인간의 의식을 먹어 치우는 그 무시무시한 세계에 흥미를 가지고 있답니다. 스펙터의 정체와 그들이 인간 속으로 침투하는 방법을 알고 싶은 거죠. 나는 주술사이기 때문에 내가 들어갈 수 없는 육체의 정신 속에서 어떤 것을 발견할 수 있었으며, 그 세계를 탐험하며 많은 시간을 신들린 상태로 보냈습니다.

그곳에서 나는 몇 세기 전의 철학자들이 자신들의 파멸을 초래한 어떤 도구를 만들어 냈음을 알게 되었습니다. 만단검이라고 불리는 칼이었죠. 그것은 위력이 엄청난 칼입니다. 철학자들이 애초에 그것을 만들 때 생각했던 것보다 훨씬 엄청난 힘을 가졌죠. 그 칼을 잘못 사용함으로써 철학자들은 스펙터들을 자신들의 세계로 끌어들였던 겁니다.

그렇소, 나는 만단검에 대해 알고 있고, 그것이 무엇을 할 수 있는지도 알고 있습니다. 그리고 그것이 어디에 있는지, 그것을 사용해야 할 사람을 알아보는 방법과 그가 아스리엘 경을 위해서 해야 할 일이 무엇인지도 알고 있습니다. 나는 그 사람이 그 일을 수행할 충분한 역량을 가지고 있길 바랍니다. 그래서 당신을 이곳으로 부른 겁니다. 당신은 나를 아스리엘 경이 열어 둔 그 세계로 데려다 줘야 합니다. 나는 만단검을 소유한 자가 그곳에 있을 것이라고 기대하니까요.

그곳은 위험합니다. 스펙터들은 당신이나 나의 세계에 존재하는 그 어떤 것보다 끔찍한 괴물들입니다. 우리는 조심스럽고 용감해야 합니다.

나는 그곳에서 돌아오지 않을 겁니다. 당신이 고향을 다시 보기를 원한다면 모든 용기와 기술을 발휘해야 하며 운도 따라야 할 겁니다.

그것이 당신의 임무입니다, 스코즈비 씨. 당신이 나를 찾은 이유이기도 하고요."

그루만은 잠시 침묵했다. 얼굴은 창백했고 식은땀까지 배어 있었다.

"지금까지 들어 본 이야기 중 가장 허무맹랑한 얘기로군요."

리 스코즈비가 말했다. 흥분한 그는 자리에서 일어나 이리저리 걸어

다녔다. 헤스터는 벤치에 앉아 그 모습을 눈도 깜박이지 않고 지켜보고 있었다. 그루만의 눈은 반쯤 감겨 있었고 그의 데몬은 스코즈비를 주의 깊게 쳐다보고 있었다.

"돈을 원하시오?"

그루만이 잠시 후 물었다.

"얼마간의 금을 줄 수는 있소. 어려운 일이 아닙니다."

리 스코즈비가 화를 내며 말했다.

"난 이곳에…… 당신이 아직 살아 있는지 확인하기 위해 왔습니다. 그 점에선 내 호기심이 충족되었다고 할 수 있죠."

"그 말을 들으니 기쁘군요."

"하지만 또 한 가지가 있습니다."

리 스코즈비는 에나라 호수에서 열렸던 마녀 회의와 그들이 맹세한 결의안에 대해서 그루만에게 말해 주었다.

"그러니까 저도 리라라는 이 소녀 때문에 마녀들을 돕게 되었던 겁니다. 박사님은 나바호족 반지가 저를 이곳으로 데려왔다고 말했습니다만, 그건 그럴 수도 있고 그렇지 않을 수도 있습니다. 다만 저는 이것이 리라를 돕는 일이라고 생각했기 때문에 온 것입니다.

그런 아이는 여태껏 한 번도 본 적이 없습니다. 만약 제게 딸이 있다면 리라의 반만큼이라도 강하고 용기 있고 착하길 바랄 겁니다. 저는 박사님이 그 소유자를 보호해 주는 어떤 물건에 대해서 알고 있다는 얘기를 들었습니다. 그게 뭔지 몰랐는데, 지금 박사님 얘기를 듣고 보니 그건 만단검을 두고 한 소리가 분명합니다.

따라서 그루만 박사님, 제가 당신을 다른 세계로 데려다 주는 대가는 금이 아니라 바로 그 만단검입니다. 저 자신을 위해 원하는 게 아닙니다. 리라를 위해섭니다. 리라가 만단검에 의해 보호받을 수 있도록 해 주겠다고 맹세를 해 주십시오. 그러면 어디든 모셔다 드리겠습니다."

그루만은 진지한 표정으로 대답했다.

"좋습니다, 스코즈비 씨. 맹세하겠습니다. 내 맹세를 믿을 수 있습니까?"

"무엇을 걸고 맹세하시겠습니까?"

"당신이 원하는 것은 뭐든지 좋습니다."

스코즈비는 잠시 생각한 뒤에 말했다.

"박사님으로 하여금 그 마녀의 사랑을 거절하게 만든 바로 그것을 걸고 맹세하십시오. 그것이 당신에겐 가장 중요한 일일 듯하군요."

그루만은 눈을 동그랗게 떴다가 대답했다.

"제대로 판단하셨습니다, 스코즈비 씨. 기꺼이 그것에 대고 맹세하겠습니다. 리라 벨라커라는 소녀는 틀림없이 만단검에 의해 보호받을 수 있을 겁니다. 하지만 한 가지 경고할 것이 있습니다. 그 칼의 소유자도 어떤 임무를 짊어지고 있을 겁니다. 어쩌면 그 임무가 리라를 더 큰 위험 속으로 몰아넣을 수도 있습니다."

리 스코즈비가 진지한 태도로 고개를 끄덕였다.

"그럴 수도 있겠지요. 하지만 전 리라가 최대한 안전하기를 바랍니다."

"이제 약속을 했으니 저는 그 새로운 세계로 가야만 합니다. 당신은 저를 태워 줘야 하구요."

"바람을 보십시오. 날씨를 관찰하지 못할 정도로 아프시지는 않을 텐데요."

"날씨는 내게 맡기십시오."

리 스코즈비는 고개를 끄덕였다. 그는 그루만이 사슴 가죽으로 만든 가방에 여행에 필요한 몇 가지 물건을 챙기는 동안 손가락으로 터키옥 반지를 쓰다듬고 또 쓰다듬었다. 그러고 나서 두 사람은 마을로 가는 숲길을 걸어 내려갔다.

추장은 다소 장황하게 말을 늘어놓았다. 마을 사람들이 몰려와서 축복의 말을 듣기 위해 그루만의 손을 만지며 말을 걸었다.

스코즈비는 날씨를 살폈다. 남쪽 하늘은 맑았고 시원한 산들바람이 나뭇가지를 흔들었다. 북쪽은 불어난 강물 위로 여전히 안개가 끼어 있었다. 하지만 안개는 여러 날 만에 처음으로 날씨가 맑아지리라는 징조처럼 보였다.

잔교가 있었던 커다란 바위에서 스코즈비는 그루만의 짐을 배에 실었다. 그러고는 연료를 가득 채운 뒤 시동을 걸었다. 이윽고 배가 출발했다. 그루만은 이물에 앉아 있었다. 급류를 만난 배는 나무들 밑을 쏜살같이 지나 본류로 흘러들어 갔다. 배의 속도가 너무 빠르자 스코즈비는 두꺼운 널빤지 아래 몸을 웅크리고 있는 헤스터가 걱정되었다. 하지만 헤스터는 경험이 많은 여행가였다. 스코즈비는 안달할 필요가 전혀 없었다.

그들은 강 어귀의 항구에 도착했다. 그리고 모든 호텔과 여관, 민박집들이 군인들에게 징발당한 사실을 알게 되었다. 교권을 수호하기로 맹세한 그 군대는 세상에서 가장 엄격한 훈련을 받고 가장 잘 무장된 모스크바 대공국 근위대였다.

스코즈비는 그루만이 너무 지쳐 보였기 때문에 하룻밤을 묵고 다음 날 출발할 작정이었다. 하지만 방을 구할 수 있을 것 같지 않았다.

"무슨 일이 벌어지고 있는 겁니까?"

스코즈비는 빌린 배를 주인에게 돌려주며 물었다.

"우리도 잘 몰라요. 어제 갑자기 근위병들이 들이닥치더니 모든 숙소와 식량, 배를 징발해 갔습니다. 당신이 이 배를 가져가지 않았더라면 이것도 징발당했을 겁니다.”

“그 군인들은 어디로 갈 예정이랍니까?”

“북쪽이랍니다. 사상 최대의 전쟁이 벌어질 거라고 하더군요.”

“북쪽이라면, 새로운 세계 말입니까?”

“그렇습니다. 더 많은 군대가 오고 있대요. 지금 이곳에 도착한 군대는 선발대에 지나지 않는답니다. 일주일 후에는 빵 한 덩이, 술 한 병도 남지 않을 겁니다. 당신이 이 배를 빌린 것이 내게는 행운이었습니다. 배의 가격이 벌써 두 배로 뛰었거든요.”

설사 빈방을 찾을 수 있다고 하더라도 쉬고 있을 여유가 없었다. 스코즈비는 기구가 걱정되어 그것을 맡겨 둔 창고로 달려갔다.

군대의 징발담당자인 중사에게 여분의 엔진을 검열받고 있던 창고 주인은 장부에서 눈을 들고 스코즈비와 그루만을 잠시 쳐다보았다.

“기구는 안됐지만, 어제 징발되었습니다. 상황이 어떤지 아시죠? 저도 어쩔 수가 없었습니다.”

그가 말했다.

헤스터는 귀를 쫑긋했고 스코즈비는 그 뜻을 알아차리고 창고 주인에게 물었다.

“아직 운반해 가진 않았겠죠?”

“오늘 오후에 가지러 올 예정입니다.”

“그렇게는 안 될 겁니다. 나는 근위대의 권위를 능가하는 힘을 가지고 있으니까요.”

스코즈비는 노바 젬블라에서 죽은 스크렐링인의 손가락에서 빼낸 반지를 창고 주인에게 보여 주었다. 창고 주인 옆에 서 있던 중사는 교회의 상징을 보자 하던 일을 멈추고 스코즈비에게 경례를 붙였다. 그러나 그의 얼굴에는 의심하는 듯한 표정이 떠올랐다.

"당장 그 기구를 가져가야겠소. 그러니까 지금 당장 그 안에 가스를 채우도록 해 주시오. 음식과 물과 모래주머니도요."

창고 주인은 중사를 돌아보았다. 중사는 어깨를 으쓱하더니 기구를 살펴보러 밖으로 나갔다. 리 스코즈비와 그루만은 기구에 가스를 채우는 것을 감독하기 위해 가스탱크가 있는 부두로 나갔다.

"어디서 그 반지를 구했소?"

그루만이 나지막하게 물었다.

"어떤 죽은 사람의 손가락에서 훔친 겁니다. 좀 위험한 짓이긴 하지만 기구를 돌려받기 위해선 다른 방법이 없었습니다."

"중사가 의심하고 있는 것 같던데요."

"물론 그럴 겁니다. 하지만 그는 훈련받은 병사라 감히 교권에 도전하진 않을 겁니다. 만일 상부에 보고하더라도 그때쯤이면 우리는 멀리 도망가 있을 거요."

"난 당신에게 바람을 약속했소, 스코즈비 씨. 당신이 그 바람을 좋아하길 바라오."

하늘은 파랗고 햇빛은 눈부셨다. 북쪽 바다 위에는 안개 봉우리들이 산맥처럼 걸려 있었다. 하지만 산들바람이 그것을 밀어내고 있었고, 리 스코즈비는 다시 하늘을 날고 싶은 마음에 참을 수가 없었다.

기구에 가스가 차서 창고 지붕 위로 떠오르기 시작하자 스코즈비는 장비들을 하나하나 점검하며 바스켓에 실었다. 다른 세계에서 어떤 난기류를 만날지 알 수 없었기 때문이다. 그는 바늘이 계속 돌아 아무 쓸모 없는 나침반도 주의 깊게 챙겨 바스켓 안에 고정시켰다. 그리고 마지막으로 바스켓 주위에 열두 개의 모래주머니를 매달았다.

가스주머니가 팽팽해지며 산들바람을 받아 북쪽으로 기울기 시작했다. 그러자 기구를 맨 튼튼한 밧줄도 팽팽해졌다. 리 스코즈비는 지니고 있던 마지막 금으로 창고 주인에게 계산을 치른 뒤 그루만이 바스켓 안으로 들어오는 것을 도와주었다. 그리고 나서 밧줄을 잡고 있는 사람들에게 물러나라는 신호를 내렸다.

하지만 그 순간 방해 세력이 등장했다.

창고 옆 샛길에서 쿵쿵거리는 군화 발자국 소리가 나더니 외침 소리가 들려왔다.

"멈춰!"

밧줄을 쥐고 있던 사람들은 명령 소리가 난 곳과 리 스코즈비를 번갈아 바라보았다. 스코즈비가 날카롭게 소리쳤다.

"손을 놔! 밧줄을 던져!"

사내 두 명은 그의 말에 따랐다. 하지만 나머지 두 명은 창고 모퉁이를 돌아 나오는 군인들을 바라보고만 있었다. 기구가 갑자기 한쪽으로 기울었다. 두 사람은 여전히 계선주(繫船柱)에 감긴 밧줄을 단단히 붙잡고 있었다. 기구는 옆으로 급격히 기울었다. 리 스코즈비는 바스켓 울타리를 붙잡았다. 그루만과 그의 데몬도 그것을 꽉 잡았다.

리 스코즈비가 소리쳤다.

"밧줄을 놔, 바보들아! 기구가 올라가고 있단 말이야!"

두 사람이 아무리 잡아당겨도 가스주머니의 부력은 감당할 수 없었다. 한 명이 밧줄을 놓치고 말았다. 밧줄은 계선주에서 빠르게 풀려 나갔다. 그래도 남은 한 명은 밧줄을 꽉 잡고 악착같이 매달렸다.

이런 일을 전에도 한 번 본 적 있는 리 스코즈비는 사고가 나지 않을까 두려웠다. 그 불쌍한 남자의 데몬인 땅딸막한 에스키모 개는 기구가 하늘로 솟아오르자 고통과 두려움에 싸여 울부짖었다. 한없이 길게 느껴지는 몇 초가 흐른 뒤 상황은 끝났다. 밧줄에 매달려 있던 사내가 마침내 힘이 다하여 떨어진 것이다. 그는 물속으로 곤두박질쳤다.

군인들이 총을 발사하기 시작했다. 빗발치는 총알이 바스켓 옆을 휙 휙 지나갔다. 총알 하나가 바스켓 울타리에 맞아 불꽃이 튀자 충격을 받은 스코즈비의 손이 뜨끔했다. 하지만 아무도 부상을 입지는 않았다. 기구는 바다 위 파란 하늘 속으로 빠져들듯 군인들의 시야에서 사라졌다.

스코즈비의 마음도 기구처럼 하늘에 둥둥 떠 있는 느낌이었다. 그는 세라피나에게 자신은 비행을 좋아하지 않으며 그 일은 단지 직업일 뿐이라고 말한 적이 있었다. 하지만 그것은 진심이 아니었다. 멋진 바람을 받아 하늘 위로 날아오르고 눈앞에 펼쳐지는 새로운 세상을 바라보는 것, 생에서 이보다 더 멋진 일이 또 어디 있겠는가?

그는 바스켓 울타리를 잡고 있던 손을 놓았다. 헤스터는 평소처럼 눈을 반쯤 감은 채 구석에 몸을 웅크리고 있었다. 멀리 아래쪽에서 총성이 아득하게 들려왔다. 마을은 빠르게 사라지고 있었고, 강 어귀의 넓은 강물은 햇빛을 받아 반짝이고 있었다.

"자, 그루만 박사님. 전 당신에 대해 잘 모르지만 이렇게 공중에 올라오니 한결 친근한 느낌이 드는군요. 그 불쌍한 사내가 진작 밧줄을 놓길 바랐건만, 별로 어려운 일도 아닌데 말입니다. 밧줄을 즉시 놓지 않았다면 희망이 없었을 겁니다."

"고맙습니다. 스코즈비 씨, 당신은 일을 아주 잘 처리했소."

그루만이 감동했다는 듯이 말했다.

"이제 비행하는 일만 남았군요. 털옷을 입은 것이 다행이라는 생각이 듭니다. 공기가 매우 차가우니 말이오."

벨베데레

넓은 정원 안에 위치한 그 하얀 대저택에서 윌은 불안한 잠을 잤다. 걱정 반 달콤함 반으로 이루어진 꿈 때문에 그는 깨어나기를 바라면서도 한편으로는 깨어나고 싶지 않았다. 잠에서 깨어난 그는 현기증이 심해 손가락 하나도 움직일 수 없을 정도였다. 간신히 일어나 앉은 윌은 손의 붕대가 풀리고 침대가 심홍색으로 물들어 있는 것을 보았다.

그는 가까스로 침대에서 내려와 부엌으로 갔다. 집 안은 고요했고 뿌연 먼지를 드러내며 햇빛이 비치고 있었다. 윌과 리라는 지붕 밑 하인들 방에서 잠을 잤다. 아래층에 있는 거대한 방의 커다란 침대들은 어쩐지 그들을 환영하지 않는 듯했기 때문이다. 비틀거리며 걷던 윌은 한참 만에야 부엌에 도착했다.

"윌, 내가 도와줄게."

뒤따라온 리라가 걱정스러운 목소리로 말했다.

월은 머리가 너무 어지러웠다. 피를 너무 많이 흘린 것 같았다. 온통 피투성이였다. 상처에서는 여전히 피가 흐르고 있었다.

"커피를 끓여 놨어. 좀 마실래? 먼저 붕대를 다시 감아 줄까? 원하는 대로 해 줄게. 냉장고에 달걀이 있어. 하지만 통조림 같은 건 없어."

"통조림 같은 게 있을 만한 집이 아냐. 붕대부터 다시 감아 줘. 더운 물이 나올까? 좀 씻고 싶은데. 온몸이 피로……."

리라는 더운물을 가져왔다. 월은 속옷만 남겨 두고 옷을 모두 벗었다. 창피함을 느끼기에는 너무 정신이 없고 어지러웠다. 그러나 리라는 부끄러운 듯 밖으로 나갔다. 월은 남은 기운을 다해 몸을 씻은 뒤 스토브 옆에 걸린 타월로 몸을 닦았다.

리라는 월이 입을 만한 옷을 찾아왔다. 셔츠와 바지, 벨트였다. 월이 옷을 입고 나자 리라는 깨끗한 헝겊을 찢어 손의 상처를 다시 단단하게 동여맸다. 리라는 그의 손이 몹시 걱정되었다. 손 전체가 퍼렇게 변하고 팅팅 부어올라 있었던 것이다. 하지만 월은 그것에 대해 아무 말도 하지 않았고 리라도 마찬가지였다.

그러고 나서 두 사람은 커피와 구운 빵을 들고 커다란 거실로 가서 창밖으로 마을을 내려다보며 식사를 했다. 음식을 먹고 나자 월은 기분이 조금 나아진 듯 리라에게 말했다.

"알레시오미터에게 이젠 우리가 무엇을 해야 좋을지 물어보는 게 좋겠어. 아직 아무것도 물어보지 않았지?"

"응, 이젠 네가 하라는 것만 할 거야. 어젯밤에 물어볼까 생각했지만 참았어. 네가 얘기하지 않는 한 알레시오미터를 사용하지 않을 거야."

"그렇다면 지금 물어봐. 지금 이곳에는 내가 살던 세계만큼이나 많은 위험이 도사리고 있어. 안젤리카의 오빠만 해도 그렇지. 만약 그가……."

윌은 말을 멈추었다. 리라가 무슨 말을 할 듯했기 때문이다.

"윌, 어제 일어난 일 중에서 말하지 않은 것이 있어. 너무 많은 일이 연달아 일어나는 바람에. 미안해."

리라는 자코모 파라디시 노인이 윌의 상처를 치료해 주는 동안 탑 창문을 통해 목격했던 일을 얘기해 주었다. 툴리오가 스펙터들에게 습격당한 일, 안젤리카가 창가에 있던 그녀를 증오에 찬 눈으로 바라본 일, 그리고 파올로가 협박을 하던 일까지 얘기했다.

"안젤리카가 처음 우리와 얘기하던 때를 기억해? 파올로가 무슨 얘기를 하려고 하자 안젤리카가 그의 등을 찰싹 때렸지. 파올로는 그때 형 툴리오가 신비의 칼을 찾고 있다는 얘기를 하려고 했던 거야. 아이들이 모두 그 탑으로 몰려온 것도 그 때문이고. 만약 신비의 칼만 손에 넣을 수 있다면 스펙터를 더 이상 두려워하지 않고도 어른으로 성장할 수 있을 테니까 말이야."

"공격을 받은 툴리오는 어땠어?"

윌이 몸을 앞으로 내밀며 진지하고 다급한 표정으로 묻자 리라는 약간 놀랐다.

"그는…… 그는 담장에 박힌 돌을 세고 있었어. 돌멩이들을 손으로 모두 더듬더라구. 하지만 오랫동안 계속하진 않고 곧 흥미를 잃어버린 것처럼 가만히 있기만 했어."

리라는 윌의 표정을 살피며 물었다.

"왜?"

"어쩌면 스펙터가 내가 살던 세계에서 왔을지도 모른다는 생각이 들어서. 인간을 그렇게 행동하도록 만들었다면 그들이 우리 세계에서 왔다고 하더라도 놀랄 일이 아냐. 길드 학자들이 처음 열었다는 그 창문이 우리 세계로 향한 것이었다면, 그때 스펙터가 이쪽 세계로 들어왔을 수도 있지."

"하지만 네가 살던 세계에는 스펙터가 없잖아. 너는 스펙터에 대해 들어 본 적도 없어, 안 그래?"

"어쩌면 사람들이 스펙터라고 부르지 않을 수도 있어. 다른 이름으로 부르고 있을지도 몰라."

리라는 윌이 하는 말을 믿을 수 없었지만 더 이상 따지고 싶지 않았다. 윌의 볼은 붉게 상기되었고 눈도 빨갛게 충혈되어 있었다.

"어쨌든 중요한 사실은 안젤리카가 창가에 서 있던 나를 보았다는 거야. 우리가 그 칼을 가지고 있다는 것을 알고 있으니 다른 아이들에게 모두 말할 거야. 안젤리카는 자기 오빠가 스펙터에게 공격당한 것을 우리 때문이라고 생각하고 있어."

"어쩔 수 없었어. 툴리오는 그 노인을 괴롭히고 있었고, 만단검을 사용하는 방법을 알고 나면 우릴 모두 죽였을 거야. 우린 그와 싸워야만 했어."

"그 점이 나도 슬퍼. 툴리오는 안젤리카의 오빠야. 만약 우리가 그들과 같은 입장이었다면 우리도 틀림없이 만단검을 갖고 싶었을 거야."

"그래, 하지만 이미 일어난 일을 되돌릴 수는 없어. 우리는 알레시오 미터를 되찾기 위해서 만단검이 필요했어. 싸우지 않고도 그것을 얻을 수 있었다면 그렇게 했을 거야."

"그래, 그랬겠지."

리라는 윌이 이오레크 뷔르니손처럼 진정한 전사라고 생각했다. 그의 뺨은 다시 창백해졌다. 멍한 표정으로 잠시 생각에 잠겨 있던 윌이 말했다.

"찰스 경이나 콜터 부인이 무슨 짓을 저지르려고 하는지 생각해 보는 것이 더 중요할 듯해. 만약 콜터 부인이 데몬을 분리한 그 특별한 보디가드들을 데리고 있다면 스펙터들을 무시할 수 있을지도 몰라.

내가 무슨 생각을 하고 있는지 알아? 어쩌면 스펙터들은 사람의 데몬을 잡아먹는지도 모른다는 거야."

"하지만 아이들도 데몬을 가지고 있잖아. 스펙터는 아이들을 공격하진 않아. 그러니 데몬을 잡아먹는 건 아닐 거야."

"그렇다면 아이들의 데몬과 어른들의 데몬 사이에 다른 점이 있는 게 분명해. 맞아, 차이가 있어, 안 그래? 어른들의 데몬은 모습을 바꾸지 않는다고 했잖아. 그 사실과 무슨 관계가 있을 거야. 만약 콜터 부인의 군인들이 데몬을 가지고 있지 않다면, 같은 효과를……."

"그래! 그럴 수도 있겠다. 어쨌든 콜터 부인은 스펙터를 두려워하지 않아. 그녀는 아무도 무서워하지 않아. 게다가 아주 영리하고 무자비하지. 그녀는 충분히 그 군인들을 지배할 수 있어. 보리얼 경은 강하고 영리하지만 그녀가 하라는 건 무엇이든지 할 거야.

오, 월, 그 여자를 생각하면 난 다시 두려워져. 지금 당장 알레시오미터에게 물어봐야겠어. 이것을 되찾아서 정말 다행이야."

리라는 벨벳 천 꾸러미를 펼치고 알레시오미터를 쓰다듬었다.

"네 아버지에 대해서 먼저 물어볼게. 우리가 그분을 어떻게 찾을 수 있는지."

"아니, 먼저 우리 엄마에 대해서 물어봐 줘. 무사하신지 알고 싶어."

리라는 고개를 끄덕이고는 정신을 집중하기 위해 머리카락을 뒤로 쓸어 넘긴 뒤 알레시오미터를 무릎 위에 올려놓았다. 월은 가벼운 바늘이 계기판 위에서 도는 모습을 바라보았다. 바늘은 급히 움직이다가 멈추고 다시 제비가 먹이를 낚아채듯 빠르게 움직였다. 월은 리라의 눈을 바라보았다. 열중하고 있는 그녀의 파란 눈은 모든 것을 이해하고 있는 듯했다.

리라가 눈을 깜박이더니 고개를 들었다.

"어머니는 무사하셔. 어머니 친구분이 아주 친절하시대. 아무도 네 엄마가 있는 곳을 모르고 그 친구분은 네 엄마를 내보낼 생각이 없어."

월은 그 말을 듣고서야 자기가 엄마를 얼마나 걱정하고 있었는지 느낄 수 있었다. 리라의 말에 온몸의 긴장이 풀리는 기분이었다. 그러자 상처의 고통이 더 심하게 느껴졌다.

"고마워. 이제 아버지에 대해……."

하지만 리라가 알레시오미터를 작동시키기도 전에 밖에서 요란한 고함 소리가 들려왔다. 그들은 즉시 창밖을 내다보았다. 마을 앞에 위치한 공원의 녹지대에서 무엇인가 움직이고 있었다. 판탈라이몬은 즉시 스라소니로 변하여 매서운 눈빛으로 아래를 노려보았다.

"아이들이야."

월이 말했다. 나무 뒤에서 아이들이 나타나기 시작했다. 40~50명은 될 것 같았다. 대부분이 손에 막대기를 들고 있었다. 무리의 맨 앞에는 줄무늬 티셔츠를 입은 소년이 있었다. 그가 쥐고 있는 것은 막대기가 아니라 권총이었다.

"안젤리카야."

리라가 권총을 든 소년 옆에 서 있는 여자 아이를 가리키며 속삭였다.

안젤리카는 소년의 팔을 잡아끌며 재촉하고 있었다. 그들 뒤에는 안젤리카의 남동생 파올로가 흥분하여 고함을 지르고 있었다. 다른 아이들도 소리를 지르며 주먹을 공중에다 휘둘렀다. 그들 중 두 명은 무거운 라이플 총을 질질 끌고 있었다. 월은 이렇게 흥분한 아이들을 자기 마을에서 본 적이 있었다. 하지만 이 정도로 많은 숫자는 아니었고, 총을 가지고 있지도 않았었다.

월은 아이들이 질러 대는 고함 소리 속에서 안젤리카의 날카로운 목소리를 간신히 알아들을 수 있었다.

"너희들이 우리 오빠를 죽이고 그 칼을 빼앗았어. 이 살인자들아! 스펙터가 우리 오빠를 먹도록 만들었다구. 너희가 오빠를 죽였으니 우리는 너희를 죽일 거야! 절대 도망 못 가. 오빠를 죽인 것처럼 똑같이 죽여 주마!"

"윌, 다른 세계로 도망가게 빨리 창문을 열어."

리라가 윌의 아프지 않은 팔을 잡으며 다급하게 소리쳤다.

"그래, 하지만 어디로 나가게 될까? 대낮에 찰스 경의 집에서 몇 야드 떨어진 곳에? 어쩌면 버스 정류장 앞 대로일 수도 있지. 아무 데나 창문을 내고 안전하길 바랄 순 없어. 먼저 위치를 확인해야 해. 하지만 그러자면 시간이 너무 오래 걸려. 이 집 뒤에는 숲이나 뭐 다른 것이 있을 거야. 숲 속에서 은신처를 발견한다면 그쪽이 더 안전할 거야."

리라는 화가 나서 창밖을 내다보았다.

"어제 안젤리카를 죽였어야만 했는데! 그 계집애는 자기 오빠만큼이나 나빠."

"그만 하고 어서 따라와."

윌이 말했다. 그는 만단검이 벨트에 꽂혀 있는지 확인했고, 리라는 알레시오미터와 윌의 아버지의 편지를 넣은 배낭을 짊어졌다. 그들은 발소리가 울리는 홀을 가로질러 복도를 지나 부엌으로 들어갔다. 그러고는 다시 식기실을 거쳐 자갈이 깔린 인도로 달려 나갔다. 뒷문을 나서니 각종 야채와 약초들이 아침 햇살을 받고 있는 채소밭이 나타났다.

숲에 도착하기 위해서는 모든 것이 드러나는 경사진 잔디밭을 몇백 야드 올라가야만 했다. 숲 왼쪽의 나지막한 언덕에 작은 건물이 하나 서 있었다. 둥그런 형태의 사원 같은 구조물로 계단 위는 마을을 전망할 수 있도록 탁 트여 있었다.

"뛰자."

월은 달리기는커녕 드러누워 눈을 감고 싶었지만 그렇게 말했다.

판탈라이몬은 머리 위를 날며 망을 보았고, 두 사람은 잔디밭을 가로질러 달리기 시작했다. 하지만 덤불이 많고 잔디가 발목까지 올라와 월은 몇 걸음 달리지도 못하고 현기증을 느꼈다. 그는 천천히 걸어야만 했다.

리라는 뒤를 돌아보았다. 아이들은 아직 그들을 보지 못한 것 같았다. 그들은 아직 저택 앞쪽에 있었고 모든 방을 둘러보는 데는 얼마간의 시간이 걸릴 것이었다.

그때 판탈라이몬이 놀라 짹짹거렸다. 저택의 2층 창문에서 한 소년이 그들을 가리키며 소리를 지르고 있었다.

"어서 가, 월."

리라는 월의 아프지 않은 팔을 세게 잡아당기며 말했다. 월은 달리고 싶었지만 기진맥진하여 걸을 수밖에 없었다.

"숲까지는 너무 멀어 갈 수 없을 것 같아. 그러니 저 사원으로 들어가자. 문을 잠그면 다른 세계로 나가는 창문을 만들 시간을 벌 수 있을지 몰라."

판탈라이몬이 머리 위로 날쌔게 날아갔다. 리라는 숨을 헐떡이며 그를 불렀다. 월은 그 둘 사이를 묶고 있는 끈을 보는 듯한 느낌이 들었다. 데몬은 리라를 잡아끌고 있었고 리라는 그에 응하고 있었다. 리라는 옆에서 월을 부축했다. 둘은 사원 주위의 돌로 된 보도에 도착했다.

기둥으로 받친 지붕이 있는 작은 현관의 문은 잠겨 있지 않았다. 두 사람은 안으로 들어갔다. 벽감에 몇몇 여신의 조각상만 놓여 있을 뿐 안은 썰렁했다. 방 한가운데 나선형 철제 계단이 위층으로 이어져 있었다. 그들은 그 계단을 따라 위층 전망대로 올라갔다. 그곳은 사람들이 신선한

공기를 마시며 도시를 한눈에 내려다볼 수 있도록 되어 있었다. 벽이나
창문은 없고 기둥만 사방으로 지붕을 떠받치고 있어 탁 트인 곳이었다.

밖을 내다보자 아래쪽 숲이 손에 잡힐 듯 가까이 있었고 그 아래로
대저택도 보였다. 저택 너머로는 공원과 마을의 적갈색 지붕들, 그 왼
쪽으로 우뚝 솟은 탑이 한눈에 들어왔다. 회색 흙벽 위의 하늘에는 까
마귀들이 원을 그리며 날고 있었다. 윌은 까마귀들을 그곳으로 끌어들
인 것이 무엇인지를 깨닫자 갑자기 욕지기가 났다.

하지만 그런 광경이나 감상하고 있을 시간이 없었다. 흥분하고 분노
한 아이들이 사원을 향해 고래고래 고함을 지르며 달려오고 있었다. 선
두에서 달려오던 소년은 걸음을 멈추고 권총을 들어 올리더니 사원을
향해 두세 발 쏘았다. 아이들이 소리치는 소리가 들려왔다.

"도둑놈!"

"살인자!"

"죽여 버릴 테야!"

"우리 칼을 훔쳐 갔어!"

"이곳 놈들이 아니야!"

"죽을 줄 알아!"

윌은 그들의 말에 신경 쓰지 않았다. 그는 자신들이 지금 어느 위치
에 있는지 알아보기 위해 신비의 칼로 재빨리 작은 창문을 만들었다.
하지만 이내 실망스러운 표정을 짓고는 뒤로 물러났다. 그들은 교통이
복잡한 대로의 50피트 상공에 있었던 것이다.

"당연하지. 언덕을 올라왔으니 말이야. 이제 우린 오도가도 못해. 아
이들이 가까이 오지 못하도록 할 수밖에."

잠시 후 아이들이 문으로 쏟아져 들어오기 시작했다. 그들의 고함 소
리는 사원 내부에서 메아리쳐 더욱 살벌한 분위기를 자아냈다. 다시 총

성이 울렸다. 이번에는 귀청이 떨어져 나갈 만큼 큰 소리였다. 그리고 다시 한 발이 울렸고, 아이들 목소리도 더욱 극악스럽게 들렸다. 앞장선 무리가 올라오자 계단이 흔들리기 시작했다.

리라는 겁에 질려 벽에 등을 기댄 채 웅크리고 있었고, 윌은 여전히 만단검을 손에 꽉 움켜쥐고 있었다. 그는 비틀거리며 계단 쪽으로 걸어가더니 손에 든 칼로 계단의 꼭대기 부분을 마치 종잇장 자르듯 잘라버렸다. 지탱할 것이 없어진 계단은 올라오던 아이들의 무게로 천천히 구부러지기 시작하더니 요란한 굉음을 내며 무너져 내렸다.

아래층에서는 아이들의 비명 소리와 함께 극심한 혼란이 일어났다. 다시 총성이 울렸지만 이번에는 오발인 듯했다. 누군가 맞았는지 고통에 가득 찬 비명 소리가 들려왔다. 윌은 아래를 내려다보았다. 박살이 난 계단 파편들과 흙먼지, 피투성이인 몸뚱어리들이 한데 엉켜 몸부림치고 있었다. 남은 아이들은 화가 나 이리 뛰고 저리 뛰며 욕설을 퍼붓고, 협박을 하고, 고함을 지르고, 침을 뱉었지만 윌에게 다가갈 순 없었다.

그때 누군가 큰 소리로 불렀고 아이들은 일제히 문 쪽을 돌아보았다. 철제 계단 아래 깔려 죽거나 꼼짝 못하는 아이들을 남겨 둔 채 그들은 모두 문 쪽으로 물러갔다.

윌은 곧 그 이유를 알아차렸다. 아치 바깥쪽 지붕에서 손톱으로 긁는 소리가 들려왔다. 윌은 창가로 달려갔다. 그곳에는 첫 번째로 기어오르는 아이의 손이 기와 가장자리를 움켜쥔 채 몸을 끌어올리고 있었다. 아래쪽에서는 누군가 그 아이를 떠받치고 있었다. 잠시 후 머리가 나타났고 또 다른 손이 나타났다. 그들은 밑에 있는 아이들의 어깨와 등을 타고 올라와서 개미처럼 새까맣게 지붕으로 몰려들었다.

하지만 기와로 된 지붕 위를 걷는 것은 힘들었다. 선두에 선 무리는 성난 눈빛을 윌의 얼굴에 고정한 채 손과 무릎으로 기어 오기 시작했다. 리라가 윌의 옆으로 다가왔다. 판탈라이몬은 표범으로 변해 문턱에 발톱을 얹고 으르렁거렸다. 아이들이 겁을 먹고 잠시 주저했지만, 여전히 꾸역꾸역 올라오고 있었다.

"죽여라! 죽여라! 죽여라!"

누군가 소리치자 곧 다른 아이들도 따라서 외치기 시작했고 그 소리는 점점 더 커졌다. 지붕 위에 모인 아이들은 리듬에 맞춰 발을 구르며 쿵쿵 소리를 내기 시작했다. 하지만 그들은 사납게 으르렁거리는 판탈라이몬 때문에 감히 가까이 올 엄두를 내지 못했다.

그때 기와 한 장이 부서지며 그 위에 서 있던 아이가 미끄러져 떨어졌다. 그러자 그 옆에 있던 아이가 부서진 기와 조각을 집어 리라에게 던졌다. 리라는 급히 몸을 숙였고 기와 조각은 그녀 옆 기둥에 맞아 박살 나며 파편이 튀었다.

윌은 출구의 난간을 기다랗게 두 개로 잘라 내어 리라에게 하나를 건네주었다. 리라는 그 쇠막대기로 맨 앞에서 다가오는 소년의 머리를 후려쳤다. 소년은 즉시 아래로 떨어졌다. 하지만 또 다른 아이가 다가왔다. 붉은 머리카락에 하얀 얼굴, 광기 어린 눈빛을 한 안젤리카였다. 그녀는 창틀 위로 올라오는 중이었다. 하지만 리라는 쇠막대기로 안젤리카를 세게 찔렀고 그녀도 뒤로 떨어졌.

윌도 쇠막대기를 열심히 휘두르고 있었다. 만단검은 그의 허리춤에 있는 칼집 안에 있었다. 그가 쇠막대기를 찌르고 휘두를 때마다 아이들이 아래로 떨어졌지만 곧이어 다른 아이들이 올라왔다. 점점 더 많은 아이가 올라오고 있었다.

그때 줄무늬 티셔츠를 입은 소년이 나타났다. 하지만 그는 권총을 가지고 있지 않았다. 총알이 떨어져서 버린 것 같았다. 그의 눈과 윌의 눈이 서로 마주치는 순간 그들 둘은 곧 무슨 일이 벌어질 것인지를 알았다. 그들은 목숨을 건 싸움을 벌이려 하고 있었다.

"자, 덤벼."

윌이 기꺼이 맞붙어 주겠다는 듯이 말했다.

"어서 덤벼 봐."

피 튀기는 육박전이 벌어지려는 찰나 이상한 일이 발생했다. 커다란 백기러기가 날개를 활짝 펴고 급강하하며 큰 소리로 외치고 있었다. 지붕 위에서 잔인한 구호를 외치며 떠들어 대던 아이들도 그 소리를 듣고 하늘을 쳐다보았다.

"카이사!"

리라가 기뻐 소리쳤다. 그것은 마녀 세라피나의 데몬이었던 것이다.

백기러기는 하늘을 온통 찢어 놓을 듯 날카롭게 울었다. 줄무늬 티셔츠를 입은 소년의 머리 위로 바짝 다가가 주위를 맴돌았다. 소년은 두려움에 떨며 뒤로 넘어져 아래로 미끄러졌다. 그러자 다른 아이들도 놀라 울기 시작했다. 하늘에 뭔가 다른 것이 또 나타났기 때문이다. 리라는 그 작고 검은 형상을 발견하자 환성을 내질렀다.

"세라피나! 여기예요, 도와줘요! 사원 안에……."

공기를 가르는 날카로운 소리와 함께 열두 개의 화살이 한꺼번에 날아왔다. 그리고 곧이어 다시 열두 개, 그리고 다시 열두 개의 화살이 날아왔다. 너무도 빨리 날려 보낸 탓에 화살들이 모두 공중에 떠 있는 것처럼 보였다. 화살은 우박처럼 사원 지붕 위에 한꺼번에 떨어지며 요란한 소리를 냈다. 아이들은 놀라고 두려워서 싸울 의지를 잃어버렸다. 하늘에서 자신들을 공격하는 저 검은 옷을 입은 여자들은 대체 누구란 말인가? 어떻게 이런 일이 일어날 수 있지? 저들은 유령인가? 아니면 새로운 종류의 스펙터들인가?

아이들은 울며 지붕에서 뛰어내렸다. 몇몇은 떨어지다 다쳤는지 절뚝거리며 달아났고, 다른 아이들도 모두 구르다시피 언덕 아래 안전한 곳으로 피신했다. 그들은 더 이상 폭도가 아니었다. 그저 겁에 질린 어린애들에 불과했다. 아이들이 모두 사라지자 사원 위 하늘에는 마녀들이 탄 구름소나무 가지들이 공기를 가르는 소리만 들릴 뿐이었다.

윌은 너무 놀라 입을 딱 벌린 채 하늘만 바라보고 있었다. 하지만 리라는 기쁜 나머지 이리 뛰고 저리 뛰며 마녀를 불렀다.

"세라피나! 어떻게 우릴 찾았어요? 고마워요, 정말 고마워요. 아이들이 우릴 죽이려고 했어요. 내려오세요. 어서 내려와서……."

하지만 세라피나와 다른 마녀들은 머리를 저으며 다시 날아올라 높은 곳에서 맴돌 뿐이었다. 세라피나의 데몬인 백기러기가 거대한 날개를 접으며 지붕 위에 내려앉았다.

"안녕, 리라. 세라피나는 땅에 내려올 수 없어. 다른 마녀들도 마찬가지고. 땅은 스펙터들로 가득 차 있어. 100마리도 더 되는 스펙터들이 이 사원을 감싸고 있고 더 많은 놈들이 저 잔디밭 위를 떠돌고 있어. 그들이 보이지 않니?"

"그래요, 우리는 그들을 전혀 볼 수 없어요!"

"벌써 우리는 마녀 한 명을 잃었어. 더 이상 위험을 감수할 수가 없단다. 이 건물에서 내려갈 수 있겠니?"

"아이들이 한 것처럼 지붕에서 뛰어내린다면요. 그건 그렇고 우릴 어떻게 찾아냈죠?"

"지금은 그런 질문이나 하고 있을 때가 아냐. 더 어려운 일이 닥쳐 오고 있어. 훨씬 감당하기 힘든 일들이지. 땅으로 내려가서 숲으로 가."

윌과 리라는 창틀을 넘어 홈통을 타고 내려가 부드러운 잔디밭 위로 뛰어내렸다. 윌은 몸을 굴리며 손을 보호하려고 애썼다. 상처에서는 다시 피가 흘렀고 통증도 극심했다. 그는 느슨해진 헝겊을 다시 감았다.

그때 백기러기가 윌 옆으로 내려앉으며 리라에게 물었다.

"리라, 이 아이는 누구지?"

"윌이에요. 나와 함께 갈······."

"왜 스펙터들이 너를 피하는 거지?"

카이사는 이번에는 윌에게 직접 물었다.

윌은 이제 어떤 일에도 놀라지 않을 만큼 단련이 되어 있었다.

"몰라요. 우린 그들을 볼 수 없으니까. 아니, 잠깐만요."

그는 잠시 생각한 뒤 백기러기에게 물었다.

"그들이 지금 어디 있죠? 가장 가까운 스펙터가 어디 있나요?"

"저 언덕 아래 열 걸음쯤 되는 곳에. 더 이상 가까이 다가오지 않고 있어. 이상해."

윌은 칼을 뽑아 그 방향으로 겨누었다. 그러자 백기러기가 놀라며 짤막한 비명을 내질렀다. 윌은 동작을 멈추었다. 그 순간 마녀 한 명이 윌의 옆 잔디밭에 살짝 내려앉았기 때문이다. 윌은 그녀가 날아다닌다는 사실보다는 그 아름다운 자태에 더 놀랐다. 마녀의 눈빛은 매서울 정도로 차가웠지만 동시에 아름답고 맑았으며, 하얀 팔다리는 아주 젊어 보이면서도 동시에 전혀 젊지 않은 듯했다.

"네가 윌이니?"

마녀가 물었다.

"네."

"왜 스펙터들이 널 무서워하는 거지?"

"이 칼 때문이에요. 가장 가까이 있는 놈이 어디 있어요? 제가 죽여 버리겠어요!"

마녀가 대답하기 전에 리라가 달려왔다.

"세라피나!"

리라가 마녀의 목에 팔을 두르고 아주 세게 껴안았기 때문에 마녀는 큰 소리로 웃으며 리라의 머리에 키스를 했다.

"오, 세라피나! 어디서 알고 왔어요? 그 아이들이 우릴 죽이려고 했어요. 당신도 보셨죠? 우린 꼭 죽는 줄 알았다니까요. 당신이 와 줘서 너무 기뻐요. 다시는 못 볼 줄 알았어요."

세라피나는 리라의 머리 너머로 스펙터들이 있는 곳을 바라본 뒤 윌에게 말했다.

"내 말을 잘 들으렴. 여기서 멀지 않은 곳에 동굴이 하나 있어. 저 언덕을 올라가. 산등성이를 따라가다 보면 왼쪽에 있단다. 멀지 않은 곳이야. 리라는 데리고 갈 수 있지만 넌 덩치가 너무 크구나. 그러니 걸어서 가거라. 스펙터들은 따라오지 않을 거야. 우리가 공중에 있는 동안 그들은 우릴 볼 수 없으니까. 그리고 그들은 너를 두려워 해. 거기서 다시 만나자. 30분 정도 걸으면 될 거야."

그런 뒤 마녀는 다시 공중으로 날아올랐다. 윌은 손으로 햇빛을 가리고 세라피나와 다른 마녀들이 우아하게 공중을 돌다가 나무 위로 사라지는 모습을 바라보았다.

"오, 윌, 이제 우리는 안전해. 세라피나가 왔으니까 말이야. 다시는 그녀를 못 볼 거라고 생각했는데, 정말 때맞춰 와 줬어. 전에 볼반가르에서처럼……."

아이들과의 싸움은 까맣게 잊어버린 듯 리라는 종알거리며 숲을 향해 언덕을 오르기 시작했다. 윌은 아무 말 없이 리라를 따라갔다. 그의 손은 심하게 떨리고 있었고, 한번 흔들릴 때마다 피가 흘러내렸다. 그는 손을 가슴께로 올리고 더 이상 생각하지 않으려고 애썼다.

동굴에 도착하기까지는 30분이 아니라 1시간 45분이나 걸렸다. 윌이 여러 번 가던 길을 멈추고 쉬어야만 했기 때문이다. 동굴에는 불이 활활 타오르고 있었고 토끼 한 마리가 구워지고 있었다. 세라피나는 작은 병 안에 든 액체를 젓고 있었다.

"상처를 좀 보여 주렴."

세라피나가 윌에게 말했다. 윌은 아무 말 없이 손을 내밀었다.

고양이로 변한 판탈라이몬은 호기심 어린 눈초리로 상처를 바라보았다. 하지만 윌은 고개를 돌렸다. 자신의 잘린 손가락을 보고 싶지 않았기 때문이다.

마녀들은 나지막한 목소리로 대화를 나눴다. 세라피나가 물었다.

"무엇이 이런 상처를 냈지?"

윌은 만단검을 뽑아 그녀에게 조용히 건네주었다. 세라피나와 다른 마녀들은 놀라움과 의심 섞인 눈길로 그 칼을 바라보았다. 그런 칼날을 가진 검은 지금까지 한 번도 본 적이 없었기 때문이다.

"이 상처는 약초만으론 치료할 수 없어. 마법의 힘이 필요해. 우리가 치료해 줄게. 달이 떠오를 때쯤이면 끝날 거야. 그동안 넌 잠이나 좀 자두렴."

세라피나가 말했다.

그녀는 윌에게 작은 뿔 모양의 컵에 담긴 뜨거운 음료를 주었다. 그 것은 벌꿀로 쓴맛을 감소시킨 약이었다. 이윽고 윌은 깊은 잠에 빠졌다. 세라피나는 나뭇잎으로 윌을 덮어 주고 토끼 고기를 먹고 있는 리라에게 말했다.

"자, 리라, 이 아이가 누군지 말해 보렴. 그리고 이 세계에 대해서 네가 알고 있는 것과 그 아이가 갖고 있는 이 칼에 대해서도."

리라는 길게 한숨을 내쉬고는 이야기를 시작했다.

화면 언어

"다시 말해 봐요. 내가 잘못 들었거나 당신이 허무맹랑한 애기를 하고 있는 것이겠지. 다른 세계에서 온 아이라니?"

공원이 내다보이는 작은 실험실에서 올리버 페인 박사가 말했다.

"그 소녀는 분명 그렇게 말했어요. 좋아요, 말도 안 되는 소리죠. 하지만 주의 깊게 들어 보세요, 올리버. 아셨죠?"

메리 말론 박사는 애기를 계속했다.

"그 소녀는 새도에 대해 알고 있었어요. 새도를 뭐라더라…… 맞아, 더스트라고 불렀지만 그건 새도와 같은 것이에요. 더스트는 새도 입자들이니까요. 게다가 그 아이가 컴퓨터와 연결된 전극들을 몸에 부착하자 화면에는 이제껏 본 적이 없는 이상한 형상들이 나타났어요. 이상한 그림과 상징들이죠.

그 소녀는 또 이상한 기구도 가지고 있었어요. 금으로 된 나침반처럼 생겼는데, 문자판 테두리에는 여러 상징물이 그려져 있었어요. 그 아이는 상징물이 의미하는 것을 읽을 수 있다고 했어요.”

말론 박사는 수면 부족으로 눈이 충혈되어 있었다. 제네바에서 방금 돌아온 올리버는 말론 박사의 말에 회의적인 태도를 보이면서도 더 자세한 얘기를 듣고 싶어 안달하고 있었다.

“중요한 건 말이에요, 올리버. 그 아이가 새도와 의사소통을 하고 있다는 사실이에요. 새도는 의식이 있어요. 그것들은 반응을 한다구요. 당신이 연구하던 두개골 기억해요? 그 소녀는 피트리버즈 박물관에 있는 두개골에 대해 내게 말했어요. 그리고 자신의 알레시오미터로 그 두개골이 박물관에서 얘기하는 것보다 더 오래전 것이며 거기에 새도가 있다는 사실을 알게 되었다고 말했어요.”

“잠깐, 이쯤에서 생각을 정리해야겠군. 방금 뭐라고 말했죠? 우리가 이미 알고 있는 사실들을 그 아이가 입증했다는 건가요, 아니면 우리가 모르는 어떤 것을 말했다는 건가요?”

“둘 다요. 나도 잘 모르겠어요. 하지만 3~4만 년 전에 무슨 일이 일어났다고 가정해 봐요. 그 이전까지는 분명 새도 입자들이 여기저기 존재했어요. 빅뱅 이래로 계속 존재해 왔으니까요. 하지만 그것들의 영향을 우리 수준, 즉 인류의 수준으로 확인할 수 있는 물리적 방법이 없었어요. 그런데 그때 어떤 일이 일어났고, 나는 그것이 무엇인지 상상도 할 수 없지만 아무튼 진화와 관련된 일이에요. 그러니까 당신이 연구하던 두개골, 기억나죠? 그 이전에는 새도가 없었는데 그 이후에는 많이 발견되었죠?

알레시오미터로 박물관의 두개골들을 테스트한 아이도 내게 똑같은 말을 했어요. 내 말은 그 두개골이 존재하던 바로 그 시대에 인간의 뇌가 새도의 확산을 도왔다는 거예요. 갑자기 우리는 의식을 갖게 된 거죠.”

페인 박사는 머그잔을 기울여 남은 커피를 마저 마셨다.

"왜 하필 그때 그런 일이 발생했을까요? 3만 5천 년 전에 갑자기 말이오."

"누가 알겠어요? 우린 고생물학자가 아니잖아요, 올리버. 나도 확실하진 않아요. 그저 추측해 볼 뿐이죠. 적어도 가능성이 있다는 생각 안 들어요?"

"그리고 그 경찰에 대해 얘기해 봐요."

말론 박사는 눈을 비볐다.

"월터스 형사라고 했어요. 공안부에서 나왔다고 하더군요. 정치 단체와 관련이 있나요?"

"테러, 전복, 정보…… 뭐 그런 것들과 관계가 있죠. 계속 얘기해 봐요. 그자가 원하는 게 뭐였습니까? 왜 여기 온 거요?"

"그 여자 아이 때문이었죠. 같은 또래의 어떤 남자 아이를 찾고 있다고 그자는 말했어요. 이유는 말하지 않았죠. 그 소년이 이 여자 아이와 함께 다니는 것이 목격되었다는 거예요. 하지만 올리버, 그자는 다른 것에도 관심을 보였어요. 우리가 하고 싶어 하는 연구에 대해서도 알고 있었거든요. 심지어는……."

전화 벨이 울렸다. 말론 박사는 어깨를 으쓱하고는 말을 멈췄다. 페인 박사가 수화기를 들었다. 그는 간단히 한두 마디 하고 전화기를 내려놓으며 말했다.

"방문객이 있어요."

"누구죠?"

"이름은 잘 모르겠어요. 무슨 경이라고 하더군요. 메리, 난 이곳을 떠날 겁니다. 당신도 알고 있었죠?"

"제네바에서 일자리를 제안했군요."

"그래요. 받아들일 수밖에 없었어요. 이해해 줘요."

그는 어쩔 수 없다는 듯 어깨를 으쓱했다.

"솔직히…… 당신 얘기는 종잡을 수가 없어요. 다른 세계에서 온 아이들과 화석이 된 새도라니…… 말도 안 되는 얘기들이에요. 난 더 이상 관여할 수 없어요. 내겐 일이 있어요, 메리."

"당신이 검사하던 두개골은 어쩌고요? 상아 조각상에서 발견된 새도는요?"

그는 머리를 흔들며 돌아섰다. 문에서 노크 소리가 났다. 그는 문을 열었다.

찰스 경이 말했다.

"안녕하십니까, 페인 박사님 그리고 말론 박사님. 저는 찰스 래트롬이라고 합니다. 사전 약속도 없이 불쑥 찾아뵈어 죄송합니다."

"어서 오십시오."

당황한 표정으로 말론 박사가 말했다.

"찰스 경이라고 하셨습니까? 무슨 일로 오셨나요?"

"어쩌면 제가 여러분을 도와 드릴 수 있을 것 같군요. 두 분께서는 연구기금 신청에 대한 결과를 기다리고 계시는 것으로 알고 있는데요."

"그걸 어떻게 아셨습니까?"

페인 박사가 물었다.

"공직에 있었습니다. 과학 정책을 담당했었죠. 그래서 아직도 그 분야에 종사하는 분들과 연락을 하고 지냅니다. 제가 듣기론…… 좀 앉아도 될까요?"

"오, 물론이죠."

말론 박사는 의자를 하나 끌어당겨 찰스 경에게 권했다.

"감사합니다. 한 친구에게서 듣기론…… 친구 이름은 얘기하지 않는 편이 낫겠군요. 공무원 기밀 누출 방지법에 저촉되니까요. 두 분께서 제출한 기금 신청서는 검토 중이랍니다. 솔직히 말씀 드리면 두 분의 연구에 흥미를 느끼고 몇 가지 여쭤 보고자 찾아왔습니다. 물론 저와는 상관없는 일이라는 걸 알고 있습니다. 하지만 일종의 비공식 자문관 역할을 하고 있으니 그걸로 변명을 삼았으면 합니다. 제가 본 두 분의 연구 보고서는 무척 흥미로웠습니다."

"그렇다면 보조금을 받을 수 있다는 뜻인가요?"

말론 박사는 그를 믿고 싶은 듯 몸을 앞으로 기울였다.

"불행하게도 그렇지는 않습니다. 솔직히 말씀 드려야 할 것 같군요. 정부에서는 보조금을 지급하지 않을 작정입니다."

말론 박사의 어깨가 축 처졌다. 페인 박사는 호기심 어린 눈초리로 찰스 경을 바라보며 물었다.

"그렇다면 무슨 일로 오신 겁니까?"

"사실 그들은 아직 공식적인 결정을 내리진 않았습니다. 전망이 밝아 보이지 않으니까요. 이런 종류의 실험에 보조금을 지원하는 것은 전망이 없다고 생각하고 있죠. 하지만 여러분을 위해 변호해 줄 누군가가 있으면 그들의 시각을 바꿀 수 있을지도 모릅니다."

"대리인 말씀이신가요? 당신이 그 일을 해 주시겠다는 뜻입니까? 하지만 그런 식으로 해결될 일은 아니라고 생각하는데요."

말론 박사가 똑바로 앉으며 말했다.

"그들은 훨씬 더 꼼꼼하게 검토하고 또 검토하여……."

"물론 원칙은 그렇습니다."

찰스 경이 말했다.

"하지만 심사위원들이 누구누구이며 그들이 어떻게 움직이는지를 알면 분명 도움이 되죠. 저는 박사님들의 연구에 관심이 많고 그 일이 아주 가치 있는 연구라고 생각합니다. 그리고 계속되어야 한다고 확신하고 있죠. 이 연구를 계속할 수 있도록 제가 비공식적으로나마 건의할 수 있게 허락해 주시겠습니까?"

말론 박사는 익사 직전에 구명보트를 붙잡은 듯한 느낌이었다.

"물론이에요. 대환영이에요. 너무 고마운 말씀이죠. 그런데 정말 도움이 될까요? 제 말은…… 아, 개의치 마세요. 좋아요, 받아들이겠습니다."

그러자 페인 박사가 미심쩍은 표정으로 물었다.

"우리가 무엇을 해야 합니까?"

말론 박사는 놀라 그를 쳐다보았다. 올리버는 방금 제네바로 가서 일할 거라고 말하지 않았던가? 하지만 그는 찰스 경을 자신보다 더 잘 이해하고 있는 것처럼 보였다. 둘 사이에 모종의 눈빛이 오갔기 때문이다. 올리버는 다시 자리에 앉았다.

"저의 제안을 받아 주셔서 감사합니다. 옳은 결정을 내리신 겁니다. 여기 제가 특별히 바라는 지시사항이 있습니다. 우리의 의견이 서로 일치한다면 다른 곳에서 추가 지원금을 받아 낼 수도 있을 겁니다."

"잠깐, 잠깐만요."

말론 박사가 손을 쳐들었다.

"이 연구의 과정은 전적으로 우리 몫입니다. 결과에 대해서는 기꺼이 토론할 수 있겠지만 지시사항은 받아들일 수 없어요."

찰스 경은 유감스럽다는 듯이 어깨를 으쓱해 보이고는 자리에서 일어났다. 올리버 페인도 당황하며 일어섰다.

"아닙니다, 앉으세요. 찰스 경. 당신 말씀을 끝까지 들어나 봅시다. 메리, 얘기를 듣는다고 해가 될 것은 없잖아요. 상황이 달라질 수도 있어요."

"당신은 제네바로 갈 예정 아니었던가요?"

그녀가 꼬집어 말했다.

"제네바라고요?"

찰스 경이 말했다.

"멋진 곳이죠. 기회도 많고 돈도 많은 곳. 그렇다면 발목을 잡아선 안 되겠군요."

"아닙니다, 아녜요. 아직 결정된 사항도 아닌걸요."

페인 박사가 다급하게 말을 이었다.

"아직 논의해야 할 문제들이 많이 남아 있습니다. 유동적이에요, 찰스 경. 자, 앉으십시오. 커피 좀 드시겠습니까?"

"매우 친절하시군요."

찰스 경은 배부르게 먹고 만족해하는 고양이 같은 표정으로 다시 앉았다.

말론 박사는 새삼 그를 자세히 살펴보았다. 그는 60대 후반으로 유복해 보이고 자신감이 넘쳐흐르며 꽤 잘 차려입고 있었다. 또한 최고급 물건만 사용하고 권력자들과 사귀며 중요한 일들을 논의하는 데 익숙한 것처럼 보였다. 그는 뭔가를 원하고 있음이 분명했다. 그리고 그것을 만족시켜 주지 않는 한 어떤 도움도 주지 않을 위인이었다.

페인 박사는 그에게 머그잔을 건네주며 말했다.

"이거, 너무 결례를 범하는 것 같아 죄송합니다."

"천만에요. 자, 하던 얘길 계속할까요?"

"그러시죠."

"흠, 나는 인간의 의식 분야에서 박사님들이 몇 가지 놀라운 발견을 했다는 사실을 알고 있습니다. 아직 발표되진 않았지만 소문은 도는 법이니까요. 저는 특히 박사님들이 연구하는 대상에 관심이 많습니다. 그리고 여러분들이, 이를테면 의식의 조종 쪽으로 연구를 집중한다면 매우 감사하겠습니다. 둘째로, 다세계(多世界) 가설에 대해 관심을 쏟아 주시길 바랍니다. 1957년경인가 에버렛이 발표했던 논문 기억하시죠? 저는 당신들의 연구가 그 이론을 훨씬 깊게 발전시킬 수 있을 거라고 믿습니다. 그런 선상의 연구는 국방부의 지원금을 받을 수 있을지도 모릅니다. 여러분도 아시겠지만 그쪽 기금은 여전히 풍부합니다. 게다가 신청 절차도 아주 간단하구요."

말론 박사가 무슨 말을 하려고 하자, 찰스 경은 손을 들어 제지하며 계속 지껄여 댔다.

"정보의 출처를 밝히라고 하진 마십시오. 공무원 기밀 누출 방지법 때문입니다. 아주 성가신 법이지만 무시할 순 없거든요. 다세계 분야 연구에 진전이 있길 기대합니다. 당신들은 충분히 그럴 수 있는 분들입니다. 그리고 세 번째로 한 개인과 관련된 문제가 있습니다. 한 어린아이죠."

찰스 경은 말을 멈추고 커피를 홀짝였다. 말론 박사는 얼굴이 창백해지며 입을 굳게 다물었다. 갑자기 머릿속이 아득해졌다.

"여러 가지 이유로 저는 정보부와 연락을 취하고 있습니다. 그들은 한 여자 아이를 찾고 있는데, 그 아이는 고대 과학기구인 특별한 장비를 가지고 있습니다. 물론 그것은 훔친 것으로 더 안전한 곳에 보관되어야 할 물건이죠. 또한 그 아이와 동갑내기인 열두 살 정도의 살인범 소년도 찾고 있습니다. 그 정도 나이의 어린아이가 어떻게 살인을 할 수 있었는지는 의문의 여지가 있지만 그 소년은 분명 누군가를 죽였습니다. 그리고 두 아이가 함께 있는 것이 목격되었습니다. 자, 말론 박사님. 당신이 이 아이들을 우연히 만났을 가능성도 있습니다. 그리고 당신이 아는 것을 경찰에 알리고 싶을지도 모릅니다. 하지만 제게 개인적으로 알려 주신다면 더 큰 도움이 될 겁니다. 저는 선정적인 타블로이드판 신문들이 냄새를 맡기 전에 신속하고 효과적으로 관계기관이 그 일을 처리할 수 있도록 할 수 있습니다. 월터스 형사가 어제 당신을 보러 왔었다는 사실을 알고 있습니다. 그 소녀가 나타났었다는 사실도요. 제 말을 믿으세요, 말론 박사님. 예를 들어 박사님이 그 소녀를 다시 만났는데 제게 알려 주시지 않는다면 그 사실도 저는 알게 될 겁니다. 그 아이가 무슨 말을 했고 무슨 일을 했는지 잘 생각해 보시는 것이 현명합니다. 국가 안보가 걸린 문제니까요. 이해하실 겁니다. 자, 제 말은 다 끝났습니다. 여기 제 연락처가 있는 명함이 있습니다. 시간이 많지 않아요. 아시다시피 '연구기금 지원 심사위원회'는 내일 열립니다. 이 번호로 어느 때나 저와 연락하실 수 있을 겁니다."

찰스 경은 말론 박사가 팔짱을 끼고 꼼짝도 않자 올리버 페인에게 명함을 건네주고는 그녀를 위해 탁자에도 한 장 놓았다. 페인 박사는 그를 위해 문을 열어 주었다. 찰스 경은 파나마 모자를 쓰고는 두 사람에게 활짝 미소를 지어 보이며 방을 나갔다.

페인 박사는 문을 닫고 말했다.

"메리, 제정신이에요? 어떻게 그런 식으로 행동할 수 있지?"

"뭐라구요? 저 늙은 사기꾼에게 벌써 넘어간 건가요?"

"그런 제안을 어떻게 거절할 수 있어요? 이 연구를 계속하고 싶은 거예요, 아니에요?"

"그건 제안이 아니라 최후통첩이라구요. 그가 말한 대로 하거나 문을 닫거나 둘 중 하나예요. 그리고 세상에, 올리버, 그 노골적인 협박과 국가 안보 운운하는 태도 봤죠? 무슨 뜻인지 모르시겠어요?"

"왜 몰라요. 당신보다는 저자를 더 명확하게 이해하고 있다고 생각해요. 만약 당신이 거부한다면 그들은 이 모든 연구를 인수하려고 할 거예요. 찰스 경이 말한 대로 그들이 이 연구에 관심을 갖고 있다면 연구를 계속하도록 지원하겠죠. 그들의 목적에 맞도록 말이에요."

"하지만 그 목적이라는 것이…… 국방이란 말이에요, 젠장! 그러니까 사람을 죽이는 새로운 방법을 찾는 거라구요. 게다가 찰스 경이 의식에 대해서 말하는 걸 들었죠? 그는 인간의 의식을 조종하고 싶어 해요. 난 그런 일엔 절대로 가담하지 않을 거예요, 올리버!"

"어쨌거나 그들은 그렇게 하고 말 거예요. 그리고 당신은 일자리를 잃게 돼요. 만약 당신이 연구에 계속 참여한다면 좋은 방향으로 영향을 미칠 수도 있어요. 그러니까 계속 연구에 참여해야만 해요!"

"그건 그렇고 당신은 이 일과 관계가 없을 텐데요. 제네바로 가기로 결정하지 않았나요?"

그녀가 물었다.

올리버는 손가락으로 머리를 쓸어 올리곤 말했다.

"아직 결정된 건 아니에요. 계약한 건 아무것도 없으니까. 그리고 상황이 달라졌어요. 우리가 정말 무언가를 할 수 있는데 여기를 떠난다는 것은……."

"무슨 뜻이에요?"

"내 말은……."

"태도가 심상치 않군요. 무슨 생각을 하고 있죠?"

"생각은 무슨……."

그는 손바닥을 쳐들고 어깨를 으쓱하더니 머리를 저으며 실험실을 어슬렁거렸다. 그러더니 마침내 결심했다는 듯이 말했다.

"저, 만약 당신이 그와 연락을 하지 않겠다면 내가 하겠어요."

말론 박사는 잠시 침묵하다가 말했다.

"알겠어요."

"메리, 나는 당신과는 입장이 좀 달라요."
"물론 그러시겠죠."
"그게 아니에요."
"아니, 그래요."
"당신은 이해하지 못했어."
"아니, 충분히 이해했어요. 당신은 그의 요구를 받아들이고 지원금을 받겠죠. 내가 그만두면 소장직도 인수하고. 이해하기 어렵진 않아요. 당신은 더 많은 예산을 받게 될 거예요. 새로운 멋진 기계들도 들여놓고. 당신 밑으로 박사 학위를 받은 연구생들도 더 많이 들어오겠죠. 좋은 생각이네요, 올리버. 그렇게 하세요. 하지만 난 그만두겠어요. 악취가 나요."
"그런 식으로 말하지……."
페인 박사는 그녀의 표정을 보더니 입을 다물었다. 말론 박사는 하얀 가운을 벗어 옷걸이에 건 다음 가방에 서류를 챙겨 넣고 말없이 문을 나섰다. 그녀가 떠나자마자 페인 박사는 찰스 경의 명함을 꺼내더니 전화기를 들었다.

몇 시간 후 자정이 되기 직전에 말론 박사는 연구실 밖에 차를 주차하고 옆문으로 들어갔다. 계단을 올라가기 위해 막 몸을 돌리려는 순간 복도 끝에서 한 사내가 나타났다. 그녀는 너무 놀라 하마터면 서류가방을 떨어뜨릴 뻔했다. 사내는 유니폼을 입고 있었다.
"어디 가십니까?"
그가 물었다.
박사의 길을 막고 선 사내는 덩치가 컸고 모자를 깊게 눌러써서 눈은 거의 보이지 않았다.

"내 실험실에 가는 중이에요. 당신은 누구죠?"

그녀는 다소 화나고 놀란 표정으로 물었다.

"경비원입니다. 신분증 있습니까?"

"경비원이라뇨? 여기서 근무하는 사람은 청소부 한 명밖에 없어요. 내가 당신의 신분증을 요구해야 할 것 같은데요. 누가 당신을 고용했죠? 그리고 이유는?"

"여기 제 신분증 있습니다. 당신 것은요?"

남자는 살펴볼 겨를도 없을 정도로 재빨리 신분증을 꺼내 슬쩍 보여 주었다.

말론 박사는 남자의 허리춤에 휴대전화가 꽂혀 있는 것을 보았다. 아니면 권총인가? 아니, 분명 총은 아닐 거야. 말론 박사는 자신이 과대망상증 환자처럼 느껴졌다. 사내는 그녀의 질문에 대답하지 않았다. 만일 그녀가 계속 고집을 피운다면 그가 수상한 사람처럼 만들 수도 있을 것이다. 하지만 지금 중요한 일은 실험실 안으로 들어가는 것이었다. 말론 박사는 그를 강아지처럼 살살 달래야겠다고 생각했다. 그녀는 가방을 뒤져 지갑을 찾아냈다.

"이거면 될까요?"

주차장 차단기를 작동시키는 데 사용했던 카드를 사내에게 보여 주었다.

그는 잠시 그것을 바라보았다.

"이 밤에 여기서 무얼 하려는 겁니까?"

그가 물었다.

"나는 지금 실험을 하는 중이에요. 컴퓨터를 일정 시간마다 체크해야 되거든요."

사내는 출입을 저지할 구실을 찾는 것처럼 보였다. 아니면 자신의 권위를 시험하고 있거나. 마침내 그는 고개를 끄떡이고 옆으로 비켜섰다. 그녀는 사내에게 미소를 지으며 지나갔다. 하지만 그의 얼굴은 무표정했다.

실험실에 도착했을 때 그녀는 여전히 몸을 떨고 있었다. 이 건물에는 자물쇠와 늙은 청소부 외에 경비원이라곤 없었다. 그리고 그녀는 왜 건물 보안에 갑자기 변화가 생겼는지 잘 알고 있었다. 그것은 그녀에게 아주 약간의 시간밖에 없다는 것을 의미했다. 지금 당장 일을 시작하지 않으면 안 된다. 그녀가 하려는 일을 그들이 눈치 채면 다시는 이곳에 들어올 수 없게 될 테니까.

그녀는 실험실 문을 잠그고 블라인드를 내렸다. 그런 뒤 탐지기의 스위치를 켜고 주머니에서 디스켓을 꺼낸 다음 컴퓨터 안에 집어넣었다. 잠시 후 박사는 어느 정도는 논리적으로, 어느 정도는 추측으로, 또 얼마간은 집에서 저녁 내내 만든 프로그램을 사용하여 스크린에 비친 숫자들을 조작하기 시작했다. 그녀의 작업은 머리가 돌 정도로 복잡했다.

마침내 그녀는 눈을 가리는 머리카락을 쓸어 올리고 전극들을 머리 위에 올려놓았다. 그러고는 자판을 두드리기 시작했다. 그녀는 강렬한 자의식을 느꼈다.

안녕. 난 지금 내가 무슨 일을 하고 있는지 잘 모르겠어요.
어쩌면 미친 짓일지도 몰라요.

단어들이 화면 왼쪽에 나타나기 시작했다. 말론 박사는 놀랐다. 그녀는 어떤 종류의 워드 프로세스 프로그램도 사용하지 않고 있었다. 사실 그녀는 대부분의 운용 체계들을 우회하고 있었다. 따라서 지금 화면상에 나타나는 말들은 그녀가 입력한 것이 아니었다. 그녀는 머리털이 곤두서는 것을 느끼며 건물 안의 모든 것을 의식하게 되었다. 어두운 복도, 헛돌고 있는 기계들, 자동적으로 실행되는 다양한 실험들, 테스트를 모니터하고 결과를 기록하는 컴퓨터, 습도와 온도를 자동 조절하는 에어컨, 건물의 혈관과 신경인 도관, 파이프, 전선 들이 모두 잠에서 깨어나 주의를 기울이고 있었다. 마치 의식이 있는 것만 같았다.

그녀는 다시 시도했다.

나는 이전의 마음 상태를 말로 하려고 해요. 하지만……

그녀가 문장을 다 치기도 전에 커서가 화면 오른쪽으로 빠르게 움직이더니 다음 글자를 프린트했다.

질문을 하시오.

거의 동시적이었다.

그녀는 마치 허공을 디딘 느낌이었다. 온몸이 충격으로 비틀거렸다. 그녀가 다시 질문을 시도할 정도로 마음을 가다듬기까지는 약간의 시간이 걸렸다. 마음을 가라앉힌 그녀가 질문을 미처 다 치기도 전에 화면 오른쪽에 대답이 나오기 시작했다.

박사 : 당신은 섀도입니까?

섀도 : 그렇소.

박사 : 리라가 말하던 더스트와 같은 건가요?

섀도 : 그렇소.

박사 : 검은 물질이기도 하고요?

섀도 : 그렇소.

박사 : 검은 물질은 의식이 있나요?

섀도 : 물론이오.

박사 : 오늘 아침 내가 올리버에게 한 말은 인간의 진화에 대한 얘기가 맞나요?

섀도 : 맞소.

섀도 : 하지만 당신은 더 많은 질문이 필요하군요.

그녀는 질문을 잠시 멈추고 숨을 깊이 들이마신 뒤 머리를 뒤로 넘기고 손가락을 굽혔다. 자신의 심장 박동 소리가 들리는 듯했다. 지금 일어나고 있는 모든 것은 불가능한 일이었다. 그녀가 받았던 모든 교육, 모든 생각, 과학자로서의 의식이 그녀에게 비명을 지르고 있었다. 이건 잘못된 거야! 너는 꿈을 꾸고 있어! 하지만 화면에는 분명 글씨가 나오고 있었다. 그녀의 질문에 어떤 다른 생각이 대답을 하고 있는 것이다.

말론 박사는 다시 몸을 추스르고 자판을 두드렸다. 그러자 지체없이 대답이 나타나기 시작했다.

박사 : 이 질문에 대답하는 생각은 사람의 것이 아니죠?

섀도 : 그렇소, 하지만 사람들은 항상 우리를 알고 있었소.

박사 : 우리라구요? 당신은 하나 이상인가요?

섀도 : 셀 수가 없을 정도요.

박사 : 당신들의 정체는 뭐죠?

섀도 : 천사들이오.

말론의 머릿속이 윙윙 울렸다. 그녀는 가톨릭 집안에서 자랐을 뿐만 아니라 리라가 알아냈던 것처럼 한때 수녀였다. 지금은 믿음이 전혀 남아 있지는 않지만 천사가 무엇인지는 알고 있었다.

성 아우구스티누스는 다음과 같이 말했다.

"천사는 그들이 하는 직무를 일컫는 말이지 그들의 본질을 나타내는 이름은 아니다. 만일 본질의 이름을 구한다면 그것은 정신이다. 만일 그대가 직무의 이름을 찾는다면 그것이 천사다. 존재 관점에서 보면 정신이고 행동 양식의 관점에서는 천사인 것이다."

현기증이 나고 몸이 덜덜 떨렸지만 그녀는 다시 자판을 두드렸다.

박사 : 천사는 새도 혹은 더스트라는 것의 창조물인가요?

새도 : 구조물이오. 복합체라고 할 수 있소.

박사 : 우리가 정신이라고 부르는 것은 정신이고 새도라는 물질인가요?

새도 : 존재 관점에서 정신이고 행동 양식 관점에서는 물질이죠. 물질과 정신은 하 나요.

말론 박사는 전율했다. 그들은 그녀의 생각을 읽고 있었던 것이다.

박사 : 당신들이 인간의 진화를 방해했나요?

새도 : 그렇소.

박사 : 왜죠?

새도 : 복수하기 위해서요.

박사 : 복수라고? 아, 반역의 천사들! 천국에서의 전쟁, 사탄과 에덴 동산…… 하지만 그건 진실이 아니죠? 그래 서 당신들이…… 하지만 왜?

새도 : 그 소녀와 소년을 찾으시오. 더 이상 시간 낭비하지 말고, 당신은 사탄의 역할을 해야 하오.

그녀는 키보드에서 손을 떼고 눈을 문질렀다. 그녀가 화면을 다시 보았을 때도 문장은 여전히 그곳에 남아 있었다.

박사 : 어디서?

새도 : 선덜랜드라고 불리는 거리로 가서 천막을 찾으시오. 천막을 지키고 있는 관리인을 속이고 그 안으로 들어가시오. 오랜 여행을 위한 충분한 식량을 가져가야 할 거요, 당신은 보호받을 것이고, 스펙터는 당신을 건드리지 않을 겁니다.

박사 : 하지만 나는…….

새도 : 가기 전에 이 장비를 파괴하시오.

박사 : 하필이면 왜 나죠? 그리고 여행은 또 뭐예요?

새도 : 당신은 사는 동안 이것을 내내 준비해 왔소. 이곳에서의 당신의 일은 끝났소. 이 세계에서 당신이 해야 할 마지막 일은 적이 이 세계를 지배하지 못하도록 하는 일이오. 이 장비를 파괴하시오. 즉시 실행하고 떠나시오.

메리 말론은 떨리는 몸을 추스르며 의자를 뒤로 밀고 일어섰다. 관자놀이에 손을 가져간 그녀는 전극들이 아직 자신의 두피에 부착되어 있음을 알았다. 박사는 멍한 상태로 그것들을 떼어 냈다. 그녀는 지난 반 시간 동안 자신이 한 일들과 화면에 아직 남아 있는 글씨를 믿을 수가 없었다. 하지만 무슨 일인가 분명 일어났고, 그녀는 거기에 감응했던 것이다.

그녀는 탐지기와 증폭기의 전원을 껐다. 그러고는 모든 보안 코드를 해제하고 컴퓨터의 하드 디스크를 깨끗이 지워 버렸다. 그 다음에는 특별 제작한 카드에 부착된 탐지기와 증폭기를 연결한 접속장치를 제거한 뒤 카드를 구두 뒷굽으로 밟아 박살내 버렸다. 그녀는 또 전자기 실드와 탐지기 사이의 전선을 절단하고, 캐비닛에서 배선 설계도를 찾아

내어 불살라 버렸다. 그 밖에 또 해야 할 일이 남았을까? 올리버 페인이 알고 있는 프로그램 지식까지는 어쩔 수 없지만 그만하면 특별한 하드웨어는 완전히 파괴한 셈이다.

그녀는 서랍에서 꺼낸 서류들을 가방에 쑤셔 넣고 중국 청나라의 팔괘가 그려진 포스터를 문에서 떼어 내어 주머니에 넣었다. 그러고는 불을 끄고 실험실을 나왔다.

경비원은 계단 밑에서 전화기에 대고 무슨 말인가를 하고 있었다. 그녀가 내려오자 그는 전화기를 내리고 말없이 옆문까지 호위한 다음 유리문을 통해 그녀가 차를 몰고 사라지는 모습을 바라보았다.

1시간 30분 뒤 말론 박사는 선덜랜드 거리의 한 모퉁이에 차를 세웠다. 이 지역에 대해서는 잘 몰라서 지도를 참조해야만 했다. 아직도 그녀는 흥분이 가라앉지 않은 상태였다. 깊은 밤 어둠 속에서 자동차 밖으로 나와 서늘하고 조용한 거리 풍경을 보자 갑자기 불안감이 엄습해 왔다.

내가 만약 꿈을 꾸고 있는 거라면? 이 모든 것이 어떤 교묘한 각본에 따른 장난이라면?

이제 그런 생각을 하기에는 너무 늦어 버렸다. 그녀는 실행에 옮겨야만 했다. 스코틀랜드나 알프스에서 캠프를 할 때 종종 메고 다니던 배낭을 들어 올리며 그녀는 자신이 적어도 야외에서 살아가는 방법은 알고 있다고 생각했다. 최악의 사태가 발생하더라도 항상 산속으로 도망칠 수가 있는 것이다.

웃기는 일이었다.

그녀는 자동차를 버리고 배낭 하나만 달랑 메고는 밴버리 도로로 향했다. 그리고 왼쪽으로 선덜랜드 도로가 뻗어 있는 로터리를 향해 300미터

쯤 걸어갔다. 그녀는 평생에 가장 어리석은 짓을 하고 있다는 생각이
들었다.

하지만 도로 모퉁이를 돌아 윌이 보았던 그 이상하고 작은 나무들을
보자, 그녀는 이 모든 것이 사실임을 알았다. 도로 저쪽 나무 아래의 잔
디밭에는 전기기사가 작업하는 동안 비를 피하기 위해 세운 것 같은 울
긋불긋한 작은 천막이 있었다. 천막 바로 옆에는 창문이 검은색 유리로
된 하얀색 밴이 한 대 주차되어 있었다. 주저하지 말아야지. 그녀는 천
막을 향해 곧장 걸어갔다. 그곳에 도착할 무렵 밴의 뒷문이 열리더니 경
찰관이 내려왔다. 헬멧을 쓰지 않아서인지 그는 매우 어려 보였다. 무성
한 초록 잎사귀 아래의 가로등이 그의 얼굴을 환하게 비추고 있었다.

"어디 가시는 겁니까?"

그가 물었다.

"천막 안으로요."

"그럴 수 없습니다. 아무도 접근시키지 말라는 명령을 받았습니다."

"좋아요. 이곳이 잘 보호되고 있는 것 같아 만족스럽군요. 나는 '자연
과학국'에서 나왔어요. 찰스 경이 우리에게 예비조사를 부탁했거든요.
중요한 일이기 때문에 주위에 사람들이 없는 지금 해야만 합니다. 그
이유는 충분히 이해하시리라고 믿습니다."

"아, 그럼요. 그런데 신분을 증명할 만한 것을 가지고 계십니까?"

"물론이죠."

그녀는 지갑을 찾기 위해 등에서 배낭을 내렸다. 실험실 서랍에서 가
져온 물건들 중에는 올리버 페인의 만기가 다 된 도서관 카드도 있었
다. 그녀는 탁자에서 자신의 여권 사진을 떼어 내어 15분 동안이나 고
생해서 만든 작품이 진짜처럼 보이기를 바랐다. 경찰관이 그녀가 내민
카드를 자세히 들여다보았다.

“올리버 페인 박사님. 혹시 메리 말론 박사를 아십니까?”

“아, 그럼요. 내 동료입니다.”

“그녀가 지금 어디 있는지 아십니까?”

“제정신이라면 자기 집 침대에 누워 있겠죠. 왜 그러시죠?”

“조직에서 그녀가 해고되었다고 알려 왔습니다. 그녀는 천막 안으로 들어갈 수 없으니까 만약 들어가려고 하면 구금하라는 명령을 받았습니다. 여성이기 때문에 저는 당신이 말론 박사인 줄 알았습니다. 죄송합니다.”

“아, 알겠어요.”

메리 말론이 말했다.

경찰관은 카드를 다시 한 번 살펴보았다.

“이상이 없는 것 같네요.”

그는 카드를 다시 돌려주며 그래도 불안한 듯 물었다.

“저 천막 안에 무엇이 있는지 아십니까?”

“글쎄요, 잘 모르겠군요. 그래서 제가 이곳에 왔잖아요.”

“그렇군요. 자, 들어가시죠. 페인 박사님.”

그는 뒤로 물러나 그녀가 천막 문을 열도록 내버려 두었다. 배낭을 가슴에 움켜쥐고 그녀는 안으로 들어갔다. 경비원을 속여라. 그녀는 이제 그 일을 해냈다. 하지만 천막 안에서 무엇을 발견하게 될지 전혀 상상이 되지 않았다. 그녀는 일종의 고고학적 유적이나 사제, 운석 등이 있을 거라고 예상했다. 하지만 꿈에도 상상하지 못할 일이 일어났다. 허공에 떠 있는 한 변이 1미터 남짓한 사각형의 구멍을 통과하자, 바다 옆에 위치한 어느 조용한 도시에 도착했던 것이다.

이사히터

　달이 떠오르자 마녀들은 윌의 상처를 치료하기 위한 주문을 외우기 시작했다. 그들은 윌을 깨워 달빛이 잘 비치는 땅에 만단검을 놓아두라고 말했다. 리라는 근처에 앉아 모닥불 위에 걸린 냄비를 젓고 있었는데 그 안에는 약초를 달이는 물이 펄펄 끓고 있었다. 마녀들은 리듬에 맞춰 손뼉을 치고 발을 동동 구르며 괴성을 질러 댔고, 세라피나는 칼 위에 몸을 웅크린 채 높고 강렬한 목소리로 노래를 불렀다.

　작은 칼아!
대자연의 땅에서 철을 떼어 내어
불을 지피고 광석을 끓여
그것의 눈물과 피를 넘치게 했네.
얼음처럼 차가운 물속에서

칼날이 은빛이 될 때까지
물이 자비를 구하여 비명을 지를 때까지
그리고 다시 끓는 안개가 생길 때까지
망치질과 담금질을 계속했네.
네가 작은 조각을 3만 개로 잘랐을 때
그들은 네가 준비되었음을 알았네.
그들은 너를 만단검이라고 불렀지.
하지만 작은 칼이여, 넌 무엇을 했는가?
피의 문을 활짝 열고 그대로 두었지.
작은 칼이여, 너의 어머니가 부르고 있다.
지구의 품에서
가장 깊은 탄광과 동굴에서
비밀스런 철의 자궁 속에서
들을지어다!

세라피나는 다른 마녀들과 함께 발을 구르며 손뼉을 쳤다. 그리고 머리를 흔들며 발톱이 공기를 가르는 듯한 날카로운 소리를 냈다. 마녀들에게 둘러싸인 윌은 척추 한가운데가 시려 오는 것을 느꼈다.

세라피나가 윌에게 다가와서 그의 상처 난 손을 자신의 양손으로 잡았다. 그녀가 다시 노래를 부르기 시작하자 너무나도 깨끗하고 높은 그녀의 음성과 반짝이는 눈동자 때문에 윌은 몸을 움찔할 뻔했다. 하지만 그는 움직이지 않고 주문 소리에 귀를 기울였다.

피여! 내 말을 따르라! 돌아서서
강이 되지 말고 호수가 되어라.

공기를 만나면 멈추어라!
굳어서 벽을 만들어라.
흐르는 피를 막을 만큼 튼튼한
벽을 세워라.
피여! 너의 하늘은 두개골이고
너의 태양은 반짝이는 두 눈이다.
너의 바람은 폐 안으로 들어오는 숨결이다.
피여! 너의 세계는 정해져 있다.
그곳에 머물러라!

윌은 자기 육체의 모든 원자가 세라피나의 명령에 반응하는 것을 느낄 수 있었다. 그 자신도 흐르는 피에게 그녀의 명령에 복종하라고 재촉하고 있었다.

세라피나는 손을 내리고 모닥불 위에 걸어 놓은 작은 양철 냄비로 다가갔다. 냄비에서는 쓴 증기가 올라오고 있었고, 부글부글 끓는 소리도 들렸다.

세라피나는 다시 노래했다.

참나무 껍질, 거미줄.
땅의 이끼, 바다의 해초.
꽉 움켜쥐어라, 단단히 묶어라,
세게 잡아라, 바짝 당겨라,
빗장을 채워라, 대문을 잠가라,
피의 벽을 굳혀라,
흐르는 피를 말려라.

그러고 나서 세라피나는 자신의 칼로 오리나무 묘목을 길게 쪼갰다. 나무의 속살이 달빛을 받아 하얗게 빛났다. 그녀는 나무의 쪼갠 부위를 따라 양철 냄비에 담긴 김이 모락모락 나는 액체를 바르고 꼭대기에서 아래까지 천천히 붙였다. 그러자 나무는 다시 하나가 되었다.

윌은 리라가 기겁할 듯이 놀라는 소리를 들었다. 그는 다른 마녀 하나가 도망치려고 몸부림치는 산토끼를 두 손으로 단단히 움켜쥐고 있는 것을 보았다. 토끼는 겁먹은 눈으로 맹렬하게 버둥거리고 있었다. 하지만 마녀는 무자비했다. 그녀는 한 손으로 토끼의 앞발을, 다른 손으로는 뒷발을 모아 잡고는 바둥거리는 토끼를 쭉 폈다. 세라피나의 칼이 토끼의 배를 단숨에 갈랐다.

윌은 점점 더 어지러워지는 느낌이었다. 리라는 품 안에서 마구 바둥거리는 판탈라이몬을 꼭 껴안았다. 판탈라이몬은 토끼를 동정하는 마음에서 자신의 모습을 토끼로 바꾸고 있었다. 진짜 토끼는 내장이 드러난 채 빨간 눈을 깜박이며 숨을 헐떡이고 있었다.

세라피나는 냄비에 달인 약을 가져와서 토끼의 상처에 떨어뜨렸다. 그러고는 손으로 상처를 감싸고 베인 자국이 사라질 때까지 부드럽게 문질렀다.

토끼를 잡고 있던 마녀가 땅 위에 토끼를 내려놓았다. 그러자 토끼는 몸을 흔들더니 귀를 쫑긋거렸다. 그러고는 주위에 아무도 없는 것처럼 풀을 뜯어 먹기 시작했다. 그러다 갑자기 주위에 사람이 있다는 것을 알아차리고는 쏜살같이 어둠 속으로 사라졌다.

판탈라이몬을 진정시키고 있던 리라는 윌을 돌아보았다. 그가 손을 내밀고 있었다. 세라피나가 손가락이 잘린 부위에 아직도 김이 나는 뜨거운 액체를 바르는 동안 윌은 고개를 돌리고 몇 번이나 숨을 헐떡였다. 그러나 끝까지 몸을 움직이지는 않았다.

상처에 약을 다 바르자 마녀는 냄비 안에 남은 약초를 상처에다 붙이고 실로 단단히 동여맸다. 그것으로 끝이었다. 주문이 이루어진 것이다.

월은 그날 밤 푹 잘 수 있었다. 날씨는 추웠지만 마녀들이 마른 잎을 두툼하게 덮어 주었고, 리라도 그의 등 뒤에서 몸을 구부리고 잤기 때문이다. 다음 날 아침 세라피나는 월의 상처를 다시 치료했다. 월은 상처가 잘 치료되고 있는지 궁금해서 마녀의 표정을 살펴보았다. 하지만 무덤덤한 그녀의 표정에서는 아무런 기미도 발견할 수 없었다.

식사를 마치자 세라피나는 리라에게 마녀들이 합의한 의견을 말해 주었다. 그들은 리라를 보호하기 위해 이 세계까지 왔으므로, 이제부터는 월을 그의 아버지에게 데려다 주는 일을 돕기로 결정했다는 내용이었다.

마녀와 리라 일행은 함께 길을 떠났다. 대체로 조용한 여행이었다. 리라는 알레시오미터에게 방향을 물었고, 그래서 그들이 거대한 만 너머로 보이는 산을 향해 가야 한다는 사실을 알았다. 그들은 도시 위로 이렇게 높이 올라가 본 적이 한 번도 없었다. 따라서 해안선의 모습을 처음 보았고 지평선 아래에도 산들이 있다는 사실 또한 처음 알게 되었다. 하지만 지금은 나무들이 거의 없는 언덕 위에 올라와 있었기에 푸른 바다와 높은 산들을 볼 수 있었다. 목적지까지 가려면 오랜 시간이 걸릴 것 같았다.

그들은 거의 말을 하지 않았다. 리라는 딱따구리, 다람쥐, 다이아몬드 무늬가 등에 새겨진 초록색 이끼뱀 등 숲 속 동물들을 보느라고 바빴다. 월은 발걸음을 옮기는 데만도 자신의 모든 힘을 짜내야만 했다. 리라와 판탈라이몬은 월을 걱정했다.

"알레시오미터에게 물어봐."

판탈라이몬이 말했다.

"월에 대해서 물어보지 않겠다고 약속한 적은 없잖아. 그를 위해 모든 사실을 알아볼 필요가 있어. 우리를 위해서가 아니라 그를 위해서라구."

"바보 같은 소리. 그건 우리를 위한 일이 될 거야. 월이 부탁한 적이 없으니까 말이야. 넌 정말 탐욕스럽고 시끄러운 존재야, 판."

"언제부터 바뀌었지? 원래 탐욕스럽고 시끄러운 존재는 너였잖아. 난 언제나 너에게 경고하는 입장이었고, 조던 대학의 귀빈실에서도 그랬어. 난 그곳에 들어가고 싶지 않았다구."

"만약 거기 들어가지 않았다면 이 모든 일이 벌어졌을 거라고 생각하니?"

"아니, 왜냐하면 총장이 아스리엘 경을 독살했을 테고 그것으로 끝장났을 테니까."

"그래, 아마 그랬을 거야. 그런데 월의 아버지가 누구일 거라고 생각해? 그가 왜 중요할까?"

"나도 그게 궁금해. 알레시오미터를 보면 금방 알 수 있을 텐데."

그녀는 잠시 생각에 잠겼다.

"전엔 그랬을지도 모르지. 하지만 난 변하고 있어. 판."

"아니, 그렇지 않아."

"넌 아니겠지. 이봐, 판. 내가 변하면 넌 변화를 멈추게 될 거야. 넌 뭐가 될 생각이니?"

"난 벼룩이 되고 싶어."

"설마, 네가 무엇이 될 것인지 어떤 느낌 같은 것도 없어?"

"느끼고 싶지도 않아."

"네 말을 들어주지 않아 삐쳤구나?"

판탈라이몬은 돼지로 변해 꿀꿀거리고 꽥꽥거렸다. 리라가 깔깔 웃자 그는 다시 다람쥐로 변해 나뭇가지 위로 쪼르르 달려갔다.

"윌의 아버지가 누구라고 생각해? 우리가 아는 사람일까?"

판탈라이몬이 물었다.

"그럴지도 몰라. 그는 분명 중요한 인물일 거야. 아스리엘 경처럼 말이야. 아무튼 지금 우리가 하고 있는 일은 매우 중요해."

"그건 모르지."

판탈라이몬이 말했다.

"그럴 거라고 생각하지만 확실히는 몰라. 우린 단지 로저가 죽었기 때문에 더스트를 찾기로 결심했던 것뿐이야."

"아니, 우리가 하는 일은 중요해!"

리라는 화를 내며 말했다. 심지어 발까지 굴렀다.

"마녀들도 그걸 알고 있어. 그러니까 나를 돕기 위해 이곳까지 날아온 거야. 우린 윌이 그의 아버지를 찾도록 도와야만 해. 그 일은 아주 중요하고, 너도 그 사실을 알고 있어. 그렇지 않다면 윌이 부상당했을 때 혀로 그를 핥아 주진 않았을걸. 왜 그런 일을 했지? 그런 일을 해도 되느냐고 내게 묻지도 않았잖아. 네가 윌의 상처를 핥는 것을 보고, 난 내 눈을 의심했다구."

"윌은 데몬이 없으니까 내가 대신 해 준 거야. 그때 윌은 데몬이 필요했어. 만일 네가 정말 사려 깊은 아이라면 그 이유를 알았을 거야."

"나도 알아."

둘은 거기서 말을 멈추었다. 윌이 길 옆 바위에 앉아 있는 모습을 보았기 때문이다. 판탈라이몬은 딱새가 되어 나뭇가지 사이로 날아갔다.

"윌, 그 아이들은 지금 뭘 하고 있을까?"

"우리를 따라오진 않을 거야. 마녀들을 보고 겁을 먹었거든. 다시 이곳저곳 떠돌아다니는 생활을 하고 있겠지."

"그래, 하지만 아직도 만단검을 갖고 싶어 우릴 쫓아오고 있을지도 몰라."

"그러라지 뭐. 그들은 절대 이 칼을 가질 수 없어. 나도 처음엔 이걸 원하지 않았어. 하지만 만약 이 칼이 스펙터를 죽일 수 있다면……."

"난 안젤리카를 믿지 않았어. 처음 만났을 때부터 말이야."

리라가 말했다.

"나중엔 그 도시도 싫어졌어."

"난 맨 처음 그 도시를 발견했을 때 천국이라고 생각했어. 그보다 더 좋은 세상은 상상할 수가 없었으니까. 하지만 그곳이 스펙터로 가득 차 있을 줄이야……."

"난 다시는 아이들을 믿지 않을 거야. 볼반가르에서 어른들이 저지르는 추악한 일들을 보고 아이들은 다를 거라고 생각했지. 아이들은 그렇게 잔인한 짓을 하지 않을 거라고 믿었어. 하지만 이젠 확신할 수가 없어. 난 그런 아이들은 한 번도 본 적이 없거든."

"난 본 적이 있어."

윌이 말했다.

"언제? 네가 살던 세계에서?"

"그래."

윌이 쑥스러운 듯 대답했다. 리라는 조용히 그의 말을 기다렸다.

"우리 엄마가 힘든 시간을 보내고 있을 무렵이었어. 우린 우리 힘으로 살아야만 했지. 아버지가 계시지 않았거든. 엄마는 종종 사실이 아닌 일들을 생각하기 시작했어. 그리고 전혀 이해할 수 없는 행동들을 했지. 그런 행동을 하지 않으면 엄마는 너무 불안해져서 모든 것을 두려워했고, 그래서 난 엄마를 도와야만 했어. 예를 들어 공원에 있는 모든 벤치들을 만진다든지, 관목의 잎을 모조리 세어 본다든지. 뭐, 그런 일이야. 그러다가 잠시 후면 상태가 조금 나아지곤 했어. 하지만 난 엄마가 그렇다는 사실을 다른 사람들이 알게 될까 봐 겁이 났어. 그들이 알게 되면 엄마를 다른 곳으로 데려갈 거라고 생각했거든. 그래서 나는 엄마를 돌보며 그 이상한 행동들을 감춰야 했어. 누구에게도 그런 얘길 하지 않았지. 그런데 한번은 엄마가 두려움에 떨고 있을 때 내가 집에 없었던 적이 있었어. 학교에 가 있었거든. 엄마는 밖으로 나가셨는데 옷을 별로 입고 있지 않았어. 정신이 없었던 거야. 그런데 나와 같은 학교에 다니는 남자 아이들 몇 명이 엄마를 보고는…….”

월은 얼굴을 붉히며 리라에게서 고개를 돌렸다. 목소리가 떨리고 눈에는 눈물이 고이고 있었다.

“……그 탑에 있던 아이들이 고양이를 괴롭히던 것처럼 엄마를 괴롭히기 시작했어. 그 아이들은 엄마를 미친 여자로 생각하고 해코지를 하려고 했지. 어쩌면 엄마를 죽이려고 했을지도 몰라. 난 그 아이들이 그런 생각을 했다고 해도 놀라지 않을 거야. 엄마가 단지 다른 사람들과 약간 다르다는 이유만으로 그 아이들은 우리 엄마를 놀리고 증오했어. 어쨌든 난 엄마를 찾아내어 집으로 데려왔어. 그 다음 날 학교에서 엄마를 놀렸던 아이들의 대장격인 아이와 싸워서 팔을 부러뜨렸어. 어쩌면 이도 몇 개 부러뜨렸을지 몰라. 그리고 나머지 아이들과도 싸울 작정이었지. 하지만 그렇게 하지 않는 편이 낫겠다는 생각이 들었어. 매일 싸움을 벌이면 선생님과 다른 학부모들이 엄마를 찾아가서 불평을 하게 될 것이고, 그렇게 되면 엄마의 상태가 알려져서 정신병원으로 데려갈지도 모르니까. 그래서 난 반성하는 척하며 다시는 말썽을 부리지 않겠다고 선생님께 약속했지. 벌을 좀 받긴 했지만 불평하지 않았어. 어쨌든 엄마는 안전했으니까. 그 아이들 외에는 아무도 엄마에 대해 알지 못했어. 그리고 그 아이들은 입을 함부로 놀릴 경우 내가 어떤 행동을 할지 알고 있었지. 그땐 팔을 하나 부러뜨리는 정도로 끝내지 않고, 자기들을 아주 죽여 버릴지도 모른다는 것을 말이야. 그 일이 있은 지 얼마 후 엄마의 상태는 다시 좋아졌어. 지금껏 엄마의 상태에 대해서 아는 사람은 아무도 없어. 하지만 그 이후로 난 어른들만큼이나 아이들도 믿지 않게 되었어. 아이들은 못된 짓을 하고 싶어서 안달을 하지. 그래서 치타가체에 있는 아이들이 그런 행동을 했을 때도 난 별로 놀라지 않았어. 하지만 마녀들이 나타났을 땐 정말 기뻤어."

월은 리라의 시선을 피하며 손등으로 눈물을 닦았다. 리라는 못 본 척하며 말했다.

"월, 엄마에 대해서 말하면서 말이야…… 그리고 어제 툴리오가 스펙터에게 당했을 때 넌 스펙터들이 네가 살던 세계에서 온 것 같다고 말했어."

"왜냐하면 엄마에게 일어난 일은 상식적으로 이해할 수 없는 일이기 때문이야. 그 아이들은 엄마를 미친 여자로 생각하고 해코지를 하려고 했어. 하지만 엄마는 미치지 않았어. 내가 볼 수 없는 어떤 것을 두려워했을 뿐이라구. 그래서 미친 사람처럼 보였던 거지.

우리가 볼 수 없는 어떤 것을 엄마는 보았던 게 틀림없어. 엄마가 나뭇잎을 세던 것처럼 툴리오는 어제 벽에 박힌 돌을 하나하나 만졌어. 어쩌면 그런 행위는 스펙터를 멀리하기 위한 것이었는지도 몰라. 무서운 존재를 뒤로한 채, 돌이나 나뭇잎에 관심이 있는 것처럼 보이면 말야, 그러면 안전할지도 모른다구. 나도 잘 모르겠지만 그런 느낌이 들어. 엄마는 정말 두려워하는 것이 많았거든. 우리 집에 침입하여 무언가를 훔치려던 사내들뿐만 아니라 다른 무언가가 있었어. 그래서 내가 살던 세계에도 스펙터가 있다는 생각을 하게 된 거야. 우리가 눈으로 볼 수 없고 그들의 이름을 모를 뿐이지. 스펙터는 분명 그곳에 있어. 그리고 끊임없이 우리 엄마를 공격하려고 하고 있어.

알레시오미터가 어제 엄마가 무사하다는 소식을 전해 주었을 때 난 정말 너무나 기뻤어."

윌은 가쁜 숨을 몰아쉬었다. 오른손으로는 칼집에 꽂힌 만단검의 손잡이를 꽉 쥐고 있었다.

"아버지를 찾아야 한다는 생각은 언제부터 한 거야?"

잠시 후 리라가 물었다.

"오래전부터야. 나는 아버지가 죄수이기 때문에 탈출하시는 걸 도와드려야 한다는 생각을 하곤 했어. 혹은 아버지가 무인도에 계시기 때문에 내가 그곳까지 항해를 해서 집으로 모셔 와야 한다고 생각하기도 했어. 그러면 아버지가 엄마와 나를 돌봐 주실 테고 엄마의 증세도 곧 좋아질 거라고 말이야. 난 학교에 다시 갈 수 있고 친구도 사귈 수 있게 될 거고. 그래서 이다음에 크면 아버지를 찾으러 갈 거라고 항상 나 자신에게 다짐하곤 했지.

엄마는 내가 아버지의 망토를 이어받아야 한다고 종종 말씀하셨어. 그럴 때마다 난 기분이 좋았어. 무슨 뜻인지는 모르지만 중요한 말처럼 들렸거든."

"친구가 없었니?"

"어떻게 친구를 사귈 수 있었겠어."

윌이 답답하다는 듯이 반문했다.

"친구가 집에 찾아오면 엄마에 대해서 알게 돼. 어떤 아이가 날 자기 집으로 초대할 수도 있지. 하지만 난 그 아이를 초대할 수가 없어. 그러니 친구가 생길 리 없지.

내겐…… 내겐 고양이가 있었어. 그 고양이가 잘 살고 있으면 좋겠다. 누군가 잘 돌봐 주길 바라."

"네가 사람을 죽였다는 애긴 어떻게 된 거야?"

리라는 그렇게 묻고 나자 갑자기 심장이 빠르게 뛰는 것을 느꼈다.

"그 사람이 누군데?"

"나도 몰라. 설사 그자가 죽었다고 해도 신경 안 써. 죽을 짓을 했으니까. 사내들이 우리 집을 마음대로 들락거리며 엄마를 괴롭혔어.

그들은 아버지에 대한 모든 것을 알고 싶어 했지. 경찰 같지는 않았어. 처음엔 깡패들이라고 생각했지. 그리고 아버지가 은행을 털어 감춰 둔 돈을 찾고 있는 거라고 내 마음대로 상상했어. 하지만 그들이 찾는 것은 돈이 아니었어. 그들은 편지를 원했어. 아버지가 어머니에게 보낸 편지들을 찾고 있었던 거야.

어느 날 그들이 집 안으로 몰래 숨어들어 왔지. 난 그제야 엄마를 다른 안전한 곳으로 피신시켜야 한다는 생각을 하게 되었어. 경찰에 도움을 요청할 형편이 못 되었거든. 경찰이 엄마를 정신병원으로 데려갈 수도 있었으니까. 정말 어떻게 해야 좋을지 모르겠더군.

결국 내게 피아노를 가르친 노부인에게 부탁을 했어. 내가 의지할 수 있는 유일한 사람이었거든. 난 노부인 집에 엄마를 모셔다 놓고 아버지의 편지를 찾기 위해 집으로 돌아왔어. 엄마가 어디에 보관하고 있는지 알고 있었거든. 나는 계단 꼭대기에 숨어 있었는데 고양이 막시가 침실에서 나왔던 거야. 내가 한 사내를 쓰러뜨렸을 때 막시가 그의 발목을 걸어 계단 아래로 떨어지게 했어.

난 도망쳤지. 그게 전부야. 그 사내를 죽일 생각은 없었어. 하지만 죽었다고 하더라도 전혀 슬프지 않아. 옥스퍼드로 도망친 나는 우연히 그 창문을 발견하게 되었지. 난 그때 다른 고양이를 관찰하고 있었는데, 그 녀석이 먼저 창문을 발견했어. 만약 그때 그 고양이를 못 봤더라면……"

"그래, 정말 운이 좋았구나."

리라가 말했다.

"나와 판탈라이몬도 그런 생각을 하고 있었어. 만일 내가 조던 대학의 귀빈실 옷장 안에 들어가지 않았더라면, 그리고 총장이 포도주에 독을 넣는 장면을 목격하지 못했다면 어떻게 됐을까? 그러면 이런 일도 일어나지 않았겠지……."

늙은 소나무들 사이로 비스듬히 햇빛이 비쳐들었다. 두 사람은 이끼로 덮인 바위에 앉아 얼마나 많은 우연이 그들을 이곳에 모이도록 만들었는지에 대해 생각했다. 그 작은 사건들은 각각 다른 방향으로 흘러갈 수도 있었다. 어쩌면 다른 어떤 세계에서는 또 다른 윌이 선덜랜드 거리의 허공에 있는 그 창문을 발견하지 못한 채 미들랜드까지 헤매고 돌아다니다가 경찰에게 잡힐 수도 있었다. 그리고 또 다른 세계에서는 또 다른 판탈라이몬이 귀빈실에 들어가지 않도록 리라를 설득했을 수도 있었다. 그리고 또 다른 아스리엘 경은 독살되고 또 다른 로저는 살아 남아 리라와 함께 영원히 옥스퍼드 지붕들 위와 거리를 돌아다니며 놀고 있을지도 몰랐다.

윌이 여행을 계속할 만큼 기력을 되찾자, 그들은 거대한 숲 속으로 난 조용한 오솔길을 따라 다시 걷기 시작했다.

그들은 쉬다가 걷기를 반복하며 하루 종일 여행을 계속했다. 앞으로 나아갈수록 숲의 나무들은 듬성듬성해지고 암반층이 더 많아졌다. 리라는 알레시오미터에게 다시 물어보았다. '계속 가라. 바른 방향으로 나아가고 있다.' 알레시오미터는 그렇게 대답했다. 정오가 될 무렵 그들은 한 마을에 도착했다. 그곳은 스펙터들의 습격을 전혀 받지 않은 듯했다. 언덕 중턱에는 염소들이 한가로이 풀을 뜯고 있고, 과수원에는 레몬나무가 바위 많은 땅에 그늘을 드리우고 있었다. 개울에서 놀던 아이들은 누더기를 걸친 소녀와 피로 얼룩진 셔츠를 입고 있는 안색이 창백한 소년, 그리고 그들 옆에서 걷고 있는 우아한 그레이하운드를 보자 큰 소리로 엄마를 부르며 달려갔다.

마을 어른들은 조심하는 태도였지만 리라가 금화 한 개를 건네자 기꺼이 빵과 치즈, 과일 등을 팔았다. 한 할머니는 리라와 윌에게 염소가 죽으로 만든 병 두 개와 리넨 셔츠 한 벌을 팔았다. 윌은 더러운 티셔츠를 벗어 던지고 차가운 개울물에 몸을 씻은 뒤 따뜻한 햇볕 아래 드러누워 몸을 말렸다.

기운을 되찾은 두 사람은 다시 길을 떠났다. 길은 점점 더 험난해졌다. 나무들이 없어졌기 때문에 쉬기 위해서는 바위 그늘을 찾아야만 했다. 뜨거운 지열이 신발 바닥을 통해 전해지고 강렬한 햇빛이 눈을 찔렀다. 오르막을 만나자 그들의 걸음은 더 느려졌다. 태양이 산마루에 닿을 무렵 그들은 눈 아래 펼쳐진 작은 계곡을 보았다.

두 사람은 여러 번이나 발을 헛디딜 뻔하며 비탈을 내려왔다. 난쟁이 철쭉, 벌들이 윙윙거리는 심홍색 꽃무리를 지나 어둑어둑해질 무렵에야 시냇물이 흐르는 초원에 도착했다. 풀은 무릎까지 올라왔고 수레국화, 용담, 양지꽃 등이 무성했다.

윌은 냇물을 깊숙이 들이마시고는 자리에 누웠다. 그는 깨어 있을 수도 잠을 잘 수도 없었다. 머리가 핑핑 돌면서 멍했고 상처에서는 다시 피가 흐르기 시작했다.

세라피나가 그것을 보고 상처에 더 많은 약초를 붙인 다음 전보다 더 세게 실로 묶어 주었다. 하지만 이번에는 그녀도 걱정스러운 표정을 지어 보였다. 윌은 상처에 대해서 세라피나에게 물어보고 싶지 않았다. 그래 봐야 무슨 소용이 있겠는가? 주문의 효력이 떨어진 게 분명했고 세라피나도 그 사실을 알고 있는 듯했다.

땅거미가 내리자 그들은 다시 잠자리를 찾아들었다. 윌은 리라의 데 몬이 근처에서 가르랑거리는 소리를 들었다. 고양이로 변한 판탈라이 몬이 리라의 곁에서 졸고 있었다.

"판탈라이몬?"

윌의 부름에 데몬이 눈을 떴다. 리라는 움직이지 않았다.

"왜?"

"난 죽게 될까?"

"마녀들이 널 죽도록 내버려 두지 않을 거야. 리라도 마찬가지고."

"하지만 마녀의 주문도 듣질 않아. 피가 계속 나오고 있어. 도무지 멈 추질 않아. 이젠 힘도 다 빠졌고…… 난 두려워."

"리라는 네가 두려워한다고는 생각지 않아."

"그래?"

"널 이 세상에서 가장 용감한 전사라고 생각하는걸. 이오레크 뷔르니 손만큼이나 용감하다고 생각하고 있어."

"그렇다면 겁먹은 표정을 보이지 말아야겠군."

윌은 잠시 조용히 있다가 다시 말했다.

"난 리라가 나보다 더 용감하다고 생각해. 지금까지 내가 사귄 친구 중에서 가장 좋은 친구이기도 하고."

"리라도 널 가장 좋은 친구로 생각하고 있어."

데몬이 속삭이듯 말했다.

얼마 후 윌은 눈을 감았다.

리라는 어둠 속에서 눈을 뜬 채 꼼짝하지 않고 있었다. 가슴이 마구 뛰는 소리가 귀에 들리는 듯했다.

윌이 잠에서 깨어났을 때는 주위가 칠흑같이 어두워져 있었다. 그의 손은 어느 때보다 더 쑤셨다. 그는 조심스럽게 일어나 앉았다. 멀지 않은 곳에 모닥불이 타오르고 있었고, 리라가 갈라진 모양의 나뭇가지 위에 빵을 올려놓고 굽고 있었다. 쇠꼬챙이에 꽂힌 새 두 마리도 먹음직스럽게 익고 있었다. 윌이 모닥불 곁에 앉자 세라피나가 하늘에서 내려왔다.

"윌, 다른 음식을 먹기 전에 이 이파리들을 좀 먹어 봐."

그녀는 산쑥처럼 생긴 쓴맛이 나는 잎을 그에게 주었다. 윌은 말없이 그것을 씹어서 억지로 삼켰다. 입에는 썼지만 먹고 나자 한결 정신이 들었다. 상처의 통증도 줄어들었다.

그들은 레몬즙으로 구운 새의 간을 맞추어 먹었다. 그때 또 다른 마녀가 바위 아래에서 찾은 블루베리를 갖다주었다. 마녀들이 모닥불 주위로 모여들어 조용조용 얘기를 주고받았다. 그중 한 명이 주위를 정탐하기 위해 하늘 높이 올라갔다가 바다 위에 떠 있는 기구를 보았다고 말했다. 리라는 머리를 반짝 쳐들며 그 마녀에게 물었다.

"스코즈비 아저씨의 기구예요?"

"너무 먼 거리라 누군진 알아볼 수 없었어. 하지만 두 명이 타고 있었고, 그들 뒤로는 폭풍이 불어오고 있었어."

리라는 손뼉을 치며 말했다.

"스코즈비 아저씨라면 우린 날아갈 수 있어, 윌! 오, 아저씨라면 좋겠어. 헤어질 때 작별 인사도 못 드렸는데. 스코즈비 아저씨는 정말 친절하신 분이야. 그분을 다시 만날 수만 있다면 얼마나 좋을까."

마녀 유타 카마이넨은 조용히 듣고만 있었다. 그녀의 어깨 위에는 빨간 가슴을 가진 울새 데몬이 눈을 반짝이며 앉아 있었다. 리 스코즈비에 대한 얘기가 나오자 마녀 유타는 그의 여행 목적을 머릿속에 떠올렸다. 그녀는 한때 그루만을 사모했지만 그는 마녀의 사랑을 거절했다. 그래서 세라피나는 카마이넨이 그를 죽이는 것을 막기 위해 이쪽 세계로 데려왔던 것이다.

세라피나도 그 일을 떠올릴 수 있었지만 그때 무슨 소리가 들렸다. 세라피나는 조용하라는 듯이 손을 올리고는 머리를 쳐들었다. 다른 마녀들도 일제히 고개를 들고 밤하늘을 쳐다보았다. 윌과 리라는 북쪽 하늘 어딘가에서 희미하게 들려오는 밤새 우는 소리를 들었다. 하지만 그것은 새가 아니었다. 마녀들은 그것이 데몬의 소리임을 즉각 알아차렸다. 세라피나는 자리에서 일어나 밤하늘을 주의 깊게 살피며 말했다.

"루타 스카디 같아."

그들은 머리를 젖히고 아주 작은 소리라도 듣기 위해 바짝 긴장하고 있었다.

그때 갑자기 가까운 곳에서 비명 소리가 들려왔다. 마녀들은 재빨리 구름소나무 가지에 올라타고 공중으로 날아올랐다. 그들은 윌과 리라를 보호하기 위해 시위에 화살을 걸었다.

캄캄한 하늘 위 어디선가 전투가 벌어지고 있었다. 급히 날아가는 소리, 화살이 발사되는 소리, 분노와 고통에 찬 비명 소리, 명령을 외치는 소리 등이 들려왔다.

미처 놀랄 겨를도 없이 갑자기 꽝 하는 소리와 함께 어떤 물체가 그들 발아래로 떨어졌다. 털이 북슬북슬한 그 짐승을 보자 리라는 그것이 클리프 개스트나 그와 유사한 괴물이라고 생각했다.

하늘에서 떨어진 그 괴물의 몸에는 화살이 하나 박혀 있었다. 그러나 비틀거리며 일어나더니 사나운 표정으로 리라에게 달려들었다. 마녀들은 당황했다. 리라가 맞을까 봐 활을 쏠 수 없었기 때문이다. 하지만 윌이 어느새 벌떡 일어나서 만단검으로 괴물을 내리쳤다. 클리프 개스트의 머리가 깨끗이 잘려 나가 땅바닥에 굴러 떨어졌다. 머리가 없는 몸뚱이는 꾸르르거리며 성대 울리는 소리를 내더니 넘어져서 더 이상 움직이지 않았다.

월과 리라는 다시 하늘을 쳐다보았다. 싸우는 무리들이 점점 아래로 내려오고 있었다. 활활 타오르는 모닥불 빛에 검은색 실크가 획획 날아가는 모습, 희부연 팔다리, 초록색 구름소나무 가지, 회갈색의 가죽 등이 보였다. 월은 마녀들이 그 구름소나무 가지 위에 걸터앉아 과녁을 향해 화살을 날리는 것은 그만두고라도, 갑자기 회전하거나 멈추거나 돌진하는 과정에서 어떻게 균형을 잡을 수 있는지 도무지 이해할 수 없었다.

또 한 마리의 클리프 개스트가 떨어지더니, 곧이어 세 번째 클리프 개스트가 냇가 바위 위로 떨어져 죽었다. 그러자 나머지 괴물들은 새된 소리를 지르며 북쪽으로 도망가 버렸다.

잠시 후 세라피나가 다른 마녀들과 함께 하늘에서 내려왔다. 그녀의 옆에는 리라와 월이 처음 보는 마녀가 한 명 서 있었다. 매서운 눈매와 검은 머리를 가진 그 아름다운 마녀는 분노와 흥분으로 볼이 새빨갛게 달아올라 있었다. 루타 스카디는 머리가 없는 클리프 개스트를 보더니 침을 뱉고는 말했다.

"우리 세계에서 온 것도 아니고 이 세계에 속한 것도 아니군. 더러운 것 같으니! 마치 파리처럼 수천 마리씩 번식하고 있는 것 같군요.

그런데 이 아이는 누구죠? 이 아이가 리라인 모양이군요. 그러면 저 소년은 누구죠?"

리라는 빠르게 뛰는 가슴을 억누르고 태연한 표정으로 그녀를 바라보았다. 루타 스카디는 너무도 예민해서 가까이 있는 사람의 심경 변화를 느낄 수 있었다.

루타 스카디의 시선을 받은 윌도 긴장으로 몸이 따끔거릴 지경이었
지만 리라처럼 표정을 감출 수는 있었다. 그의 손에는 여전히 칼이 들
려 있었다. 루타 스카디는 그가 무슨 일을 했는지를 깨닫고는 미소를
지어 보였다. 윌은 더러운 괴물의 피를 씻기 위해 칼을 땅에 꽂았다가
냇물에 헹구었다.

루타 스카디가 말했다.

"세라피나, 난 너무 많은 것을 알게 되었어요. 모든 옛것들은 변하거
나 죽거나 공허한 존재로 변하고 마는군요. 그런데 배가 고프네⋯⋯."

그녀는 걸신들린 듯이 음식을 먹어 댔다. 구운 새고기 남은 것과 커
다란 빵을 입에 쑤셔 넣고 우적우적 씹고는 시냇물을 마셨다. 그녀가
식사를 하는 동안 다른 마녀들은 클리프 캐스트의 시체를 치우고 모닥
불을 다시 활활 피웠다.

보초 한 명을 제외한 나머지 마녀들은 루타 스카디의 얘기를 듣기 위
해 모닥불 주위에 모여 앉았다. 그녀는 천사들을 만나기 위해 하늘 높
이 올라갔을 때의 일과 아스리엘 경의 요새까지 여행했던 일에 대해 말
했다.

"자매님들, 그건 상상을 초월할 정도로 거대한 성이었어요. 현무암
성벽이 하늘을 찌를 듯하고 널찍한 길들이 사방으로 나 있었어요. 그
길을 통해 화약, 식량, 방패 등을 실은 짐차들이 줄줄이 성으로 들어오
고 있었죠.

아스리엘 경은 그 모든 일을 어떻게 해냈을까요? 나는 그가 오랜 세
월 동안 준비해 오고 있었음에 틀림없다고 생각합니다. 그는 아직도 매
우 어리지만, 이 세상에 태어나기 전부터 준비해 오고 있었던 거예요.
어떻게 그런 일이 있을 수 있냐구요? 나도 잘 몰라요. 아마도 그는 자기
의지에 따라 시간을 빠르게 또는 느리게 조종할 수 있는 모양이에요.

　게다가 모든 세계에서 온갖 종류의 전사들이 그 요새로 몰려들고 있었어요. 남자와 여자는 물론 싸우는 요정들, 게다가 한 번도 본 적이 없는 무장한 동물들도 있었죠. 도마뱀, 원숭이, 독발톱이 있는 거대한 새, 이름도 알 수 없는 기이한 생물들까지. 그리고 다른 세계에도 마녀가 있더라구요.

　자매님들, 그 사실을 알고 계셨어요? 나는 다른 세계에서 왔다는 마녀들과 대화를 나눴습니다. 그들은 우리와 비슷하게 생겼지만 본질적으로는 전혀 달랐어요. 왜냐하면 그들은 우리보다 훨씬 오래 살 뿐만 아니라 남자 마녀들도 있었거든요. 우리 같은 마녀들……."

　마녀들은 놀라움과 공포심을 느끼며 믿을 수 없다는 표정으로 루타 스카디를 바라보았다. 그러나 세라피나는 그녀의 말을 믿어 의심치 않았다. 그리고 그녀의 이야기를 재촉했다.

　"루타 스카디, 아스리엘 경을 만났어요? 길을 제대로 찾으신 거예요?"

　"예, 그럼요. 하지만 쉽지 않았답니다. 그는 무수히 많은 집단의 중심 역할을 하고 있거든요. 아스리엘 경이 그들 모두를 지휘하고 있었어요. 나는 내 모습이 보이지 않도록 하여 가장 깊숙한 곳에 자리 잡고 있는 그의 방으로 들어갔죠. 그는 잠자리를 준비하고 있었어요."

　마녀들은 그다음에 무슨 일이 벌어졌는지 듣지 않고도 알 수 있었다. 다만 윌과 리라는 상상도 할 수 없는 일이었다. 아무튼 그런 일에 대해서는 얘기할 필요가 없었기 때문에 루타 스카디는 다음 이야기를 이어 나갔다.

　"나는 아스리엘 경에게 모든 세력을 집결시키는 이유가 뭐냐고 물었죠. 그리고 그가 교권에 대항하려 하고 있다는 소문이 사실이냐고도 물었어요. 그러자 그는 큰 소리로 웃었어요. '시베리아에 그런 소문이 나

돌고 있소?'라고 묻더군요. 나는 그렇다고 대답했죠. 시베리아뿐만 아니라 스발바르를 비롯한 모든 극지방에서도 그렇다고요. 그리고 우리 마녀들이 맺은 협정과 내가 그를 찾아 길을 떠나게 된 경위도 말해 주었죠.

그러자 자매님들. 아스리엘 경은 자기 세력에 합류하라며 우리를 그곳으로 초대했어요. 난 그때 진심으로 좋다고 대답하고 싶었어요. 그는 나에게 그 반란이 옳고 정당하다는 것을 보여 주었어요. 교권의 하수인들이 무슨 짓을 저질렀는지를요. 나는 볼반가르에 있던 아이들과 남쪽 지방에서 내 눈으로 직접 확인한 끔찍스러운 절단 행위를 머리에 떠올렸어요. 그는 교권이라는 이름하에 저질러진 수많은 잔학 행위에 대해 말해 주었어요. 어떤 세계에서는 마녀를 붙잡아 산 채로 불태웠다는군요. 우리와 똑같은 마녀들을 말예요.

그는 내 눈을 뜨게 해 주었어요. 지금까지 내가 전혀 알지 못했던 사실들을 말해 주었죠. 교권이라는 이름 아래 자행된 잔인하고 끔찍한 그 모든 것은 진실한 삶의 기쁨을 파괴하기 위해 계획된 것이었어요. 자매님들, 난 아스리엘 경의 대의를 위해 나 자신과 우리 부족 전체를 내던지고 싶었어요. 하지만 먼저 여러분과 상의하고 우리가 사는 세계로 돌아가서 예바 카스쿠와 레이나 미티, 그 밖의 다른 여왕들을 만나 볼 생각이었죠.

그래서 나는 아스리엘 경의 방을 나와 구름소나무 가지를 타고 다시 날기 시작했어요. 하지만 얼마 가지도 않아 강풍이 불어와서 나를 높은 산으로 내동댕이친 거예요. 나는 절벽 꼭대기에서 잠시 쉬어야만 했어요. 거기엔 클리프 개스트들이 산다는 걸 알았기 때문에 몸이 보이지 않도록 했죠. 그런데 어둠 속에서 들려오는 말소리를 듣게 되었어요.

우연히도 내가 바람을 피한 곳은 클리프 개스트 중 최고령자가 사는 장소였던 거예요. 그는 눈이 멀었기 때문에 다른 클리프 개스트들이 음식을 가져다주고 있었죠. 저 아래 땅에서 구해 온, 냄새가 지독한 썩은 고기였어요.

'할아버지, 어디까지 기억하세요?' 하고 그들이 물었어요.

'아주 오래전 일까지 기억한단다. 인간이 태어나기도 훨씬 전까지 말이야'라고 그가 말했어요. 그의 목소리는 부드럽지만 갈라지고 약했어요.

'유사 이래 최대의 전쟁이 곧 벌어질 거라는 소문이 사실인가요? 할아버지?'

'그래, 그렇단다. 우리 모두에게는 즐거운 잔칫날이 될 거야. 모든 세계의 모든 개스트에게 기쁘고 즐거운 나날이 될 거라구.'

'그러면 어느 편이 이길까요? 아스리엘 경이 교권을 이길까요?'

'모든 세계에서 모여든 아스리엘 경의 군대는 수백만을 넘어섰어. 이제껏 교권에 대항해 싸운 군대들 중 최대 규모지. 그리고 제대로 통솔되고 있어. 교권의 군대에 대해 말하자면, 그들은 수백 배 더 많지. 하지만 너무 늙었어. 나보다 훨씬 오래됐으니까. 게다가 남이 자기들을 두려워하지 않을 때는 자신들이 두려움을 느끼고 유순해지는 특성이 있지. 그러니 막상막하의 전력이라고 볼 수 있겠구나.

하지만 아스리엘 경이 이길 게다. 왜냐하면 그는 열정이 있고 대범하고 자신의 대의가 정당하다는 것을 믿고 있으니까. 하지만 딱 한 가지 문제가 있어. 그에게는 이사히터가 없어. 이사히터가 없으면 그와 그의 군대는 승리할 수 없어. 그렇게 되면 우리는 여러 해 동안 잔치를 벌이게 될 거야, 애들아.'

그렇게 말하고 나서 그는 큰 소리로 웃으며 그 악취 나는 뼈를 갉아먹기 시작했죠. 그러자 다른 개스트들이 모두 기뻐하며 소리를 질러 댔어요.

　그러니 생각해 보세요. 내가 그 이사히터에 대해 더 자세히 알고 싶어서 얼마나 안달을 했겠어요? 하지만 세찬 바람 소리 때문에 잘 들을 수가 없었어요. 한 젊은 개스트가 묻는 소리가 간신히 들렸죠.

　'아스리엘 경에게 이사히터가 필요하다면 왜 그를 부르지 않나요?'

　그러자 그 늙은 개스트가 말했어요.

　'아스리엘 경은 너희들만큼이나 이사히터에 대해 아는 것이 없으니까. 이건 농담이야, 그러니까 웃으렴!'

　더 자세한 얘기를 듣기 위해 그 더러운 개스트들 가까이로 다가간 순간 나는 기운이 다 빠져서 그만 몸이 드러나고 말았어요. 젊은 개스트들이 나를 보고는 고함을 질러 댔죠. 난 도망쳐야만 했어요. 허공에 난 보이지 않는 통로를 통해 이쪽 세계로 말이죠. 개스트 무리가 나를 쫓아왔어요. 저기 죽은 것들은 끝까지 쫓아온 놈들이죠.

　하지만 아스리엘 경에게 우리가 필요하다는 건 분명해요. 이사히터가 누구든 간에 아스리엘 경에겐 우리가 필요해요. 지금 당장이라도 그에게 달려가서 걱정하지 말라고, 당신이 이기도록 우리가 도와줄 거라고 말할 수 있으면 좋겠어요.

　자, 세라피나, 우리 함께 그를 도우러 가요. 모든 마녀 부족들을 한자리에 모아 놓고 전투를 결의하는 거대한 집회를 열어요!"

　세라피나는 윌을 돌아보며 허락을 구하는 듯한 표정을 지어 보였다. 하지만 윌은 어떤 말도 해 줄 수 없었다. 세라피나는 루타 스카디에게 말했다.

　"우린 안 돼요. 지금 우리의 임무는 리라를 돕는 것이고, 리라의 임무는 윌을 그의 아버지에게 무사히 데려다 주는 거예요. 그러니 당신은 먼저 돌아가세요. 우리는 리라와 함께 있어야만 하니까요."

루타 스카디는 조급한 표정으로 말했다.

"그렇다면 하는 수 없죠."

윌은 누워 있었다. 상처가 다시 아파 왔던 것이다. 손 전체가 퉁퉁 부어올랐고 전보다 더 아팠다. 리라도 드러누운 채 반쯤 감긴 눈으로 모닥불을 바라보며 마녀들의 얘기를 듣고 있었다. 루타 스카디가 시냇가로 걸음을 옮기자 세라피나도 뒤따랐다.

"세라피나, 당신도 아스리엘 경을 만나야만 해요."

루타 스카디가 조용히 말했다.

"그는 정말 위대한 지도자예요. 군대의 모든 세부사항을 일일이 기억하고 있었어요. 그 담대함을 보세요. 감히 창조주에 대항하여 전쟁을 일으키다니!

그건 그렇고 이사히터가 누구죠? 어째서 우리는 그 이름을 한 번도 들어 본 적이 없을까요? 어떻게 해야 그가 아스리엘 경과 합류하도록 만들 수 있죠?"

"어쩌면 이사히터는 남자가 아닐지도 몰라요. 우리는 그 젊은 클리프 개스트들만큼이나 이사히터에 대해 아는 것이 없어요. 그 늙은 클리프 개스트는 젊은것들의 무식함을 비웃고 있었는지도 모르죠. 이사히터란 마치 '신, 파괴자'의 뜻이 담겨 있는 것처럼 들려요. 알고 있었나요?"

"그렇다면 그건 우리를 의미할 수도 있겠네요, 세라피나! 만일 그렇다면 우리가 합류했을 때 그의 군대는 얼마나 강해지겠어요. 아, 난 내 화살로 볼반가르에서 온 그 마귀들을 죽이고 싶어요. 모든 세계의 모든 볼반가르에서 온 마귀들을 말예요. 자매님, 그들은 왜 그런 짓을 할까요? 교권의 앞잡이들은 모든 세계에서 그들의 잔인한 신을 위해 아이들을 희생시키고 있어요. 왜? 왜 그런 짓을 하죠?"

"그들은 더스트를 두려워하고 있어요. 그것의 정체가 뭔지는 모르지만 말예요."

세라피나가 대답했다.

"당신들이 발견한 그 소년은 누구예요? 어느 세계에서 왔죠?"

세라피나는 윌에 대해 알고 있는 모든 것을 얘기해 주었다.

"난 그 아이가 왜 중요한지 몰라요. 하지만 리라의 알레시오미터는 그녀의 임무가 윌을 돕는 것이라고 말했대요. 그리고 우리는 그의 상처를 고치려고 온갖 노력을 다해 보았는데 허사였어요. 어쩌면 이 세계의 약초가 우리 세계의 것보다 약한 건지도 모르죠. 이곳은 혈류이끼가 자라기엔 너무 덥거든요."

"그 아인 좀 이상해요."

루타 스카디가 조용히 머리를 저으며 말했다.

"아스리엘 경과 같은 부류의 인간이에요. 그의 눈을 들여다본 적 있어요?"

"사실대로 말하자면, 그럴 용기가 나지 않았어요."

세라피나가 대답했다.

두 마녀 여왕은 시냇가에 조용히 앉았다. 시간이 흘러갔다. 별이 지고 다른 별이 떠올랐다. 잠자는 사람들 쪽에서 작은 비명 소리가 들려왔다. 리라의 잠꼬대였다. 멀리서 우르르 소리를 내며 폭풍이 몰려오고 있었다. 바다 위와 산기슭에서 번개가 번쩍거렸다. 하지만 그곳은 한참 먼 곳이었다.

루타 스카디가 말했다.

"리라라는 소녀 말예요. 그 아이는 어떤 역할을 하게 되어 있는 걸까요? 윌을 아버지에게 데려다 주는 것으로 끝일까요? 그 이상이겠죠, 안 그래요?"

"그건 리라가 지금 해야 할 일일 뿐이죠. 하지만 그 후엔 다른 역할이 그 아이를 기다리고 있어요. 우리 마녀들은 리라가 운명에 종지부를 찍을 아이라고 말해 왔어요. 우리는 콜터 부인에게 의미가 있는 그 아이의 어떤 이름을 알고 있고, 그 여자는 그 이름을 모른다는 사실을 알고 있어요. 스발바르 근처의 배에서 그 여자가 고문한 마녀가 하마터면 그 이름을 자백할 뻔했지만, 다행히도 얌베아카가 그 마녀를 제때 데려가 주었어요.

하지만 지금 사람들이 얘기한 이사히터가 리라일 수도 있다는 생각이 들어요. 마녀도 아니고 천사도 아닌, 저기 잠든 저 아이가 교권에 대항하는 마지막 무기가 될 수도 있어요. 그렇지 않다면 콜터 부인이 왜 리라를 찾지 못해 그렇게 안달하겠어요?"

"콜터 부인은 한때 아스리엘 경의 연인이었어요. 리라는 둘 사이의 딸이구요. 세라피나, 만약 내가 그의 아이를 낳았더라면 그 아이는 어떤 마녀가 되었을까요? 여왕 중의 여왕이 되었겠죠."

"쉿! 들어 보세요. 저 불빛은 뭐죠?"

세라피나가 손가락으로 가리키며 말했다. 두 사람은 무언가가 미끄러지듯 내려오는 것을 보고 놀라 일어났다. 캠핑 장소에 희미한 불빛이 보였다. 멀리서 보아도 그것은 모닥불 같아 보이지는 않았다.

그들은 소리가 나지 않도록 주의하며 달려갔다. 화살은 이미 활시위에 걸려 있었다. 가까이 달려간 그들은 갑자기 멈춰 섰다.

마녀들은 모두 잠들어 있었다. 윌과 리라도 마찬가지였다. 열댓 명 남짓한 천사들이 그들을 둘러싼 채 조용히 내려다보고 있었다.

그때 세라피나는 마녀들의 언어로는 도저히 표현할 수 없는 어떤 것을 이해했다. 그것은 순례와 같은 무엇이었다. 그녀는 천사들이 중요한 무언가에 가까이 다가가기 위해 수천 년을 기다리고 또 먼 길을 여행하는 이유를 이해할 수 있었다. 그리고 비록 잠시 바라보고 가는 것이지만, 그로 인해 천사들이 앞으로 얼마나 새로운 시각을 갖게 될지에 대해서도 이해했다. 그것이 바로 천사들의 지금 표정이었다. 체크 무늬 스커트를 입은 더러운 얼굴의 소녀와 찡그린 얼굴로 잠든 상처 입은 손을 가진 소년. 그들 주위를 둘러싼 이 아름다운 순례의 불빛.

리라의 목을 감싸고 있던 흰 담비 모습의 판탈라이몬이 눈을 뜨더니 주위를 둘러보았다. 나중에 리라는 그것이 꿈이라고 생각할 것이다. 판탈라이몬은 리라가 관심의 대상이라는 사실을 당연하게 생각하는 듯 다시 몸을 웅크리며 눈을 감았다.

마침내 천사 중 한 명이 날개를 활짝 폈다. 나머지 천사들도 모두 날개를 폈다. 그들의 날개는 마치 빛과 빛이 만나듯 저항 없이 서로를 관통해서 풀밭에서 잠자코 있는 존재들의 주위를 환하게 비추었다. 그러고는 마치 불길이 하늘로 치솟아 오르듯 공중으로 하나씩 날아올랐다. 마침내 그들은 북쪽으로 날아가는 별똥별처럼 보였다.

세라피나와 루타 스카디는 곧 구름소나무 가지를 타고 그들을 뒤쫓았지만 금방 아득하게 멀어지고 말았다.

"저들이 당신이 본 바로 그 천사들인가요, 루타 스카디?"

밝은 불빛들이 지평선을 향해 사라지는 모습을 바라보며 세라피나가 물었다.

"더 큰 것 같아요. 하지만 같은 종류예요. 저들은 육체를 가지고 있지 않아요. 당신도 보았죠? 그들은 불빛이에요. 그들의 감각은 우리의 것과는 사뭇 다르겠죠. 세라피나, 난 지금 북쪽의 마녀들을 모두 모으기 위해 떠나야 해요. 우리가 다시 만날 때쯤이면 전시가 될 것 같군요. 몸 조심하세요, 사랑하는 자매님."

그들은 공중에서 포옹을 했다. 이윽고 루타 스카디는 남쪽을 향해 몸을 돌리고 빠르게 사라졌다.

세라피나는 그녀가 사라지는 모습을 바라보았다. 그러고 나서 몸을 돌려 마지막으로 사라져 가는 천사들의 희미한 불빛을 지켜보았다. 그녀는 그 위대한 천사들에게 동정심을 느꼈다. 그들은 얼마나 많은 것을 놓치고 사는 것일까? 발 아래 흙을 느끼지도 못하고, 머리카락을 스치는 바람결의 느낌도 모르고, 맨살에 닿는 달빛의 느낌도 모르겠지. 그녀는 자신이 타고 있는 구름소나무 가지의 어린 줄기를 부러뜨려 기쁜 마음으로 향기로운 송진 냄새를 맡았다. 그러고는 풀밭 위에 잠든 마녀들과 두 아이를 향해 천천히 날아갔다.

알라모 협곡

리 스코즈비는 손을 이마에 대고 왼쪽으로 펼쳐진 잔잔한 바다와 오른쪽에 보이는 초록색 해안을 내려다보며 인적을 살폈다. 예니세이 강을 떠난 지 만 하루가 지난 때였다.

"이곳이 새로운 세계입니까?"

그루만을 돌아보며 리 스코즈비가 물었다.

"이곳에서 태어나지 않은 사람에게는 새롭겠죠. 이곳 사람들에겐 낡고 오래된 세계일지라도 말이오. 아스리엘 경이 모든 것을 흔들어 놓았소, 스코즈비 씨. 그 어느 때보다도 더 심하게 말이오. 내가 얘기했던 통로나 창문들이 지금은 전혀 엉뚱한 곳에 열려 있습니다. 그래서 항해하기 어렵죠. 하지만 이 바람은 제대로 불고 있습니다."

"새로운 세계든 낡은 세계든 저 아래는 좀 이상한 것 같군요."

"그렇습니다. 이상한 세계죠. 저곳을 집처럼 편안하게 여기는 사람들도 있겠지만.”

그루만이 대꾸했다.

“사람이 살고 있지 않은 것처럼 보이는데요.”

리 스코즈비는 머리를 갸웃거렸다.

“그렇지 않습니다. 바다 쪽으로 삐죽 나온 저 곶 너머로 한때는 강대하고 부유했던 도시가 보일 겁니다. 그 도시를 건설한 상인과 귀족들의 후손이 아직 살고 있죠. 비록 지난 300년 동안 계속 몰락의 길을 걸어오고 있긴 하지만……”

몇 분 후 기구가 그 곶 위를 지나게 되자 리 스코즈비의 눈에 등대가 맨 먼저 들어왔다. 그리고 뒤이어 돌로 만든 방파제와 항구를 따라 세워진 탑과 둥근 지붕, 적갈색 지붕들로 덮인 아름다운 도시가 나타났다. 정원으로 둘러싸인 오페라 하우스처럼 보이는 화려한 건물과 우아한 호텔 등이 늘어선 넓은 가로수 길, 꽃이 만개한 나무들이 발코니에 그늘을 드리우고 있는 작은 도로들도 볼 수 있었다.

그루만의 말대로 그곳에는 사람들이 있었다. 하지만 가까이 다가가서 보니 모두 어린아이들이었다. 어른들은 한 명도 보이지 않았다. 아이들은 해변에서 놀거나 카페를 들락거리며 먹고 마시고, 집이나 가게에서 물건들을 가방에 가득 담아 모으고 있었다. 한 무리의 아이들은 싸움을 하고 있었고, 붉은 머리 소녀가 그들을 부추겼다. 작은 소년 한 명은 가까운 건물의 창문을 깨뜨리려고 돌을 던지고 있었다. 그곳은 마치 거대한 어린이 놀이터 같았다. 교사라곤 한 명도 없는, 순전히 아이들만의 세상이었다.

하지만 그곳에는 아이들만 있는 것은 아니었다. 리 스코즈비는 처음 그것을 보았을 때 눈을 비벼야만 했다. 하지만 분명 안개 기둥처럼 생긴 것이 여기저기 몰려다니고 있었다. 안개보다는 엷고 공기보다는 두

꺼운 그것들은 가로수 길을 따라 떠돌아다니다가 이 집 저 집으로 들어
가기도 하고 광장이나 뜰에 모여 있기도 했다. 아이들은 그것들이 눈에
보이지 않는지 아무 거리낌 없이 그들 사이를 헤치고 다녔다.

기구가 도시 위로 가까이 다가감에 따라 리 스코즈비는 그 안개 기둥
들의 행동을 더 자세히 관찰할 수 있었다. 특히 몇몇 아이는 그들의 관
심을 끌고 있음이 분명했다. 그들은 그 아이들을 따라다니고 있었다.
리 스코즈비가 망원경으로 자세히 살펴보니 그들이 따라다니는 대상은
사춘기로 접어들고 있는 아이들이었다. 검은 머리카락에 키가 큰 한 소
년은 안개 기둥이 너무도 두껍게 둘러싸고 있어서 윤곽이 어른거려 제
대로 보이지 않을 정도였다. 안개는 썩은 고기에 몰려드는 파리 떼 같
았다. 그 소년은 가끔 눈을 비비거나 머리를 흔들긴 했지만 그러한 사
실을 전혀 느끼지 못하고 있는 듯했다.

"대체 저것들이 무엇입니까?"

리 스코즈비의 물음에 그루만 박사가 대답했다.

"스펙터라는 것이오."

"어떤 존재입니까?"

"흡혈귀에 대해 들어 본 적 있소?"

"그럼요."

"흡혈귀가 사람의 피를 빨아 먹듯 스펙터는 인간의 관심을 빨아 먹
죠. 세상에 대한 의식과 흥미 말입니다. 그래서 그들은 성숙하지 않은
아이들에겐 매력을 느끼지 않아요."

"그렇다면 볼반가르의 악마들과는 정반대로군요."

"그렇지 않죠. 성체위원회와 '무관심의 스펙터'는 모두 순수는 경험
과 다르다는 인간의 진실에 의해 마법이 걸린 것입니다. 성체위원회는
더스트를 두려워하고 증오하지만, 스펙터는 그것을 먹고 살죠. 하지만

둘 다 더스트에 집착하고 있습니다."

"스펙터들이 저 소년 주위에 모여 있어요."

"저 아이는 사춘기에 접어들고 있습니다. 조만간 더스트는 저 아이를 공격할 것이고, 그러면 그의 삶은 공허하고 무관심한 것으로 변해 버리겠죠. 그게 그의 운명입니다."

"세상에! 우리가 그를 구할 수는 없는 겁니까?"

"안 됩니다. 스펙터들이 즉시 우리를 잡아먹을 겁니다. 그들은 이곳까지는 올라올 수 없습니다. 우리가 할 수 있는 일이란 그냥 지켜보며 날아가는 것뿐이죠."

"그런데 어른들은 다 어디 있습니까? 왜 아이들만 저렇게 득실거리고 있죠?"

"저 아이들은 스펙터 고아들입니다. 이 세계에는 저런 고아들이 많습니다. 어른들이 죽거나 도망가고 나자 아이들은 아무 데서나 구한 식량으로 배를 채우고 떠돌아다니는 거죠. 다행히 그들은 굶주리진 않습니다. 수많은 스펙터가 이 도시를 공격해서 살아남은 어른들은 모두 안전한 곳으로 피신한 것 같군요. 항구에 배가 없다는 사실이 그걸 증명하죠. 하지만 아이들은 해를 입지 않습니다."

"나이가 많은 아이들을 제외하곤 말이죠. 저 불쌍한 소년처럼……."

"스코즈비 씨, 이 세계는 이럴 수밖에 없습니다. 이런 잔인하고 부당한 일을 끝내고 싶다면 당신은 나를 더 멀리 데려가야 합니다. 내가 할 일이 있으니까요."

"그렇다면……."

리 스코즈비는 잠시 적당한 말을 생각했다.

"그런 일을 목격한 바로 여기서 싸워야 하는 것 아닌가요? 도움이란 그것이 필요할 때 주어야만 효과가 있죠. 제 말이 틀렸나요, 그루만 박사님? 저는 무식한 기구 조종사라서 주술사들은 하늘을 날 수 있다는 말을 들었을 때에도 곧이들었을 정도니까요. 하지만 여기 하늘을 날지 못하는 주술사가 한 분 계시군요."

"오, 나도 날 수 있소."

"증명하실 수 있습니까?"

기구가 아래로 내려가기 시작하자 땅이 솟아오르는 것처럼 보였다. 정사각형의 돌로 만든 탑이 그들의 정면에 불쑥 솟아 있었지만 리 스코즈비는 그 사실을 알아차리지 못한 것처럼 보였다.

"난 하늘을 날 필요가 있었소. 그래서 당신을 불렀고, 이렇게 하늘을 날고 있잖소."

그루만은 그들이 처한 위험을 알고 있었지만 리 스코즈비에게 그 사실을 알리지 않고 있었다. 리 스코즈비는 때가 되자 정확히 바스켓 옆으로 몸을 기대며 모래주머니에 부착된 밧줄을 잡아당겼다. 모래주머니는 땅으로 떨어졌고, 기구는 1~2미터 간격으로 탑을 살짝 비키며 부드럽게 위로 날아올랐다. 놀란 까마귀들이 까악까악 소리를 내며 그들 주위를 맴돌았다.

"그렇군요. 당신은 참 이상할 때가 있어요, 그루만 박사님. 혹시 마녀들과 시간을 보낸 적 있으십니까?"

"있죠. 그리고 학자들과, 영혼들과도 함께 지낸 적이 있습니다. 그 모든 모임에서 어리석음을 발견하기도 했지만 지혜의 알맹이도 있었습니다. 분명 내가 알아보지 못한 지혜가 더 많을 겁니다. 스코즈비 씨, 인생은 험난합니다. 하지만 우리는 항상 우리 인생에 충실해야 합니다."

"그렇다면 우리가 하는 이 여행은 어리석은 일입니까, 지혜로운 일입니까?"

"내가 아는 가장 지혜로운 일입니다."

"당신의 목적을 다시 말씀해 주십시오. 만단검을 지닌 사람을 찾아낸 다음에는 어떻게 하실 생각이십니까?"

"그의 임무를 알려 줄 것입니다."

"그 임무에 리라를 보호하는 일도 포함되어야 합니다."

리 스코즈비는 그루만에게 다시 상기시켰다.

"만단검은 우리 모두를 보호할 겁니다."

그들은 계속 날아갔다. 도시는 뒤로 멀어져 곧 시야에서 사라졌다.

리 스코즈비는 계기판을 살폈다. 나침반은 여전히 제멋대로 돌고 있었지만 고도계는 이상 없이 작동하고 있었다. 그들은 해발 1천 피트 정도로 고도를 유지하며 날고 있었다. 앞쪽 멀리 옅은 안개 사이로 초록색 언덕이 솟아 있었다. 리 스코즈비는 모래주머니를 충분히 준비한 것이 다행이라고 생각했다.

지평선을 살펴보던 리 스코즈비는 갑자기 가슴이 철렁 내려앉는 것 같았다. 헤스터도 귀를 쫑긋하더니 머리를 돌려 개암빛 눈 하나를 그의 가슴에 묻었다. 스코즈비는 헤스터를 코트 안으로 밀어 넣고 다시 망원경을 열었다.

잘못 본 것이 아니었다. 그들이 날아온 남쪽 방향에서 또 다른 기구가 옅은 안개 속을 헤치며 날아오고 있었다. 지열로 인해 공기가 아른거리고 거리도 멀어서 자세히 볼 수는 없지만, 그 기구는 스코즈비의 것보다 더 크고 훨씬 높이 날고 있었다.

그루만도 그것을 보았다.

"적입니까, 스코즈비 씨?"

그가 손으로 햇빛을 가리고 안개 속을 뚫어지게 노려보며 물었다.

"의심할 여지가 없습니다. 모래주머니를 버리고 위로 올라가서 더 빠른 바람을 타야 할지, 아니면 눈에 덜 띄도록 아래로 내려가야 할지 잘 모르겠군요. 그래도 체펠린 비행선이 아니라 다행입니다. 그것이라면 몇 시간 안에 우릴 따라잡을 테니까요. 아무래도 더 높이 올라가야 되겠습니다, 그루만 박사님. 아마 우리를 이미 발견했을 겁니다."

그는 몸을 기울여 모래주머니 세 개를 던졌다. 기구는 즉시 솟구치기 시작했고 리 스코즈비는 다시 망원경을 눈에 대었다.

그는 곧 적이 이쪽을 발견했다는 것을 알았다. 왜냐하면 안개 속에서 갑자기 무언가 기다란 연기를 내뿜으며 치솟더니 환한 불꽃으로 타오르는 것을 보았기 때문이다. 그 불꽃은 잠시 새빨갛게 타다가 회색 연기로 변했다. 신호용 조명탄이었다.

"그루만 박사님, 더 센 바람을 부를 순 없나요? 해질녘까지는 저 언덕에 닿았으면 하는데요."

리 스코즈비가 눈앞에 보이는 산들을 가리키며 말했다. 그들이 탄 기구는 방금 해안선을 벗어났기 때문에 적어도 30마일 정도는 더 가야 그 넓은 만을 다 건너게 될 것이었다. 고도가 높아 눈앞의 산들이 나지막한 언덕처럼 보였다.

그러나 그루만은 말이 없었다. 그는 깊은 최면 상태에 빠져 있었다. 눈을 감고 있는 그의 이마에는 굵은 땀방울이 맺혀 있었고, 몸은 앞뒤로 가볍게 흔들렸다. 목에서는 낮고 규칙적인 신음 소리가 흘러나왔다. 바스켓 가장자리를 꼭 쥐고 있는 그의 데몬도 최면에 빠져 있었다.

고도 상승 때문인지 그루만의 주문 때문인지는 모르지만 한줄기 바람이 리 스코즈비의 얼굴을 스치고 지나갔다. 그는 가스주머니를 점검하기 위해 위를 쳐다보았다. 그것은 산이 있는 쪽으로 약간 기울어져 있었다.

하지만 그들의 기구를 빠르게 날아가도록 만드는 바람은 적의 기구에도 똑같이 작용하여 두 기구 사이의 간격은 조금도 벌어지지 않았다.

리 스코즈비의 망원경에 어둡고 작은 물체들이 나타났다. 적의 기구 뒤쪽으로 나타난 그 비행 물체들은 점점 더 명확하고 확실히 모습을 드러냈다.

"체펠린 비행선이야. 이제 숨는 것은 불가능해."

그는 체펠린 비행대와의 거리와 눈앞에 있는 산까지의 거리를 어림잡아 보았다. 기구의 속도는 분명 빨라지고 있었고, 바람은 아래쪽 파도에 하얀 거품을 일게 만들었다.

그루만이 바스켓 가장자리에서 쉬는 동안 그의 데몬은 깃털을 손질하고 있었다. 리 스코즈비는 그가 눈을 감고 있지만 깨어 있다는 것을 알고 있었다.

"지금 상황을 말씀 드리죠, 그루만 박사님. 저는 저 체펠린 비행선들에게 붙잡히고 싶은 생각은 추호도 없습니다. 방어할 무기가 없으니까요. 저들은 우리를 추락시킬 겁니다. 그렇다고 해서 저 바다에 착륙할 수도 없습니다. 잠시 동안은 수영할 수 있겠지만 저들은 수류탄으로 손쉽게 우리를 날려 버릴 겁니다. 그래서 저는 저 산 위에 착륙하고 싶습니다. 저기 보이는 숲 속에 숨어 있는 동안 해가 질 겁니다. 제가 계산한 바로는 세 시간쯤 뒤에는 해가 집니다. 그리고 저 체펠린 비행선들은 어림잡아 해가 질 무렵엔 지금 거리의 반 정도는 따라잡을 겁니다. 따라서 우리는 이 만을 지나 저 멀리 보이는 해안에 도착해야만 합니다.

제 말씀 이해하시겠죠. 저는 저기 보이는 산 위로 날아가서 착륙할 생각입니다. 다른 방법들은 모조리 죽음을 부를 뿐이니까요. 저들은 제가 보여 준 그 반지가 노바 젬블라에서 살해당한 스크렐링인의 것임을 확인한 게 분명해요. 우리가 지갑을 카운터에 두고 왔다고 말해 주기 위해 여기까지 쫓아오진 않았을 테니까요. 그러니까 그루만 박사님, 오늘 밤 안으로 이 비행은 끝날 겁니다. 기구를 타고 착륙해 본 적 있으십니까?"

"없소. 하지만 당신의 기술을 믿습니다."

그루만이 말했다.

"저는 가급적 저 산 위쪽에 착륙하려고 노력할 겁니다. 하지만 적과의 거리를 잘 감안해야겠죠. 우리가 멀리 갈수록 저들은 더 가까이 다가올 테니까요. 저들이 너무 가까이 있을 때 착륙하면 그 위치를 들키고 맙니다. 또 너무 일찍 착륙하면 저 숲이 있는 곳까지 올라가지 못합니다. 어느 쪽이든 곧 사격이 뒤따를 겁니다."

그루만은 깃털과 구슬로 만든 이상한 물건을 이 손에서 저 손으로 옮기며 조용히 앉아 있었다. 그의 데몬은 쫓아오는 체펠린 비행선에서 잠시도 눈을 떼지 않았다.

한 시간이 흐르고, 다시 한 시간이 흘렀다. 리 스코즈비는 불을 붙이지 않은 담배를 씹으며 양철컵에 담긴 차가운 커피를 홀짝거렸다. 태양은 그들 뒤쪽 하늘에 낮게 걸려 있었다. 리 스코즈비는 만의 해변과 멀리 보이는 산기슭 위로 땅거미가 서서히 내리는 것을 볼 수 있었다. 산꼭대기는 금빛으로 물들고 있었다.

그들 뒤로 지는 태양의 눈부신 빛 때문에 거의 보이지 않던 체펠린 비행선들을 이제는 육안으로도 쉽게 볼 수 있었다. 네 대의 체펠린 비행선이 나란히 날아오고 있었다. 그들의 엔진 소리가 조용한 만을 가로질러 마치 모기가 윙윙거리는 것처럼 작지만 명확하게 들렸다.

산기슭과 맞닿은 해안에 도착하기 전, 리 스코즈비는 체펠린 비행선 뒤로 뭔가 새로운 것이 나타났음을 알아차렸다. 거대한 먹구름이 맑은 하늘 위쪽을 향해 수천 피트나 우뚝 치솟고 있었다. 어째서 지금까지 눈치 채지 못했을까? 폭풍이 오고 있다면 일찍 착륙할수록 좋다.

그때 그 구름에서 암녹색 비의 커튼이 드리워졌다. 폭풍이 체펠린 비행선들의 뒤를 쫓고 있었다. 비가 바다로부터 그들을 향해 힘차게 다가왔다. 태양은 사라졌다. 먹구름 속에서 강렬한 섬광이 일더니 몇 초 뒤 천둥이 울렸다. 천둥 소리가 어찌나 큰지 스코즈비의 기구를 흔들고 오랫동안 산에서 메아리쳤다.

그때 또 다른 번갯불이 번쩍했다. 톱니 모양의 불빛은 체펠린 비행선 한 대를 강타했고 곧 연료통에 불이 붙었다. 밝은 불꽃이 어두운 하늘과 대조를 이루었다. 그 비행선은 신호탄처럼 타오르며 천천히 물위로 떨어졌다.

리 스코즈비는 참고 있던 숨을 내쉬었다. 그루만은 한 손으로 바스켓 난간을 붙잡고 서 있었다. 피로한 그의 얼굴에 깊은 주름이 패어 있었다.

"박사님이 저 폭풍우를 불렀습니까?"

리 스코즈비의 물음에 그루만은 고개를 끄덕였다.

하늘은 호랑이 가죽처럼 황금색 줄무늬와 짙은 암갈색 점들로 가득했다. 그 형태는 시시각각으로 변해 황금색은 빠르게 사라지고 암갈색이 그 자리를 차지했다. 아래쪽의 바다는 시커먼 수면 위로 인광을 내는 거품이 군데군데 일고 있었다. 추락한 체펠린의 불꽃은 물속으로 가라앉으며 점점 작아지더니 이윽고 사라졌다.

하지만 남은 세 대는 강풍과 싸우며 여전히 항로를 유지하고 있었다. 그들 주위에는 수많은 번갯불들이 번쩍거렸다. 리 스코즈비는 자신의 기구에 주입된 가스가 걱정되기 시작했다. 벼락 한 방이면 기구는 화염에 휩싸여 땅으로 추락할 것이다. 리 스코즈비는 그루만이 그런 사태를 피할 수 있을 정도로 폭풍을 정교하게 통제할 수 있다고는 생각하지 않았다.

"좋아요, 그루만 박사님, 이제 저는 저 비행선들을 무시하고 이 기구를 안전하게 착륙시키는 일에만 정신을 집중하겠습니다. 당신은 단단히 버티고 앉아 있다가 제가 소리칠 때 뛰어내리기만 하면 됩니다. 가능한 한 부드럽게 착륙하려고 노력하겠지만, 이런 악조건 속에서는 기술보다 운이 더 필요합니다.”

“나는 당신을 믿습니다, 스코즈비 씨.”

그루만과 그의 데몬은 가죽으로 된 바스켓 난간을 꽉 붙잡았다.

바람은 더욱 세차게 불어왔다. 거대한 가스주머니는 바람을 받아 파도처럼 굽이쳤다. 밧줄이 삐걱거리며 팽팽해졌다. 하지만 리 스코즈비는 밧줄이 끊어지리라는 걱정은 하지 않았다. 그는 모래주머니 몇 개를 더 떨어뜨렸다. 그리고 고도계를 자세히 살폈다. 폭풍이 불 때는 기압이 내려가기 때문에 고도를 측정할 때 그 떨어진 수치를 감안해야만 했다. 그리고 대개의 경우 그것은 경험으로 판단할 수밖에 없었다. 리 스코즈비는 계기판에 손가락을 대고 고도를 확인한 다음 마지막 모래주머니를 풀어 버렸다. 이제 유일한 제어수단은 가스 밸브뿐이었다. 그들이 선택할 수 있는 건 내려가는 길밖에 없었다.

그는 폭풍이 치는 대기 속을 살펴서 어두운 하늘과 구별되는 산들의 모습을 확인해야만 했다. 아래에서는 성난 파도가 해안을 때리는 듯한 소리가 들려왔다. 하지만 그것은 폭풍이 나뭇잎을 흔드는 소리였다. 벌써 이렇게 멀리 왔다니, 그들은 생각보다 더 빨리 날아가고 있었던 것이다.

이제 곧 착륙해야만 했다. 리 스코즈비는 운명에 화를 내기에는 너무 냉철한 성격의 소유자였다. 그는 한쪽 눈썹을 치켜올리며 짧은 욕설로 대신했다. 하지만 폭풍 속에서 빨리 내려가기 위해서는 기구의 가스를 빼야 한다는 사실이 절망스럽게 느껴지는 건 어쩔 수 없었다.

그는 헤스터를 품속에 단단히 밀어 넣고 코트 단추를 위까지 채웠다.

그루만은 조용히 앉아 있었다. 그의 데몬은 발톱을 바스켓 가죽 난간에 깊숙이 묻고 털을 곤두세운 채 바람을 맞으며 앉아 있었다.

"그루만 박사님, 이제 내려갑니다. 일어나서 뛰어내릴 준비를 하세요. 제가 소리치면 난간을 꽉 붙잡고 몸을 앞뒤로 흔들다가 뛰어내리세요."

리 스코즈비가 바람 속에서 소리쳤다.

그루만은 그의 말에 따랐다. 리 스코즈비는 쏟아지는 비 때문에 눈을 깜박이며 어둑어둑한 하늘을 내다보았다. 갑작스런 돌풍이 자갈처럼 굵은 비를 몰고 왔다. 빗방울이 후두두거리며 기구 위에 떨어지는 소리와 바람이 울부짖는 소리, 나뭇잎들이 흔들리는 소리에 천둥 소리까지 가세하자 리 스코즈비는 귀가 먹먹해졌다.

"자, 내려갑니다, 박사님. 정말 멋진 폭풍을 만들어 내셨습니다."

그는 가스 밸브선을 잡고 힘껏 잡아당겼다. 위쪽에서 가스가 빠져나가기 시작하자 조금 전까지만 해도 팽팽하던 가스주머니가 줄어들면서 주름이 하나 둘 생기기 시작했다. 바스켓이 격렬하게 흔들려서 내려가는지 올라가는지 분간하기도 어려웠다. 그러나 얼마 후 리 스코즈비는 바스켓 밑바닥에 닿는 나뭇가지들을 느낄 수 있었다. 가지들이 부러지며 바스켓이 미끄러졌다.

"50피트 상공의 나무 위!"

스코즈비의 외침에 그루만은 고개를 끄덕였다.

바스켓이 다른 나뭇가지에 걸리며 심하게 요동쳤기 때문에 두 사람은 바스켓 가장자리로 내동댕이쳐졌다. 그런 일에 익숙한 리 스코즈비는 즉시 균형을 되찾았지만, 그루만은 약간 놀란 듯했다. 그럼에도 불구하고 그는 가죽 난간을 붙잡은 손을 놓지 않았다.

"괜찮습니까, 그루만 박사님?"

사방이 컴컴한 속에서 리 스코즈비가 큰 소리로 외쳤다.

"아직 살아 있소, 스코즈비 씨."

"확실히 안전해질 때까지 여기서 기다리는 편이 낫겠습니다."

바람 때문에 바스켓이 심하게 흔들리자 리 스코즈비는 그렇게 말했다. 몇 차례의 갑작스러운 움직임이 있은 후 기구는 안정된 위치를 잡았다. 가스주머니가 바람에 날리고 있었지만 속은 거의 빈 상태였다. 하지만 돛처럼 바람을 잔뜩 안고 있었다.

스코즈비는 가스주머니를 연결하고 있는 밧줄을 잘라 버려야겠다고 생각했지만, 멀리 날아가지 않고 나무 꼭대기에 깃발처럼 걸려서 자신들의 위치만 알려 주게 될까 봐 걱정이 되었다. 그래서 가능하다면 안으로 집어넣는 편이 낫다고 생각했다.

번갯불이 다시 번쩍하더니 곧이어 천둥이 내리쳤다. 폭풍은 그들의 머리 위에 있는 것 같았다. 번개가 번쩍하는 순간 리 스코즈비는 참나무의 몸통을 보았다. 가지가 부러져 나간 곳에 하얀 상처가 드러나 있었다.

"밧줄을 타고 아래로 내려가겠습니다. 착륙하면 또 계획을 세워 봅시다."

리 스코즈비가 소리쳤다.

"나도 당신을 따라 내려가겠소. 내 데몬이 40피트 아래에 땅이 있다는군요."

그루만이 말했다. 그의 물수리 데몬이 바스켓 가장자리에 앉아 날개를 퍼덕였다.

"당신의 데몬은 그렇게 멀리까지 갈 수 있습니까?"

리 스코즈비는 놀라서 물었다.

리 스코즈비는 바스켓이 바닥에 떨어지지 않도록 밧줄로 나뭇가지에 단단히 묶었다. 그러고는 다른 밧줄을 아래로 던진 후 헤스터를 가슴에 품고 아래로 내려갔다. 아래로 내려갈수록 나뭇가지는 점점 더 굵어졌다. 거대한 참나무였다. 리 스코즈비는 그루만이 내려올 수 있도록 밧줄을 당겨 신호하면서 나무에게 감사했다.

폭풍 소리 외에 다른 소리가 들려왔다. 체펠린 비행선의 엔진 소리였다. 바로 머리 위에서 소리가 들려왔지만 고도가 얼마쯤인지, 어느 방향으로 날고 있는지는 분간할 수 없었다. 엔진 소리는 잠시 후 곧 사라졌다.

그루만이 땅에 내려왔다.

"방금 그 소리 들으셨습니까?"

리 스코즈비가 물었다.

"들었소. 산꼭대기로 날아가는 것 같았습니다. 아무튼 무사히 착륙한 것을 축하해야겠군요, 스코즈비 씨."

"아직 끝나지 않았습니다. 날이 밝기 전에 저 가스주머니를 나무 꼭대기에서 끌어내려야 합니다. 그냥 두면 몇 마일 밖에서도 우리 위치를 알아차릴 테니까요. 박사님도 도와주셔야 할 것 같은데요."

"말씀만 하십시오."

"좋습니다. 제가 나무 위로 다시 올라가 몇 가지 물건을 내려 보내겠습니다. 그중 하나는 텐트입니다. 제가 기구를 숨기는 동안 박사님은 텐트를 쳐 주십시오."

그들은 각자 맡은 일을 시작했다. 위험한 순간도 있었다. 바스켓을 지탱하고 있던 나뭇가지가 부러져서 리 스코즈비와 함께 곤두박질쳤던 것이다. 하지만 바스켓은 나무 꼭대기에 걸린 가스주머니와 밧줄로 연결되어 있었기 때문에 떨어지다가 중간에서 멈추고 대롱거렸다.

이 사건으로 인해 기구를 숨기기가 더 수월해졌다. 가스주머니의 아랫부분이 나무 사이로 내려왔기 때문이다. 스코즈비는 캄캄한 어둠 속에서 오로지 번갯불의 도움을 받아 당기고 비틀고 잘라 내기를 반복하여 기구를 아래로 끌어내려 나무 밑에 숨기는 데 성공했다.

바람은 여전히 나무 꼭대기를 흔들어 댔다. 하지만 스코즈비가 일을 끝냈을 땐 폭우가 다 지나간 뒤였다. 나무에서 내려온 그는 그루만이 텐트를 세운 후 불을 피워 커피를 끓이고 있는 것을 발견했다.

"마술을 사용하셨습니까?"

흠뻑 젖어 뻣뻣해진 리 스코즈비가 텐트 아래로 기어 들어와 그루만이 건네주는 머그잔을 잡으며 물었다.

"아뇨, 보이 스카우트에서 배웠죠. 당신 세계에도 보이 스카우트가 있습니까? 없으면 하나 만드세요. 불을 피우기 위해서는 마른 성냥이 필수적이죠. 나는 항상 성냥을 가지고 다닙니다. 이보다 더 나쁜 상황에서도 잘해 낼 수 있죠."

"체펠린 소리를 다시 들으셨습니까?"

그루만이 손을 들어 올렸다. 리 스코즈비는 귀를 기울였다. 분명히 엔진 소리가 나고 있었다. 빗줄기가 가늘어졌기 때문에 더 잘 들렸다.

"벌써 두 번째 우리 위를 날았습니다. 우리가 있는 위치는 모르지만 이 부근에 있을 거라고 생각하고 있는 듯합니다."

잠시 후 체펠린이 날아간 방향에서 불빛이 번쩍 일어났다. 조명탄이었다.

"불을 꺼야겠습니다, 그루만 박사님. 모닥불도 없이 밤을 지내야 한다는 것이 유감스럽군요. 숲이 우거지긴 했지만 알 수 없는 일이에요. 이렇게 온몸이 젖은 채로 잘 수밖에 없겠습니다."

"아침에는 말라 있을 겁니다."

그루만이 말했다.

그는 젖은 흙을 집어 모닥불 위로 던졌다. 리 스코즈비는 작은 텐트 안에 간신히 몸을 누이고 눈을 감았다.

리 스코즈비는 이상한 꿈을 꾸었다. 꿈속에서 그는 불길에 휩싸인 채 가부좌를 틀고 앉아 있는 그루만을 보았다. 불길은 빠르게 그의 살점을 태우고 하얀 해골과 빨간 재만 남기고 사그라들었다. 놀란 리 스코즈비는 헤스터를 찾았다. 하지만 그의 데몬은 잠들어 있었다. 지금까지 한 번도 없었던 일이었다. 그가 깨어 있을 때는 헤스터도 늘 깨어 있었다. 잠이 든 헤스터의 모습은 너무 부드럽고 연약해 보여서 이상한 느낌이 들었다. 스코즈비는 꿈속에서도 불안한 마음을 느끼며 데몬 옆으로 다가가서 누웠다. 그러고는 오랫동안 깊이 잠들지 못하고 다시 꿈을 꾸었다.

다른 꿈도 그루만에 관한 것이었다. 그루만은 깃털로 장식된 요령을 흔들며 자기 명령에 복종하라고 누군가에게 소리치고 있었다. 그 무언가를 본 리 스코즈비는 욕지기가 치미는 것을 간신히 참았다. 그것은 기구를 타고 오면서 보았던 스펙터였던 것이다. 키가 크고 투명에 가까운 스펙터를 보자 리 스코즈비는 속이 뒤집힐 것 같은 역겨움과 두려움으로 잠에서 깨어날 것만 같았다. 그러나 그루만은 조금도 두려워하는 기색 없이 스펙터에게 명령하고 있었고, 스펙터 역시 그루만을 해치지 않았다. 그 괴물은 그루만의 말을 듣고 나서 마치 비눗방울처럼 나무 위로 날아올라 사라졌다.

리 스코즈비는 또 다른 꿈을 꾸었다. 이번에 그는 체펠린 비행선의 부조종석에 앉아 조종사를 바라보고 있었다. 그들은 나뭇잎과 나뭇가지들이 폭풍에 세차게 흔들리는 모습을 바라보며 숲 위를 날고 있었다. 바로 그때 스펙터가 조종석으로 들어왔다.

꿈속에서 리 스코즈비는 움직일 수도 소리를 지를 수도 없었다. 그리고 조종사가 스펙터에게 잡아먹히면서 느끼는 공포심을 그도 바로 옆에서 그대로 느낄 수 있었다.

스펙터는 조종사에게 몸을 기울이더니 얼굴을 그에게 밀착시켰다. 조종사의 데몬인 되새는 날개를 퍼덕이며 벗어나려고 애썼지만 결국 기절한 채 계기판 위로 떨어지고 말았다. 조종사는 얼굴을 리 스코즈비 쪽으로 돌리며 손을 뻗었지만 그는 꼼짝도 할 수 없었다. 그 남자의 눈에 서린 고뇌의 빛에 리 스코즈비의 가슴은 찢어지는 듯했다. 살아 있는 진실한 무언가가 그의 몸에서 빠져나가고 있었다. 그러자 그의 데몬은 힘없이 날개를 퍼덕이며 새된 비명을 지르다가 죽어 갔다.

잠시 후 데몬은 사라졌다. 하지만 조종사는 여전히 살아 있었다. 그의 눈동자는 초점을 잃고 흐리멍덩해 보였다. 내뻗었던 손은 힘없이 아래로 떨어지며 조종간에 부딪혔다. 그는 살아 있지만 산 인간이 아니었다. 모든 것에 무관심했기 때문이다.

리 스코즈비는 부조종석에 앉아 눈앞에 불쑥 솟아오른 산을 향해 날아가는 체펠린을 무력하게 바라보고만 있었다. 조종사는 창문으로 산비탈이 올라가는 모습을 바라보고 있었지만 아무 흥미도 없는 듯했다. 리 스코즈비는 겁에 질려 의자를 뒤로 밀었다. 하지만 누구도 비행선을 멈출 순 없었다. 충격이 덮쳐 오는 순간 그는 비명을 지르며 잠에서 깨어났다.

"헤스터!"

텐트 안이었다. 헤스터가 그의 턱을 문지르고 있었다. 온몸에 땀이 흥건했다. 그루만은 가부좌를 틀고 앉아 있었지만 그의 데몬인 물수리는 보이지 않았다. 그러자 리 스코즈비는 온몸에 전율이 흐르는 것을 느꼈다. 분명 이 숲은 악령들이 득시글거리는 사악한 장소임에 틀림없었다.

그때 그는 그루만의 얼굴을 스치고 지나가는 희미한 빛을 보았다. 모닥불은 오래전에 꺼졌고, 숲 속은 칠흑처럼 어두웠다. 그 희미한 불빛은 나무둥치와 빗방울이 듣는 나뭇잎들을 스치고 지나갔다. 리 스코즈비는 그 불빛의 정체를 금방 알아차렸다. 꿈이 현실로 나타난 것이다. 체펠린 비행선 한 대가 텐트가 있는 산기슭으로 날아오고 있었다.

"이런, 리, 사시나무처럼 떨고 있잖아! 도대체 왜 그래?"

헤스터가 긴 귀를 쫑긋거리며 물었다.

"너도 꿈을 꾸고 있니? 헤스터?"

리 스코즈비가 중얼거렸다.

"꿈은 무슨 얼어 죽을 꿈. 헛소리 좀 작작하고 정신 차려."

그가 엄지손가락으로 헤스터의 머리를 쓰다듬자 데몬은 귀를 흔들었다.

그 다음 순간 리 스코즈비는 그루만의 데몬인 사얀 쾨퇴르와 함께 하늘을 날고 있었다. 자신의 데몬과는 멀리 떨어져 다른 사람의 데몬과 함께 있다는 사실이 강한 죄의식과 함께 묘한 즐거움을 안겨 주었다. 마치 자신이 새라도 된 것처럼 리 스코즈비는 물수리와 함께 위험한 상승 기류를 타며 하늘 높이 날아올랐다. 그는 어두운 허공을 둘러보았다. 가끔 보름달의 옅은 빛이 구름 사이를 뚫고 나무 꼭대기를 은빛으로 적시고 있었다.

그루만의 데몬이 날카로운 울음소리를 냈다. 아래에서는 천 마리의 새가 천 개의 다른 목소리로 대답했다. 올빼미가 우는 소리, 참새가 놀라 내지르는 소리, 나이팅게일의 부드러운 음악 소리…… . 사얀 쾨퇴르는 그들을 부르고 있었다. 숲 속의 모든 새가 그의 호출에 응답했다. 조용히 날개를 펴고 사냥을 하고 있는 새들, 보금자리에서 잠을 자고 있던 수천 마리의 새가 난기류를 뚫고 하늘로 날아오르고 있었다.

리 스코즈비도 사얀 쾨퇴르의 명령에 응답하며 묘한 기쁨을 느꼈다. 그것은 정당한 힘에 기꺼이 복종할 때에만 느낄 수 있는 가장 오묘한 기쁨이었다. 그는 거대한 새의 무리와 함께 원을 그리며 돌았다. 수백 종류의 새들이 사얀 쾨퇴르의 자석 같은 힘에 끌려 한 몸처럼 돌고 있었다. 그들은 달빛에 드러난 체펠린 비행선의 모습을 혐오스럽다는 듯이 바라보았다.

그들은 각자가 해야 할 일을 정확히 알고 있었다. 그들은 비행선을 향해 줄지어 날아갔다. 가장 빠르게 나는 무리가 맨 처음으로 도착했다. 하지만 사얀 쾨퇴르만큼 빠른 새는 없었다. 몸집이 작은 굴뚝새와 되새들, 날쌘 칼새들, 소리 없이 나는 올빼미들은 1분도 안 되어 비행선 위에 내려앉았다. 새들은 미끌미끌한 은빛 동체 위에 자리 잡기 위해 날카로운 발톱으로 표면을 할퀴고 구멍을 뚫어 댔다.

그들은 엔진 근처에는 가지 않았다. 그럼에도 불구하고 몇몇은 프로펠러 안으로 빨려 들어가서 산산조각이 났다. 대부분의 새는 체펠린 비행선의 동체 위에 자리를 잡았다. 그들이 발톱으로 뚫은 수천 개의 구멍을 통해 수소가 새어 나왔다. 새들은 동체뿐만 아니라 창들과 버팀목과 전선까지 뒤덮었다.

조종사는 어쩔 도리가 없었다. 새의 무게 때문에 비행선은 점점 추락하고 있었다. 그러자 가파른 산기슭이 어둠 속에서 불쑥 나타났다. 물론 비행선 안에 탄 병사들은 그것을 볼 수 없었다. 그들은 총을 이리저리 겨누고 제멋대로 발사했다.

결정적인 순간 사얀 쾨퇴르가 고함을 질렀다. 그러자 모든 새가 동시에 비행선에서 날아올랐다. 그 소리에 묻혀 엔진 소리가 들리지 않았다. 선실에 있던 병사들은 비행선이 산기슭에 추락하여 화염에 휩싸이기 직전에야 상황을 파악할 수 있었다.

폭발, 화재, 불꽃……. 리 스코즈비는 다시 잠에서 깨어났다. 그의 몸은 뙤약볕이 내리쬐는 사막 한가운데 누워 있었던 것처럼 뜨거웠다.

텐트 밖에서는 젖은 나뭇잎들이 여전히 물방울을 떨어뜨리고 있었다. 하지만 폭풍은 지나갔다. 희미한 회색빛이 텐트 안으로 스며들고 있었다. 리 스코즈비는 몸을 일으켰다. 헤스터가 옆에서 눈을 껌뻑이며 바라보았고, 그루만은 담요를 덮은 채 잠을 자고 있었다. 어찌나 깊이 잠들었는지 데몬이 곁에 없으면 죽은 사람으로 착각할 정도였다.

빗물 떨어지는 소리 외에는 숲 속에서 지저귀는 새들의 노랫소리뿐이었다. 하늘에서 이따금씩 들리던 비행선의 엔진 소리도 더 이상 들리지 않았다. 그래서 리 스코즈비는 모닥불을 피워도 괜찮을 거라고 생각했고 얼마 동안 노력한 끝에 커피도 끓였다.

"이젠 어떻게 하지, 헤스터?"

그가 데몬에게 물었다.

"상황에 따라 다르지. 체펠린은 네 대가 있었고, 그루만은 세 대를 파괴했어."

"우리 임무는 다 끝났다는 뜻이야."

헤스터는 귀를 쫑긋거리더니 말했다.

"어떤 계약도 기억나지 않는걸."

"계약 문제가 아냐. 도덕적 문제지."

"도덕 운운하기 전에 한 대 남은 체펠린에 대해 먼저 생각해야 되는 것 아냐? 총을 소지한 30~40명의 병사들이 우리를 향해 오고 있어. 생존이 먼저, 도덕은 나중이야."

헤스터의 말이 옳았다. 동이 터 오는 동안 리 스코즈비는 뜨거운 커피를 마시며 담배를 피웠다. 그는 자신이 남은 한 대의 체펠린을 책임지고 있다면 어떻게 할 것인지 생각해 보았다. 당연히 후퇴했다가 넓은 숲을 훑어볼 수 있는 환한 낮을 기다릴 것이었다.

물수리 모습을 한 사얀 쾨퇴르가 리 스코즈비의 머리 위 가지에서 긴 날개를 폈다. 헤스터는 머리를 이리저리 돌리며 황금빛 눈으로 그 힘센 데몬을 쳐다보았다. 잠시 후 그루만이 텐트 밖으로 나왔다.

"바쁜 밤이었습니다."

리 스코즈비가 말했다.

"바쁜 낮이 올 겁니다. 즉시 이 숲을 떠나야 합니다, 스코즈비 씨. 그들은 숲을 불태울 겁니다."

스코즈비는 비에 젖은 나무들을 돌아보며 믿을 수 없다는 표정으로 물었다.

"어떻게요?"

"그들은 나프타와 칼리를 섞은 물질을 뿜어내는 기계를 가지고 있습니다. 그 물질은 물에 닿으면 점화되는 성질이 있죠. 대영제국의 해군이 일본과 전쟁을 벌일 때 사용하기 위해 개발한 것입니다. 숲이 흠뻑 젖어 있으면 더 빨리 불이 붙을 겁니다."

"박사님은 그걸 볼 수 있군요?"

"간밤에 체펠린들이 추락하는 것을 보았던 것처럼 명확하게 볼 수 있죠. 짐을 챙겨 빨리 떠납시다."

리 스코즈비는 턱을 문질렀다. 그의 소유물 중 가장 가치 있고 휴대가 가능한 것은 기구에 붙은 계기판이었다. 그는 바스켓에서 그것들을 회수하여 배낭에다 담았다. 그러고 나서 자신의 라이플에 탄환이 잘 장전되어 있는지 확인했다. 바스켓과 다른 장비들, 나뭇가지에 엉킨 채로 있는 가스주머니 등은 그대로 두고 떠날 수밖에 없었다. 이제부터 그는 기구 조종사가 아니었다. 기적이라도 일어나 이곳에서 탈출하여 또 다른 기구를 살 만큼 충분한 돈을 마련할 때까지는 그도 이젠 땅에 달라붙어 곤충처럼 움직여야만 했다.

먼저 연기 냄새가 코끝을 스쳤다. 그리고 곧이어 타닥타닥하는 불길 소리가 들려오기 시작했다. 바다에서 불어오는 바람이 연기와 불길 소리를 숲 쪽으로 날아왔다. 그들이 숲 가장자리에 이르렀을 무렵에는 거대한 불길이 탐욕스러운 울부짖음 소리를 냈다.

"왜 간밤에 불을 지르지 않았을까요? 우리가 잠자는 동안 바비큐로 만들 수 있었을 텐데 말이죠."

리 스코즈비가 물었다.

"우릴 생포하고 싶어 기다렸던 것 같소."

지팡이로 사용하기 위해 나뭇가지를 꺾어 잎을 떼어 내며 그루만이 대답했다.

숲이 불타는 소리와 가쁜 숨소리에도 불구하고 두 사람은 체펠린의 윙윙거리는 소리를 들을 수 있었다. 그들은 나무뿌리와 바위, 나뭇가지 등을 헤치며 서둘러 산 위로 올라갔다. 공중을 날고 있는 사얀 쾨퇴르는 그들의 위치와 불길의 상태를 알려 주기 위해 이따금씩 급강하했다. 그러나 얼마 안 되어 그들은 숲 위로 솟아오르는 연기와 너울거리는 불꽃을 눈으로 확인할 수 있었다.

숲 속의 다람쥐와 새, 멧돼지들이 그들과 함께 도망치고 있었고 온갖 비명 소리가 주위에 메아리쳤다. 두 사람은 공중으로 치솟은 불길의 뜨거운 열기가 밀려올 무렵 숲을 완전히 벗어났다. 나무들은 횃불처럼 타오르고 있었다. 나무둥치가 탁탁 갈라지고 수액이 부글부글 끓으며 흘러나왔다. 침엽수의 송진은 나프타처럼 불길을 끌어당겼으며 가지들은 오렌지색 꽃이 만발한 것처럼 보였다.

리 스코즈비와 그루만은 숨을 헐떡이며 바위로 된 가파른 비탈길을 올라갔다. 하늘의 절반쯤이 연기와 이글거리는 열기로 가려졌다. 하지만 그보다 더 위쪽에는 땅딸막한 모습의 마지막 체펠린 비행선이 날고 있었다. 리 스코즈비는 그들이 망원경으로 관찰하기에는 너무 먼 거리에 있기를 바랐다.

그들 앞을 가로막은 산허리는 깎아지른 듯해서 도저히 올라갈 수 없을 것 같았다. 그렇다면 빠져나갈 길은 하나밖에 없었다. 그것은 절벽들 사이로 마른 강바닥이 언뜻언뜻 보이는 전방의 좁은 골짜기 길이었다.

리 스코즈비가 그곳을 가리키자 그루만이 말했다.

"나도 같은 생각을 하고 있었소, 스코즈비 씨."

그루만의 데몬은 공중에서 미끄러지듯 내려오다가 원을 그리더니 날개를 기울이며 굽이치는 상승 기류를 타고 협곡을 향해 날아갔다. 두 사람은 최대한 빠르게 비탈길을 올라갔다. 리 스코즈비가 숨을 헐떡이며 그루만에게 물었다.

"주제넘은 질문이라면 용서하십시오. 하지만 저는 마녀의 데몬을 제외하고는 누구의 데몬도 저렇게 높이 나는 것을 본 적이 없습니다. 박사님은 마녀가 아니지 않습니까? 저런 기술은 배운 것입니까, 아니면 타고난 능력입니까?"

"인간에게 타고난 능력이란 없습니다. 우린 모든 것을 배워야 합니다. 저 협곡을 따라가면 오솔길이 나온다고 사얀 쾨퇴르가 말해 주는군요. 그곳까지만 들키지 않고 갈 수 있다면 우린 충분히 탈출할 수 있습니다."

두 사람은 계속 올라갔다. 리 스코즈비는 그루만이 걱정되었다. 안색이 창백하고 얼굴이 일그러져 있는데다 가쁜 숨을 몰아쉬고 있었다. 간밤의 힘겨운 노동으로 에너지가 바닥난 것 같았다. 리 스코즈비는 그와 함께 얼마나 멀리까지 갈 수 있을까라는 생각은 하고 싶지 않았다. 그들이 협곡 입구를 지나 마른 강바닥 가장자리에 도착했을 때, 체펠린 비행선이 갑자기 방향을 바꾸기 시작했다.

"그들이 우리를 발견했습니다."

리 스코즈비가 말했다.

그것은 마치 사형선고 같았다. 좀처럼 넘어지는 법이 없고 강심장인 헤스터조차도 그 말을 듣자 비틀거렸다. 그루만은 나무 지팡이에 몸을 기대고 손으로 햇빛을 가리며 뒤를 돌아보았다.

체펠린 비행선은 정확하게 그들 뒤의 경사면을 향해 빠르게 하강하고 있었다. 추격자는 분명 그들을 생포하려는 의도를 갖고 있었다. 공중에서 일제사격을 하면 순식간에 죽여 버릴 수 있을 텐데도, 비행선은 안전하게 착륙할 수 있는 지대를 찾아 천천히 내려앉았다. 조종실 문으로 푸른색 유니폼을 입은 남자들과 그들의 데몬인 늑대들이 뛰어내렸다.

스코즈비와 그루만은 그들보다 600미터 위에 있었다. 협곡 입구까지는 그리 멀지 않았다. 일단 그곳까지만 도착하면 탄약이 떨어질 때까지는 병사들을 막아 낼 수 있을 것 같았다. 하지만 그들에겐 총이 한 자루밖에 없었다.

"그들은 나를 쫓아오고 있소, 스코즈비 씨. 당신이 아닙니다. 그 총을 내게 주고 항복한다면 당신은 살아남을 수 있을 겁니다. 그들은 훈련된 병사들이므로 당신을 전쟁 포로로 취급할 겁니다."

그루만이 말했다.

스코즈비는 그 말을 무시하고 말했다.

"계속 걸어요. 협곡에 도착하면 당신이 무사히 빠져나갈 때까지 제가 입구에서 병사들을 저지할 겁니다. 당신을 이렇게 먼 곳까지 모셔왔는데 여기서 저놈들에게 내줄 순 없소."

아래쪽의 병사들은 재빠르게 움직이고 있었다. 그들은 건장한 체격인데다 충분한 휴식을 취했기 때문이다. 그루만은 고개를 끄덕이며 말했다.

"네 번째 비행선까지 추락시킬 힘이 남아 있지 않았습니다."

두 사람은 협곡을 향해 서둘러 걸었다.

"가시기 전에 한 가지만 말씀해 주십시오. 그래야 마음이 편할 것 같으니까요."

리 스코즈비가 말했다.

"전 누구를 위해서 싸우고 있는지도 모릅니다. 관심도 없고요. 단지 제 질문에 대답만 해 주십시오. 지금부터 제가 하려는 행동이 리라를 돕는 것이 될까요, 아니면 해치는 것이 될까요?"

"그 아이를 돕게 될 겁니다."

그루만이 대답했다.

"그리고 박사님이 제게 맹세한 건 잊진 않으셨죠?"

"잊지 않았습니다."

"그루만 박사님이든 존 패리이든 누구든, 어떤 세계에서 살았고 앞으로 어떤 세계에서 살든, 이것만은 분명히 아셔야 합니다. 저는 그 소녀를 제 딸처럼 사랑합니다. 만약 제게 딸이 있었다고 하더라도 그 아이보다 더 사랑하진 않았을 겁니다. 그리고 당신이 맹세를 저버린다면 죽어서도 당신을 쫓아갈 겁니다. 당신은 차라리 세상에 태어나지 않았기를 바라면서 나머지 생을 보내게 될 것입니다. 이제 그 맹세가 얼마나 중요한지 아셨습니까?"

"잘 알았습니다. 꼭 약속을 지킬 겁니다."

"이것이 제가 확인하고 싶은 전부입니다. 잘 가십시오."

그루만은 손을 내밀었고 리 스코즈비는 그 손을 잡고 흔들었다. 그루만이 돌아서서 협곡으로 들어가자, 리 스코즈비는 방어하기 가장 좋은 장소를 찾기 위해 주위를 둘러보았다.

"저 큰 바위는 안 되겠어. 오른쪽을 볼 수 없겠는걸. 더 작은 바위 뒤에 숨어."

헤스터가 말했다.

리 스코즈비의 귓가에 아련하게 들려오는 소리가 있었다. 그것은 산을 올라오며 쏘아 대는 병사들의 총소리나 다시 이륙하는 체펠린의 엔진 소리와는 전혀 관계가 없는 추억 속의 소리였다. 어린 시절 그는 폐허로 변한 알라모 요새에서 친구들과 함께 덴마크 병사와 프랑스 병사를 번갈아 맡으며 영웅적인 전쟁놀이에 얼마나 열을 올렸던가! 그 시절이 놀랄 만큼 생생하게 머릿속에 떠올랐다. 그는 어머니의 유물인 나바호족 반지를 꺼내서 자기 옆 바위 위에 올려놓았다. 알라모 요새에서 놀던 때 헤스터는 종종 퓨마나 늑대로 변하곤 했었다. 방울뱀으로 변할 때도 있었고 지빠귀로 변할 때도 있었다. 그런데……

"꿈 깨고 주위나 좀 봐. 이건 전쟁놀이가 아냐!"

헤스터가 소리쳤다.

경사면을 올라오던 병사들이 사방으로 흩어졌다. 그들은 협곡을 포위해야 한다는 사실을 알고 조심스럽게 움직이고 있었다. 그리고 라이플 총을 든 한 사내가 자신들을 최대한 지체시키려고 하고 있다는 것도 눈치 챈 듯했다. 그런데 그 병사들 뒤에서는 체펠린 비행선이 여전히 이륙하기 위해서 애쓰고 있었다. 부력에 문제가 생겼거나 연료가 바닥났던 모양이다. 그 모습을 지켜보던 리 스코즈비에게 좋은 생각이 떠올랐다.

그는 자세를 바로잡고 자신의 낡은 총으로 비행선 왼쪽 엔진을 정조준한 다음 발사했다. 산을 올라오던 병사들이 총소리를 듣고 머리를 들었다. 잠시 후 엔진이 굉음을 내더니 이내 꺼져 버렸다. 체펠린 비행선이 한쪽으로 기울었다. 리 스코즈비는 다른 쪽 엔진이 으르렁거리는 소리를 들을 수 있었지만 비행선은 곧 착륙하고 말았다.

병사들은 움직임을 멈추고 몸을 숨겼다. 리 스코즈비는 병사들을 세어 보았다. 모두 25명이었다. 그는 30발의 총알을 가지고 있었다.

헤스터가 그의 왼쪽 어깨로 기어 올라왔다.

"내가 이쪽을 볼게."

귀를 등에 납작하게 붙이고 바위에 몸을 웅크린 헤스터는 눈만 빼면 그 자체가 눈에 띄지 않는 작은 돌처럼 보였다. 헤스터는 그리 예쁜 편은 아니었다. 보통 토끼들처럼 평범한 얼굴에 바싹 말랐지만 눈동자의 색깔은 놀랄 정도로 아름다웠다. 짙은 암갈색과 암녹색 점들이 박힌, 황금빛이 도는 적갈색 눈동자였다. 이제 그 눈동자들은 마지막이 될지도 모르는 경치를 바라보고 있었다. 황량한 산비탈과 그 뒤로 보이는 화염에 싸인 숲. 이제 그 숲에는 나무 한 그루, 풀 한 포기 남아 있지 않았다.

헤스터가 귀를 쫑긋거렸다.

"병사들이 대화를 나누고 있어. 들리기는 하는데, 알아들을 수 없어."

"러시아어니까. 그들은 한꺼번에 달려들 거야. 우리가 대처하기 가장 힘든 방법일 테니까."

"정면을 조준해."

헤스터가 말했다.

"그럴게. 하지만 제기랄, 난 생명을 빼앗고 싶지 않아, 헤스터."

"죽이지 않으면 죽어야 해."

"아니, 그 이상이야. 리라의 생명을 지키기 위해서지. 이유는 모르지만 우리는 그 아이 편이야. 그리고 그 사실이 기뻐."

"왼쪽에 있는 병사가 쏘려고 해."

헤스터가 말했다. 순간 리 스코즈비의 총에서 총알이 나갔다. 헤스터가 웅크리고 있던 곳에서 30센티미터쯤 떨어진 곳의 바위에서 파편이 튀었다. 총알이 협곡으로 날아들었지만 헤스터는 꼼짝도 하지 않았다.

"그래, 이제 기분이 좀 나아졌군."

리 스코즈비는 그렇게 말하며 조심스럽게 총을 조준하여 발사했다. 겨냥한 것이라곤 작은 푸른색 조각뿐이었지만 그는 정확히 명중시켰다. 비명 소리와 함께 총을 맞은 병사가 뒤로 벌렁 넘어져 죽었다.

마침내 전투가 벌어졌다. 날카로운 총성, 스쳐 지나가는 총알의 금속성, 총알이 바위를 때리는 소리가 산허리와 협곡을 따라 메아리쳤다. 폭약 냄새와 탄약 냄새가 나무들이 타는 냄새와 어우러져 숨쉬기 어려울 지경이었다.

리 스코즈비가 숨어 있는 바위는 곧 여기저기 패고 깨어지기 시작했다. 총알이 바위를 때릴 때마다 그는 바위가 떨리는 것을 느낄 수 있었다. 한번은 헤스터의 등 위로 총알이 지나가며 털을 흔들었지만 데몬은 조금도 움직이지 않았다. 리 스코즈비도 사격을 멈추지 않았다.

몇 분간 벌어진 전투는 치열했다. 잠시 쉬는 동안 리 스코즈비는 자신이 부상을 당했음을 알았다. 뺨 아래에 피가 묻어났던 것이다. 오른손과 라이플 볼트가 붉게 변해 있었다.

헤스터가 상처를 살펴보고서는 말했다.

"크게 다치진 않았어. 총알이 스쳤을 뿐이야."

"몇 명이 쓰러졌는지 세어 봤니, 헤스터?"

"아니, 고개 숙이기도 바빴는걸. 시간 있을 때 탄환이나 재어 놔."

리 스코즈비는 바위 뒤로 몸을 굽히고 볼트를 앞뒤로 움직였다. 날씨는 더웠다. 흘러내린 피가 말라붙어 총이 잘 움직이지 않았다. 그는 조심스럽게 피가 굳은 부위에 침을 뱉어 느슨하게 만들었다.

잠시 후 그는 자세를 바로잡았다. 그러나 조준을 하기도 전에 총알을 맞았다. 왼쪽 어깨가 폭발하는 느낌이었다. 몇 초 동안 그는 기절해 있었다. 하지만 곧 다시 정신을 차렸다. 왼쪽 팔에 감각이 없어져 움직일 수 없게 되어 버렸다. 엄청난 통증이 밀려왔지만 그것에 굴복할 리 스코즈비가 아니었다. 그는 정신을 가다듬고 다시 조준했다. 무감각해진 왼팔 위에 총을 내려놓고 정신을 집중하며 앞을 노려보았다. 한 방, 두 방, 세 방, 총알은 각자의 임무를 완성했다.

"내 솜씨가 어때?"

그가 물었다.

"잘했어. 멈추지 마. 저 검은 바위 뒤……."

그는 조준하여 사격했다. 또 한 명의 병사가 넘어졌다.

"제기랄, 저들은 나와 같은 사람이야."

그가 투덜거렸다.

"아무 생각도 하지 마. 무조건 해치워!"

헤스터가 말했다.

"너 그루만을 믿니?"

"물론이지. 전방이야, 리."

탕! 또 한 병사가 쓰러졌다. 그의 데몬은 촛불처럼 꺼져 버렸다.

긴 침묵이 흘렀다. 리 스코즈비는 호주머니를 뒤져 총알을 꺼냈다. 재장전하는 동안 그는 심장 근처에서 아주 약한 진동을 느꼈다. 헤스터가 얼굴을 파묻고 있었다. 그녀의 얼굴은 눈물로 젖어 있었다.

"리, 내 잘못이야."

헤스터가 말했다.

"왜?"

"스크렐링인 말이야. 내가 그의 반지를 가지라고 했잖아. 그 반지만 없었더라도 이런 상황에 처하진 않았을 텐데."

"네가 한 말 때문에 내가 그 반지를 가졌다고 생각해? 그렇지 않아. 난 그 마녀가……."

그는 말을 끝내지 못했다. 또 다른 총알을 맞았기 때문이다. 이번 총알은 왼쪽 다리를 관통했다. 눈 깜짝할 사이도 없이 세 번째 총알이 그의 머리를 스쳐 갔다. 마치 시뻘겋게 단 부지깽이가 머리에 달라붙은 듯한 느낌이었다.

"헤스터, 이제 얼마 안 남았어."

그가 자세를 똑바로 잡으려고 애쓰며 말했다.

"그 마녀라고 말했어, 리. 기억해?"

가여운 헤스터는 주위를 살필 기력을 잃고 누워 있었다. 황금빛이 도는 그녀의 아름다운 눈동자도 점점 흐릿해져 갔다.

"여전히 아름다워. 아, 헤스터. 그래, 그 마녀가 내게……."

"맞아, 그 마녀가 꽃을 주었지."

"내 윗주머니에 있어. 그것을 꺼내, 헤스터. 난 움직일 수가……."

꽃을 꺼내는 일은 힘들었다. 하지만 헤스터는 가까스로 그 작은 진홍색 꽃을 이빨로 물어 내어 리 스코즈비의 오른손에 놓았다. 그는 남은 힘을 모두 짜내어 주먹을 쥐고 말했다.

"세라피나! 날 도와줘요. 제발……."

아래쪽에서 움직임이 있었다. 그는 꽃을 놓았다. 다시 총을 겨누고 발사했다. 움직임이 멎었다.

헤스터가 기운을 잃어 가고 있었다.

"헤스터, 날 두고 먼저 가지 마."

리 스코즈비가 속삭였다.

"리, 난 잠시도 네 옆을 떠날 수 없어."

그녀가 속삭였다.

"세라피나가 올 거라고 생각해?"

"물론이야. 좀 더 일찍 그녀를 불렀어야 했는데."

"우린 더 많은 일을 할 수 있었는데."

"그럴 수도……."

또다시 총성이 들렸다. 이번 총알은 그의 몸을 깊숙이 파고들어 그의 생명을 노렸다. 그는 생각했다. 내 몸 안에서는 찾을 수 없을걸, 헤스터가 나의 생명이니까. 그는 아래쪽에서 파란색이 어른거리는 것을 보고 다시 사격 자세를 취하려고 했다.

"저 병사야."

헤스터가 나지막하게 말했다.

리 스코즈비는 방아쇠를 당기기 힘들었다. 모든 것이 힘들었다. 그는 세 번을 시도해서 간신히 성공했다. 푸른색 유니폼의 남자가 고꾸라져 비탈길을 굴렀다.

또다시 긴 침묵이 시작되었다. 고통 때문에 공포를 느낄 여유가 없었다. 재칼 한 무리가 킁킁거리며 점점 가까이 다가오는 것 같았다. 스코즈비는 그들이 자신을 먹어 치우기 전에는 절대로 물러가지 않을 것이라는 사실을 알았다.

"한 명 남았어. 체펠린을 향해 뛰어가고 있어."

헤스터가 중얼거렸다.

리 스코즈비는 어렴풋이 그 병사의 등을 볼 수 있었다. 제국의 근위병 하나가 죽은 동료들을 뒤로하고 도망치고 있었다.

"등을 보이고 있는 사람을 쏠 수는 없어."

리 스코즈비가 말했다.

"그렇지만 총알 한 개를 남기고 죽는 건 부끄러운 일이야."

그래서 스코즈비는 마지막 총알로 굉음을 내며 한쪽 엔진만으로 이륙하려고 애쓰고 있는 체펠린을 겨냥했다. 그 총알이 명중했는지, 아니면 아래쪽 숲의 불길이 상승 기류를 타고 올라와 비행선에 닿았는지 갑자기 가스주머니가 폭발하며 오렌지색 불덩이로 변했다. 비행선의 동체와 금속 골격이 불길에 휩싸인 채 공중으로 약간 치솟았다가 천천히 아래로 떨어졌다.

협곡을 지키는 리 스코즈비에게 감히 다가오지 못하고 남아 있던 대여섯 명의 병사들과 도망친 한 병사는 그 불길에 휩싸이고 말았다.

리 스코즈비는 불덩이를 바라보며 헤스터의 외침을 들었다.

"이제 다 끝났어, 리."

"저 불쌍한 녀석들은 이곳에 오지 말았어야 했어. 우리도 그렇고."

"우린 저들을 막아 냈잖아. 우린 해냈어. 리라를 도왔다구."

작지만 당당했던 토끼 헤스터는 스코즈비의 얼굴에 최대한 몸을 밀착시켰다. 그리고 둘은 그렇게 서서히 죽어 갔다.

혈류이끼

'계속 가. 더 멀리, 더 높이.'

알레시오미터는 그렇게 말했다. 그래서 윌과 리라는 험준한 산을 계속 올라갔다. 마녀들은 가장 좋은 길을 찾기 위해 하늘 높이 날았다. 구릉지대는 바위투성이의 가파른 비탈길로 변하더니 풀 한 포기 자라지 않는 메마른 계곡으로 이어졌다.

그들은 염소 가죽으로 만든 물병에 담긴 물을 마실 때만 잠시 걸음을 멈추었을 뿐 말없이 계속 앞으로 나아갔다. 판탈라이몬은 작은 산양으로 변해 힘들게 산을 올라가는 리라 옆에서 뿔을 뽐내며 바위 위로 뛰어올랐다. 윌은 점점 심해지는 손의 통증을 무시하려고 애썼다. 그는 이글거리는 태양에 눈살을 찌푸리며 우울한 표정으로 계속 걸었다. 차라리 힘들게 걸을 때가 휴식을 취할 때보다 고통이 덜했다. 주술로도 피를 멈추지 못한 마녀들은 자신들의 힘으로는 풀 수 없는 지독한 저주에 걸린 사람이라도 되는 듯 윌을 두려운 눈빛으로 바라보았다.

그들은 붉은 바위 사이에 위치한 작은 호수를 만나기도 했다. 눈이 부시도록 푸른 그 호수는 폭이 30미터도 채 안 되어 보였다. 그들은 그곳에서 잠시 쉬며 물을 마시고 물통을 다시 채운 뒤 아픈 발을 얼음처럼 차가운 물에 담갔다. 그들은 잠시 휴식을 취하고는 다시 길을 떠났다. 태양이 가장 높은 위치에서 뜨거운 열을 뿜어내기 시작했을 때 세라피나가 그들에게 내려와서 몹시 불안한 표정으로 말했다.

"잠시 좀 다녀와야겠어. 리 스코즈비가 내 도움을 청하고 있어. 이유는 모르겠지만 지금 나를 부르고 있어. 너희들은 계속 가. 내가 나중에 찾아낼 테니까."

"스코즈비 아저씨가요? 어디서요?"

리라도 걱정이 되는 모양이었다.

그러나 세라피나는 리라의 질문에 대답할 겨를도 없이 이미 떠나 버렸다. 리라는 리 스코즈비에게 무슨 일이 일어났는지 물어보기 위해 알레시오미터에게 손을 뻗었다. 그러나 이내 손을 떨어뜨렸다. 윌을 안내하는 일 이외에는 물어보지 않기로 약속했기 때문이다.

리라는 윌을 돌아보았다. 그는 핏방울이 떨어지는 손을 무릎 위에 올려놓고 앉아 있었다. 지치고 창백한 모습이었다.

"윌, 아버지를 찾아야만 하는 이유를 넌 알고 있니?"

"태어날 때부터 그렇게 생각해 왔어. 엄마는 내가 아버지의 망토를 이어받아야 한다고 말씀하셨지. 그것이 내가 아는 전부야."

"망토를 이어받다니, 무슨 뜻이야? 망토가 뭐지?"

"어떤 사명 같은 거겠지. 아버지가 무슨 일을 하셨든 나는 그 일을 계속할 거야."

그는 오른손으로 이마에서 흘러내린 땀을 닦았다. 그가 차마 하지 못한 말은 아버지가 몹시 보고 싶다는 말이었다. 길 잃은 아이가 집을 그리워하듯 그는 아버지가 그리웠다. 토요일 아침 동네 슈퍼마켓에서 적으로부터 몸을 숨기는 놀이를 했던 일이 숨 막히는 현실로 변한 지도 벌써 5년이나 되었다. 그의 인생에서는 긴 시간이었다.

이제 윌은 "잘했다, 내 아들아. 이 세상 누구도 너보다 더 잘해 낼 순 없을 거야. 난 네가 자랑스럽다. 자, 이제부터는 아무 걱정 말고 푹 쉬어라."라는 아버지의 칭찬을 못 견디게 듣고 싶었다.

어쩌면 윌은 그리움이 너무 지나쳐서 그 감정을 미처 깨닫지 못할 정도로 무뎌져 있는지도 몰랐다. 그것은 다른 느낌들과 특별히 구분되지 않았고, 그래서 리라에게도 달리 표현할 수 없었다. 그러나 리라는 그의 눈에서 그리움을 읽을 수 있었다. 또한 자신의 그런 새로운 통찰력에 스스로도 놀랐다. 윌에 관한 일이라면 어느 누구보다도 뛰어난 직감을 발휘하게 되는 것이었다. 그에 관한 모든 것이 분명하고 가깝고 직접적인 관련이 있는 것처럼 느껴졌다.

그 순간 마녀 한 명이 다가오지 않았다면, 리라는 윌에게 그런 얘기를 했을지도 모른다.

"누군가 쫓아오고 있어. 멀리 떨어져 있긴 하지만 굉장히 빨라. 가까이 다가가서 보고 올까?"

"그러는 게 좋겠어요. 하지만 낮게 날면서 몸을 숨기세요. 당신의 모습이 보이지 않도록 말이에요."

윌과 리라는 다시 힘들게 비탈길을 올라가기 시작했다.

"추운 날씨는 많이 겪어 봤지만 이렇게 더운 날씨는 처음이야. 네가 살던 세계도 이렇게 덥니?"

리라가 추격자에 대한 생각을 애써 떨치며 말했다.

"이 정도는 아니었어. 지금 이곳 날씨는 정상이 아냐. 기후가 계속 변하고 있으니까. 여름은 예전보다 점점 더 더워지고 있어. 사람들이 대기에 화학 약품을 뿌려 날씨를 간섭하고 있대. 이젠 날씨도 걷잡을 수 없게 되어 버렸어."

"그렇구나. 우리는 그런 날씨 한가운데 있는 거구."

리라가 말했다.

윌은 너무 덥고 목이 말라 더 이상 대꾸할 수가 없었다. 그들은 숨 막히는 더위 속에서 계속 걸음을 재촉했다. 판탈라이몬도 뛰거나 날아다니기에 너무 지쳤는지 귀뚜라미 모습으로 변해 리라의 어깨에 앉아 있었다. 마녀들은 가끔 아주 높은 곳에 있는 샘에서 물을 길어다가 윌과 리라에게 주곤 했다. 물이 없으면 둘은 곧 죽고 말 것이었다. 그들이 걸어가고 있는 곳에서는 물이라곤 한 방울도 찾아볼 수 없었다. 대기 속의 수분이 금세 말라 버렸기 때문이다.

땅거미가 내릴 때까지 그들은 걷고 또 걸었다.

추격자를 염탐하기 위해 후방으로 날아간 마녀의 이름은 레나 펠트였다. 그녀는 바위들 사이를 낮게 날았다. 핏빛 석양이 바위에 걸릴 무렵 푸른색 작은 호수에 다시 도착한 레나는 한 무리의 병사들이 천막을 치고 있는 것을 발견했다.

그들을 관찰하던 레나는 상상도 할 수 없는 모습을 보고 말았다. 그 병사들에게는 데몬이 없었던 것이다. 그들은 윌이 살던 세계나 치타가체처럼 데몬이 인간의 몸속에 있는 세계에서 온 병사들이 아니었다. 그들은 레나와 같은 세계에서 온 사람들이었다. 따라서 데몬이 없는 그들을 보고 있자니 그녀는 속이 울렁거리고 무서운 생각이 들었다.

레나 펠트는 호수 옆에 위치한 천막에서 카키색 사냥복을 입은 젊고 아름다운 여자를 발견했다. 그녀 옆에서 뛰어다니고 있는 황금 원숭이도 활기차 보였다.

레나는 바위 뒤에 몸을 숨기고 장교와 얘기하고 있는 콜터 부인을 바라보았다. 그의 부하들은 천막을 치고, 모닥불을 지피고, 물을 끓이고 있었다.

레나는 볼반가르에서 아이들을 구출할 때 세라피나와 함께 있었으므로 콜터 부인을 보자 화살로 쏘고 싶은 충동이 일었다. 하지만 콜터 부인은 운이 좋았다. 활을 쏘기에는 거리가 너무 멀었던 것이다. 더 가까이 다가가기 위해서 그녀는 몸을 숨겨야만 했다. 그래서 레나는 주문을 외기 시작했다. 10분쯤 정신을 집중해서 주문을 외자 그녀는 보이지 않게 되었다.

자신감이 생긴 마녀는 바위를 내려가 호수 쪽으로 걸어갔다. 그녀가 천막 앞을 지나가자 병사 두 명이 눈을 깜박이며 잠시 위를 쳐다보더니 곧 고개를 돌려 버렸다. 레나는 콜터 부인이 들어간 천막 밖에서 걸음을 멈추고 화살을 시위에 걸었다.

마녀는 천막에서 새어 나오는 낮은 목소리에 귀를 기울였다. 그러고는 열린 천막 문으로 조심스럽게 들어갔다.

천막 안에는 콜터 부인이 어떤 남자와 대화를 나누고 있었다. 나이가 들어 보이는 그 사내는 희끗희끗한 머리에 강렬한 인상을 풍겼다. 데몬인 뱀이 그의 허리를 친친 감고 있었다. 콜터 부인이 그에게 몸을 기울이고 나지막한 목소리로 얘기했다.

"물론이에요, 카를로. 당신이 원한다면 어떤 얘기도 해 드리죠. 뭘 알고 싶은 거죠?"

"어떻게 스펙터들을 지배할 수 있지? 난 불가능하다고 생각했는데. 그들은 마치 충실한 개처럼 당신을 따르고 있소. 당신의 호위병들이 무서워서 그러나? 대체 비결이 뭐요?"

"간단해요. 그들은 날 잡아먹는 것보다 살려 둠으로써 훨씬 더 많은 음식물을 얻을 수 있다는 사실을 알고 있거든요. 그들이 양껏 먹을 수 있는 희생자들이 있는 곳으로 데려다 준다는 조건이죠. 당신이 그들에 대해서 내게 설명했을 때, 난 곧 그들을 지배할 수 있다는 것을 알았어요. 이렇게 증명했구요. 모든 세계가 이 안개 같은 존재 때문에 벌벌 떨고 있어요. 하지만 카를로……."

콜터 부인은 속삭이는 목소리로 바꾸었다.

"난 당신도 기쁘게 해 드릴 수 있어요. 아시죠? 당신을 더 기쁘게 해 드릴까요?"

"마리사. 당신과 이렇게 가까이 있는 것만으로도 충분히 행복해."

"그렇지 않아요, 카를로. 당신도 아시잖아요. 내가 당신을 이보다 더 기쁘게 해 드릴 수 있다는 것을."

황금 원숭이의 뿔같이 생긴 작고 검은 손이 뱀 데몬을 어루만졌다. 뱀은 긴장을 풀고 남자의 팔에서 원숭이 쪽으로 미끄러져 갔다. 콜터 부인과 남자는 금빛 와인이 담긴 유리잔을 들고 있었다. 여자는 와인을 한 모금 홀짝이곤 남자에게 조금 더 가까이 다가갔다.

"아!"

뱀이 자기 손에서 황금 원숭이의 손 위로 기어가자 남자는 짤막한 신음을 토해 냈다. 황금 원숭이는 뱀을 자기 얼굴로 가져가더니 에메랄드 빛 피부를 볼에 부드럽게 갖다 댔다. 뱀의 혀가 음흉하게 움직이자 남자는 가만히 한숨을 내쉬었다.

"카를로, 당신이 그 소년을 쫓는 이유가 뭐죠?"

콜터 부인의 속삭임은 원숭이의 애무만큼이나 부드러웠다.

"왜 그 아이를 찾아야 하는데요?"

"그 아이는 내가 원하는 것을 가지고 있소. 오, 마리사……."

"그게 뭐죠, 카를로? 그 아이가 뭘 갖고 있죠?"

남자는 머리를 흔들었다. 하지만 그녀에게 저항할 도리가 없었다. 남자의 데몬이 황금 원숭이의 가슴을 부드럽게 휘감고 있었다. 남자의 손이 콜터 부인의 나긋나긋하고 매끄러운 몸을 더듬는 동안 뱀의 머리는 황금 원숭이의 길고 광택 나는 털을 헤집고 있었다.

레나 펠트는 그들이 앉은 자리에서 두세 걸음 떨어진 곳에서 모습을 감춘 채 지켜보고 있었다. 그녀는 시위를 팽팽하게 당겨 화살을 쏠 준비를 마친 상태였다. 1초도 안 되는 순간에 마녀는 활을 쏠 수 있었고, 콜터 부인은 싸늘한 시체로 변할 것이었다. 그러나 마녀란 원래 호기심이 강한 존재였다. 그녀는 눈을 커다랗게 뜨고 입을 다문 채 남녀가 하는 짓을 지켜보고만 있었다.

그러느라고 마녀는 호수 건너편을 돌아볼 여유가 없었다. 호수 건너편 어두운 곳에는 마치 유령처럼 생긴 덤불들이 몸을 흔들고 있었다. 하지만 그것들은 덤불이 아니었다. 레나 펠트가 콜터 부인과 카를로라는 남자에게 정신이 팔려 있는 사이에 그 희미한 형태 중의 하나가 동료들에게서 떨어져 나와 잔물결 하나 일으키지 않고 차가운 호수 표면을 지나더니 마녀의 데몬이 있는 바위 가까이로 다가왔다.

"편하게 생각하세요, 카를로. 귓속말로 살짝 얘기해 줘요. 잠꼬대했다고 생각하면 되잖아요. 누가 그런 일로 당신을 비난할 수 있겠어요? 그 소년이 누군지, 그 물건이 어떤 건지 말해 줘요. 내가 당신을 위해 갖다 드릴 수도 있어요. 내가 해 주길 원치 않으세요? 말만 하세요, 카를로. 난 그런 물건 원치 않아요. 내가 원하는 건 리라뿐이에요. 그 물건이 뭐죠? 내게 말해 줘요. 그러면 내가 갖다 드릴게요."

남자는 몸을 떨었다. 그는 눈을 감았다. 잠시 후 그가 입을 열었다.

"그건 칼이오. 치타가체의 신비한 칼이지. 그 칼에 대해 들어 본 적

없소, 마리사? 어떤 사람들은 그 칼을 '텔루타이아 마카이라'라고 부르기도 하지. 최후의 칼이란 뜻이야. 또 다른 사람들은 그 칼을 '이사히터'라고……."

"그 칼이 무슨 일을 하죠, 카를로? 왜 그게 특별한 거예요?"

"아, 그 칼은 무엇이든 자를 수 있어. 칼을 만든 사람조차 그것의 효능을 몰랐던 거지. 모든 것을 잘라 버릴 수 있어. 생명이든 물질이든 영혼, 천사, 허공까지도 그 칼 앞에서는 무력해져. 마리사, 그 칼은 내 거야. 알겠지?"

"물론이에요, 카를로. 약속할게요. 잔을 채워야겠네."

황금 원숭이가 뱀의 에메랄드빛 피부를 쓰다듬으며 가끔씩 압박할 때마다 찰스 경은 황홀해하며 한숨을 내쉬었다. 하지만 마녀 레나는 무슨 일이 벌어지고 있는지 볼 수 있었다. 남자의 눈이 감긴 동안 콜터 부인은 작은 유리병에 담긴 액체를 술잔에 몇 방울 떨어뜨렸다.

"내 사랑. 어서 마셔요. 우리들의 사랑을 위해."

남자는 이미 술에 취해 있었다. 그는 잔을 받아 들곤 탐욕스럽게 와인을 마셔 댔다. 한 모금, 두 모금, 세 모금…….

그때 콜터 부인이 갑자기 일어나서 몸을 돌리더니 레나 펠트를 정면으로 노려보았다.

"자, 마녀야, 네가 거기 몸을 감추고 있는 걸 내가 모를 줄 알았지?"

레나 펠트는 너무 놀라 움직일 수조차 없었다.

콜터 부인 뒤에서는 찰스 경이 발버둥을 치며 가쁜 숨을 몰아쉬고 있었다. 얼굴이 빨갛게 변한 채 괴로운 신음 소리를 토해 내고 있었고, 그의 데몬은 황금 원숭이의 손아귀에서 몸을 축 늘어뜨린 채 기절해 있었다. 원숭이는 경멸하는 표정으로 뱀을 몸에서 떼어 냈다.

레나 펠트는 활을 쏘려고 했지만 어깨가 마비된 듯 아무리 애써도 움

직일 수 없었다. 전엔 한 번도 이런 적이 없었다. 마녀는 작게 비명을
질렀다.

"오, 활을 쏘기엔 너무 늦었어. 호수 쪽을 봐."

콜터 부인이 웃으며 말했다.

레나는 몸을 돌려 자신의 하얀 멧새가 날개를 퍼덕이며 새된 소리로
울고 있는 것을 보았다. 멧새는 숨이 막힌 듯 부리를 크게 벌리고 헐떡
이며 마치 공기 없는 유리방에 갇힌 것처럼 날개를 퍼덕거리다가 바닥
에 떨어졌다. 스펙터의 공격을 받은 것이었다.

"안 돼!"

마녀는 울부짖으며 자신의 데몬을 향해 움직이려고 했지만 구역질이
나서 멈춰야만 했다.

비탄에 빠진 가운데서도 레나는 콜터 부인이 자신이 지금껏 본 누구
보다도 더 강한 영혼의 힘을 지녔음을 느낄 수 있었다. 스펙터가 콜터
부인의 힘에 굴복한 것은 당연했다. 아무도 그런 권위에 저항할 수 없
을 것이다. 레나는 괴로워하며 콜터 부인을 쳐다보았다.

"제발 내 데몬을 놔줘요! 제발요!"

마녀가 외쳤다.

"너의 태도를 보고 결정하지. 그 아이가 너희와 함께 있니? 리라 말
이야."

"그래요!"

"소년도? 칼을 가진 소년 말이야."

"그래요. 그러니 제발……."

"너희 마녀는 전부 몇 명이지?"

"스무 명이에요. 이제 놔줘요!"

"전부 하늘에 있니? 아니면 몇 명은 그 아이들과 함께 땅에 있니?"

"대부분 하늘에 있고, 땅에는 서너 명만 있어요. 아, 정말 잔인하군요. 뇌주던가 아니면 지금 나를 죽이세요!"

"저 산 어디까지 올라갔지? 지금도 계속 가고 있니, 아니면 멈췄니?"

레나는 콜터 부인의 물음에 아는 대로 대답했다. 그 마녀는 어떤 고문도 다 참아 낼 수 있지만, 자신의 데몬에게 일어나는 일은 예외였다. 마녀들이 있는 장소와 그들이 리라와 윌을 어떻게 경호하는지까지 다 알아낸 후 콜터 부인은 말했다.

"자, 또 한 가지 얘기할 것이 있지. 너희 마녀들은 리라에 대해 무언가를 알고 있어. 지난번에도 한 마녀가 그 말을 하려다가 고문 중에 죽고 말았지. 자, 이제 널 구해 줄 사람은 아무도 없다. 내 딸에 대한 진실을 말해 보렴."

레나 펠트는 숨을 헐떡거렸다.

"리라는 어머니가 될 거예요…… 그녀는 생명…… 어머니…… 그녀는 복종하지 않을 거예요…… 그녀는……."

"이름을 말해! 넌 가장 중요한 것을 말하지 않고 있어. 이름을 말하라니까!"

콜터 부인이 고함을 질렀다.

"이브! 모든 이의 어머니! 이브, 마더 이브."

레나 펠트는 흐느끼며 말을 더듬었다.

"그렇군."

콜터 부인이 말했다. 그녀는 마침내 자기 삶의 목적이 명확해진 것처럼 크게 한숨을 내쉬었다.

자신이 한 일을 어렴풋이 깨닫고 두려움에 싸인 마녀가 소리쳤다.

"리라에게 무슨 짓을 하려는 거죠? 어쩔 작정이에요?"

"글쎄, 리라를 죽여야겠지. 또 다른 '추락'을 막기 위해서는…… 왜 진작 이 사실을 깨닫지 못했을까? 너무나 엄청난 일이라서……."

콜터 부인은 어린아이처럼 눈을 크게 뜨고 손뼉을 쳤다. 레나는 흐느끼며 그녀가 하는 행동을 지켜보고 있었다.

"그래, 아스리엘은 교권에 대항하는 전쟁을 일으킬 거야. 그러고는…… 그래, 그래…… 그전처럼 또다시…… 그런데 리라가 이브란 말이지. 그 애도 이번엔 추락하지 않을 거야. 조심해야겠군. 어떤 추락도 하지 않도록……."

콜터 부인은 손가락을 탁 튕겨서 스펙터에게 마녀의 데몬을 잡아먹으라는 신호를 보냈다. 스펙터가 레나에게 다가가는 동안 그녀의 데몬인 흰 멧새는 바위 위에 경련을 일으키며 누워 있었다. 마녀의 고통은 두 배, 세 배로 커지더니 마침내 수백 배가 되었다.

그녀는 자신의 데몬이 메스꺼움을 느끼고 있음을 알았다. 그것은 죽고 싶을 정도로 혐오스럽고 불쾌한 절망감과 우울함에서 나오는 것이었다. 레나가 마지막으로 한 생각은 삶이 역겹다는 것이었다. 그녀의 감각은 지금껏 거짓말을 해 왔다. 세상은 활력과 기쁨으로 가득 찬 곳이 아니라 사악함, 배반, 나른함으로 가득 찬 곳이었다. 산다는 것은 저주스런 일이고 죽는 것보다 나을 건 없었다. 우주의 생성부터 종말까지 그것만이 유일한 진실이었다.

그러므로 레나 펠트는 손에 활을 쥔 채 모든 것에 무관심한, 그래서 마치 죽은 듯한 태도로 자리에서 일어났다. 이제 그녀는 콜터 부인이 무슨 짓을 할 것인지에 대해서는 관심도 없고 알려고도 하지 않았다. 의자에 구부정하게 앉아 죽은 찰스 경과 똬리를 틀고 죽어 있는 뱀은 거들떠보지도 않고 콜터 부인은 지휘관을 불러 야간행군 준비를 하라고 명령했다.

그녀는 호수 가장자리로 걸어가서 스펙터들을 불렀다. 스펙터들은 그녀의 명령을 좇아 호수 위를 안개처럼 미끄러졌다. 그녀는 두 손을 쳐들고 스펙터들에게 그들의 활동 범위가 땅에 한정되어 있다는 생각을 잊게 만들었다. 그러자 그들은 공중으로 날아가기 시작했다. 그들은 민들레 꽃씨처럼 바람을 타고 윌과 리라와 다른 마녀들이 있는 곳을 향해 날아갔다. 하지만 레나 펠트는 그 사실을 전혀 알지 못했다.

어두워지자 기온이 급속하게 내려갔다. 윌과 리라는 마지막 남은 딱딱한 빵을 먹고 잠을 자기 위해 바위 아래에 누웠다. 리라는 잠을 이루지 못해 고민하는 일은 없었다. 드러누운 지 1분도 지나지 않아 판탈라이몬을 꼭 껴안은 채 잠에 빠져 들었다. 그러나 윌은 아무리 오래 누워 있어도 잠이 오지 않았다. 팔꿈치까지 부어올라 욱신거리는 통증 때문이기도 했지만 딱딱한 바닥과 추위, 극심한 피로, 엄마에 대한 그리움 때문이기도 했다.

윌은 엄마가 걱정되었다. 그러면서도 한편으로는 아주 어렸을 때처럼 엄마의 보살핌을 받고 싶었다. 그는 지금 엄마가 손에 붕대를 감아 주고 침대에 뉘어 주고 노래를 불러 주며 자신을 둘러싼 모든 걱정거리를 없애 주고 따뜻함과 편안함과 친절함으로 가득 채워 주기를 간절히 바라고 있었다. 하지만 그런 일은 절대 일어나지 않을 것이었다. 그래서 여전히 어린 소년에 지나지 않는 그는 울기 시작했다. 하지만 리라를 깨우고 싶지 않아서 가능한 한 울음소리를 죽이려고 애썼다.

잠은 여전히 오지 않고 머릿속은 점점 더 맑아졌다. 마침내 그는 뻣뻣한 팔다리를 펴고 조용히 자리에서 일어났다. 칼을 허리춤에 차고 몸을 한 번 후드득 떨고 난 윌은 불안한 기분을 가라앉히기 위해 산을 올라가기 시작했다.

보초를 서던 마녀의 데몬인 울새가 고개를 치켜들었다. 그러나 마녀는 망을 보던 것을 멈추고 월의 뒷모습을 지켜보았다. 그녀는 자신의 구름소나무 가지를 타고 조용히 하늘로 날아올랐다. 월을 방해하려는 것이 아니라 그에게 나쁜 일이 일어나지 않도록 감시하기 위해서였다.

월은 마녀가 자신을 따라오는 사실을 알아채지 못했다. 그는 몸을 계속 움직이고 싶었고, 움직이는 동안에는 손의 고통을 느끼지 않았다. 월은 밤이 새도록, 그 다음 날도 계속해서 걷고 싶었다. 걷는 일 외에는 어떤 것도 가슴에서 치밀어 오르는 흥분을 가라앉히지 못할 것 같았다. 그를 측은히 여기기라도 하듯 바람이 불어왔다. 그가 있는 황무지에는 바람에 나부낄 나뭇잎 하나 없었다. 하지만 바람은 그의 몸을 때리고 머리카락을 얼굴에 흘러내리도록 만들었다. 밖은 황량했다. 월의 마음도 그랬다.

그는 돌아갈 길에 대한 걱정도 잊은 채 자꾸만 위로 올라갔다. 마침내 그는 세상의 꼭대기처럼 보이는 곳에 이르렀다. 더 이상 높은 산은 없어 보였다. 밝은 달빛을 받은 주위는 검은색과 흰색으로 나뉘어 있었고, 가장자리는 들쭉날쭉하고 지면은 휑뎅그렁했다.

세찬 바람이 구름을 몰고 와 달을 가리자 갑자기 사방이 캄캄해졌다. 구름이 두꺼운지 달빛이 전혀 스며 나오지 않았다. 월은 자신이 칠흑 같은 어둠 가운데 있음을 알아차렸다.

바로 그 순간 월은 누군가가 자신의 오른팔을 꽉 쥐는 것을 느꼈다. 그는 놀라 비명을 지르며 그 손을 뿌리쳤다. 하지만 상대방은 완강했다. 월도 난폭해질 수밖에 없었다. 그는 막다른 골목에 왔음을 느끼고 끝장날 때까지 저항할 결심을 했다.

월은 상대방의 손을 비틀며 발길질을 해 댔다. 하지만 상대방은 꿈쩍도 하지 않았다. 오른팔이 잡힌 상태로는 칼을 뽑을 수도 없었다. 왼손을 사용해 보려고 했지만 통증이 너무 심하고 부은 상태여서 불가능했다. 그는 부상당한 한쪽 손만 가지고 어른을 상대로 싸워야만 했다.

월은 오른팔을 잡고 있는 손을 이로 물어뜯었다. 그러자 상대방은 그의 머리에 어지러울 정도로 강한 주먹을 날렸다.

월은 다시 발길질을 해 댔다. 어떤 것은 명중했고 어떤 것은 헛발질이었다. 월이 자기 몸을 당기고 밀고 꼬고 비트는 동안 상대방은 여전히 그의 팔을 꽉 잡고 있었다.

월은 자신의 헐떡거리는 숨소리와 상대방이 투덜거리는 소리를 들었다. 그는 상대방 남자의 가슴에다 몸을 던졌고 함께 바닥에 쓰러졌다. 그래도 상대방은 월의 팔을 놓아주지 않았다. 돌투성이 바닥에서 격렬하게 몸을 굴리던 월은 가슴이 점점 더 죄어 오는 것을 느꼈다. '이 남자는 나를 절대로 놓아주지 않을 거야. 비록 내가 그를 죽인다고 하더라도 이 손을 끝까지 놓지 않을 거야.'

이제 지칠 대로 지친 월은 소리를 지르며 울고 있었다. 그는 울면서도 머리와 발로 남자를 박고 찼다. 이제 곧 기운이 다할 것이다. 바로 그때 월은 상대방 남자가 넘어진 채 가만히 있다는 사실을 알았다. 그러자 그의 몸에서도 힘이 쭉 빠졌다. 그는 움직임을 그치고 팔다리를 바닥에 내려놓고 말았다.

잠시 후 짙은 어둠 속을 응시하던 월은 남자 옆에 있는 하얀 물체를 발견했다. 자세히 살펴보니 그것은 흰색 가슴과 머리를 가진 물수리 데몬이었다. 데몬은 땅에 가만히 누워 있었다. 월은 몸을 빼려고 애썼다. 팔을 잡아 빼려고 하자 남자는 잡고 있던 손에 다시 힘을 주었다. 그러고는 그의 자유로운 손으로 월의 오른손을 조심스럽게 더듬기 시작했다. 월은 머리끝이 쭈뼛하는 느낌이었다.

그때 남자가 말했다.

"왼쪽 손을 줘 봐."

"조심하세요."

월이 말했다.

남자의 자유로운 손이 월의 왼팔을 타고 내려가더니 칼에 잘려 나간 두 손가락의 밑둥치를 조심스럽게 어루만졌다. 그러더니 월의 팔을 잡고 있던 손을 놓고 일어나 앉았다.

"네가 만단검을 가지고 있구나. 네가 그 칼의 전수자야."

목소리는 맑게 울렸지만 숨결이 아주 거칠었다.

월은 그가 심하게 다쳤음을 알았다. 내가 다치게 만든 걸까? 그는 기진맥진한 상태로 돌투성이의 바닥에 누워 있었다. 보이는 것이라곤 자신 위로 몸을 구부리고 있는 남자의 모습뿐이었다. 어두워서 얼굴은 볼 수 없었다. 남자는 옆으로 손을 뻗어 무언가를 찾는 듯했다. 그리고 월의 상처에 연고를 바르고 부드럽게 문지르자 통증이 놀랄 정도로 빠르게 가라앉았다. 시원하고 알싸한 느낌이 상처 부위에서 손 전체로 퍼져 나갔다.

"뭐하는 거예요?"

월이 물었다.

"너의 상처를 치료하고 있지. 가만히 있어."

"당신은 누구죠?"

"그 칼의 용도를 알고 있는 유일한 사람이지. 팔을 이렇게 들고 있어. 움직이지 마."

바람은 전보다 더 세게 불어왔고, 비도 한두 방울 떨어졌다. 월은 심하게 몸을 떨고 있었지만 남자가 상처에 연고를 다 바르고 천으로 단단히 감싸는 동안 오른손으로 왼손을 받치고 있었다.

붕대를 다 감자마자 남자는 옆으로 쓰러지듯 누웠다. 손가락에서 전해 오는 시원한 감촉에 기분이 좋아진 월은 몸을 일으켜 남자를 살펴보려고 했다. 하지만 주위는 조금 전보다 더 캄캄했다. 월은 오른손을 뻗어 남자의 가슴에 얹었다. 그의 가슴은 새장에 갇혀 퍼덕거리는 새처럼 심하게 뛰고 있었다.

"그래, 거기를 좀 치료해 주렴."

"아프세요?"

"곧 좋아질 게다. 네가 만단검을 갖고 있구나, 그렇지?"

"네."

"사용 방법도 알고 있니?"

"그럼요. 당신은 이 세계 사람인가요? 그 칼에 대해서 어떻게 알고 있죠?"

"잘 들어라."

남자는 힘겹게 일어나 앉으며 말했다.

"내 말에 끼어들지 말고 끝까지 잘 들어. 만일 네가 그 칼의 전수자라면 넌 자신이 상상하고 있는 것보다 훨씬 더 막중한 임무를 짊어진 거야. 한낱 어린아이인 너에게 어떻게 이런 일이…… 얘야, 곧 전쟁이 벌어질 거란다. 지금까지 일어났던 전쟁들보다 훨씬 더 큰 전쟁이지. 아마도 전무후무한 전쟁이 될 거야.

이번에는 정의의 편이 이겨야만…… 수천 년의 인간 역사는 온갖 거짓말과 선전, 잔인성, 사기로 가득 차 있단다. 이제 우리는 다시 일어나야 할 시간이야. 이번에는……."

남자는 여러 번 말을 멈추고 가쁜 숨을 몰아쉬었다.

"그 칼, 그 칼을 만든 늙은 철학자들은 자신들이 어떤 물건을 만들었는지 전혀 알지 못했어. 그들은 아주 작은 물질의 입자를 쪼갤 수 있는 도구를 발명한 것뿐이야. 그리고 그들은 그 칼을 사탕을 훔치는 데 사용했어. 우주의 독재자를 물리칠 수 있는 유일한 무기를 만들어 냈다는 생각은 전혀 하지 못했지. 교권, 하느님 말이야. 반역의 천사들은 실패했어. 그 칼을 소유하지 못했기 때문이야."

"난 이 칼을 원한 적도 없어요. 지금도 싫어요. 갖고 싶으면 아저씨나 가지세요. 난 이 칼이 증오스럽고, 이 칼로 해야 하는 일도 지겨워요."

월이 소리쳤다.

"너무 늦었다, 애야. 넌 이제 선택할 수 있는 입장이 아냐. 넌 그 칼의 전수자야. 그 칼이 너를 선택한 거란다. 게다가 적들은 네가 그 칼을 가졌다는 사실을 이미 알고 있어. 만일 네가 적에게 그 칼을 사용하지 않는다면 그들은 너의 손을 자르고 우리를 영원히 죽이기 위해 그 칼을 사용할 거다."

"하지만 왜 내가 그들과 싸워야 하죠? 난 지금까지 너무 많이 싸웠어요. 더 이상 싸울 힘도 없어요."

"넌 싸움에서 이겼니?"

월은 조용해졌다. 그러고는 말했다.

"그런 것 같아요."

"넌 그 칼을 위해서 싸웠니?"

"네, 하지만……."

"그렇다면 넌 전사란다. 그것이 바로 너야. 다른 모든 것은 의심해도 너의 천성에 대해서는 의심하지 마라."

월은 그가 진실을 얘기하고 있음을 알았다. 하지만 기분 좋은 진실은 아니었다. 그것은 가혹하고 고통스러운 진실이었다. 남자도 그것을 알고 있는 듯했다.

"지금 세상에는 두 개의 거대한 세력이 존재한단다. 그 둘은 세상이 시작된 이래 줄곧 싸워 왔어. 우리가 이룬 모든 발전, 지식, 지혜는 한 세력의 이빨에 갈기갈기 찢어졌어. 우리가 더 많은 것을 알아 더 현명하고 강해지길 원하는 세력은 아주 작은 자유를 위해서조차 우리를 복종시키고, 천하고 온순하게 만들기를 원하는 세력과 싸워야만 했단다. 이제 그 두 세력은 사생결단의 일전을 준비하고 있어. 그리고 그 세력들은 각각 그 어떤 것보다 너의 칼을 원하고 있지. 얘야, 넌 선택을 해야만 해. 우리는 이곳에 오도록 안내를 받은 거란다. 너는 그 칼을 가지고, 또 나는 네게 이 모든 사실을 알리도록 말이야."

"아니에요, 당신은 틀렸어요. 난 그런 걸 찾고 있었던 게 아니에요."

"달리 생각할 수도 있겠지. 하지만 네가 찾고 있던 것은 바로 그거야."

남자가 어둠 속에서 말했다.

"내가 무엇을 해야 한다는 거죠?"

그루만이자 조파리이자 존 패리이기도 한 그 남자는 잠시 망설였다. 그는 리 스코즈비에게 했던 맹세를 잘 기억하고 있었다. 그래서 그 맹세를 어기기 전에 잠시 망설이지 않을 수 없었던 것이다. 하지만 그는 결국 약속을 깼다.

"넌 아스리엘 경에게 가야 해. 그리고 그루만이 너를 보냈으며 그에게 가장 필요한 무기를 가지고 있다고 말하렴. 좋든 싫든 넌 해야 할 일이 있어. 다른 모든 일은 아무리 중요해도 잠시 무시하거라. 그리고 내가 시킨 일을 해. 누군가 너를 보호하기 위해 나타날 거야. 밤은 천사들로 가득 차 있으니까 말이야. 이제 너의 상처는 좋아질 거야. 기다려! 가기 전에 너의 모습을 보고 싶구나."

그루만은 배낭을 뒤져 기름종이와 작은 랜턴을 꺼냈다. 그는 기름종이를 펼쳐서 성냥을 꺼내 랜턴에 불을 붙였다. 세찬 바람과 빗줄기 속에서 두 사람은 서로의 얼굴을 바라보았다.

윌은 단호하게 생긴 턱과 희끗희끗한 머리카락을 가진 수척하고 일그러진 얼굴을 보았다. 수염은 며칠 동안 깎지 않았는지 텁수룩했고,

구부정한 등에는 깃털 장식의 무거운 망토를 걸치고 있었다.

그루만은 생각했던 것보다 훨씬 어린 소년의 모습을 보고 있었다. 찢어진 리넨 셔츠를 걸친 그의 마른 몸은 덜덜 떨리고 있었고, 얼굴에는 지치고 포악하고 경계하는 표정이 담겨 있었다. 하지만 짙고 곧은 눈썹 아래서 강한 호기심으로 반짝이는 눈은 그의 엄마 눈과 너무나도 비슷했다.

그때 희미한 무언가가 두 사람을 향해 날아왔다. 랜턴 불빛이 존 패리의 얼굴을 비추던 바로 그 순간 구름이 자욱한 하늘에서 날아온 것이었다. 심장에 화살을 맞은 존 패리는 한 마디도 더 못 하고 쓰러져 죽었다. 물수리 데몬도 즉시 사라져 버렸다.

윌은 망연자실한 채 앉아 있었다.

그때 그의 옆으로 무언가가 힐끗 지나갔다. 그는 반사적으로 오른손을 뻗어 그것을 움켜쥐었다. 가슴 부분이 붉은 울새였다.

"안 돼! 안 돼!"

마녀 유타 카마이넨이 윌 앞에 떨어졌다. 돌바닥에 몸을 부딪힌 그녀는 일어나려고 몸부림을 쳤다. 하지만 몸을 일으키기도 전에 윌의 칼끝이 마녀의 목구멍을 누르고 있었다.

"왜 이런 짓을 했죠? 왜 그를 죽였어요?"

윌이 소리 질렀다.

"난 그를 사랑했어. 하지만 그는 날 경멸했다구! 난 마녀야. 절대 용서하지 않아!"

마녀들은 인간을 두려워하지 않았다. 하지만 그녀는 윌을 두려워했다. 비록 어리고 상처 입은 소년이지만, 윌은 그녀가 지금까지 만난 어떤 인간보다도 큰 힘과 위엄을 지니고 있었기 때문이다. 그래서 그녀는 겁을 먹고 있었다. 마녀는 뒤로 물러났고 윌은 그녀를 따라가 왼손으로 머리카락을 움켜잡았다. 마녀는 고통보다는 거대한 절망을 느꼈다.

"그가 누군지 모르는군요. 그는 나의 아버지예요."

윌이 소리쳤다.

마녀는 머리를 흔들며 낮은 목소리로 말했다.

"아냐, 아냐! 그럴 리가 없어. 불가능한 일이야!"

"하지만 사실이라구요. 그는 나의 아버지였어요. 당신이 죽이기 전까진 서로 모르고 있었지만요. 지금까지 평생을 기다리며 여기까지 와서 겨우 아버지를 찾았는데, 당신이 방금 죽여 버렸어요."

윌은 마녀의 머리를 마구 흔들다가 땅에 던져 버렸다. 마녀의 놀라움은 윌에 대한 공포보다 훨씬 컸다. 그녀는 멍해진 정신을 가다듬고 애원하기 위해 윌의 셔츠를 잡았다. 하지만 윌은 그녀를 뿌리쳤다.

"당신이 죽여야 할 만큼 아버지가 큰 잘못을 범했나요? 말해 봐요. 대체 무슨 잘못이죠?"

그녀는 죽은 그루만을 돌아보았다. 그러고는 윌을 다시 쳐다보며 슬픈 표정으로 머리를 흔들었다.

"아, 설명하기 어려워. 넌 너무 어려 이해할 수 없을 거야. 난 그를 사랑했어. 그게 전부야. 그것으로 충분해."

윌이 막을 사이도 없이 마녀는 자신의 벨트에서 빼낸 칼로 갈비뼈 사이를 찌르며 옆으로 쓰러졌다.

윌은 두려움을 느끼진 않았다. 당혹감과 참담함을 느낄 뿐이었다.

그는 천천히 일어나 죽은 마녀를 내려다보았다. 검은 머리카락과 붉은 볼은 탐스러웠지만 하얀 팔다리는 비에 젖어 창백해 보였다. 입술은 그녀가 사랑했던 남자처럼 약간 벌리고 있었다.

"이해할 수가 없어! 이건 너무 이상해!"

윌은 큰 소리로 외치고는 죽은 아버지에게로 걸어갔다. 수천 가지 말이 입 안에서 맴돌았다. 문틈으로 들어온 바람이 불꽃을 핥듯 랜턴의 불빛이 너울거렸다. 랜턴 옆에 무릎을 꿇은 윌은 손을 내밀어 아버지의 얼굴과 어깨, 가슴을 어루만지고는 젖은 머리카락을 이마에서 쓸어 올리고 눈을 감겨 주었다. 그런 다음 거친 볼을 양손으로 잡아 입을 다물게 한 뒤 아버지의 손을 꼭 잡았다.

"아버지, 아버지…… 그녀가 왜 이런 짓을 했는지 이해할 수 없어요. 제겐 너무 이상할 뿐이에요. 하지만 아버지가 바라는 것이라면 어떤 일이든 할게요. 약속해요. 저는 싸우겠어요. 기꺼이 전사가 되겠어요. 이 칼을 아스리엘 경에게 전해 주겠어요. 그리고 그 분을 도와 끝까지 적과 싸우겠어요. 약속해요. 약속해요. 아버진 이제부턴 편히 쉬세요. 모든 것이 괜찮아질 거예요. 이젠 편히 주무세요."

죽은 그루만의 옆에는 사슴 가죽으로 만든 배낭과 랜턴, 혈류이끼가 담긴 뿔로 만든 작은 상자가 놓여 있었다. 윌은 그것들을 모두 집어 들었다. 그때 죽은 아버지 뒤로 땅에 펼쳐져 있는 기다란 망토가 눈에 들어왔다. 축축하게 젖었지만 따뜻할 것 같았다. 그는 아버지의 목에 부착된 청동 버클을 풀고 망토를 벗겨 내어 추위로 덜덜 떨리는 자신의 몸을 감쌌다.

윌은 랜턴의 불을 끄고 마지막으로 아버지와 마녀를 한 번씩 돌아본 뒤 천천히 산을 내려가기 시작했다.

폭풍우가 몰아치는 소리는 마치 누군가가 속삭이는 듯했고, 윌은 바람 속에서 고함 소리와 노랫소리, 금속이 서로 부딪치는 소리, 날갯짓 소리 등을 들을 수 있었다. 가까이서 들릴 때는 마치 머릿속에서 나는 것 같고, 멀리서 들릴 때는 다른 행성에서 오는 소리 같기도 했다. 비에 젖은 바위는 미끄러워 내려가기 어려웠지만 윌은 넘어지지 않고 잘 내려갔다.

리라가 잠자는 장소에 도착할 무렵 월은 갑자기 걸음을 멈췄다. 두 남자가 마치 그를 기다리고 있다는 듯이 어둠 속에 서 있었기 때문이다. 월은 만단검에 손을 댔다.

그때 남자 중 한 명이 말했다.

"그대가 만단검의 전수자인가?"

남자의 목소리는 날갯짓 소리처럼 묘했다. 인간의 음성이 아니었다.

"당신은 누구죠? 사람입니까, 아니면……."

"우리는 파수꾼 베네엘림들이야. 인간의 언어로는 천사라고 하지."

월이 아무 대꾸도 하지 않자 천사가 다시 말했다.

"우리가 여기 온 목적은 간단해. 우리에겐 네가 필요해. 그래서 그루만을 따라온 거야. 우리를 네게 데려다 줄 거라고 믿었기 때문이지. 자, 이제부턴 우리가 그대를 아스리엘 경에게로 안내하겠다."

"우리 아버지를 줄곧 따라오셨다구요?"

"그래."

"아버지도 알고 계셨나요?"

"알았을 리가 없지."

"그렇다면 마녀의 행동을 왜 제지하지 않았나요? 왜 그녀가 아버지를 죽이도록 내버려 뒀어요?"

"그런 일은 더 일찍 일어날 수도 있었어. 하지만 우리를 네게 안내했으니 이제 그의 임무는 끝난 셈이지."

월은 대꾸할 말이 생각나지 않았다. 머릿속이 빙빙 도는 것만 같았다. 천사들의 말을 도무지 이해할 수 없었다.

"좋아요, 당신들과 함께 가겠어요. 하지만 리라를 깨워야 해요."

천사들은 월이 지나갈 수 있도록 길을 비켜 주었다. 월이 그들 가까이로 가자 공기가 팽팽하게 느껴졌다. 하지만 그런 기분을 무시하고 미끄러운 비탈길을 내려가는 데에만 정신을 집중했다.

리라가 잠든 곳에 도착한 윌은 갑자기 섬뜩한 느낌에 걸음을 멈췄다.

어둠 속에서 그는 마녀들이 모두 꼼짝도 않고 있는 것을 보았다. 숨을 쉬고는 있었지만 모두 동상처럼 보였고, 도무지 살아 있는 것처럼 보이지 않았다. 땅에는 검은 실크 옷을 입은 시체가 몇몇 드러누워 있었다. 겁에 질려 마녀들을 하나하나 살펴보던 윌은 무슨 일이 있었는지 알아챘다. 모두들 스펙터에게 공격을 당해 시체나 다를 바 없는 무관심한 상태로 변해 버린 것이었다.

그런데…….

"리라, 어디 있어?"

윌은 큰 소리로 외쳤다.

리라가 누워 있던 바위 아래 공간이 비어 있었다. 그녀의 배낭만 달랑 남아 있었을 뿐이다. 윌은 그것을 집어 들고 만져 보았다. 알레시오미터의 형체가 만져졌다.

윌은 머리를 흔들었다. 믿어지지 않는 일이 벌어진 것이다. 리라가 사라졌다. 리라가 스펙터들에게 잡혀간 것이다.

두 명의 천사가 뒤에서 말했다.

"이젠 우리와 함께 떠나야만 해. 아스리엘 경에겐 지금 당장 네가 필요해. 적들의 힘은 점점 더 커지고 있어. 너의 임무에 관해서는 그루만이 충분히 얘기해 주었을 거야. 빨리 우리와 함께 가서 아스리엘 경을 도와야 해. 지금 당장."

윌은 리라의 배낭만 물끄러미 바라보고 있었다. 천사들이 하는 말은 한 마디도 귀에 들어오지 않았다.

(다음 편에 계속)

필립 풀먼의 삼부작, 어떻게 읽을 것인가?

　비평가들은 영국작가 필립 풀먼(Philip Pullman)을 J.R.R.톨킨과 C.S.루이스와 더불어 현대 판타지 문학의 3대 거장으로 꼽는 데 주저하지 않는다. 톨킨과 루이스처럼 옥스퍼드 대학교 출신인 풀먼은 설화와 민담, 그리고 신화와 성서에 대한 해박한 지식으로 수준 높은 판타지 문학을 창출해 내는 데 성공했다. 또 어른과 아이들이 같이 읽고 즐길 수 있는 판타지를 썼다는 점에서도 풀먼은 톨킨과 루이스를 닮았다.

　《그의 검은 물질(*His Dark Materials*)》(이는 신이 인간을 창조할 때 사용한 재료인 '더스트'를 의미함)삼부작으로 불리는《황금 나침반》,《마법의 검》,《호박색 망원경》을 관통하는 주제는 또 다른 세계에 대한 인식, 선악의 경계해체, 절대적 진리에 대한 회의, 억압과 전쟁과 폭력으로 인한 인간 생태계의 파괴, 임박한 인류절멸의 경고, 인간영혼의 소중함, 그리고 숭고한 희생과 사랑을 통한 세상의 구원 등이다.

　2000년 3월 풀먼은 자신이 작품 속에서 언급한 '하늘 공화국'에 대한 강연에서 제3의 밀레니엄을 위협하는 것으로, 환경생태계의 파괴, 대기업들의 비민주적 권력, 그리고 핵무기를 만들고 있는 국가들을 예로 들었으며, 그것보다 더 무서운 것으로 근본주의적 종교들—즉 전쟁과 테러를 해결책으로 내세우는 미국의 보수주의 기독교원리주의자들과 텔레반으로 불리는 이슬람교 원리주의자들—을 거론했다. 그는 "우리는 진리를 알고 있다. 그 진리를 믿지 않으면 너희들을 죽이겠다."라는 종교적 근본주의자들이 바로 이 세상을 망치는 장본인들이라고 비판했다(Nicholas Tucker, *Darkness Visible: Inside the World of Philip Pullman*, London: Wizard Books, 2003, p. 124).

풀먼은 인류의 모든 비극의 근원을 유일신 신앙이라고 본다. 그는 이 세상에는 단 하나뿐인 절대적인 신이 있고, 다른 신을 믿는 자들은 모두 이단으로 배제해 온 역사 위에 서구 기독교문명과 동양의 이슬람교 문명이 세워져 있다고 말한다. 풀먼이 자신의 소설에서 범신론을 주장하고 있는 근거도 바로 거기에 있다. 범신론은 적어도 자기네 유일신을 믿지 않는다고 해서 타자를 이단으로 몰아 죽이지도 않고, 지옥을 상정해 사후세계에 대한 공포를 강요하지도 않는다는 점에서 유일신 종교보다 더 낫다는 것이다. 더욱이 범신론은 죽음을 어둡고 부정적인 것으로 파악하지 않고, 다른 생명체를 살찌우는 자연현상으로 파악한다는 점에서도 구원받지 못하는 사람들의 사후세계를 지옥으로 묘사한 유일신 종교보다 더 바람직하다는 것이다. 풀먼의 소설에서 절대 신은 더 이상 전지전능한 조물주가 아니라, 다만 늙고 추한 독재자로 등장할 뿐이며, 하늘의 싸움에서 도망치다가 죽어 가는 유한한 존재로 묘사된다. 그리고 윌이 찾아내는 마법의 검 역시 신까지 죽일 수 있는 검으로 묘사된다.

정통 기독교에서 보면 신성모독일 수도 있는 이러한 과감한 설정은 사실, 인간이 만들어 낸 '절대 신'에 대한 풀먼의 환멸과 통렬한 패러디일 뿐이다. 마법의 검으로 신까지 죽일 수 있다는 설정 역시, 인간이 만들어 낸 허구의 신을 죽일 수 있다는 것을 의미할 뿐, 신성모독이 궁극적인 목적은 아닐 것이다. 인간은 절대 신을 만들어 냈고, 절대자를 믿는 유일신 사상은 필연적으로 독선과 독재, 그리고 억압과 횡포를 낳았다. 풀먼은 자신의 뛰어난 삼부작 소설에서, 인간은 이제 그러한 배타

적이고 왜곡된 신앙의 폐해에서 벗어나야만 한다고 주장한다.

그러한 자신의 기독교관과 철학을 드러내기 위해, 풀먼은 리라와 윌을 이브와 아담에 비유한다. 기독교는 그동안 원죄설을 내세워 이브를 매도하고 인간에게 영원한 죄의식과 복종심을 부과해 왔다. 그러나 풀먼은 인간의 타락을 또 다른 시각으로 볼 것을 제안한다. 예컨대 독재자는 저항의 근원인 지식을 자신이 다스리는 사람들이 갖게 되는 것을 원하지 않는데, 저항적인 이브가 거기에 반발해 금단의 과일을 따 먹음으로써 자신의 영혼과 존재를 인식하고 바라볼 수 있는 지적 능력을 갖게 되었다는 것이다. 그런 맥락에서 보면 원죄(Original Sin)나 타락(fall)이란 사실 인간이 자신의 데몬(영혼)을 발견하고 볼 수 있게 된 긍정적인 계기일 수도 있다는 것이다. 과연 리라는 이브처럼 반항적이고 모험적이며 창조적이며, 윌은 아담처럼 리라의 권유로 모험에 동참해 자신의 데몬을 발견하게 된다.

마찬가지로 풀먼은 교회에서 이단으로 배제한 타락천사들 역시 독재자의 압제에 저항해 투쟁한 저항군일 수도 있다고 말한다. 풀먼이 절대자에 저항하다가 하늘에서 쫓겨난 소위 타락천사들을 생명의 근원인 더스트와 동일시하는 것도 바로 그런 맥락에서이다. 그런 의미에서 보면, 풀먼 삼부작은 《다빈치 코드》보다도 더 반기독교적인 책이라고 할 수도 있다. 그러나 풀먼의 주장은 어디까지나 '또 다른 시각'으로 사물을 볼 필요가 있다는 것이지, 교회처럼 자신의 주장만이 참 진리라고 확신하는 것은 아니다. 스스로를 의롭고 진실하다고 믿은 그 경직된 '확신'이 그동안 수많은 사람을 이단으로 몰아 죽여 왔기 때문이다.

이 소설에서도 댄 브라운의 《다빈치 코드》나 《천사와 악마》에서처럼, 경직된 교회가 살인자를 동원해 교회에 위협이 되는 사람들을 제거하려고 하는 장면이 나온다. 풀먼은 자신만이 절대적 진리라고 생각하는 사람들의 바로 그러한 독선과 편견이 이 세상을 파멸로 이끌어 가고 있다고 경고한다. 풀만의 주장이 설득력을 갖는 것은, 그가 편파적이지 않고, 억압적이고 폭력적인 교회에 대항해 싸우는 반군 지도자 아스리엘 경조차도 비판하고 있기 때문이다. 아스리엘 경은 자신이 옳은 일을 하고 있다고 믿고 있지만, 다른 세계로 통하는 연결통로를 만드는 과정에서 필요한 에너지를 얻기 위해 로저라는 어린아이를 죽이는 잘못을 저지른다. 아이들을 유괴해 육체와 영혼을 분리해 죽게 만드는 교회를 비난하는 그가 교회와 똑같은 잘못을 저지른다는 점은 대단히 시사적이다. 오직 자신만 옳다는 독선과 경직된 이데올로기는 어린아이의 생명을 빼앗으면서도 전혀 양심의 가책을 느끼지 않는다. 그런 사람들은 대의를 위해서는 어린아이의 목숨쯤이야 희생해도 된다고 생각한다. 그러나 까뮈의 《정의의 사람들》이 그 대표적인 예이지만, 휴머니즘을 추구하는 문학은 그러한 것을 용납하지 않는다. 그런 의미에서 풀먼의 삼부작은 오늘날 우리 현실을 비추어 볼 수 있는 훌륭한 거울이 된다.

풀먼은 리라와 윌의 모험과 시련과 성장과정을 통해, 폭력이 아닌 타자에 대한 신뢰, 사랑, 희생, 그리고 책임감이 결국 이 세상을 구원하게 될 것이라고 시사한다. 풀먼 삼부작은 《반지의 제왕》에 버금가는 스케일과 전쟁 장면, 그리고 《다빈치 코드》를 능가하는 재미와 깊이로 판타지 문학의 정상에 우뚝 서 있는 고전명작으로서 문학사에 길이 남을 것이다.

풀먼 삼부작을 읽을 때, 알아 두면 도움이 될 만한 것들로 다음과 같은 것들이 있다.

데몬(Daemon)

기독교 이전의 종교, 소위 기독교가 등장하면서 이교로 배척했던 원래 종교에서 '다이몬' 또는 '데몬'은 신적인 존재로서 인간의 영적 자아를 상징했다. A.D. 2세기의 또 다른 기독교인 그노시스 종교에서도 다이몬/데몬은 분리된 자아 중 영적인 자아를 지칭했다. 후에 유일신을 주장하는 초기 기독교가 비정통 기독교를 박해하면서 개인들이 갖고 있는 신적 존재인 다이몬(데몬)을 악마로 지칭하게 되었지만, 원래는 좋은 뜻이었다.

그리스어에서 파생된 단어인 '데몬'은 흔히 '악마'로 통용되고 있지만, 원래 뜻은 '수호정령'이다. 소크라테스 역시 '다이몬(Daimon)'을 양심과 수호천사의 혼합으로 보았으며, 다른 그리스인들도 '데몬'을 인간의 양심을 지켜 주는 수호정령으로 보았다. 엔트로피 이론을 주창한 19세기 스코틀랜드 물리학자 맥스웰은 엔트로피가 극에 달한 체계 속에서 질서를 부여해 파멸을 지연시키는 조그만 분자를 발견하고, 그것을 '맥스웰의 수호정령(Maxwell's Demon)'이라고 불렀다.

그러므로 풀먼의 삼부작에 나오는 데몬들은 모두 인간의 수호정령이며, 따라서 인간의 양심과 영혼을 상징하고 있다고 볼 수 있다. 데몬이 하는 일은 자신이 수호하는 인간을 위해 충고를 해 주기도 하고 꾸짖기도 하며, 때로는 스파이 노릇을 하기도 하고 보호해 주기도 한다. 그리고 무엇보다도 시련에 처했을 때, 양심의 목소리를 대변해 준다. 그래서 인간과 데몬의 생각은 서로 다를 수도 있고, 가끔 의견 차이로 언쟁을 벌이기도 한다.

그럼에도 불구하고, 데몬들은 대체로 자기와 연결된 인간의 심성을 닮게 마련인데, 풀먼의 소설에서도 하인들의 데몬은 대개 충실한 개이고, 악당들의 데몬은 대체로 늑대로 등장한다. 또 데몬은 자신이 수호하는 인간의 심리상태에 따라 각기 다른 동물로 변신하는데, 이 또한 데몬이 자신과 연결된 인간의 정신이나 영혼의 상징이라는 것을 시사해 주고 있다. 데몬이 동반자 인간의 영혼이라는 것은 비평가들도 지적하고 있지만, 풀먼 자신도 북극의 갑옷 입은 곰 이오레크의 말을 빌려 이렇게 말하고 있다. "곰의 갑옷은 곰의 영혼이야, 마치 너희들의 데몬이 너희 영혼이듯이."

데몬은 몇 가지 중요한 특성을 갖는다. 첫째, 주인이 어린아이일 때 데몬은 마음대로 모습을 바꿀 수 있지만, 주인이 성인이 되면 한 가지 모습으로 고정된다. 그것은 곧 어린 시절의 유연함과 다양성과 순진성이 성인이 되면 사라지고 경직된다는 것을 의미한다. 과연 풀먼의 주요 주제 중 하나는 '순진성(아이들)과 경험(어른)'이며, 그런 의미에서 그의 삼부작은 '성장소설'이라고도 할 수 있다. 둘째, 데몬은 동반자인 인간과 반대의 성(性)이 된다. 예컨대 리라의 데몬인 판탈라이몬(그리스어로 '자비로운'의 뜻임)은 남성이고, 로저의 데몬은 여성이다. 이는 인간은 자신에게 부족한 정반대의 영혼을 추구하는 무의식을 갖는다는 칼 융의 이론을 생각나게 해 준다. 셋째, 남의 데몬에 손을 대면 절대 안 되지만, 서로 사랑하게 될 경우에는 예외가 되는데, 이 또한 데몬이 인간의 영혼을 상징하기 때문인 것으로 풀이된다. 사랑하는 사람끼리는 영혼을 공유할 수 있기 때문이다. 넷째, 데몬은 동반자 인간과 늘 붙어 있어야만 하며, 일정 거리 이상 떨어지면 피차 극심한 고통을 느끼게 된다. 코올터 부인은 아이들을 유괴해 기요틴으로 데몬을 잘라 내는데, 그렇게 된 아이들은 형언할 수 없는 정신적 고통 속에 영혼을 잃은 좀비처럼 되어 방황하다가 결국 죽음에 이르게 된다.

더스트(Dust)

데몬이 동반자 인간의 소망과 욕망, 희망과 두려움, 그리고 영혼과 정신을 의미한다면, '더스트'는 이 세상의 영혼이자 생명의 근원을 상징한다. 태초에 신은 땅 위의 더스트로 인간을 창조했으며, 인간은 타락으로 인해 죽은 후 다시 더스트로 돌아가게 되어 있다. 기독교에서는 더스트를 단순히 죽음으로 해석한 데 반해, 풀먼은 더스트란 생명을 이루는 가장 작은 입자, 즉 '검은 물질(His Dark Materials)'이라고 말한다. 그래서 풀먼 삼부작에서 더스트는 생명체를 탄생시킬 수 있는 검은 물질, 새도, 양심의 입자, 또는 아직 생성되지 않은 생각 등으로 풀이되고 있다. 풀먼에 따르면, 더스트는 자연의 삼라만상에 흩어져 있으며, 죽음 또한 더스트와의 즐거운 재결합이 된다. 죽음의 땅에서 유령들을 지상으로 데리고 나오면서 리라는 두려워하는 유령들에게 이렇게 말한다.

　여기서 나가면 여러분을 이루고 있는 분자들이 분해되어 흩어질 거예요. 여러분의 데몬들이 그랬던 것처럼요. ……그렇지만 여러분의 데몬들이 아주 없어진 건 아니에요. 모든 것의 일부가 되어 있죠. 그들의 모든 원자는 공기와 바람과 나무와 흙과 모든 살아 있는 생명체 안으로 들어가 있어요. 결코 사라지지는 않죠. 모든 것의 일부분으로 돌아갔을 뿐이에요. 그와 똑같은 일이 여러분에게 일어날 거예요. 하지만 제 명예를 걸고 약속하죠. 여러분들은 분해되어 흩어지지만, 저 세상으로 나가면 다시 살아 있는 모든 것의 일부가 될 거예요.《호박색 망원경》 중에서

그런 맥락에서 보면, 더스트는 자연 속에서 신을 발견할 수 있다는 범신론(pantheism) 및 자연을 손상시키면 안 된다는 생태학(ecology)과 긴밀히 연결된다. 범신론은 자연을 성스러운 신적 존재로 보며, 생태학은 자연의 손상을 돌이킬 수 없는 인류의 고통과 재앙과 파멸의 근원이라고 본다. 인간이 죽는다는 것이 곧 대자연 속에 존재하는 더스트

와의 재결합—즉 자연으로 되돌아가는 것—이라고 본다면, 환경과 자연을 파괴하는 것은 죽은 후 인간이 돌아갈 길을 막고 결국은 이 세상을 지옥으로 만드는 것과 같다.

교회가 악의 근원으로 규정하고 추적하며, 말론 박사가 필생의 과업으로 연구하는 더스트는 현대물리학의 양자론과 연결되면서, '불확실성 이론'이나, '베일에 가려진 진리' 같은 현대문학의 주요 모티프들과 뒤섞인다. 교회는 더스트를 원죄 및 죽음과 연결시켜 부정적으로 보는 반면, 교회의 권위와 압제에 반대하는 사람들은 더스트를 새로운 가능성으로 본다. 후자의 눈에 더스트는 생명을 생성하고 죽은 자들의 영혼을 포용하며, 또 다른 세계로 이동하기도 하는 긍정적인 물질이다(C.S. 루이스의 《나니아 연대기》에도 외부세계에서 온 더스트 이야기가 나온다). 동화나 판타지에서 요정이 마법 봉에서 뿌려 새로운 것들을 탄생시키는 은가루가 영어로 더스트라는 사실은 그런 맥락에서 의미심장하다.

스펙터(Spectre)

리라와 윌이 건너가는 다른 세계인 치타가체에서는 스펙터라는 안개 같은 존재가 성인들을 공격해 영혼을 빼앗아가 버린다. 그래서 치타가체의 성인들은 모두 좀비처럼 생중사(生中死)의 상태에 있다. 그러나 아이들의 눈에는 스펙터가 보이지 않고, 스펙터도 아이들은 공격하지 않는다. 이는 곧 스펙터의 공격을 막아 내는 것이 어린아이들의 순수성과 유연성과 다양성이라는 것을 시사해 주고 있다. 그러나 일정한 나이가 되어 어른이 되면, 아이들은 순수성과 유연성과 다양성을 상실하고, 그 결과 스펙터의 공격 대상이 된다.

풀먼의 소설에서 더스트가 많은 아이들에게는 스펙터가 접근하지 못하지만, 더스트가 없는 어른들은 흡혈귀 같은 스펙터들에게 혼을 빼앗긴다. 생명의 근원인 더스트는 아이들에게는 많지만 나이가 들수록 인간에게서 빠져나가는데, 그만큼 어른들은 아우라를 상실하고 죽음과 가까워지는 셈이다. 스펙터는 생명의 근원인 더스트와 정반대되는 개념이며, 죽음을 상징하는 존재이다. 독선과 아집으로 굳어진 어른들은 결국 스펙터의 공격을 받고 영혼을 잃은 채 죽어 간다. 스펙터는 인간들이 다른 세계로 도피하거나 더 좋은 세상을 동경해 창을 만들 때마다 생겨나, 삶의 터전에서 더스트를 몰아내고 인간들을 공격해 이 세상에 죽음과 폐허를 가져오는 파괴적인 존재이다.

●삼부작 제목의 의미

1. 황금나침반

조던 대학 총장이 리라에게 준 알레시오미터는 진실을 말해 주는 도구로, 어린 소녀 리라가 여행 중 길을 잃었을 때나, 알고 싶은 일이 있을 때 가르쳐 주는 일종의 마술도구이다. 복잡한 도구지만 리라는 본능적으로 그것의 사용법을 알고 위기가 닥칠 때마다 그것의 도움을 받는다. 그러나 나중에 성인이 된 후에는 그것의 작동방법을 잊어버리고 그것이 가리키는 내용을 해독해 내지 못한다. 그것은 곧 이제부터 그녀는 스스로의 지식과 경험으로 그것을 작동시키거나, 아니면 알레시오미터 없이 혼자서 길을 찾고 미래를 예측하며 살아 나가야 한다는 것을 의미한다.

2. 마법의 검

윌이 그 전수자가 된 마법의 검은 우주의 모든 것을 자를 수 있다. 그래서 그는 그 칼로 억압자인 신과 교회와 자신의 관계도 자를 수 있게 된다. 동시에 마법의 검은 다른 세계로 통하는 창문을 열고 닫을 수도 있다. 그러나 창을 열 때마다 생명의 더스트가 빠져나가고 스펙터가 생겨난다는 말을 듣고, 윌은 그 검으로 모든 창문을 닫아 세상을 구하기로 결심한다. 마법의 검은 윌이 집중하지 못하고 사랑하는 사람에게 죄의식을 느낄 때 부러진다. 한번은 콜터 부인에게서 자기 어머니의 모습을 보는 순간 부러졌고, 마지막에는 헤어진 리라를 생각하자 부러진다. 이제 성인이 된 윌은 마법의 검 없이도 압제자와 결별하고, 상상 속에서 다른 세계로 통하는 창을 열거나 닫으며 살아나가야만 한다.

3. 호박색 망원경

말론 박사가 더스트를 볼 수 있는 뮬레파족들과 더불어 살면서 만든 호박색 망원경은 인간의 시야와 비전의 지평을 확대해 더스트를 볼 수 있게 해 주는 도구다. 눈의 확장인 망원경을 통해 인간은 육안으로는 보지 못하던 것들을 보게 되고, 새로운 것들을 발견하게 된다. 예컨대 말론 박사는 뮬레파들과 살면서 우리와 다른 세상에는 우리와 모습이 전혀 다른 생명체들도 살고 있으며, 다른 식의 커뮤니케이션 수단이 존재할 수도 있다는 사실을 깨닫게 된다. 그녀의 순수성과 유연성 때문인지, 말론 박사에게는 성인이 되면 없어지는 더스트가 아직도 남아 있으며, 바로 그 이유로 스펙터들도 말론 박사만큼은 무서워하고 피한다.

●또 다른 세계로 통하는 창(窓)

풀먼이 창조한 '멀티플 월드' 또는 '평행으로 존재하는 세계'는 우주가 단순한 3차원을 넘어서서 훨씬 더 복합적인 수많은 차원으로 존재한다는 아인슈타인의 이론과 현대물리학의 양자이론에 근거한 것이다. 예컨대 리라의 세계와 윌의 세계는 아주 비슷하다. 두 사람은 모두 옥스퍼드에 살고 있으며, 식물원의 벤치까지도 같을 만큼, 그 두 세계는 평행을 이루며 존재하고 있다. 풀먼은 등장인물들의 입을 빌려 우주에는 이와 같은 세계가 수백만 개나 존재하고 있다고 말한다.

한 세계에서 또 다른 세계로 들어가기 위해서는 창이 필요하다. 남자 주인공 윌은 우연히 다른 세계로 통하는 창문을 발견하고 그리 들어가 역시 또 다른 세계에서 건너온 리라를 만나게 된다. 윌과 리라는 둘 다 절박한 상황에서 탈출구를 찾다가 다른 세계로 통하는 창문을 발견하고 들어가게 된다. 다른 세계로 통하는 창문은 보통 사람의 눈에는 보이지 않지만, 탈출구가 필요한 극한 상황에 처한 사람이나, 창문의 존재를 알고 추구하는 사람의 눈에만 띄는 것처럼 보인다.

창을 통해 들어가는 또 다른 세계는 물론 현실이 아닌 환상의 영역이다. 그래서 풀먼의 창문은 또 다른 세계로 들어가는 입구라는 의미에서 루이스 캐럴의 '거울'이나 C.S.루이스의 '옷장'과도 같다. 캐럴이나 루이스의 경우처럼, 풀먼의 작품들 역시 바로 그 두 영역 사이의 경계를 넘나드는 판타지 소설이며, 그 속에서 현실과 환상 또한 서로 긴밀하게 연관된다. 예컨대 윌의 아버지 존 패리는 북극 탐험 중 실종된다. 다른 세계로 들어가는 창문을 찾고 있던 그가 드디어 그 창을 발견하고 다른 세계로 들어갔기 때문이다. 아버지의 행방을 추적하던 아들 윌 또한 다른 세계로 가는 창을 발견하고, 다른 세계로 들어가 아버지와 조우한다.

풀먼의 이와 같은 설정은 미국작가 토머스 핀천의 소설 《브이를 찾아서》에도 찾아볼 수 있어, 상호텍스트성의 즐거움을 선사한다. 예컨대 핀천의 주인공 허버트 스텐실은 실종된 아버지 시드니 스텐실의 행방을 추적하던 중, '브이'라는 신비한 여인의 존재를 발견하게 되고, 그로 인해 서구 역사의 감추어진 이면을 찾아내게 된다. 또 같은 소설에서 휴 고 돌핀이라는 영국 탐험가는 북극 탐사 중, 무엇인가를 본 후, 그것에 대한 경고를 아들에게 전해 주려고 부단히 노력한다. 그것은 어쩌면 풀먼의 주인공들이 발견하는 다른 세계로의 창인지도 모른다. 두 작가의 주인공들은 모두 아버지가 멀리 떠났거나 실종된 상태인데, 이는 인생의 길을 가르쳐 줄 아버지(나침반)를 상실한 정신적 고아인 현대인의 상황을 잘 보여주고 있다.

핀천은 인류문명을 파멸시키는 것으로 서구 제국주의와 나치즘, 그리고 거기 대항하는 극단적 좌파 민족주의를 예로 들고 있는데, 풀먼역시 교회가 만들어 낸 소년 수용소와 지옥을 나치의 포로수용소와 긴밀히 병치하고 있다. 그런 상황에서 또 다른 세계로 도피하는 창은 대단히 매력적일 수밖에 없다. 문제는 현실에 환멸을 느끼고 환상세계로 도피하는 창을 하나씩 만들 때마다, 인간을 영혼 없는 좀비로 만드는 스펙터들이 생겨난다는 점이다. 그런데 리라와 윌은 이 세상에는 그동안 사람들이 만들어 놓고 닫지 않은 창들이 수없이 많이 있어, 그리로 소중한 삶의 더스트가 계속 빠져나가고 있으며, 대신 죽음의 스펙터들이 스며들어 오고 있다는 사실을 알게 된다. 그래서 다른 세계로 통하는 창들은 모두 닫혀져야만 한다. 그러나 그 모든 창을 닫는다는 것은 세상을 구원하는 것도 되지만, 동시에 리라와 윌의 영원한 이별을 의미하기도 한다. 작품의 마지막에 리라와 윌은 비록 서로 사랑하지만, 세상을 구하기 위해 이별을 결심하고 우주의 모든 창을 닫는다.

다른 세계로 통하는 창은 현실의 벽을 벗어나려는 사람들의 상상 속의 도피처이자, 현실의 문제점을 비추는 거울이라고 할 수 있으며, 동시에 이 우주에는 얼마든지 많은 또 다른 세계가 있다는 사실을 깨우쳐 주는 역할을 하고 있다. 그러면서도 그것은 우리가 다른 세계의 일에 간섭할 수는 없으며, 우리가 할 수 있는 일은 다른 세계의 일을 교훈 삼아 우리 자신의 세계를 보다 더 살기 좋은 곳으로 만드는 것이라는 사실을 가르쳐 주고 있다. 삼부작의 마지막에, 각기 다른 세계에서 온 리라와 윌의 사랑이 맺어지지 못한 채, 두 주인공이 끝내 헤어져야만 하는 이유도 바로 거기에 있다.

●작품의 결말 읽기

풀먼은 판타지로의 여행을 통해 인간은 현실의 문제점(또는 해결책)을 깨닫고, 환상의 세계에서 현실로 다시 돌아와야만 한다고 말한다. 결국 인간은 환상세계가 아니라, 현실세계에 '하늘공화국(a republic of heaven)'을 세워야 한다는 것이다. 그래서 풀먼은 다른 세계로 넘어간 사람은 10년밖에 살지 못하는 것으로 설정해 놓고 있다. 윌의 아버지 존 패리는 이렇게 말한다.

데몬은 그것이 태어난 세계에서만 온전한 삶을 살 수 있어. 다른 세계에서는 결국 병들어서 죽게 돼. 우린 다른 세계로 통하는 창만 있으면 마음대로 넘나들 수는 있지. 하지만 우리도 우리 자신의 세계에서만 제 수명대로 살 수 있어. 마찬가지 이유로 아스리엘 경의 위대한 과업도 결국은 실패할 거야. 우리는 우리가 살고 있는 이 세계에다 하늘 공화국을 건설해야 해. **《호박색 망원경》 중에서**

바로 그런 이유 때문에, 리라와 윌의 이별은 필연적이다. 둘은 서로 사랑하지만 결국 서로에 대한 사랑 때문에 사랑을 포기한다. 누가 상대방의 세계에 와서 살든지 그 사람은 10년 만에 수명이 다해 죽게 되기 때문이다. 사랑하는 사람이 죽어 가는 것을 차마 바라볼 수 없는 두 사람의 숭고한 사랑은 결국 영원한 이별을 결심하게 만든다. 스코틀랜드의 전설에 등장하는 불멸불사인 '하이랜더'들의 가장 큰 비극은 사랑하는 자기 아내와 자녀들이 늙어 죽어 가는 것을 속수무책으로 바라보아야만 한다는 것인데, 리라와 윌의 비극 역시 그것과 비슷하다.

물론 창 하나는 용납이 되기 때문에, 리라와 윌은 자기네들이 오갈 수 있는 창을 하나 만들어 그토록 원하는 사랑을 성취할 수도 있다. 그러나 지옥에서 자연으로 나오려는 영혼들을 위한 창이 하나 필요하다는 것을 알게 된 그들은 기꺼이 자신들의 사적인 욕망을 포기한다. 풀먼은 바로 그와 같은 이기심 없는 숭고한 사랑이야말로 삶의 근원인 더스트를 만들어 내고, 스펙터를 물리쳐 천국을 만들어 낸다고 말한다. 풀먼에 따르면 천국이나 지옥이란 다만 교회가 만들어 낸 것일 뿐, 실제 그러한 곳은 존재하지 않는다. 대신, 인간이 어떻게 살아가느냐에 따라 그 세계가 천국도 될 수 있고 지옥도 될 수 있다고 말한다. 리라와 윌의 이루어지지 않는 첫사랑의 고통은 두 사람에게 보다 더 숭고한 사랑을 위해 시련을 견디고 이겨 낼 수 있는 정신적인 성숙함을 가져다준다. 너무나도 안타까운 주인공들의 이별에도 불구하고, 이 소설의 결말이 낙관적일 수 있는 이유도 바로 거기에 있다.

김성곤
서울대 영문과 교수, 문학평론가,
전 한국 현대영미소설학회 회장

너의 현실과 운명마저도 잘라버린다!

점입가경이라더니, 좋은 말로 할 때 다음 편을 빨리 내놓으라는 독자들의 점잖은 협박이 나올 만도 하지 않은가.

《마법의 검》은 검은 물질 '더스트'를 둘러싸고 벌어지는 필립 풀먼의 삼부작 판타지 소설 중 제2부이다. 제1부《황금나침반》에서는 옥스퍼드와 북극의 가상 지대인 볼반가르와, 스발바르를 무대로 인간과 곰과 마녀들이 어지럽게 등장하며 끊임없이 사건들을 벌이더니, 제2부인 이 《마법의 검》에서는 무대를 아예 세 개의 서로 다른 세계로 넓혀서 인간과 마녀들과 스펙터라는 괴물들을 등장시켜 더 어지럽고 더 끔찍한 사건들을 벌이고 있다. 이 스펙터라는 괴물들은 안개같이 흐릿한 존재로, 드라큐라처럼 인간의 피를 빨아먹는 대신 인간의 호기심을 빨아먹어서 목석같이 만들어버린다.

리라의 파트너로 등장하는 윌 패리 또한 운명적으로 선택받은 자로, 왼손의 손가락 두 개를 잃은 대가로 만단검의 전수자가 된다. 만단검(萬斷劍)이란 게 뭔가? 말 그대로 만물을 잘라 버릴 수 있는 칼이다. 하늘도, 땅도, 건물도, 심지어 당신의 꿈과 현실과 운명마저도 잘라 버린다. 윌은 이 만단검으로 다른 세계로 통하는 문을 열었다 닫았다 하고, 정의를 위해 부정한 모든 것들을 단칼에 잘라 버린다.

세상에서 가장 추잡한 인간은 남이 뭐 먹을 때 빤히 쳐다보는 자이고, 세상에서 가장 얄미운 인간은 남이 아직 보지 않은 만화와 영화 내용을 조잘조잘 지껄여 대는 자라고 한다. 그렇다면 난들 자청해서 세상에서 가장 얄미운 인간이 되고 싶을 턱이 있겠는가? 다만 끝으로 한마

디만 더 한다면 그 만단검이라는 칼을 딱 하루만 빌릴 수 있다면 좋겠
다는 것이다. 여의도를 비롯하여 서울역과 광화문 일대에 잘라 버리고
싶은 것이 좀 많아야 말이지.

2000년 정월

이창식